The Therapist

테라피스트

The Therapist
테라피스트

B. A. 패리스 장편소설

박설영 옮김

멋진 소설의 탄생을 도와준
마고에게

과거

내 사무실은 작고 간소하니 흠잡을 데가 없다. 차분한 회색 톤 공간에 그저 의자 두 개만 놓여 있다. 앉았을 때 몸을 포근히 감싸는 회색 의자는 환자용이고, 색이 바랜 가죽 의자는 내 것이다. 내 의자 오른편에는 메모지를 두는 작은 탁자가 있고, 벽에는 코트를 걸어놓는 고리가 연달아 박혀 있다. 그게 전부다. 왼편에 있는 문을 열면 이완 치료실이 나온다. 치료실 벽은 연분홍색이고 창문은 없다. 그저 화려한 램프 두 개가 마사지 침대 위로 금빛 조명을 드리울 뿐이다.

사무실 창문에 나무 블라인드를 내려놓았지만 블라인드 틈으로 누가 문 가까이 오는지 볼 수 있다. 지금 나는 신규 환자가 시간 맞춰 오기를 기다리고 있다. 혹여 늦으면 아마도, 감점 요인이 될 것이다.

여자 환자가 2분 늦게 도착한다. 그 정도는 눈감아줄 수 있다. 환자가 계단을 올라오더니 초인종을 누르면서 불안한 듯 주위를 둘러본다. 어깨를 한껏 움츠린 모습이 누군가 자신을 알아볼까 봐 걱정해서인 것 같다. 괜한 걱정이다. 문 근처 어디에도 내가 무슨 일을 하는지 알리는 문패가 없기 때문이다.

나는 여자를 들인 후에 편히 쉬라 말을 건넨다. 여자가 의자에 앉더니 발치에 핸드백을 놓아둔다. 감청색 치마에 하얀 블라우스, 단정하게 묶은 포니테일이 면접을 보러 온 구직자 같다. 치료받는 자세가 훌륭하다. 나는 아무나 환자로 받지 않는다. 차림새도 중요하다.

내가 방 안이 따뜻하냐고 묻는다. 창문을 열고 싶지만 쌀쌀한 기운이 아직 가시지 않은 날씨라 히터를 틀어놓았다. 한숨 돌릴 틈을 주기 위해 창밖을 바라보는데 비행기가 하늘을 날아가며 비행운을 남기는 광경이 시선을 사로잡는다. 이내 정중한 기침 소리가 들리고, 나는 환자에게로 관심을 돌린다.

여자를 향해 앉은 후 치료사의 자세로 돌아가 기본적인 질문을 던진다. 어떤 면에선 첫 시간이 가장 지루하다.

"이러는 게 맞는지 모르겠어요." 예상 진료 시간이 절반쯤 지났을 때 여자가 말한다.

나는 메모지에 뭔가를 열심히 쓰다가 고개를 든다.

"분명히 말씀드리지만 이 방에서 나오는 얘기는 철저히 비밀에 부쳐집니다."

여자가 고개를 끄덕인다.

"죄책감이 너무 심해요. 제가 불행할 일이 뭐가 있겠어요? 원하는 걸 전부 가졌는데요."

나는 '행복'과 '죄책감'이라는 단어를 끼적인 뒤 몸을 앞으로 기울여 여자의 눈을 빤히 쳐다본다.

"헨리 데이비드 소로가 뭐라고 했는지 아세요? '행복은 나비와 같다. 쫓으면 쫓을수록 더 멀리 도망가버린다. 하지만 관심을 다른 곳으로 돌리면 절로 날아와 어깨 위에 사뿐히 앉을 것이다.'"

여자가 안심한다는 듯 미소를 짓는다. 그 구절을 마음에 들어 할 줄 알았다.

1장

책 상자를 풀다가 한껏 들뜬 목소리에 정신이 팔린다. 온종일 사방이 너무 조용해서 내가 런던에 와 있다는 사실이 믿기지 않는다. 고향 할스턴에선 바깥 소음이 익숙했다. 새소리는 물론이고 자동차나 트랙터 소리도 자주 들렸고, 간혹 말이 지나가는 소리까지 들을 수 있었다. 그러나 '서클'이라는 이름의 이 주택 단지는 고요 그 자체다. 창문을 열어놔도 아주 가끔씩 소음이 들릴 뿐이다. 예상 밖이지만 나쁘지 않다.

2층에 있는 레오의 서재에서 창 너머로 길가를 내려다본다. 짧은 금발에 반바지와 민소매 차림의 여자가, 키가 크고 날씬한 체형에 구릿빛 머리카락의 여자와 포옹하고 있다. 키가 좀 더 작은 금발 여자는 바로 옆집에 산다. 어젯밤 5호 집 앞에서 한 남자와 차 트렁크에서 여행용 가방을 꺼내는 모습을 봤다. 키가 큰 쪽은 처음 보는 얼굴이다. 하지만 이곳 주민처럼 보인다. 몸에 딱 달라붙는 감색 청바지에 탄탄한 상체 굴곡이 드러나는, 주름 하나 없이 빳빳한 흰색 티셔츠를 입은 걸 보니.

창가에서 물러나야 한다. 저들이 고개를 들어 집 쪽을 보다가 창 너머로 자신들을 관찰하고 있는 나를 발견할 지도 모른다. 하지만 새로운 사람을 사귀고 싶은 간절함에 자리를 뜨지 못한다.

"조깅하고 돌아오다 전화하려고 했어요. 진짜예요!" 키가 작은 여자가 말한다.

"이브, 그걸 변명이라고 해요? 어제 자기가 전화하길 기다렸단 말이에요." 키가 큰 여자가 고개를 흔들며 대꾸한다. 목소리에 웃음기가 어려 있다.

키가 작은 여자의 이름이 이브인가 보다. 이브가 웃으며 말한다. "도착하니 밤 10시잖아요. 너무 늦은 시간이라 방해될까 봐요. 언제 돌아왔어요?"

"토요일이요. 오늘 애들 등교해야 하니까요."

그때 난데없이 바람이 불어와 집 맞은편 작은 공원에 줄지어 선 플라타너스 이파리가 바스락거리며 대화의 뒷부분을 낚아채 간다. 이 동네는 대도시 중산층의 남부러운 것 없는 삶을 보여주는 영화 세트장처럼 매우 예쁜 곳이다. 레오가 사진을 보여주기 전까지만 해도 이런 곳이 실제로 있으리라고 생각지 못했다. 심지어 사진을 보고도 너무 좋아서 가짜가 아닐까 싶었다.

동네로 들어오는 배달 차량에 시선을 뺏긴다. 차가 우리 집 바로 맞은편에 있는, 단지의 검정색 출입문으로 들어오더니 말발굽처럼 생긴 도로의 왼편으로 둥글게 서행한다. 레오가 새집을 꾸미기 위해 도무지 용도를 알 수 없는 물건들을 사들이고 있으니 우리 집으로 향하는 차량일 수도 있다. 이를테면 어제 도착한 예쁘지만 쓸데 없이 큰 유리 화병은 레오가 양팔로 안고 놓을 자리를 찾으려 한참을 돌아다닌 끝에 마침내 테라스로 이어지는 프렌치 도어 옆에 놓였다. 하지만 차량은 우리 집을 지나쳐 맞은편 집에 멈춰 선다. 나는 7호에 사는 이웃을 훔쳐보기 위해 창문 옆에 바짝 붙는다. 차고 앞에 나타난 나이가 지긋한 남자를 보고 깜짝 놀란다. 이유는 모르겠지만 노인이 이곳에 살 거라는 생각을 하지 않은 까닭이다. 이곳이 런던 중심부에 새로 지어진 주택 단지라 그렇게 짐작했으리라.

잠시 후 차량이 단지를 떠나고, 나는 이브와 다른 여자가 서 있는 곳으로 다시 시선을 돌린다. 밖으로 나가 나를 자신 있게 소개할 수 있으면 좋으련만. 이사 온 지 열흘이 지났지만 그동안 한 사람밖에 만나지 못했다. 9호에 사는 마리아다. 마리아는 자기와 똑같이 머리카락 색이 짙은 남자아이 셋과 멋진 골든 레트리버 두 마리를 빨간색 승합차에 태우고 있었다. 마리아가 나를 돌아보고 먼저 인사를 건네 그녀와 짧게 담소를 나누었다. 단지 주민 대부분이 아직 휴가 중이고, 새 학기가 시작하는 9월에 맞춰 이달 말이나 돼야 돌아올 거라고 설명해준 사람도 마리아다.

"그 사람들 만나봤어요?" 이브의 목소리에 관심이 쏠린다. 우리 집을 향해 고개를 돌린 것으로 짐작하건대 나와 레오를 가리키는 게 틀림없다.

"아니요."

"지금 가볼래요?"

"싫어요!" 다른 여자의 까칠한 반응에 나는 창문에서 한 발 물러선다. "내가 뭐 하러 그 사람들을 만나요?"

"잘 생각해봐요, 탐신." 이브가 달래듯 말한다. "못 본 척하고 사는 건 불가능해요. 이런 곳에선 더더욱."

나는 심장이 요동치는 바람에 탐신의 말이 끝나기를 기다리지 않고 어둠 속으로 몸을 숨긴다. 레오가 집에 있으면 좋았을 텐데. 레오는 오늘 아침 버밍엄으로 떠나 목요일이나 돼야 돌아온다. 그가 떠나 한편으로 안심하기도 했는데 그 사실에 죄책감이 든다. 서로에게 적응되지 않은 탓인지 지난 2주 동안 분위기가 조금 어색했다. 18개월 전 처음 만난 후로 우리는 주말에만 만나는 장거리 연애를 해왔다. 이곳에 짐을 푼 첫날 아침, 레오가 냉장고에서 오렌지주스를 꺼내더니 주스 병에 입을 대고 마신 뒤 도로 넣는 것을 보고 나서야 내가 그의 기벽이나 습관에 대해 별로 아는 게 없다는 사실을 깨달았다. 그가 훌륭한 샴페인을 즐겨 마시고, 침대 왼쪽에서 잠을 자고, 내 머리 위에 턱을 괴는 것을 좋아하고, 일 때문에 영국 곳곳을 돌아다니다 보니 어디든 멀리 가는 걸 질색해서 여권조차 없다는 건 안다. 하지만 그에 대해 파악해야 할 게 산더미일 정도로 아직 그를 잘 모른다. 그런데 지금 새집 계단 꼭대기에 앉아 보드랍고 포근한 회색 카펫을 맨발로 밟고서 그를 그리워하고 있다.

이브의 대화를 엿듣는 게 아니었다. 나도 안다. 하지만 이미 엎질러진 물이라 탐신의 가시 돋은 말을 머릿속에서 지울 수가 없다. 여기서 친구를 못 사귀면 어떻게 하지? 레오가 런던에서 함께 살자고 처음 물었을 때 내가 걱정했던 점이 바로 이거였다. 레오는 잘될 거라고 장담하면서도, 눈도장을 찍을 수 있게 이웃들을 초대해 집들이하자는 내 제안에 못마땅한 기색을 보였다.

"안면부터 튼 다음에 초대하자."

하지만 안면을 트지 못하면? 첫 단추를 끼우지 못하면 그다음은 어떻게 할 것인가?

나는 주머니에서 휴대전화를 꺼내 왓츠앱을 켠다. 마리아가 담소를 나누던 중 나와 레오를 서클 그룹에 추가하겠다고 해서 그녀에게 우리 번호를 알려준 터였다. 누구에게 메시지를 보내지도 않았는데, 소포 분실, 공원 내 놀이터 유지 및 관리 문제 때문에 공지 알람이 계속 울려대자 레오는 왓츠앱 그룹을 탈퇴하고 싶어 했다.

"레오, 그건 안 돼!" 혹시 이웃들이 그를 무례한 사람으로 여길까 봐 탈퇴를 말렸다. 결국 레오는 탈퇴 대신 음 소거로 타협했다.

나는 화면을 들여다본다. 오늘만 벌써 새로운 공지가 열두 개나 떴다. 공지를 읽다 보니 심장이 더 내려앉는 듯한 기분이다. 화면은 이웃들끼리 휴가에서 돌아온 서로를 환영하고, 그동안 밀린 이야기를 나누고, 요가, 사이클링, 테니스를 다시 시작하고 싶다고 떠드는 메시지로 가득하다.

나는 잠시 생각에 잠겼다가 메시지를 쓴다.

안녕하세요, 여러분. 6호에 새로 이사 온 이웃입니다.

이번 주 토요일 저녁 7시에 간단한 집들이 자리를 마련하려고 합니다.

오실 수 있는 분은 알려주세요.

앨리스와 레오.

그리고 마음이 바뀌기 전에 얼른 보내기 버튼을 누른다.

2장

"자, 여기." 레오가 지저분한 유리잔을 양손 가득 들고 부엌으로 들어오며 말한다. 그러고는 싱크대 옆에 유리잔을 내려놓고 앞머리를 쓸어 올린다. "정원으로 안 나올 거야? 재밌는 얘기 다 놓치겠어." 레오가 눈썹을 치켜올리며 말을 잇는다. "조금 전에 쓰레기통 때문에 주의받았어. 수거하는 날에 집 옆쪽으로 안 보이게 숨겨서 내놓으래."

"와우." 내가 웃으며 답한다. "너무 재밌어서 할 말이 없네." 나는 과자 봉지를 뜯어 내용물을 그릇에 붓고 가장자리로 튀어나간 두 조각을 그릇 안으로 주워 담는다. 인공적인 트러플 향이 코를 건드린다. "전부 오면 나도 합류할게. 진짜야. 여기서 문을 열어주는 사람이 있어야 하거든."

레오가 의심이 가득한 눈초리로 그릇을 내려다본다. "이거 무슨 향이야?"

"먹어봐." 내 대꾸에 레오가 과자를 하나 들고 입에 넣어 씹더니 코를 찡긋거린다.

"시체네." 그가 말한다. "시체 맛이야."

나는 그의 말뜻을 눈치채고 웃는다. 코를 톡 쏘는 싸구려 향이라는 의미다. 레오가 과자를 또 하나 집어 입에 넣고 씹으면서 얼굴을 과하게 찡그린다. 마음을 풀어서 다행이다. 내가 참지 못하고 사람들을 초대했다고 말하자 그가 짜증을 냈던 터였다. 그 얘기를 꺼낸 게 목요일 저녁이었다. 레오가 버밍엄에서 사흘 동안 머물다가 돌아온 날이었다. 여느 때처럼 푹푹 찌는 날씨 때문인지 그는 더워 보였고, 또 화난 것 같았다. 레오가 셔츠 목 부분을 잡아당기며 말했다.

"기다리기로 했잖아."

미안해진 나는 그를 진정시키기 위해 와인 한 병을 집어 들었다. "그냥 몇 잔 마시는 것뿐이야." 일부러 '파티'라는 단어를 빼고 대꾸했다.

"누구누구를 초대했는데?"

나는 서랍 안에서 코르크 따개를 찾으며 그에게 와인 병을 건넸다. "여기 사는 사람들."

"전부 다?"

"응. 하지만 3호는 안 올 거고, 9호도 마리아나 팀 중 한 명만 올 거야. 그러니까 많이 와도 스물한 명이야."

"언젠데?"

"토요일."

"이번 주 토요일?"

"응."

대화는 그렇게 끝났다. 그런데 그날 저녁부터 입도 뻥긋 안 하던 레오가 어제 이브의 파트너 윌을 찾아갔다. 나는 레오와 윌이 문간에서 대화를 나누는 모습을 창문 너머로 지켜보면서 혹시 레오가 착오가 있어서 집들이를 취소하겠다고 말하는 게 아닐까 싶어 조마조마했다. 하지만 레오는 집으로 돌아오자마자 맥주와 샴페인을 사러 나갔다 오겠다고 했다. 나는 안도의 한숨을 쉬었다.

"샴페인은 어때? 충분할 것 같아?" 내가 묻는다.

"지금 내 속도라면 부족해요!"

이브의 목소리다. 문간에 서서 한 손에 빈 잔을 들고 있는 이브를 레오의 어깨 너머로 바라본다. 양 볼의 홍조가 짧은 금발 끝부분에 물들인 분홍색과 꼭 같다. "샴페인 맛있네요! 나중에 프로세코가 할인을 하면 좋을 텐데요."

이브와 탐신이 창밖에서 대화하는 걸 엿들은 다음 날 이브와 정식으로 인사를 나누었다. 나는 그녀가 금세 마음에 들었다. 그녀는 탐신과 다르게 나와 레오를 만나고 싶어 할 뿐 아니라 따뜻하고 배려 깊었다. 이미 다들 알고 지내는 동네에 들어와 산다는 게 쉽지 않다는 점도 이해해주었다. 그녀와 윌도 서클로 이사 온 지 18개월밖에 안 됐으니 그녀 역시 다른 주민들에 비해 신입인 셈이었기 때문이다.

레오가 고개를 돌린다. "이브, 올 사람은 다 온 거죠? 앨리스가 정원에 있다가 초인종 소리를 못 들을까 봐 걱정해서요."

"윌이 리허설이 늦어져서 방금 도착했으니 올 사람은 다 온 것 같아요. 마리아와 팀만 빼면요. 두 사람은 베이비시터를 못 구해서 난감하다고 왓츠앱에 올린 것 같던데요?"

나는 냉장고에서 샴페인을 세 병 꺼내 한 병은 이브에게, 두 병은 레오에게 건네며 대답한다. "맞아요. 마리아가 가능하면 둘 중 한 명은 들를 거라고 했어요."

이브가 웃는다. "사내아이만 셋이니 베이비시터가 왜 안 구해지는지 알만 하죠. 예쁘지만 혼이 쏙 빠지니까요."

"로나 아주머니 부부도 안 올 거예요." 그 노부부의 이름을 익힌 내가 말한다. "내 소개도 하고 초대 글을 봤는지 묻기도 할 겸 갔더니 못 온다고 하더라고요."

"파티를 즐기는 분들은 아닌 것 같아요." 이브가 확실치 않다는 투로 말한다. "솔직히 그 외에는 아무도 안 올 것 같지만 문을 살짝만 열어놓으면 어때요?" 이브가 누군가 훔쳐 가기라도 할 것처럼 샴페인 병을 가슴에 꼭 끌어안은 채 말을 잇는다. "그러면 팀이나 마리아가 온다고 해도 알아서 들어올 거예요."

나는 잠시 머뭇거린다. 할스턴에선 문을 열어놓아도 괜찮았지만 도시는 다르지 않은가. 내가 불안해하는 것을 눈치채고 레오가 내 이마에 입을 맞춘다.

"괜찮아. 보안이 철저해서 누가 들여보내 주지 않으면 아무도 못 들어와."

나는 레오에게 미소를 지어 보인다. 레오 말이 맞다. 더불어 런던 생활에 대한 선입견도 버려야 한다. 복도 쪽으로 걸어가는데 손이 문에 닿기도 전에 초인종이 울린다. "잠깐 나갔다 올게!" 고개를 돌려 레오에게 말한다. "이번 손님만 받을게."

문을 열자 말쑥한 치노바지에 멋진 리넨 재킷 차림의 키가 크고 잘생긴 남자가 서 있다. 남자가 몇 걸음 물러서서 움푹 들어간 회색 눈동자를 반쯤 내리깔고 나를 내려다본다.

"그쪽이 팀이군요." 내가 웃으며 말한다. "전 앨리스예요. 들어오세요."

"안녕하세요, 앨리스. 만나서 반가워요."

그가 천장에 매달린 유리 조명등 아래 그늘로 고개를 휙 숙이며 복도로 들어온다. 잠깐 침묵이 감돈다.

"이 집에 와본 적 있으세요?" 내가 침묵을 깨기 위해 묻는다.

"아니요, 그럴 리가요. 하지만 일부 개조를 하신 건 알죠."

"2층만요. 벽을 허물어 침실을 넓혔어요."

"멋지군요. 지금 머릿속으로 그려보는 중입니다." 그가 계단을 쳐다본다. "앞쪽이요, 아니면 뒤쪽이요?"

"뒤쪽이요. 원하시면 보여드릴게요." 나는 미소를 지으며 말을 덧붙인다. 오늘 저녁에 계단을 오르내린 게 처음도 아니다. 우리가 확장 공사를 해서 그렇지 원래 서클에 있는 집 열두 채는 구조가 전부 같다. 그래서 똑같은 공간을 우리가 어떻게 활용하는지에 다들 관심이 많다.

"좋죠, 저도 보고 싶군요." 남자가 나를 따라 올라오며 말한다.

"그러면 마리아가 당첨됐나 봐요." 층계참에 다다랐을 때 내가 물었다.

"네?"

"마리아가 집에 남아 애들을 돌보기로 했나 봐요. 마리아가 그러던데요, 베이비시터를 못 구해서 큰일이라고요."

그가 고개를 끄덕인다. "맞아요, 구하기 힘들더군요. 아무래도 새 학기라 시터들도 친구들과 그동안 밀린 수다를 떨고 싶은가 봐요."

나는 층계참 오른편에 있는 문을 연다. 그를 데리고 방으로 들어서니 열려 있는 창문으로 사람들이 정원에서 웃음을 터트리며 수다를 떠는 소리가 들어온다.

"놀랍군요. 이렇게 큰 침실은 처음 봐요." 남자가 방 안을 둘러보며 말한다.

"레오 생각이에요. 세 개는 과한 것 같아 두 개를 하나로 합쳤어요."

"메리가 따라 하겠다고 나설까 봐 겁나요."

"메리요?" 창밖에서 이브의 전염성 강한 웃음소리가 들리자 느닷없이 정원으로 나가서 합류하고 싶은 마음이 간절해진다. "죄송하지만 아내 이름이 마리아인 줄 알았어요."

그가 미소를 짓는다. "맞아요. 하지만 전 메리라고 불러요. 아내가 수녀원 부속학교 출신이라 농담 삼아 불렀는데 그대로 굳어졌지 뭡니까." 그가 설명하며 창문 반대편 벽면을 절반이나 차지하고 있는 옷장을 살핀다. 깊이도 유난히 깊고 블라인드처럼 생긴 멋진 나무 문이 달린 옷장이다. "옷장이 저 정도로 커도 괜찮군요."

나도 모르게 웃음이 터진다. 그가 방을 나서면서 내가 계단을 먼저 내려가도록 비켜선다.

복도로 나가자 그가 점잖게 말한다. "고마워요. 구경 잘했습니다."

나는 정원을 가리킨다. "다들 정원에 모여 있어요. 잔 하나 집어 들고 원하는 만큼 실컷 드세요. 저는 이만 문 닫으러 가볼게요."

정원으로 나가기에 앞서 공기를 들이마시며 숨을 쉰다. 그러고는 부엌을 지나가는데 싱크대에서 잔에 수돗물을 채우는 팀이 보인다. 밖으로 나가면 아이스박스에 시원한 생수가 병째 담겨 있다고 말해주고 싶지만, 정원에서 나를 향해 손을 흔드는 레오의 모습이 보여 사람들 무리를 비집고 그에게 다가간다. 레오는 윌과 함께 서 있다. 윌은 양손을 써가며 과장된 몸짓으로 레오에게 무언가를 설명하기 바쁘다. 촉망받는 배우인 윌은 색이 짙은 풍성한 머리칼, 끝이 살짝 휜 코, 또렷한 입술로 미래의 스타 자리를 예약해놓은 몸이다. 이브는 밖에 나갈 때마다 사람들이 그를 알아본다며 불만을 토로하지만 실은 은근히 즐기는 듯한 눈치다.

내가 가까이 다가갈 때 8호에 사는 제프가 무리에 합류한다. 이혼남이다. 그리고 또…… 황갈색 머리카락의 다른 남자는 이름이 생각나지 않는다. 탐신과 동행이라 조금 조심스럽다. 솔직히 그날 엿들은 대화 때문에 내가 왓츠앱에 남긴 초대 글에 그녀가 카메론인가 코너인가 하는 남편과 함께 오겠다고 한참 뒤에 남긴 답글을 남겼기에 깜짝 놀랐다. 아마도 이브가 설득하지 않았을까 싶다.

나는 입고 있는 여름용 원피스를 의식적으로 매만지면서 혼자 있는 사람은 없는지 정원을 둘러본다. 하지만 다들 몇 년간 서로 알고 지낸 데다 휴가를 보내느라 나누지 못한 이야기를 주고받기 바빠 즐거워 보인다. 그러고 보니 내가 연 파티에서 나만 이방인이다.

"앨리스, 이리 와요!"

이브가 까치발로 서서 나를 향해 손을 흔든다. 나는 탁자에서 과자 그릇을 들고 그쪽으로 건너간다.

"원피스 예쁘네요." 고개를 드니 황갈색 머리칼 남자가 내 앞에 서 있다. 큼직막한 손 하나로 잔 네 개를 들고 있는 것으로 보아 술을 채우러 가는 모양이다.

"고마워요." 나는 그에게 웃으며 답한다. "죄송한데 이름이 기억 안 나요."

"코너예요. 탐신의 콩깍지죠" 말투에 스코틀랜드 억양이 묻어난다.

"실은 탐신과 아직 인사를 제대로 못 나눠서요. 기억해두었다가 얘기 나눌게요."

내가 대꾸하자 코너가 웃으며 자리를 뜬다.

'밥맛이야.' 코너의 뒷모습을 보고 이렇게 생각한다. 그러다 불쑥 미안해진다. 한낱 농담에 이렇게 반응할 것까지야.

나는 이브가 친구들과 모여 있는 곳으로 걸음을 옮긴다. 탐신이 다가가는 나를 보더니 눈을 살짝 흘긴다. 잘못 본 게 아니다.

"진짜 용감하다고 얘기하고 있었어요. 이리로 이사 온 것 말이에요." 탐신이 말하자 이브가 그녀를 쿡 찌른다. 얼굴 윤곽을 따라 흐르는 구불구불한 머리칼과 옅은 녹색 눈동자. 탐신은 눈부신 미인이다.

나는 탐신에게 미소를 지으며 그녀를 내 편으로 만들기 위한 말을 던진다. "익숙해지겠죠. 게다가 이렇게 좋은 이웃들이 있잖아요."

탐신이 눈살을 찌푸린다. 나를 좋아하지 않는 게 분명하다. 심장이 철렁한다. 어쩌면 탐신은 친구들을 뺏기기 싫어하는 질투심 많은 유형이라 내가 자기들 무리에 불쑥 합류하려 한다는 인상을 받은 건지도 모른다. 아무래도 좀 천천히 다가가야 할 것 같다.

"한잔하시죠?" 흑갈색 머리카락의 미인인 카라가 말한다. 폴과 동행인 건 알겠는데 몇 호에 사는지는 기억나지 않는다. 2호던가? 카라가 내가 들고 있는 그릇에 손을 넣는다. "이 과자 맛있네요. 어디서 샀어요?"

"딘 거리에 있는 식품점이요." 탐신이 내 대답을 가로채더니 딱딱한 미소를 보이며 덧붙인다. "전에 거기서 산 적 있거든요."

이후 저녁 시간이 정신없이 지나간다. 마지막 손님이 돌아갈 무렵이 돼서야 마음이 편해진다.

"다들 너무 친절하네." 식기세척기에 유리잔을 넣으면서 레오에게 말한다. "이젠 슬슬 몇 명씩 저녁 식사에 초대해서 제대로 대화를 해야겠어."

레오가 눈썹을 치켜올리며 말한다. "시간을 두고 누가 누군지부터 익히자고."

"이미 다 익혔어." 내가 짓궂게 대꾸한다. "2호에 사는 카라와 폴하고 인사했어? 진짜 좋은 사람들 같아."

레오가 몸을 꼿꼿이 세운다. "좋은 사람들 같긴 해. 하지만 섣불리 판단하지 마, 앨리스. 당신을 전부 보여주지도 말고. 난 여기가 할스턴처럼 되지 않았으면 좋겠어."

내가 어리둥절해서 그를 쳐다보며 묻는다. "왜?"

레오가 날카로운 말투를 감추려는듯 나를 끌어당긴다.

"사람들이 우리에 대해 시시콜콜 다 아는 거 별로야. 우리끼리도 괜찮잖아, 앨리스." 그가 내 입술에 키스한다. "다른 사람은 필요 없어."

3장

한가로운 일요일 아침이다. 우리는 침대에서 한참을 꾸물대다가 정원으로 나와, 레오가 차고에서 찾은 오렌지색 파라솔을 펼쳐 나무 선베드에 그늘을 만들어놓고 나란히 누워 있다. 강렬한 재스민 향이 공기 가득 떠돌고, 가슴 위에는 읽다 만 책이 놓여 있다. 나는 옆에 누운 레오를 향해 고개를 느릿하게 돌린다. 레오가 휴대전화로 문자를 확인하다가 내 시선을 알아채고 말한다.

"폴이 다음 주말에 같이 테니스를 치자네. 그리고 코너가 목요일에 주민 자치회 회의가 있으니 잊지 말래." 레오가 휴대전화를 잔디에 내려놓고 내 손을 잡는다. "다행히 버밍엄에서 시간 맞춰 오긴 힘들 것 같네."

"난 언제든 갈 수 있어." 내가 눈을 감고 그의 손길을 느끼며 중얼거린다.

"남자들끼리의 모임 같은데."

레오의 대답에 나는 눈을 번쩍 뜬다. "와, 이리로 이사 오면서 의식도 1950년대로 퇴행했는지 몰랐네."

레오가 활짝 웃으며 옆으로 돌아눕는다. 파란색 티셔츠가 올라가 허리춤의 속살이 드러난다. "날 원망하지 마. 코너 말로는 끝나고 다같이 자기 집에 가서 위스키를 마신대. 위스키 유통업자니까 좋은 물건이 많을 거야."

"그러니까 여자는 위스키를 안 마신다 이거네." 대수롭지 않은 듯 말하며 그에게 몸을 기대고 입을 맞춘다. 그를 대하는 게 꽤 편해져서 다행이다. "버밍엄 일은 언제 끝나?"

"몇 주 안에." 그가 웃는다. "매일 저녁 집에 와서 당신을 보고 싶어 미칠 것 같아. 당신이 신호등 앞에서 내 차로 후진해오던 그 순간부터 그게 내 소원이었어."

나는 웃음을 터트린다. "얼렁뚱땅 넘어가시겠다? 당신이 내 차를 들이받았잖아."

"들이받은 건 아니지!" 말로는 반박하지만 얼굴은 웃고 있다. "부딪쳤지. 아주 살짝 말이야."

그의 말이 사실이다. 너무나 살짝 부딪쳐 차 상태를 확인하러 나갈 생각도 안 했다. 1월이었고, 비가 세차게 내리고 있던 탓이었다. 하지만 그가 내 차 가까이 오더니 빗속에서 유리창을 두드리며 창문을 내려달라고 손짓했다.

"정말 죄송합니다." 빗방울이 그의 얼굴을 타고 흘러내렸다. 신호등이 초록색으로 바뀌어 차들이 우리를 지나쳐가자 그가 몸을 더 가까이 숙였다. 그 바람에 흠모와 미안함이 동시에 깃든 그의 녹갈색 눈동자를 볼 수 있었다.

"아무 데도 안 다쳤어요. 진짜예요. 부딪치는 느낌도 안 났어요."

"다쳤을지도 몰라요. 그리고 차가 분명 조금은 망가졌을 겁니다."

"정말이지 괜찮아요." 비에 젖어 그의 머리칼이 이마에 찰싹 달라붙은 게 마음에 들었다. 거뭇거뭇하게 자란 턱수염도. 그의 말대로 차가 살짝이라도 망가져 이 대화를 이어갈 구실이 생겼으면 싶었다. 확인해보는 것도 나쁘지 않겠지. 나는 안전벨트를 풀었다. "그래야 마음이 편하시다면 확인이라도 해볼까요?"

차에서 내린 후 비가 들지 않게 코트 깃을 세우며 차 뒤편으로 가서 몸을 숙여 범퍼를 확인했다. 아주 미세한 자국이 있긴 했지만 그건 몇 주 전 친구 데비네 말 운반용 트레일러로 후진할 때 생긴 흔적이 분명했다.

"보이지 않는 곳에 문제가 생겼을지도 몰라요. 도로를 달리다 범퍼가 떨어질 경우를 대비해 제 명함을 드려도 될까요?"

나는 웃었다. "굳이 원하시면요."

"당연하죠." 그가 지갑에서 명함을 꺼내 내게 건넸다. "그쪽 명함도 받고 싶은데요? 그쪽 범퍼가 떨어졌는데 민폐 끼치기 싫다고 잠자코 계실 경우를 대비한 겁니다."

레오 커티스. 나는 명함에 적힌 이름을 읽었다. 위기관리 컨설턴트다.

"명함이 없으니 번호를 드릴게요."

그날 밤 그가 내게 전화를 걸었다.

"뒤늦게 목 통증이라도 생긴 건 아닐까 싶어 확인차 전화드렸습니다."

"전 괜찮아요. 차도 괜찮고요." 그를 안심시켰다.

"그러면 함께 무사함을 축하해야겠군요." 그가 웃었다. "제가 저녁 식사를 대접해도 될까요?"

"그건 좀 어려울 것 같아요." 내가 애석해하며 말했다.

어색한 침묵이 잠시 흐르고 그가 입을 열었다. "죄송합니다. 제가 진즉에 눈치를……."

"아니, 그래서가 아니에요." 내가 급히 끼어들었다. "명함을 보니 런던에 사시는 것 같은데, 저는 이스트 서식스에 살거든요. 함께 식사하는 게 쉽지 않을 듯해서요."

"염려 마세요. 차가 있으니 운전해서 가면 됩니다. 혹시 댁에서 멀지 않은 곳에 제가 그쪽 인생에 돌진한 것을 사죄하는 의미로 대접할 만한 괜찮은 레스토랑이 있을까요?"

"믿으실지 모르겠지만, 있어요."

그렇게 모든 일이 시작되었다.

레오가 고갯짓으로 내 휴대전화를 가리킨다. "문자 보내는 사람은 있어? 즐겨찾기에 나밖에 없는 거 아냐?" 그의 농담이 살짝 신경 쓰이지만, 그건 순전히 탐신의 불친절한 태도 때문이다.

"카라한테 어젯밤에 고마웠다는 문자 하나 받았어. 다른 사람들처럼 벌써 왓츠앱에 글도 올리고 참 다정해. 여기 사람들 전부 예의

바른 것 같아. '입주 축하' 카드 보내준 거 봤어? 거실 벽난로 선반 위에 올려뒀는데."

"응, 봤어. 몇 주 동안은 거기 있겠네." 그가 미소를 짓는다. 생일 카드와 크리스마스 카드를 지겨울 때까지 진열해놓는 내 버릇을 두고 하는 말이다.

"유별나긴 하지만, 사람들이 카드 고를 때 한참 고민하는 걸 생각하면 쓰레기통에 바로 못 버리겠어." 나는 기지개를 켠 뒤 일어선다.

"어디 가?" 레오가 내게 나른하게 손을 뻗으며 말한다.

"스테이크랑 함께 먹을 샐러드 만들러."

"말만 들어도 근사하네." 그가 흡족해 하는 한숨을 내쉰다.

느닷없는 움직임에 잠에서 깨보니 레오가 일어나 침대에 앉아 있다.

"누구세요?" 레오가 갑자기 크게 소리치며 밤의 정적을 깨운다. 깊은 밤, 컴컴한 침실에는 그림자들만 무겁게 드리워져 있다.

"무슨 일이야?" 내가 속삭인다. 잠든 지 10분밖에 지나지 않은 느낌이다. 대체 몇 시일까? 그를 눕히려 잡아당기자 그가 내 손을 성마르게 뿌리친다.

"누가 있어." 그의 목소리가 날이 서 있다.

"뭐?" 심장이 벌렁거린다. 나는 정신을 차리고 앉는다. 아드레날린이 솟구친다. "어디에?"

"여기, 침실에." 레오가 머리맡 램프를 더듬어 전원을 켜자 새하얀 인공 불빛에 눈이 부셔 앞이 잠시 보이지 않는다. 나는 눈을 빠르게 깜박이며 초점을 맞춘 뒤 침실을 재빨리 훑는다. 아무도 없다. 나무 문이 달린 빌트인 옷장과 구석에 놓인 의자, 그 위에 쌓인 옷가지가 전부다.

"확실해?" 내가 의심스럽다는 듯 묻는다.

"확실해!"

나는 한쪽 팔에 힘을 줘 상체를 일으킨 후 가늘게 뜬 눈으로 반쯤 열린 욕실 문 안쪽을 바라본다. 머릿속으로는 누군가 샤워 부스에 숨어 머리 위로 날이 긴 칼을 치켜들고 있는 모습을 이미 상상하고 있다. 그때 레오가 이불을 젖히고 침대 밖으로 다리를 휙 빼내는 바람에 깜짝 놀란다.

"어디 가려고?"

그가 나체로 일어선다. 긴장한 탓인지 몸에 힘이 잔뜩 들어가 있다. "복도에 불 켜려고."

그러고는 살짝 열린 침실 문틈으로 손을 내밀어 벽에 달린 스위치를 누른다. 나는 층계참과 계단으로 쏟아지는 빛에 눈살을 찌푸리며 누군가 다급하게 집을 나가는 소리가 나는지 귀를 기울인다. 하지만 아무 소리도 들리지 않는다.

"경찰 부를까?" 충전 중이던 휴대전화를 집어 들며 묻자 레오가 대꾸한다.

"잠깐만, 먼저 확인하고. 옆방도 보고 올게."

나는 침대에서 나와 면 가운을 그러쥔다. 가운으로 몸을 가리자 무방비로 노출된 느낌이 줄긴 했으나 레오를 따라 문 쪽으로 가자니 심장이 쿵쾅거린다.

"나도 갈게."

"아니, 여기 있어. 무슨 소리 들리면 경찰 부르고."

"잠깐만." 나는 욕실로 달려가 아무도 없는지 재빨리 확인하고 헤어스프레이 통을 가지고 나와 뚜껑을 연 뒤 레오에게 건넨다. "누구든 보이면 눈에 뿌려, 앞이 안 보이게."

평소의 레오라면 실오라기 하나 걸치지 않은 남자더러 무기랍시고 헤어 제품을 들고 있으라는 거냐고 나를 놀렸을 것이다. 하지만 지금은 통을 받아 옆구리에 딱 붙이더니 분사 버튼 위에 손가락을 올린 채 층계참을 걷는다. 손님방에 이어 서재를 살피는 그의 모습을 불안에 떨며 지켜보면서 나는 999를 누를 준비를 한다.

"아무도 없어." 그가 외친다. "아래층도 살펴볼게."

"조심해!" 나는 잠시 기다린다. "뭐라도 보여?" 대답이 없자 난간으로 가서 복도 아래를 내려다본다. 그 순간 거실로 움직이는 그가 보인다.

몇 분 뒤 레오가 돌아온다. "창문이랑 문은 잠겨 있어. 물건도 그대로고."

"진짜로 사람을 본 거야?" 침실로 돌아가며 내가 묻는다.

"응… 아니… 모르겠어." 그가 시인한다. "그냥 방 안에 누군가 있는 것 같은 느낌이었어."

"꿈이었나 보다."

그가 헤어스프레이 통을 내려놓으며 겸연쩍다는 듯한 표정을 짓는다. "그랬나 봐. 미안해. 당신을 겁먹게 할 생각은 없었어. 그나저나 몇 시지?"

나는 휴대전화를 확인한다. "3시 15분. 좀 더 자. 세 시간 있다가 일어나야 해."

침대로 함께 올라가자마자 그가 금방 곯아떨어진다. 하지만 나는 고향 집에 살 때 한밤중에 집 안에 울려 퍼지는 이상한 소리에 놀라 눈을 떴던 모든 순간을 떠올리고는 레오가 내 곁에 있다는 사실이 감사해서 잠을 쉽게 이루지 못한다. 일상을 공유할 수 있는 그가 있다는 사실이, 더는 혼자 헤쳐나가지 않아도 된다는 사실이 좋다. 레오가 내 차를 들이받은 건 몇 년 사이 내게 일어난 일 중 최고의 사건이다.

"그거 아니? 네가 다른 사람한테 눈곱만큼이라도 관심을 보인 게 이번이 처음이야." 내가 데비에게 그날 일을 털어놓자 데비가 건넨 대답이었다.

그 말이 맞았다. 당시 나는 서른다섯이었다. 그때까지 짧지 않은 연애를 세 번 했는데 모두 좋지 않게 끝났다. 갑작스러운 결별은 아니었고 관계에 미래가 없어 보여 서서히 멀어졌다. 그런 탓에 내가 긴 연애에는 맞지 않는 사람이라 생각했고, 평생을 함께할 사람을 못 찾을 수도 있겠다 싶어 조금 슬퍼하다 말았다. 하지만 레오가 내 인생에 나타나면서 모든 것이 바뀌었다.

레오와 나는 6개월 동안 주말에만 만나는 장거리 연애를 했다. 레오가 주중에는 런던 아파트에서 지내다가 주말마다 할스턴으로 내려왔다. 물론 시간이 흐를수록 둘 다 더 많은 것을 원하게 되었다. 어느 날 저녁, 같이 식사하는데 그가 샴페인을 시켰다. 프러포즈 할지도 모른다는 생각에 불안감이 치솟았다. 결혼에 관해 이야기를 나눈 적도 없었고, 생각할 시간이 필요하다는 말로 우리 사이를 망치기도 싫었다. 웨이터가 코르크 마개를 빼느라 버둥대는 동안 나는 좋다고 말하는 게 괜찮을지 고민했다. 할스턴에서 레오와 여생을 함께 보내는 미래가 느닷없이 아름다워 보였다.

"앨리스, 당신한테 할 말이 있어." 샴페인 잔이 채워진 뒤 그가 말했다. "당신과 언제나 함께하고 싶어. 주말에만 보는 건 이제 그만하자." 그가 심호흡하고 말을 이었다. "나랑 같이 살래?"

같이 살자고? 그러니까 런던에서?

"순간 자기가 결혼하자고 하는 줄 알았잖아." 나는 혼란을 감추려고 농담을 했다. 레오가 내 손을 잡았다. "당신을 사랑해. 하지만 난 결혼은 믿지 않아. 지금 이 나이에 결혼하는 것도 싫고 행복한 부부를 본 적도 없어. 어쨌거나 그냥 종이 서류에 불과하잖아. 그런 서류가 있다고 서로를 더 사랑하게 되는 것도 아니고."

"그런 뜻이 아니야." 나는 샴페인을 한 모금 마시고 대답했다. "결혼을 안 하는 건 상관없어. 그런데 같이 살자니, 당신 아파트에서 살자는 거야?"

"응."

레오가 원하는 대답을 해줄 수가 없었다. 할스턴에 사는 것이 가끔 외롭기는 했어도, 이곳이 내가 아는 전부이자 내가 살아온 유일한 동네였다. 친구들도, 내 삶도 이곳에 있었다.

"생각 좀 해봐도 될까?" 내가 물었다.

"너무 오래 끌지만 않으면." 그가 웃으며 말했다. "매일 당신과 함께 지내고 싶어, 주말만이 아니라."

그 후로 런던에서 살자는 화제를 그럭저럭 잘 피했다. 그러던 중 6개월 전 레오가 중부지방으로 전근을 가게 됐다. 딱히 최후통첩을 한 건 아니지만 그가 자신의 전근지로 이사하지 않겠냐고 물을 때 그와 미래를 함께하고 싶으면 내가 조금 양보해야 한다는 걸 알았다. 그와 함께하고 싶었다. 나야 어디서든 일할 수 있지만 그는 그럴 수 없고, 런던으로 거처를 옮긴다 해도 나는 킹스크로스역에서 출발해 할스턴으로 가기가 상대적으로 쉬웠다. 결국 함께 런던에서 살기로 결정한 후 녹지와 가까운 곳을 원하는 내 의견에 따라 그가 아파트를 팔고 나는 고향 집을 팔아 정원이 딸린 공원 근처로 집을 알아보기로 합의했다. 그러면 그가 월요일부터 목요일까지 버밍엄에 살면서 중부지방의 일을 보고 금요일부터 토요일까지 런던에서 나와 시간을 보낼 수 있었다. 그렇게 우리의 새집이 마련되었고, 나의 새 인생이 시작되었다.

어젯밤 파티가 끝나고 레오가 했던 말이 뇌리를 스친다. 다른 사람들은 필요 없다는 말. 그가 진짜 일주일 내내 나와 껌딱지처럼 붙어 있기를 원한 건 아닐 테다. 그는 사생활을 매우 중시하기 때문에 너무 사적인 질문을 받으면 상대의 관심을 딴 데로 돌리는 데 굉장히 능숙하다. 내가 누군가 우리에게 '관심이 많다'라고 표현하면 그는 '오지랖이 넓다'라고 표현하는 식이다.

"누구였어?" 어느 금요일 오후 내가 레오에게 물었다. 런던에서 오는 그를 기다리며 할스턴 고향 집 창가에 서 있다가 본 여자를 가리키는 말이었다. 눈이 내리더니 이내 바닥이 얼어붙은 험악한 날씨여서 레오는 한낮에 출발한 터였다. 차에서 내리는 그에게 웬 여자가 난데없이 말을 걸었다. 레오가 피하려 해도 여자는 막무가내였다. 자신을 좀 내버려두라고 말하는 레오의 목소리가 또렷이 들렸다.

"누가 시골에서 사니까 기분이 어떠냐고 묻잖아." 누구냐고 묻는 내 말에 레오가 지나치게 신경질적인 목소리로 답했다. 사귄 지 얼마 되지 않았을 때라 잠시 옛 애인이 아닐까 짐작했다. 하지만 오래 지나지 않아 알게 된 사실인데, 레오는 누구든 자신의 사적인 공간을 침범하는 것을 몹시 싫어했다.

그래서일까. 몇 년 전 일하다가 만난 마크 외에는 친한 친구도 거의 없다. 이런 상황에 죄책감이 든다. 다른 사람은 필요 없다는 그의 말을 나는 동의할 수 없기 때문이다. 레오를 사랑하지만 내게는 데비는 물론이고 할스턴의 다른 친구들도 필요하다. 그들은 내게 가족이나 다름없는 항상 그리운 존재들이다. 다행히 런던에도 절친한 친구가 된, 마크의 아내 지니가 있다. 게다가 겨우 몇 킬로미터 떨어진 이즐링턴에 살고 있다. 이곳 서클에서도 새 친구를 꼭 만들고 싶다.

나는 베개를 뒤집어 툭툭 쳐 평평하게 만든 뒤 몸을 돌려 레오를 바라본다. 그의 머리가 이불에 반쯤 묻혀 있다. 전에는 생각지도 못한 깨달음이 스친다. 그에게 가족이라곤 내가 전부다. 부모님과는 소원한 데다 그가 말해준 몇 안 되는 사실에 따르면 그다지 훌륭한 부모도 아니었던 것 같다.

레오가 몸을 뒤척이며 잠결에 웅얼거린다. 갑자기 사랑의 감정이 물밀듯 밀려온다. 그가 안정된 삶을, 의지할 사람을 원하는 것도 이상하지 않다.

4장

"목요일에 봐."

다음 날 아침, 레오가 식탁 의자에서 나를 번쩍 들어 내리며 입을 맞추고는 말한다. "조심해. 밤에 문단속 잊지 말고."

"아무도 없었어." 그의 셔츠에 얼굴을 파묻고 냄새를 들이마시며 간밤의 일을 상기시킨다. "같이 확인했잖아."

레오가 내 정수리에 턱을 괸다. "알아. 그래도 조심해."

내가 타이를 잡고 그를 아래로 끌어당겨서 작별 키스를 한다. "사랑해."

그가 복도에서 가방을 집어 들고 손을 흔들더니 현관으로 사라진다. 나는 그의 뒤로 문이 닫히고 그의 발소리가 진입로를 따라 잦아들다가 완전히 사라질 때까지 귀를 기울인다. 순간 숨 막히는 정적에 휩싸이며 누군가 여기 있었다는, 외부인이 우리가 자는 모습을 지켜보고 있었다는 생각이 뇌리를 스친다. 완벽한 고요에 사로잡힌 채 서 있으니 또 다른 생각이 머릿속을 쾅 하고 때린다.

난 이 집이 싫다.

레오가 집 구경을 끝내고 전화했을 때 나는 지니와 베니스에서 휴가를 보내는 중이었다.

"완벽해." 레오가 말했다. 못해도 스무 채는 돌아본 후라 그런지 그의 목소리에서 안심하는 기색이 묻어났다. "지니 말이 맞았다고 전해줘. 벤, 그 친구 대단하던데. 우리가 딱 원하는 집을 찾아줬어. 완벽한 집이야."

지니가 읽고 있던 잡지에서 고개를 들고 엄지손가락을 들어 올렸다. 베니스로 떠나기 전 지니가 레오에게 벤을 찾아가 보라고 조언해주었다. 벤은 몇 달 전 지니와 마크에게 그들이 바라던 완벽한 집을 찾아준 부동산 중개인이었다.

"어떤 점에서 완벽하다는 거야?" 나는 레오에게 물었다. 너무 쉽게 진행되는 것 같았기 때문이다. 그토록 완벽한 집이라니, 거짓말이 아닐까?

"사진을 찍었거든. 지금 보내줄게."

"엄청나게 크다." 몇 분 후 내가 말했다. 게다가 너무 비싸 보였는데, 그 말은 소리 내 하진 않았다. 나는 앞마당이 전용 도로로 이어져 있는 거대한 크기의 하얀색 집 사진을 계속 넘겨보았다. 할스턴에 있는 내 조그만 오두막과는 정반대였다.

"방이 네 개야. 2층에 세 개, 아래층에 한 개. 욕실은 두 개고." 레오가 설명했다.

"방이 네 개라고? 레오, 네 개나 있을 필요는 없어."

"그래, 하지만 용도야 바꾸면 되지. 아래층 방을 두 번째 서재로 쓴다든가."

나는 다음 사진을 보았다. "집들 사이에 울타리 같은 건 없어?"

"뒤편에만 있어. 다른 사진도 봐. 총 열두 집이고 외부인 출입을 제한해서 매우 안전해. 단지 한가운데에 작고 예쁜 공원이 있는데, 그 주변으로 집들이 지어졌어."

나는 옆에 앉아 있는 지니에게 휴대전화 화면을 보여주며 사진을 계속 넘겼다. 주택마다 해당 구역 왼편에는 집이 서 있고, 오른편에는 차고와 진입로가 설치돼 있어서 옆집과 경계를 지었다. 검은 철책으로 둘러친 작은 공원은 꽃밭, 벤치, 오솔길로 예쁘게 꾸며져 있었고, 한쪽 구석에는 아이들을 위한 조그만 놀이터도 있었다. 우리가 구경한 그 어떤 매물보다 훌륭했다. 하지만 내가 알던 세상, 내가 익숙한 세상과 몇 광년이나 떨어져 보였다.

"굳이 이런 데 살고 싶진 않은데." 내가 주저하며 말했다.

"평범한 곳이 아니야, 고급 단지라고."

"어디 있는데?"

"핀즈버리 파크 근처."

그 말에 어리둥절했다. 핀즈버리는 넘보지 못할 나무라며 이미 배제한 터였다.

"핀즈버리는 너무 비싸지 않아?"

"그래서 특별한 거야. 한동안 비어 있었대. 그래서 벤이 내 아파트와 같은 값에 살 수 있으리라 생각한 거지. 그 말은 곧 할스턴 집은 팔지 않아도 된다는 뜻이야, 앨리스."

"상관없어." 내가 반박했다. "이미 마음먹었어."

"알아. 하지만 그 집이 당신한테 얼마나 소중한지도 잘 알아. 내가 이제껏 생각하던 게 그거야. 당신 고향 집을 팔지 않고도 살 수 있는 집을 찾는 것." 레오가 말을 잠시 멈추었다. "한 6개월 정도 세를 줬다가 런던이 정 마음에 안 들면 그때 할스턴 고향 집으로 돌아갈 수도 있고."

"말이 씨가 된다고." 나는 지니를 의식해 침실로 자리를 옮겼다. 문이 닫히길 기다린 다음 말을 이었다. "무슨 말이야, 레오? 우리가 6개월도 못 갈 거라 생각하는 거야?"

"아니, 그게 아니야. 당신이 런던으로 거처를 옮기는 것 때문에 고민하니까 이러면 결정하기 쉬울 것 같아서. 만에 하나 이곳 생활이 지긋지긋해지더라도 할스턴 집이 기다리고 있다는 걸 알면 말이야. 필요할 때 미래를 다시 계획할 수 있도록 도와주는 안전망인 셈이지."

눈물이 차올랐다. 고향 집을 판다는 생각에 마음이 찢어지는 듯했지만 레오에게 들키지 않으려고 필사적으로 노력했다, 결국 실패하고 말았지만. 그리고 그가 옳았다. 할스턴 집이 그대로 남아 있다면 런던으로 이사 오기 훨씬 쉬울 게 분명했다.

"나한테 왜 이렇게 잘해줘?" 내가 물었다.

"당신을 사랑하니까. 그러면 이제 이대로 진행해도 될까? 이왕이면 오늘 하고 싶은데."

"한 시간 안에 전화 줄게." 내가 약속했다.

나는 사진을 다시 찬찬히 넘겨 보았다. 지니도 마음에 들어 했다. 자신과 마크가 사는 곳에서 멀지 않다는 말까지 덧붙이면서.

"적어도 나를 보러 오겠다고 런던 시내를 가로지를 필요는 없잖아." 그녀가 햇빛 차단용 모자의 넓은 챙을 쥐고서 머리에 꼭 맞게 고쳐 쓰며 말했다. "자, 마침내 런던에 입성하게 된 걸 축하하는 의미로 와인이나 한잔하러 가자."

"아직 동의한 건 아니야." 나는 그녀에게 사실을 상기시켰다. 무언가 계속 신경이 쓰였다. 할스턴 집을 팔지 않고 이대로 진행하면 그건 레오의 집이지 우리 집이 아니었다. 그런데 그게 중요할까? 나는 결혼은 하기 싫다던 레오의 말을 떠올렸다. 집을 함께 소유하면 우리가 서로를 더 사랑하게 될까? 답은 '아니오'였다. 결국 나는 레오에게 전화해 그대로 진행하라고 말했다.

일주일 뒤 마침내 그 집을 실물로 마주했다. 레오가 단지 입구에 서 있는 검은 철문을 열기 위해 키패드에 비밀번호를 입력하는 것을 보면서 그가 왜 고급 단지라고 했는지 깨달았다.

"집집마다 화면으로 출입문을 볼 수 있어서 허락받지 않은 외부인은 아무도 못 들어와." 레오가 설명했다.

첫 집인 1호는 정문 왼편에, 마지막 집인 12호는 오른편에 있었다. 우리 집인 6호는 정중앙인 정문 반대편으로, 그 사이에 공원이 있었다.

"어때?" 차에서 내리며 레오가 물었다.

나는 하얀 담벼락, 붉은 타일이 깔린 가파른 지붕, 깔끔하게 정돈된 잔디, 콘크리트 진입로, 차고에서 정문까지 이어지는 포장도로를 눈여겨보았다. 모든 집이 생김새가 똑같았다.

"집들로 만든 시계 같네." 나는 선뜻 내키지 않는 마음을 감추며 미소를 지었다.

집 안에 들어서자 널찍한 복도 왼편으로 보는 순간 서재로 점찍은 커다란 다이닝룸이 있었고, 그 옆에 난 이중문을 통과하니 오픈 플랜식 부엌이 집 안쪽을 차지하고 있었다. 복도 오른쪽에는 널찍한 거실과 샤워실이 딸린 침실이 하나 있었다. 정문 오른쪽에 있는 계단을 따라 2층으로 올라가니 침실 세 개와 욕실, 서재가 나왔다.

"아래층 침실을 두 번째 서재로 만들 생각이야. 하나씩 차지하면 될 것 같아." 레오가 설명했다.

"좋은 생각이네, 내가 아래층 서재를 쓴다는 조건이라면." 내가 그에게 입을 맞추며 말했다. "부엌이랑 가까운 게 좋거든."

"나는 2층 서재도 만족해." 그가 층계참의 반대쪽 문 중 하나를 열었다. "이게 가장 큰 침실이야."

"근사하다." 환하고 통풍이 잘되는 방을 둘러보며 내가 말했다.

"그렇지? 그런데 옆 침실에는 샤워실이 딸려 있어. 와서 봐봐." 레오를 따라가 들여다 본 침실은 조금 전 방보다는 작았지만 그래도 제법 컸다. "침실 두 개를 하나로 합쳐서 샤워실이 딸린 큰 침실로 만들고 싶어." 그가 설명했다. "그리고 남은 방은 손님방으로 쓰는 거야. 데비가 오면 머물 수 있게."

"너무 좋다." 나는 창가로 가서 정원을 내다보았다. 5월 초라 금사슬나무가 아름답게 피어 있었다. 벚나무처럼 보이는 나무도 있었다. 왼편 울타리를 따라 나무딸기 가지가 뻗어 있는 것도 보였다.

"아름다워." 내가 넋을 놓고 말했다. "정말 예뻐."

레오가 내 뒤에 서서 양팔로 나를 감싸며 속삭였다. "여름날 저녁에 저기 함께 앉아서 와인 한잔 기울이면 딱 좋겠다."

그의 따뜻한 숨결이 목에 닿자 나는 본능적으로 고개를 기울였다. "그러게."

그가 나를 돌려 세워 내 얼굴을 쳐다보았다. "그 말은 좋다는 뜻이야?" 갈색 눈동자가 내 눈을 빤히 응시했다.

"좋아." 나는 이렇게 답하며 속으로 행운을 빌었다. 실은 그다지 마음에 들지 않았다. 하지만 그를 위해 마음에 들도록 노력할 생각이었다. 점점 좋아질 터였다.

아직은 아니었지만.

5장

나는 부엌 바닥에 양반다리로 앉아 조금 전 내게 힘주어 말하던 내면의 목소리를 떠올린다. 이 집이 싫다고, 아니 못 견디게 싫은 건 아니다. 1층 서재처럼 마음에 드는 부분도 있다. 결코 마음에 들지 않을 줄 알았던 연분홍색 벽도 마음에 드는 데다 원래는 침실이라 욕실이 딸린 점도 좋다. 창문 앞에는 한때 아버지가 사용하던 책상이, 구석에는 레오의 아파트에서 가져온 소파 베드가 놓여 있다. 또 주방도 좋다. 연한 색 대리석 조리대와 새하얀 독일제 불탑 주방 가구가 설치된 주방도 멋지다. 좀 더 생기만 불어넣으면 더 좋아하게 될 것 같다. 지금은 모든 것이 한 치의 오차도 없이 줄 맞춰 서 있거나 죄다 찬장에 숨겨져 있어서 너무 깔끔한 모습이 꼭 병실 같다. 그러니 나는 이 집을 싫어하는 게 아니다. 분위기가 마음에 들지 않을 뿐이다.

어쩌면 분위기라는 게 아예 없어서 그럴지도 모르겠다. 지어진 지 겨우 5년밖에 안 됐으니까. 반면 내가 나고 자라 몇 주 전까지 살던 고향 집은 2백살이다. 그 집을 지킬 수 있어서 정말 감사하다. 레오가 말한 대로, 시골살이를 시도해보고 싶어 하는 맨체스터 출신의 사랑스러운 커플에게 6개월 동안 고향 집을 세주었다.

바닥에 널려 있는 사진들을 훑어본다. 대부분 데비와 고향 친구들 사진이지만 요크셔 계곡에서 일주일 동안 레오와 휴가를 보내면서 찍은 사진도 있다. 나는 손을 뻗어 사진 한 장을 집어 든다. 언니의 얼굴 사진이다. 사진을 잠시 바라보다가 다른 사진에 손을 뻗는다. 이번에는 언니의 졸업식 때 찍은 부모님과 언니의 사진이다. 나는 사진을 입술 가까이로 가져와 입을 맞춘 뒤 눈을 감고 기억에 잠긴다. 내가 이 소중한 사진 두 장을 냉장고에 붙이려 한다는 게, 냉장고 문을 여닫을 때마다 나는 물론 다른 사람들의 눈길이 절로 갈 곳에 두려 한다는 게 믿기지 않는다. 혹여 가족에 관해 묻기라도 하면 설명을 해줘야 할 테니 말이다. 그래서 이제까지는 가족사진을 침실에 꽁꽁 숨겨놓았다. 하지만 이번 런던으로의 이사는 내게 여러 가지 의미로 새로운 출발이다.

나는 무릎을 꿇고 작은 자석으로 냉동고 문에 사진을 붙인다. 손 닿는 곳을 채우고 난 뒤 일어나 문이 전부 덮이도록 사진을 계속 붙인다. 다 붙이고 나서 뒤로 물러서서 작품을 감상한다. 부모님과 언니의 모습이 담긴 사진 두 장이 유독 눈길을 끈다. 나는 부엌을 둘러본다. 색감이 더 필요하다 싶어 다이닝룸 책장에 정리해놓은 요리책 더미를 가지고 온다. 거실을 지나가면서 문 너머를 흘깃 보니 웃음이 나온다. '입주 축하' 카드가 벽난로 위에 엎어져 있기 때문이다. 어제 나눈 대화에 대한 레오의 소소한 농담이다.

부엌으로 돌아와 조리대에 요리책을 쌓는다. 나중에 정원에서 꽃 몇 송이를 꺾어 중고품 가게에서 산 붉은 금테 화병에 꽂아 식탁에 올려둘 생각이다.

아직 옷을 제대로 입지 않아 위층으로 올라간다. 침실로 들어가다 방 크기가 낯설어 걸음을 잠시 멈춘다. 짐도 다 풀지 않았고 레오까지 없으니 방이 더 휑해 보인다. 갑자기 집 밖으로 나가고 싶은 충동이 일어 가지런히 접어 의자 등받이에 걸어둔 옷더미 속에서 여름용 원피스를 찾는다. 일기예보에서 남은 한 주 동안 기온이 내려갈 거라고 했으니 오늘이 이 원피스를 입을 수 있는 마지막 날일 것이다. 하지만 보이지 않는다. 한 번 더 입을 생각으로 빨래 바구니에는 넣지 않았다. 분명 옷장에 걸어 놓았다.

나는 거대한 옷장 내부에 걸린 옷걸이를 뒤적여 원피스를 찾는다. 끝내 원피스가 보이지 않아 청반바지와 민소매 셔츠를 꺼내다가 옷장 바닥에 가지런히 두었던 신발 여러 켤레가 마구 어질러져 있는 걸 눈치챈다. 허리를 숙여 신발을 정리하면서 이브를 찾아가도 될지 고민한다. 그녀는 미용 제품을 주로 다루는 전문 블로거로 언제나 본인이 원하는 시간만큼만 일한다.

"완벽한 직업이에요." 이사 첫날, 왓츠앱에 올린 초대 글을 보고 감사 인사를 하러 와서 이브가 한 말이다. "여동생한테 얼마나 고마운지 몰라요. 동생이 뷰티테크 최고경영자거든요. 블로그를 해보라고 제안한 사람도 동생이에요. 평소 관심 있던 주제에 대해 글도 쓰고, 좋은 제품을 테스트도 하고, 공짜 제품도 화장대가 흘러넘칠 만큼 한가득 받고. 아, 내가 몇 개 줄 테니 까먹지 말고 얘기해줘요. 게다가 이 일은 평생 할 수도 있잖아요. 우리 둘 다 집에서 일할 수 있다니 운이 좋지 않아요, 앨리스? 어떨 때는 침대에 누워서 블로그를 쓴다니까요!"

그 말에 동의하지 않을 수 없었다. 나는 프리랜서 번역가니까. 보통은 책상에 앉아서 번역을 하지만 가끔 침대에서 원고를 읽기도 한다. 특히 겨울에. 이브처럼 나도 내 일을 좋아하고, 출퇴근하는 생활이나 동료를 그리워하지도 않는다. 또한 시기별로 업무 강도가 다르다는 점도 마음에 든다. 지금은 이탈리아 출판사로부터 책이 도착하기를 기다리는 때라 잠시 소강상태다. 이사 직전까지 몇 달 동안 너무 고단했던지라 두어 주는 푹 쉬었다. 하지만 일을 다시 시작해야 한다. 이미 슬슬 시동이 걸린 지루함에 완전히 장악당하기 전에.

침실에서 나와 레오의 서재를 지나가는데 비스듬히 돌아간 책상 의자가 보인다. 서재로 들어가 등받이에 손을 올리고 의자를 책상 쪽을 향하도록 돌려놓는다. 창밖을 내다보다가 이 위치에서 단지 내의 집들을 모두 볼 수 있다는 사실을 깨닫는다. 반대로 다른 집 창문도 눈동자처럼 나를 쳐다보고 있다. 나도 모르게 몸이 떨린다. 그래서 단지를 원형으로 지은 걸까? 모든 집이 서로를 지켜볼 수 있도록?

나는 아래층으로 내려와 열쇠를 찾은 뒤 운동화를 신는다. 이브를 방해하진 않을 생각이다. 지금쯤 바쁠 테니까. 다리 뒀다 뭐 하겠는가, 산책이나 해야지. 레오와 서클 근처만 둘러봤지 핀즈버리 파크까지는 가본 적이 없다.

밖으로 나가 길을 건넌 뒤 공원을 지나 단지 정문으로 걸어간다. 느린 걸음으로 5분 정도 걸린다. 멋지긴 하다. 벤치 여러 개와 놀이터가 있어 아이들과 노인들 모두에게 안성맞춤인 곳으로 모두가 함께할 수 있는 공간이라는 점이 이 공원의 매력이다. 하지만 놀이터의 그네와 미끄럼틀의 군데군데 페인트칠이 벗겨져 있다. 레오와 내가 왓츠앱에서 봤던 유지 및 관리 어쩌고 하던 메시지가 이걸 두고 한 말인가 보다.

런던이 워낙 생소하다 보니 단지를 나서자마자 귓전을 때리는 자동차 경적과 사이렌 소리에 어안이 벙벙하다. 인파로 가득한 거리와 앞다투듯 밀치고 지나가는 사람들도 낯설긴 마찬가지다. 순간 내가 할스턴에서 정말 평온하게 살았구나 하는 생각이 든다. 그곳에선 가장 시끄럽다고 해봤자 초여름에 드넓은 들밭에서 추수꾼들이 콤바인으로 곡식을 추수하는 소리 정도였다. 그렇지만 런던의 소음에는 어딘가 활기를 주는, 내가 좀 더 큰 세상에 속해 있다는 기분을 느끼게 하는 구석이 있다. 나는 런던 사람들의 발걸음에 맞추어 재빨리 속도를 높인다. 지도 앱인 시티매퍼의 도움을 받아 핀즈버리 파크까지 가는 길을 찾는다. 공원에 도착하니 유격 훈련을 마친 듯한 기분이 든다.

할스턴에서는 사람 하나 마주치지 않고 몇 시간 동안 들판을 걸을 수 있었다. 지금 여기는 공원을 한 바퀴 도는 데 한 시간밖에 걸리지 않았지만, 차에 치일까 봐 노심초사하지 않고 갈 수 있는 장소가 있다는 사실이 기쁘다. 그리고 이제 이전의 삶과 현재의 삶을 비교하는 것도 그만두어야 한다.

단지로 돌아와 샛문의 비밀번호를 입력하는데 정문이 열리면서 마리아의 승합차가 들어간다. 내게 손을 흔드는 그녀를 보며 나는 오른쪽으로 돌아 12호, 11호, 10호를 지나 9호까지 걸어간다.

"앨리스!" 마리아가 차에서 내리며 부른다. "어때요? 짐은 다 풀었어요?"

"조만간 다 풀 거예요. 산책하러 나왔어요."

"오늘 날씨 너무 좋죠? 전 오후에 약속이 없어서 빨리 일 끝내고 학교에 애들 데리러 갔다 오는 길이에요." 사내아이 두 명이 경쟁하듯 차에서 내리는 동안 마리아가 세 살 남짓한 막내를 들어 올리고 육중해 보이는 차 문을 닫는다. "자, 아들들, 집 안으로 들어가세요. 아빠한테 주스 달라고 해요."

"토요일 저녁에 못 와서 아쉬웠어요." 내가 주차장 진입로에 서 있는 마리아에게 다가가며 말한다.

마리아가 유감스럽다는 듯한 미소를 짓는다. "그러니까요." 마리아는 커다란 갈색 눈과 높은 광대뼈 덕에 인상이 좋다. "자주 부르던 베이비시터가 우릴 버렸어요."

"네, 팀한테 들었어요. 팀이라도 와서 다행이지 뭐예요."

"팀이요?" 마리아의 이마에 주름이 잡힌다. "아닐 텐데. 팀은 나랑 애들이랑 같이 집에 있었거든요. 내가 잠든 뒤에 나갔다면 또 모를까요."

"그랬나 봐요. 분명 왔거든요."

마리아가 재밌다는 듯 고개를 흔든다. "능구렁이 같은 인간. 나한테는 아무 말도 안 하고." 그러고는 조수석 바닥에서 핸드백을 집어 들고 현관문으로 걸어가더니 복도에 대고 소리친다. "팀, 토요일에 앨리스네에 갔으면서 왜 말 안 했어!"

"잠깐만!" 팀이 답한다. "뭐라고 하는지 잘 안 들려."

"듣고 싶은 말만 골라 듣는 거겠지." 마리아가 입을 실룩거리고 있으니 팀이 어느새 현관으로 나와 아내 옆에 선다.

"미안, 뭐라고 했어?" 팀이 내 쪽을 살피더니 인사한다. "안녕하세요, 새로 이사 오신 분이죠?"

그런데 내 눈앞에 서 있는 이 남자, 처음 보는 얼굴이다.

6장

나쁜 일이 벌어질 것 같은 께름칙한 기분이다.

"그러니까…… 당신이 팀이라고요?" 내가 당황해서 말한다.

남자가 웃음을 터트린다. "마지막으로 거울을 봤을 땐 저 맞던데
요."

"토요일에 왔던 팀이 아니에요." 내가 마리아에게로 고개를 돌
린다. "그래서 그런 거였군요. 동명이인이었나 봐요."

"이이가 말도 없이 몰래 나갔을 리 없죠."

"몰래 나가? 어디로?" 팀이 묻는다.

"앨리스와 레오 집에, 토요일에."

"안 갔는데."

"알아. 그런데 팀이라는 사람이 또 있나 봐. 앨리스가 당신으로
착각했대."

나는 눈앞의 팀을 바라보며 그와 다른 점을 찾는다. 그날 봤던 남자처럼 키가 크지도, 날씬하지도, 머리카락이 검지도 않다. 그다지 잘생기지도 않았다. 게다가 줄무늬 럭비 셔츠 차림이다. 지난번 팀이라면 절대 입지 않을 옷이다.

"이 단지에 팀이라는 사람이 또 있나요? 아내 이름은 마리아고요."

"내가 알기론 없어요." 마리아가 말한다. "여름에 누가 새로 이사 온 거라면 모를까요. 와, 상상해봐요. 이 단지에 우리 부부와 이름이 같은 부부가 또 있다니!"

"마리아가 아니라 메리라 불릴지도 몰라요. 팀과 메리라는 부부는 있을까요?"

팀이 고개를 저으며 묻는다. "그자가 본인을 팀이라고 소개한 게 확실해요?"

"네." 나는 불안을 숨기려고 웃는다. 순간 그자가 본인 입으로 팀이라고 말하지 않았다는 사실이 떠올라서다. 내가 먼저 "그쪽이 팀이군요"라고 하면서 가타부타 답을 듣기도 전에 그를 안으로 들였다. 그러면 아내를 마리아 대신 메리라고 부른다고 한 건 무슨 소릴까? 실수로 내 말을 오해한 걸 덮으려고 지어낸 걸까?

"몇 살이었어요?" 마리아가 묻는다.

"확실히는 모르겠지만, 사십 대 초반쯤요?"

또 다른 팀에 대해 최대한 자세히 설명하지만 두 사람 다 딱 들어맞는 사람을 떠올리지 못한다.

그때 집 안에서 요란한 소리가 들린다. "아이들한테 가봐야겠어요." 팀이 황급히 말한다.

"누군가의 동생이거나 주민을 따라 몰래 단지에 들어왔다가 파티에 우연히 들른 사람일지도 몰라요." 마리아가 말한다. "윌이 드라마에 출연한 이후로 팬들이 몇 번 몰래 들어왔거든요."

"팬으로 보이진 않았어요."

그들이 내 말에 더는 흥미가 없다는 것을 깨닫고 나는 그날의 불청객에 대해 그만 입을 다문다. 하지만 그자에 관한 생각을 떨치지 못하고 8호와 7호를 지나 50미터 구간을 집까지 걸어가는 동안 레오에게 전화를 건다.

"토요일 저녁에 팀이라는 사람이랑 대화한 적 있어?" 일과를 물은 뒤 본론을 꺼낸다.

"없는 것 같은데."

"있는지 없는지 정확히 말해줄래? 중요한 일이야."

잠시 정적이 흐른다. "팀이란 사람은 기억 안 나는데. 왜 그래?"

제프가 무거운 쇼핑백 두 개를 들고 공원을 지나고 있어 나는 손을 흔들어준다. "그날 팀이라는 사람이 왔기에 마리아의 남편인 줄 알았는데……."

"그럴 리가." 레오가 중간에 끼어든다. "오늘 아침 출근하다 만났는데 토요일에 못 와서 미안하다고 사과하던걸."

"알아, 좀 전에 팀이랑 얘기했어." 나는 차고 진입로 아래에 멈춰서서 주머니에 손을 넣고 열쇠를 찾는다. "문제는 여기에 동명이인이 없는 것 같다는 점이야." 현관문을 열기 위해 턱으로 휴대전화를 받치고 그 남자와 나눈 대화를 설명한다.

"잠깐만." 설명이 끝나갈 무렵 레오가 묻는다. "그가 본인이 팀이라고 소개하지 않았다는 거야? 당신이 먼저 '그쪽이 팀이군요'라고 말을 꺼냈다고? 그자는 자신이 누군지 말한 적 없고?"

"그자가 팀이 아니라고는 안 했어." 내가 변명하며 복도로 들어가 운동화를 벗는다.

"그리고 그 아내도 말이야. 당신은 마리아라고 했는데 그자는 메리라고 했다고?"

"응."

"어떻게 생겼어?"

"키가 크고 머리칼이 검고 눈은 회색이고 옷차림이 단정했어." 내가 맨발로 부엌을 조용히 걸으며 그 남자의 생김새를 나열한다. 나무 바닥이 발바닥에 닿는 감촉이 시원해서 기분 좋다. "떠오르는 사람 없어?"

"전혀. 이웃 사람들한테 물어보는 게 좋겠어. 분명 파티에서 누군가와 대화를 나눴을 거야. 그자가 얼마나 머물다 갔어?"

나는 냉장고에서 주스 통을 꺼내다가 언니와 부모님 사진을 발견하고 멈칫한다. "모르겠어. 음료를 권하고 나서 현관문을 닫으려고 자리를 떴거든. 부엌에 있는 건 봤는데 그 후로는 못 봤어. 정원에서 못 본 거 확실해?"

"응, 확실해. 2층에는 안 갔어야 하는데. 내 서재에 기밀 서류가 아주 많단 말이야."

거짓말을 하고 싶지만 그럴 수 없다. "혼자 올라가진 않았어."

"무슨 말이야?"

나는 찬장에서 잔을 찾은 뒤 주스를 따른다. "그냥 몇 사람한테 집 구경을 시켜줬거든."

"뭐라고? 왜?"

"다들 우리가 집을 어떻게 고쳤는지 궁금해하니까."

"하느님 맙소사, 앨리스. 낯선 사람들을 떼로 불러다가 집 구경을 시켜줬다니 그게 말이나 되는 소리야!" 레오가 분노를 감추지 못한다. 그가 나의 순진함을 원망하며, 머리를 쥐어뜯기라도 하듯 손으로 머리칼을 훑는 모습이 눈에 선하다. 격양된 목소리로 다시 묻는다. "그자가 혼자서 집 안을 기웃거렸을지도 모르잖아?"

"아니야." 내가 반박한다.

"그 후로 그자를 못 봤다면서? 2층으로 올라가서 샅샅이 훑고 있어서 못 본 건지도 모르지."

"그런 부류가 아니었어, 보기에는⋯⋯. 나도 모르겠어⋯⋯."

"그런 부류가 따로 있는 게 아니라고! 없어진 건 없는지 확인해 봤어?"

"아니⋯⋯."

"그러면 보석이나 신용카드가 그대로 있는지부터 확인해."

겁이 덜컥 난다. "다 제자리에 있을 거야." 나는 그의 화를 누그러트리려 애써 긍정적인 태도를 취한다. "여기 사는 누군가의 친구일 거야. 이웃에 잠시 묵고 있는 사람이거나."

"그러면 그렇다고 말하지 않았겠어?"

"이웃 사람들한테 물어볼게." 전화를 끊고 싶다는 뜻으로 말하자 레오가 답한다.

"나중에 전화해. 누군지 못 찾으면 경찰에 신고해야 할지도 몰라."

나는 전화를 끊고, 남자가 침실에 들렀을지도 모른다는 생각에 떠밀려 위층으로 올라간다. 서둘러 화장대로 가 보석이 제자리에 있는지, 신용카드가 가방에 들어 있는지 확인한다. 신용카드를 넣은 가방은 토요일 저녁에 옷장 선반에 올려두었다. 둘 다 그대로 있다. 모든 것이 있어야 할 자리에 있다. 하지만 마음이 편치 않다. 그 남자가 누군지, 왜 초대장도 없이 파티에 나타났는지 알아내기 전까지는 계속 편치 않을 것이다.

저녁 7시가 되자 이브와 윌을 보러 가기로 결심한다. 누군가는 틀림없이 그 남자의 정체에 대해 알 것이다. 단지 안으로 들어오려면 비밀번호를 알아야 하니까. 하지만 이브의 차도 없고 문을 두드려도 답이 없어 반시계방향으로 단지를 돌며 이웃 사람들의 저녁 식사와 TV 시청을 방해한다. 집 안으로 들어오라며 친절을 베푸는 몇몇 이웃에게도 나는 현관에서 그 불청객에 대해 재빨리 설명하고 그와 이야기를 나눈 적이 있는지 묻는다. 하지만 그를 본 사람이 아무도 없다.

"상상 속 인물이 아닌 거 확실해요?" 11호에 도착해 키가 크고 머리칼이 검고 잘생긴 남자를 찾고 있다고 하자 코너가 느긋한 말투로 묻는다. 탐신이 그 옆에 서서 한쪽 입꼬리를 살짝 올린다. 딱히 비웃는 것 같지는 않지만 무안해서 두 뺨이 붉어진다.

10호 사람들도, 8호의 제프도 그 불청객을 본 기억이 없다고 한다. 단지를 반쯤 돌아 로나 아주머니와 에드워드 아저씨 부부의 차고에 다다를 때쯤 이들이 파티에 오지 않았다는 사실이 생각난다. 하지만 그들이 창문 너머로 나를 보고 있을지도 모른다는 점이 마음에 걸려 초인종을 누른다.

"들어오라는 말을 못 하는 걸 이해해줘요." 에드워드 아저씨가 문을 열어주며 말한다. 지난번과 달리 옆으로 단정하게 빗어 넘긴 백발과 나이에 비해 총기 어린 푸른 눈동자를 보니 아직 미남이다. "둘 다 몸이 안 좋아서 말이야. 행여 옮을까 봐."

"아, 죄송해요." 나는 그들을 방해한 게 미안해 서둘러 사과한 뒤 묻는다. "제가 뭐 좀 도와드릴까요?"

에드워드 아저씨가 고개를 젓는다. "며칠 있으면 괜찮아질 거요. 그냥 감기거든."

"파티에 못 가서 미안해요." 로나 아주머니가 에드워드 아저씨 뒤로 나타나더니 남편처럼 백발에 깔끔한 단발을 의식적으로 쓰다듬으며 말한다. "재밌었어요?"

"네, 아주 재밌었어요. 고마워요." 대답하고 나서 말을 잠시 멈추자 두 사람 모두 미소를 머금은 채 이어질 이야기를 기다린다. "실은 이상한 일이 있었어요. 그날 웬 남자가 초대도 없이 왔었다는 걸 조금 전에 알게 됐어요."

"네?" 에드워드 아저씨가 묻는다.

"처음엔 9호에 사는 팀인 줄 알았어요. 그런데 아까 팀을 만나고 제가 착각한 걸 깨달았어요. 그래서 그 사람이 누구인지 알고 싶어서……. 레오가 걱정돼서 경찰을 불러야 하나 고민하고 있어요.

저야 별일 아닐 거라 생각하지만요." 나는 서둘러 말을 마친다. 로나 아주머니의 안색이 그녀의 백발처럼 하얗게 변했기 때문이다.

로나 아주머니가 손을 들어 자기 목에 걸린 진주 목걸이를 움켜쥔다. "그 사람이 당신 친구라고 했어요." 로나 아주머니가 이상한 목멘 소리를 내서 순간 진주 목걸이를 너무 세게 움켜쥔 건가 염려한다. "댁이 인터폰을 안 받는다고 해서 내가 문을 열어줬거든요."

에드워드 아저씨 표정이 혼란에서 충격으로 변한다. 아내가 왜 그런 일을 했는지 믿기지 않는다는 듯 아내를 빤히 쳐다본다. 로나 아주머니의 얼굴에 혈색이 돌아온다. "정말 미안해요. 거주민만 초대한 건지 몰랐어요."

"괜찮아요." 나는 서둘러 로나 아주머니를 안심시킨다. "어떻게 들어왔는지 알아서 오히려 다행이에요. 그런데 정확히 뭐라고 했는지 말씀해주시겠어요?"

"6호에서 열리는 파티에 초대받았다고 했어요. 아마 소음 때문에 인터폰 소리를 못 들었나 봐요."

"이름도 말하던가요?"

아주머니가 잠시 생각에 잠긴다. "아니요. 그냥 6호에서 열리는 파티에 왔다고만 했어요. 확인도 안 하고 문을 열어준 적은 한 번도 없었는데 내가 왜 그랬는지 모르겠어요." 로나 아주머니가 죄책감 어린 표정으로 남편을 바라본다. 에드워드 아저씨가 아내가 이토록 무분별하게 행동한 게 처음이라는 데 동의한다는 듯 고개를 끄덕거린다.

"아무 문제 없을 거예요." 내가 거듭 말한다.

"누군지 알게 되면 우리한테도 말해주시오." 에드워드 아저씨가 문을 닫으면서 말한다.

"그럴게요."

하지만 만나야 할 사람이 이제 이브와 윌밖에 남지 않았다. 나는 차고에 이브의 차가 있는 것을 확인하고 곧장 그녀의 집으로 간다.

7장

이브가 고수 잎을 다지던 손을 멈추고 칼을 든 채 몸을 돌린다.

"기억하는 사람이 아무도 없다고요?"

나는 절망스럽다는 듯 고개를 끄덕인다. "이웃 사람들 전부에게 물어봤어요. 당신과 월이 제 마지막 희망이에요."

"키가 크다고 했죠?"

"네, 팀보다 커요."

"본인 입으로 팀이라고 했어요?"

"그렇다 아니다 말하진 않았어요. 마리아나 팀 중 한 명이 올 거라는 대화를 나눈 직후라 팀이겠거니 지레짐작한 거죠. 그자가 서클 사람이 아니라는 것 외에는 아무 정보도 없어요."

이브가 칼을 내려놓고 수건에 손을 닦는다. "듣자 하니 공짜 손님 같네요." 그녀가 웃으며 말하기에 내가 대꾸한다.

"일부러 별일 아닌 척할 필요 없어요."

"미안해요. 내가 초대장 없이 몰래 행사에 끼는 사람들을 좀 동경하거든요. 특히 큰 판에 끼는 사람들이요. 물론 해를 끼치거나 물건을 훔치지 않는 선에서요." 이브가 나를 보며 묻는다. "도둑맞은 건 없어요?"

"없어요. 하지만 그게 중요한 게 아니에요. 우리가 초대를 안 했으니 그 사람이 그곳에 있으면 안 되는 거죠."

"나도 월과 함께 몰래 결혼식 하객으로 참석한 적이 있어요. 정말 끝내줬죠. 호텔에서 술을 마시는데 때마침 성대한 파티가 열린 거예요. 하객이 최소 2백 명은 됐을 거예요. 그러다 누군가 들어오더니 하객들한테 상다리가 부러질 정도로 거창하게 차려진 뷔페를 가리키면서 마음껏 먹으라고 외치는 게 아니겠어요. 여름이었는데, 사람들이 접시를 들고 야외로 나가서 하얀 식탁보가 씌워진 탁자로 가는 게 보이더라고요. 잠시 그 광경을 지켜보았죠. 정해진 좌석 없이 그냥 편하게 원하는 자리에 앉는 분위기였어요. 그래서 우리도 맨 뒤에 줄을 서서 접시에 음식을 산더미처럼 담고는 노부부 세 쌍이 앉아 있는 테이블에 자리 잡고 마음껏 즐겼죠."

"진짜요?"

"진짜예요. 우리가 테이블 좌석을 채워줘서 노부부들이 안심하는 것 같아 보여 양심에 찔리진 않았어요. 그분들이 신랑, 신부와 잘 아냐고 묻기에 잘 모른다고 사실대로 말했죠. 알고 보니 그분들도 그렇지 뭐예요. 신부 부모님과 이웃이라서 예의상 초대받았다고, 큰 친분은 없다고 넌지시 얘기하더군요. 그리고 그분들의 식사 자리에 활기를 불어넣어 줬으니 딱히 해를 끼친 것 같지도 않았어요. 게다가 우리 둘 다 배가 너무 고팠고, 아주 어렸거든요. 지금이라면 그런 짓은 안 하죠."

"나는 겁이 많아서 절대 못 할 거예요. 그런데 우리의 수수께끼 남자는 그날 파티에 몰래 참석한 저의가 뭘까요? 소시지롤과 과자 몇 조각밖에 없는 자리에 말이죠. 정원에서 그를 봤다는 사람이 없는 걸 보면 그나마도 못 먹었을 거예요. 부엌에서 수돗물을 들이켜는 걸 봤지만 목이 말라서 초대받지 않은 자리에 왔을 리는 없잖아요."

"도둑맞은 게 없는 거 확실해요?"

"그런 것 같아요. 어쨌건 중요한 건 전부 있어요. 보석과 신용카드도 그대로고 다른 물건도 없어지진 않았어요. 그래봤자 값비싼 것도 없지만요."

"그자가 2층에 올라갔어요?"

"네, 내가 방을 어떻게 바꿨는지 보여주겠다고 했거든요."

이브가 내 말을 듣고 손놀림을 멈추더니 한 손으로 이마를 문지른다. "그 남자와 계속 같이 있었어요?"

"네, 하지만 내가 정원으로 나가고 나서 위층에 올라갔을 수도 있어요. 서재에 업무와 관련된 중요한 서류가 있어서 레오가 화가 단단히 났어요."

이브가 칼을 잡고 다시 고수를 손질한다. "윌이 오면 파티에서 낯선 사람을 봤는지 물어볼게요. 금방 올 거예요. 밥은 먹었어요? 기다렸다가 저녁 먹고 갈래요?"

나는 마지못해 일어선다. "고마워요. 냄새가 좋네요. 하지만 레오한테 전화해야 해서요. 집도 다시 한번 살펴봐야 하고. 없어진 게 없는지 확실히 해둬야죠."

컴퓨터, 태블릿, 귀중품이 제자리에 있는지 확인한다. 잠시 후 레오에게 전화하려는데 지니에게 연락이 온다.

"집들이는 잘했어?"

"완벽했어. 이 단지 사람은 거의 다 만났거든. 우리랑 나이대가 비슷한 커플이 많아서 너무 좋아. 이브랑 윌만 우리보다 젊지, 나머지는 삼십 대 후반이거나 사십 대 초반인 것 같아. 다음에 마크랑 같이 오면 전부 초대해서 인사시켜줄게." 잠시 멈췄다가 이어 말한다. "그런데 적도 생겼지 뭐야."

"응?"

"딱히 적이라 하긴 그렇지만, 날 별로 안 좋아하는 것 같아. 붉은 머리에 예쁘게 생긴 탐신이라는 여잔데, 내가 자기 친구들 무리에 비집고 들어갈 거라 생각하나 봐. 그 여자가 이브하고 친하거든. 그런데 내가 이브 옆집에 사니까 우리가 툭하면 서로를 찾아가 어울려 놀까 봐 걱정하는 것 같아."

"이미 관계가 돈독한 무리에 들어갈 땐 조심하는 게 좋아. 특히 서클처럼 작은 공동체에서는 더더욱."

"무슨 집단이라도 되는 것처럼 말하네."

"또 누가 알겠어." 지니가 과장해서 소곤거린다.

농담인 건 알지만 몸에 소름이 돋는다.

"다들 2층을 어떻게 바꿨는지에 관심이 정말 많아." 내가 말한다.

"그럴 만도 하지. 멋지던데. 레오가 결정을 잘했어."

"너는 어때? 주말은 잘 보냈어?"

"마크가 벤과 함께 골프를 치러 가서 정말 좋았어."

나는 웃는다. 지니와 마크는 함께 일하기 때문에 늘 붙어 있다. 그래서 지니가 '혼자만의 시간'을 가지려고 마크를 주말마다 골프장에 내보내려 애를 써왔다. 결국 뛰어난 부동산 중개업자면서 훌륭한 골프 선수이기도 한 벤이 구세주가 되었다.

"이제 주말 행사가 되는 거야?" 내가 묻는다.

"그러면 좋겠어." 지니의 목소리에 간절함이 묻어난다. "집에 혼자 있는데 천국이 따로 없더라고."

"난 지금 혼자만의 시간이 너무 많아서 문제야."

"적응하면 괜찮아질 거야."

"그러길 바라야지."

의기소침한 티를 낼 의도가 아니었는데도 지니가 곧장 알아차린다. "무슨 문제 있어?"

"그냥…… 여기서 친구를 사귀고 싶은데 레오가 우리끼리만 지내자고 하잖아. 그래서 에라 모르겠다 하고 사람들을 초대했더니 화가 났어. 게다가 불청객까지 들이는 바람에 기분이 더 안 좋아."

"오, 좀 더 얘기해봐. 흥미진진한데!"

나는 아무도 대화를 나눈 기억이 없는 그 남자 일을 지니에게 말해준다. 남자에 관해 말을 하면 할수록 마음이 불편하다.

"미안해, 지니. 레오한테 전화해야 해. 적어도 그 불청객이 어떻게 들어왔는지는 레오에게 말해줄 수 있거든."

"그래, 레오한테 안부 전해줘."

레오에게 전화해서 로나 아주머니가 한 말을 전한다.

"그럼 수수께끼가 하나는 풀렸네. 왜 찾아왔는지는 아직 모르지만." 레오의 짜증 섞인 한숨이 수화기 너머로 들린다. "사람들한테 집을 구경시켜줬다니 믿을 수가 없군."

"미안해." 내가 죄지은 사람처럼 답한다. "하지만 서랍이 잠겨 있으니 고객 파일은 안전하잖아, 안 그래?" 그가 이 일에 계속 연연하는 이유를 짐작해 말을 덧붙인다.

"그게 요점이 아니잖아."

"그러면 이게 당신 일과 관련이 있을 수도 있다고 생각해?"

"나는 컨설턴트야, 스파이가 아니라." 레오가 날 선 목소리로 내뱉고는 톤을 낮춰 묻는다. "저기, 걱정시키고 싶진 않은데 자기 열쇠는 가지고 있어?"

"가방에 있어. 왜?"

"그냥……. 그게, 내가 어젯밤에 집에 누가 있는 것 같다고 했잖아? 혹시 그 일이 이 불청객과 관련이 있는 건 아닌가 싶어서."

몸이 오싹하더니 불안해진다. "아무도 없는 거 둘 다 확인했잖아."

"알아. 열쇠가 있다니 됐어. 내 열쇠도 그대로고. 두 벌밖에 없는데 파티 때 모두 집 안에 있었으니까 둘 중 하나가 없어진 건 아니네."

"게다가 현관 안쪽에서도 문을 잠글 수 있잖아. 그러니 어차피 아무도 못 들어와." 내가 지적한다. "설마 당신이 자기 전에 깜빡하고 안 잠근 건 아니지?"

"아니, 분명 잠갔어. 그래도 오늘 밤에 문단속 철저히 해, 앨리스. 주변에도 계속 물어보고, 알았지? 그자가 누군지 꼭 알아내야 해."

"알아낼 거야."

하지만 물어볼 사람이 더는 없다. 수수께끼의 남자는 처음 나타났을 때처럼 소리 없이 사라졌다.

8장

지난 이틀 밤을 서재에서 잤다는 사실이 살짝 민망해 베개와 이불을 걷어 2층으로 들고 올라간다. 월요일 밤에는 잠자리에 들 시간이 되자 도저히 침실에서 혼자 잠들 수가 없었다. 레오가 전날 밤 집에 누군가 있는 것 같다고 한 얘기도 그렇고 불청객을 집에 들였다는 사실도 마음에 걸렸다. 결국 아래층이 훨씬 안전하겠다 싶어 소파 베드를 꺼내 잠을 청했다.

그러나 아래층에서 계속 잘 수는 없다. 2층으로 올라간 나는 침대를 다시 정돈한 뒤 옷장으로 가서 청바지를 찾는다. 선반에서 바지를 꺼내는데 월요일에 입으려 했던 하얀 여름 원피스가 다른 두 원피스 사이에 끼어 있는 걸 발견한다. 다시 찾은 원피스가 반가워 끄집어낸다. 카디건을 걸치면 오늘 입을 수 있을 것 같다. 머리를 원피스에 집어넣는데 옅은 세탁비누 냄새가 코끝을 간질인다. 파티 때

입었는데도 아직 산뜻하고 깨끗하다니.

아침을 먹는 도중 집배원이 책 한 권을 배달해준다. 영어로 번역 의뢰를 받은 이탈리아 소설이다. 번역을 시작하기 전에 두 번 대강 훑으며 메모를 하고 싶어서 책을 들고 서재로 가 소파에 몸을 파묻는다. 일주일에 나흘, 9시부터 7시까지 일하는 규칙적인 생활로 돌아갈 수 있어서 기쁘다. 지금까지는 주말에 사흘을 내리 쉴 수 있도록 금요일에 일을 하지 않았지만, 이제는 레오가 금요일마다 집에서 일하니 나도 목요일에 쉬고 금요일에 일할 생각이다.

처음에는 집중하기가 힘들다. 머릿속이 그 불청객 생각에 사로잡혀 있다. 과연 누군지 알아낼 수 있을까. 그보다 중요한 건 그가 왜 찾아왔느냐다. 그것이 나를 가장 불안하게 한다.

반나절에 걸쳐 몇 챕터를 읽어갈 무렵, 밖에서 사람들 목소리가 들린다. 책을 덮고 거실을 가로질러 창가로 가니 이브와 탐신, 마리아가 공원으로 이어지는 작고 검은 철문 앞에 서서 수다를 떨고 있는 모습이 보인다. 손에 봉투를 여러 개 들고 있는 것으로 보아 이브와 탐신이 함께 장을 보고 돌아오는 길 같다. 나는 이브가 뭐라고 하자 다른 두 사람이 웃음을 터트리는 모습을 부러운 눈으로 지켜본다. 외로움이 파도처럼 밀려온다. 저 무리에 속하고 싶다는 마음이 너무나 간절해 나도 모르게 밖으로 향한다.

진입로를 내려간 뒤 슈퍼마켓 배달 차가 지나가기를 기다린다. 배달 차가 로나 아주머니 부부의 집 앞에 멈추는 걸 보고 길을 건너며 집 밖으로 나오는 에드워드 아저씨에게 손을 흔든다. 세 사람은 어느새 웃음을 멈추고 뭔가 심각한 비밀 이야기라도 하듯 머리를 맞대고 있다. 최적의 타이밍을 놓쳐서 원망스럽다. 심각한 분위기에 끼어들고 싶진 않은데 그러기엔 늦었다. 마리아가 나를 봤기 때문이다.

"아무렇지 않다니 놀라워요." 무리에 다가가자 탐신 목소리가 들린다.

"이젠 정말 아는 건지 궁금해진다니까요." 이브가 답한다.

"모를 리가 있겠어요." 탐신이 조롱하듯 대꾸한다.

마리아가 고개를 들며 환한 표정을 짓는 걸 보니 내 얘기인 게 분명하다.

"앨리스, 잘 지내죠?"

"네, 물어봐 줘서 고마워요." 내가 웃으며 답한다.

이브와 탐신이 재빨리 몸을 돌린다. 두 사람 모두 검은 선글라스를 끼고 있다. 시선 교환을 가로막는 그 장애물이 나를 더욱 주눅 들게 한다.

"앨리스!" 이브가 몇 달 동안 못 본 사람처럼 소리친다. 그러면서 머리 위로 선글라스를 밀어 올리자 단발머리가 양쪽으로 벌어진다. "뭐 하고 있었어요?"

"책 읽다가 목소리가 들리기에 잠시 쉴 겸 나왔어요."

"뭘 읽고 있는데요?"

"번역할 책이요."

"무슨 언어로요?" 마리아가 묻는다.

"이탈리아어를 영어로요."

"대단하네요."

"윌의 할머니가 이탈리아인이라 그이가 나한테 이탈리아어를 가르쳐주고 있어요. 할머니가 영어를 한마디도 못 해서 제가 이탈리아어를 해야 대화를 나눌 수 있거든요." 이브가 말한다. "그런데 생각만큼 잘 안 돼요."

"러시아어만 하겠어요. 대화까지 가는 데 한 세월은 걸렸다니까요."

마리아가 대꾸하자 이브가 감탄스럽다는 눈으로 마리아를 본다. "러시아어를 하는지 몰랐네요."

"잘은 못 해도 할 줄은 알아요. 엄청 유창하거나 그런 건 아니고요."

나는 탐신이 조용하다는 것을 눈치채고 그녀 쪽으로 고개를 돌린다. 오늘은 연한 청바지에 오렌지색 티셔츠를 입었다. 보통의 빨간 머리라면 그런 옷이 이상하게 보였겠지만 그녀가 입으니 매우 잘 어울린다. 내가 묻는다. "그쪽은 어때요? 할 줄 아는 외국어 있어요?"

"아니요." 목소리가 퉁명스럽다.

"그렇군요." 나를 좋아하지 않는 건 그렇다 쳐도 행동이 무례에 가깝다. 나는 탐신을 찬찬히 뜯어본다. 놀랍도록 아름답지만 표정에 슬픈 기운이 서려 있다. 갑자기 이 세 여자에 대해 더 알고 싶어진다.

"가만……. 길에 서 있지 말고 우리 집에 들어가서 커피나 한잔하는 건 어때요?" 내가 묻는다. "다른 할 일이 없다면요."

"난 없어요!" 이브가 답한다. "오늘은 한가해요."

마리아가 웃는다. "나도요. 대찬성이에요."

"난 안 돼요." 탐신이 두 팔을 들어 쇼핑 가방을 보여준다. "집에 가서 이걸 정리해야 해서요. 두 분은 나중에 봐요."

사사롭게 받아들이면 안 되는 걸 안다. 하지만 잘 안 된다.

커피포트가 반 정도 줄어들 때쯤, 새 이웃들에 관한 명확한 그림이 그려진다. 먼저 이브와 윌은 서로를 안 지 스무 해로 현재 나이가 서른하나다.

"학창 시절 연극 동아리에서 사귀게 됐어요." 이브가 설명한다. "윌은 동아리에 여자뿐이라고 처음엔 가입하기 싫어했어요. 하지만 저랑 친구라서 붙어 다니다가 느닷없이 연기에 놀라운 재능이 있다는 게 사람들 눈에 띈 거죠. 내가 왕립연극원에 오디션을 보라고 설득하지 않았으면 그냥 손 놓고 있었을 거예요. 내가 오디션을 안 보면 당신과 데이트를 안 할 거라고 해서 마지못해 승낙했다니까요."

"너무 낭만적이에요." 마리아가 말한다. "팀과 나는 대학교에서 쓰레기통을 비우다가 만났거든요."

마리아와 팀은 삼십 대 후반이다. 팀은 공인받은 심리학자로, 심리요법 전문가가 되기 위해 추가 훈련을 하면서 시간제로 근무하고 있다. 마리아는 언어 치료사로 막내아들 루크가 유치원에 들어갈 때까지 주 4일만 일한다.

"수요일엔 일을 안 해요." 마리아가 설명한다. "주중에 하루를 쉬니까 너무 좋아요. 이브와 탐신과 함께 요가를 하러 갈 수도 있고, 끝나고 애들을 데리러 학교에 갈 수도 있고요. 보통 때는 팀이 등하

교를 담당해요."

"나도 수요일에는 절대 일 안 해요." 이브가 말한다. "일을 했다면 마리아를 못 만났을 거예요."

나는 머릿속에서 휴일을 목요일에서 수요일로 옮긴다. 요가 수업이라니 재밌을 것 같다.

"재밌네요, 나도 수요일에 쉬거든요." 내가 웃으며 말한다.

나는 탐신과 코너에 관해 묻는다. 그들은 마리아와 팀과 동년배로, 이미 레오한테서 들은 대로 코너는 부유한 고객들을 대상으로 고급 위스키를 판매하는 일을 한다. 탐신은 예상대로 한때 모델로 일했으나 지금은 가정주부다.

"그리고 수학 천재예요." 마리아가 말한다. 검은 머리칼에 머리끝부터 발끝까지 검정 옷을 걸쳐 굉장히 극적인 분위기를 풍긴다. "온라인 수업을 듣고 있는데 시험을 통과하면 회계사로 일할 거라고 해요."

"와우!" 내가 감탄한다. "나도 수학 머리가 있으면 좋겠어요."

"그나저나 그 수수께끼의 남자가 누군지 알아냈어요?" 이브가 비스킷을 집으며 묻는다.

"아니요. 신경 안 쓰려고 하는데 로나 아주머니가 괜찮을지 너무 걱정돼요. 아주머니가 그자에게 문을 열어줬거든요. 정말 놀랐을 거예요."

"안됐네요." 이브의 미소가 근심으로 변한다. "그 노부부에게 더는 스트레스 받을 일이 안 생겨야 할 텐데요. 그 집 아들 얘기 들었어요? 이라크에서 죽었대요. 외동아들이었다니 더 안됐죠."

"딱해라." 나는 놀라움을 감추지 못한다. "정말 힘들었겠어요."

"본머스였나……. 해안 도시에 살다가 3년 전에 이리로 이사를 왔어요." 마리아가 이야기를 시작한다. "아주머니 말로는 시간이 지나니 기억에서 헤어 나오기가 점점 더 힘들더래요. 그래서 새 출발을 하기로 한 거죠. 런던을 선택한 건, 두 분이 극장이나 박물관에 가는 걸 좋아하기도 하거니와 나이가 드니 본머스까지 오가는 게 점점 힘들어져서고요. 한동안은 계획했던 대로 사람들과 어울리고 외출도 자주 하면서 지냈는데 끝내 아들을 잃은 슬픔을 극복하지 못하고 은둔자처럼 살게 되었죠. 너무 안됐어요. 집 밖으로 한 발자국도 안 나가잖아요. 심지어 쇼핑도 안 해요. 옷가지는 물론이고 생필품까지 전부 집으로 배달시킨다니까요. 모든 자신감을 잃어버린 사람들 같아요."

"삶에 대한 의지를 잃어버린 건지도 모르죠." 내가 읊조리듯 말한다. 이브와 마리아가 불편한 눈빛을 주고받는 것을 눈치채고 나는 내 사연을 털어놓기로 결심한다. "사랑하는 사람을 잃어버린다는 게 어떤 건지 알거든요. 열아홉 살 때 부모님과 언니가 교통사고로 목숨을 잃었어요. 그 후로 한동안 살아갈 의지를 상실했죠."

"오, 앨리스. 세상에 그런 끔찍한 일이." 이브가 내 손을 잡는다. "얼마나 힘들었을까요."

"언니는 고작 스물둘이었어요. 남자 친구와 그리스로 휴가를 갔다가 돌아오는 날, 부모님이 공항으로 마중을 나갔는데 그때 사고가 났어요."

"어떤 기분일지 짐작조차 안 가요." 마리아의 눈에 연민이 가득하다. "어떻게 이겨냈어요?"

"조부모님이 곁에 계셨거든요. 나는 그분들을 위해, 그분들은 나를 위해 강해져야 했어요. 서로가 서로에게 버팀목이 된 거죠."

나는 그들의 머그잔을 채워주면서 속으로 탐신이 없어서 다행이라 생각한다. 그래서 마리아가 요가 수업을 언급했을 때 그들 무리에 끼어들 기회를 노리는 것처럼 비칠까 봐 끼고 싶어도 아무 말 하지 않았다. 탐신의 응원을 받는 건 더더욱 싫다. 레오도 친분을 쌓기 위해 성급하게 달려들지 말라고 충고하지 않았던가?

"앨리스, 미안한데 그만 가봐야 해요." 마리아의 말에 정신이 돌아온다. "요가가 2시라 얼른 집에 가서 레깅스를 챙겨야 하거든요. 이브, 밖에서 봐요."

"수요일 정례 행사거든요." 마리아가 떠나자 이브가 설명한다. "요가 수업이 끝나면 나는 탐신 집으로 가고 마리아는 학교에 애들을 데리러 가요. 날씨가 좋을 때는 애들 놀게끔 공원에 들르기도 하고요. 그런 다음 누군가의 집으로 가서 차를 마시죠."

"좋네요." 나는 아쉬운 듯 말한다. 이어 이브가 말을 하려고 입을 여는 순간 내게 같이하자고 묻지 않을까 하는 기대가 생긴다. 그렇지만 이브는 이렇게 묻는다. "요가 해본 적 있어요?"

"아니요." 나는 자신 없는 미소를 지어 보인다. "1월에 새 학기가 시작되면 나도 같이할까 봐요."

이브가 떠나고 나는 레오의 서재에서 이브와 마리아가 광장을 가로질러 탐신 집으로 가는 모습을 지켜본다. 만족스러운 휴식을 끝낸 나는 기쁜 마음으로 읽던 책으로 돌아간다.

책에 너무 몰입한 탓에 초인종이 울리자 화들짝 놀란다. 공원으로 오지 않겠냐고 묻는 이브이길 기대하며 재빨리 책을 덮는다. 휴대전화로 시간을 흘깃 확인한다. 이브일 리 없다. 3시 직전이니 요가 수업이 아직 끝나기 전이다. 어쩌면 로나 아주머니나 에드워드 아저씨일지도 모른다. 나는 뒷주머니에 휴대전화를 꽂고 문을 연다.

웬 남자가 공원 쪽으로 고개를 돌린 채 서 있다. 잘못 봤을 리 없다. 본능적으로 재빨리 문을 쾅 닫는다. 하지만 남자가 고개를 돌려 나를 볼 때의 놀라는 표정을 놓칠 정도로 빠르지는 않다. 나는 뒷걸음질을 친다. 심장이 미친 듯이 뛴다. 이 남자가 왜 돌아온 걸까?

다시 초인종이 울린다. 앞으로 튀어 나가 체인을 걸어 잠근다.

"도슨 씨?" 문 너머로 그의 목소리가 들려온다.

"가세요. 안 그러면 경찰을 부르겠어요." 내가 짧게 답한다.

"제발 부르지 마세요, 도슨 씨. 저는 토머스 그레인저입니다. 오심 사건을 조사하고 있는 사립 탐정이에요. 제 고객의 동생이 억울하게 살인 누명을 썼습니다."

"제 알 바 아니에요. 진짜로 경찰을 부르겠어요. 지난 토요일에 우리 집에 불법으로 침입한 죄로요!"

"사실 당신이 들어오라고 했죠."

"제가 초대한 손님인 줄 알고 그런 거예요!"

"제게 톰이냐고 물었고, 톰이 제 이름이에요. 아무도 절 그렇게 부르진 않지만요."

"팀이냐고 물었어요!"

"법정에서 증명할 수 있을지 모르겠군요." 목소리에 웃음기가 묻어 있어선지 경계심이 약간 풀린다. "문 좀 열어주시겠어요? 꼭 드릴 이야기가 있습니다. 벽을 사이에 두고 대화할 순 없잖아요."

나는 마지못해 체인을 건 채 문을 연다. 남자가 문틈 사이로 나를 쳐다보며, 내가 자기 얼굴을 볼 수 있도록 무릎을 살짝 굽힌다. 그의 뒤쪽을 훑어보니 길가엔 오가는 사람이 아무도 없다.

"고마워요." 남자가 재킷 안주머니에서 명함을 꺼내 내게 건넨다. "말했듯이 저는 사립 탐정입니다. 니나 맥스웰의 살인 사건을 조사하는 중이죠."

나는 명함을 받지 않는다. 받을 수 없다. 이름을 듣는 순간 정신이 혼미해진다. 1년 전에 일어났지만 그 사건은 절대 잊을 수 없을 것이다. 죽은 언니의 이름이 니나이기 때문이다.

항상 그랬다. 니나라는 사람을 만나면 당연하게 친구가 되고 싶었다. 니나라는 사람에 대한 글을 읽어도 마음이 절로 갔다. 그게 그토록 좋아한 언니의 죽음에 내가 반응하는 방식이다. 언니는 니나라는 이름을 가진 여자의 삶 속에서 계속 살아가고 있다.

머릿속에 떠오르는 기억을 떨쳐버리는 데 시간이 걸린다.

"니나 맥스웰이요? 무슨 일인지 모르겠네요. 그 여자의 죽음이 저와 무슨 관계가 있다는 거예요?"

남자가 얼굴을 살짝 찌푸린다. "아무 관계도 없습니다. 이곳이 사건 현장이라는 것 말고는요."

나는 문틈 사이로 그를 빤히 바라본다. "그게 무슨…… 이곳이라면, 이 단지가요?"

남자가 얼굴을 더 크게 찌푸린다. "아니요, 이 집이요."

나는 고개를 흔든다. "아니요, 잘못 아신 거예요. 그 여자는 이곳에, 이 집에 산 적이 없어요. 살았으면 제가 알았겠죠. 부동산 중개인이 말해줬을 테니까요."

"정말로 말을……."

"죄송해요." 끔찍한 기분을 참을 수 없어 그의 말을 자른다. "잘못 찾아오셨어요. 니나 맥스웰이 이 단지에 살았다고 해도 이 집일 리 없어요. 살인 사건이 있었으면 이 집을 사지도 않았을 거예요. 그리고 부동산 중개인이 말을 해줬을 테니까 우리도 알았을 테고요."

내가 문을 닫으려는데 남자가 나의 시선을 놓치지 않는다.

"잘못 찾아오지 않았습니다, 도슨 씨. 여기가 니나 맥스웰이 살던 집입니다." 그가 잠시 말을 멈춘다. "그리고 죽은 곳이죠."

9장

몇 분 전에 이어 또 다시 남자의 얼굴에 대고 문을 쾅 닫는다. 그러고는 다리가 후들거려 계단에 주저앉는다.

"미안합니다." 문 너머에서 들려오는 남자의 목소리에 깜짝 놀란다. 그가 자리를 뜬 줄 알았다. "충격이 크신 거 압니다."

"가세요, 진짜로 경찰을 부르기 전에." 내가 화난 목소리로 말한다.

"알겠어요, 가겠습니다. 하지만 몇 가지만 부탁드려도 될까요? 먼저 살인 사건에 대해 검색해보세요. 그리고 부동산 중개인에게 전화해서 왜 집을 구입할 때 그 부분에 대해 털어놓지 않았는지 물어보세요." 남자의 명함이 우편함으로 미끄러져 들어가는 소리가 들린다. "저와 다시 말할 심경이 되면 이 번호로 꼭 연락주세요. 저와 제 고객 모두 정말 고마울 겁니다."

남자의 발소리가 길 아래로 멀어진다. 겁에 질려 계단에서 꼼짝
도 할 수 없다. 사실이면 어떡하지? 주머니에서 휴대전화를 꺼내 검
색창에 '니나 맥스웰 살인 사건'을 입력한다. 화면에 뉴스 기사로 이
어지는 링크가 여러 개 뜬다. 2018년 2월 21일에 작성된 첫 번째 기
사를 열어보니 갈색 눈동자에 예쁘장한 금발 여자가 눈웃음을 짓고
있는 사진이 뜬다. 목에는 금 목걸이가 보일락 말락 하게 걸려 있다.
본 적 있는 얼굴이다. 살인 사건이 일어나고 몇 주 동안 그 얼굴이
언론을 장식했기 때문이다. 나는 가슴을 졸이며 기사를 아래로 내
린다.

38세 여성이 런던에서 살해된 채 발견됐다.
어젯밤 9시 30분경 신고를 받고 출동한 경찰이 핀즈버리 파크 근처
고급 주거 단지인 서클의 한 주택에서 니나 맥스웰 씨의 사체를 발견했다.

속이 울렁거린다. 나는 간신히 기사를 다시 읽으며 '서클'이라는 단
어에 시선을 고정한다. 오래도록 보면 단어가 사라지기라도 할 것
처럼. 하지만 당연히 아무런 변화가 없다. 집 호수에 대한 언급은
없지만 니나 맥스웰이 여기서, 내가 사는 이 집에서 살해당했을지
도 모른다는 가능성만으로도 무섭다. 살인 현장의 기억이 나를 덮
친다. 출입 통제선이 쳐진 집과 집 앞 도로에 놓인 조화 다발. 그 집
이 이 집일까?
　나는 계단에서 몸을 일으켜 열쇠를 쥐고, 사립 탐정이 문간에 서
있을까 봐 반쯤 겁먹은 채로 현관문을 연다. 다행히 없다. 사람이라

곤 보이지 않는다. 집 밖으로 나오니 주변에 완전히 노출된 듯한 기분이 든다. 그렇지만 집에 계속 있을 수는 없다, 적어도 지금은.

길을 건너 공원 문을 열고 들어가 가장 가까운 벤치에 털썩 앉는다. 마음이 여전히 혼란스럽다. 왜 겁이 나는지 이유를 모르겠다. 토머스 그레인저는 나와 대화를 나눈 두 번 모두 아주 깍듯했다. 생각해보니 내가 두려운 건 그의 '정체'가 아니라 그가 했던 말이다. 어떻게 이 집에서 살인 사건이 일어났다는 것을 그는 알고 이 집에 사는 우리는 모르는 걸까? 어째서 벤은 레오에게 사실을 말해주지 않았을까?

나는 레드우드 부동산 연락처를 찾아 전화를 건다.

"벤 좀 바꿔주시겠어요?" 웬 여자가 전화를 받자 애써 불안함을 감추며 묻는다.

"며칠 동안 외근입니다." 목소리에서 미안함보다는 지루함이 묻어난다.

심장이 내려앉는 듯하다. "언제 돌아오는데요?"

"월요일이요. 무슨 일이시죠? 전 벤의 동료 베키예요."

나는 잠시 머뭇거린다. 레오가 벤을 통해 구매한 집에서 있었던 살인 사건에 대해 아는 바가 있냐고 물어보고 싶다. 거기서 일하는 직원이면 그 집의 이력을 당연히 알지 않을까, 그게 최근에 일어난 살인 사건이라면 더더욱.

"전 앨리스 도슨이에요." 나는 물어보기로 마음을 굳힌다. "제 동거인 레오 커티스가 최근 벤을 통해 핀즈버리에 집을 하나 샀어요. 서클 단지 6호요. 제가 궁금한 건…… 작년 2월에 그 집에서 일이 좀 있었다는 소문을 들었거든요. 어떤 여자가 거기서 죽었다는데 사실인가요?" 살인이라는 단어는 차마 입에 올릴 수가 없다.

침묵이 흐른다. 좋지 않은 징조다. "죄송하지만 벤과 직접 통화하셔야겠네요, 도슨 씨."

"제가 원하는 게 그거예요. 휴대전화 번호 좀 알려주실래요?"

"죄송한데, 그건 안 됩니다. 대신 월요일에 돌아오는 대로 전화를 드리라고 할게요."

"네, 부탁드려요."

전화를 끊는데 바보같이 울음이 나올 것 같다. 눈가를 거칠게 문질러 참아보려 해도 우리 집이 살인 사건 현장이었다는 생각에 두려움이 커져만 간다. 베키는 시인하지도 않았지만 부인하지도 않았다. 분노가 슬슬 차오른다. 벤이 어떻게 그 사실을 숨길 수가 있단 말인가? 그가 레오에게 집이 1년 넘게 비어 있어서 시세보다 싸게 나왔다고 했다. 레오가 이유를 물었을 테니, 벤이 거짓말을 했거나 답을 피한 게 분명하다. 레오 역시 큰 충격을 받을 것이다. 그게 사실이면 집을 다시 보러 다녀야 한다.

생각이 앞서 달린다. 레오가 집을 매물로 내놓으면 다른 살 집을 알아보는 동안 임시 숙소에 머물러야 한다. 더 좋은 방법은 고향 집으로 돌아가는 것이다. 나는 할스턴으로 돌아간다고 생각하는 순간 솟아난 작은 행복의 불씨를 재빨리 꺼버린다. 살인 사건을 눈앞에 둔 상황에서 부적절한 생각 같다. 그리고 어차피 고향 집은 앞으로 5개월 더 세를 줘야 한다.

레오와 대화하고 싶지만, 아니 해야 하지만 번호를 누르니 음성 메일로 넘어간다. 몇 분 기다렸다가 다시 시도해도 여전히 받지 않는다. 나는 진실이 너무 궁금한 나머지 부동산에 또 전화해서 벤의 휴대전화 번호를 달라고 떼쓰기로 한다. 그러다 '벤에게 살인 사건을 알릴 의무가 없으면 어떻게 하지?'라는 생각이 든다. 나는 검색창을 열고 또다시 글자를 입력한다. '부동산 중개인은 부동산 거래 시 살인 사건을 고지해야 하나요?' 유용한 기사가 뜨는 순간 감사한 마음이 들다가 글을 읽기 시작하자 실망감으로 바뀐다. 대부분의 중개인이 언급해주긴 하지만 반드시 고지해야 할 의무는 없다는 내용이다.

나는 어이가 없어서 몸을 세워 벤치에 기댄다. 벤이 그토록 부도덕한 인간이었다니 믿을 수 없다. 사실을 밝히는 게 법적 의무는 아니라고 치자. 그럼 도덕적 의무는 무시해도 된다는 말인가? 그는 지니와 마크가 추천한 사람이면서 마크와는 친구다. 지니 커플에게 그에 대해 조심하라고 알려줘야겠다.

지니에게 문자를 보낸다. '통화 가능해?' 역시 지니답게 그 몇 단어만으로도 뭔가 문제가 생긴 걸 눈치채고 바로 전화를 준다.

"앨리스, 무슨 일이야? 잘 지내지? 레오도 잘 지내고?"

"응, 둘 다 잘 지내. 그런데 지니, 조언이 필요해. 실은 벤과 할 말이 있거든. 혹시 벤 전화번호 알아?"

"마크한테 있는데. 왜? 집에 무슨 문제라도 있어?"

나는 깜짝 놀란다. "어떻게 알았어?"

"알긴, 뭘." 지니가 어리둥절하다는 듯한 목소리로 말한다. "벤의 번호를 달라고 하니까 당연히 집과 관련된 일이겠다 싶어서지.

그게 아니면 벤한테 무슨 볼일이 있겠어?"

"맞아, 집 때문이야. 좀 전에 여기서 어떤 여자가 살해됐다는 걸 알았어. 6호에서 말이야." 알고 있던 사실을 입 밖으로 꺼냈을 뿐인데 또다시 공포가 밀려와 전화기를 들지 않은 손으로 벤치 끄트머리를 잡고 몸을 가눈다.

"뭐라고?" 지니의 목소리에서 충격이 읽힌다. "그 집에서 웬 여자가 살해당했다고? 레오가 산 그 집에서?"

"응."

"확실해?"

"응, 확인했어. 혹시 니나 맥스웰 살인 사건 기억나? 남편한테 살해당한 여자 말이야."

"그 남자 자살하지 않았어?"

"응, 그랬던 것 같아. 이 집이 거기야, 지니. 이 집에서 그 일이 벌어졌다고. 신문 기사를 확인해봤는데 서클이라고 적혀 있었어. 정확한 호수는 안 나와 있지만 이 집이야, 분명해."

"앨리스, 그런 끔찍한 일이……. 어떡해!"

"그래서 그토록 오래 비어 있었던 거야. 아무도 사려고 하지 않았으니까. 그 사람들을 탓하는 게 아니고, 그냥 이 집에 있고 싶지 않아. 도저히 집에 못 있겠어. 지금 집 앞 공원에 앉아 있는데 심지어 여기도 너무 가까워. 벤이 레오한테 말을 해야 했는데 안 해준 거야."

"그런데…… 모르겠네. 고지가 의무는 아닐걸?"

"그렇더라. 확인해봤어."

"몰랐을지도 모르지."

"틀림없이 알았어."

철커덩 하고 공원 문이 열리는 소리에 고개를 드니 제프가 공원으로 들어오며 문을 닫는 게 보인다. 헐렁한 셔츠에 반바지 차림인 건 평소와 다름없지만 오늘은 살짝 벗어진 머리를 햇빛으로부터 보호하기 위해서인지 챙이 달린 모자를 쓰고 있다. 제프가 내게 기분 좋은 미소를 건네자 그에게 뛰어가 살인 사건에 대해 아는 게 있냐고 물어보고 싶어진다. 하지만 그 대신 미소로 화답하고 휴대전화가 보이도록 고개를 돌려 내가 통화 중임을 알린다.

"벤이 말을 안 해줬다는 게 이상한데." 지니가 말한다. "그 사람을 대단히 잘 아는 건 아니야. 사실 마크가 나보다 더 잘 알지. 그렇지만 벤이 그렇게 누굴 속일 사람은 아니야."

"그래서 벤과 얘기를 해보려고." 말하는 동안 제프가 지나간다. "사무실로 전화를 했더니 며칠 동안 외근이래. 하지만 중요한 일이잖아. 마크한테 전화번호 좀 받아줄 수 있어?"

"지금 전화해볼게. 내가 대신 벤한테 전화해볼까?"

"그렇게 해줄래?" 목소리가 갈라져 나온다. "죽은 여자 이름이 니나라서 그래. 벤이 알고 있었는지만 확인해주면 거기서부턴 내가 알아서 할게."

"그럴게." 지니의 목소리에 연민이 가득하다. 니나를 만난 적은 없지만 지니는 내가 왜 유독 속상해하는지 알고 있다. "다시 전화할게."

다시 전화벨이 울리기까지 영겁의 시간이 지난 것만 같다. 그 영원 같은 시간 동안 완벽히 혼자가 된 기분이다. 제프도 자리를 뜬 지 오래고 주위에는 아무도 없다. 휴대전화가 울릴 때 마침 이브, 탐신, 마리아가 재잘대는 아이들 무리를 데리고 공원 반대편 문으로 들어온다. 그들이 내게 다가오지 않기를 바라며, 벤치에 앉은 채 전화를 받기 위해 급하게 몸을 돌려 자세를 바꾼다. 하지만 번호를 보니 모르는 사람이다. 나는 화면을 뚫어져라 본다. 낯선 이의 전화에 심장이 두근대는 이 상황이 너무 싫다. 혹시 그 사립 탐정이면 어떡하지?

나는 버튼을 눌러 전화를 받는다.

"도슨 씨?" 남자 목소리다. 전화를 막 끊으려는 순간 토머스 그레인저가 아니라는 걸 깨닫는다.

"네." 내가 퉁명스레 답한다. 분명 벤이다.

"도슨 씨, 레드우드에서 일하는 벤 포브스입니다. 조금 전에 지니 전화를 받고 직접 통화하고 싶어서요. 괜찮으세요?"

"네, 괜찮아요. 전 그냥 진실을 알고 싶어요. 어째서 여자가 살해당한 집에 우리가 살게 됐는지 궁금해요."

"충격이 매우 크시리라 짐작됩니다." 그가 토머스 그레인저가 한 말을 그대로 반복한다.

"그걸 말이라고 하세요?" 그가 알았다는 게 분명해지자 말이 험하게 나간다. "아무리 법적 의무가 없다고 해도 레오한테 말하는 게 도리 아니에요?"

"어떻게 아셨어요?"

"이웃 주민이 말해줬어요." 그가 사립 탐정에 대해 알 필요는 없겠다 싶어 거짓으로 둘러댄다. "어떻게 알아냈는지가 왜 중요하죠?

당신이 먼저 말해줬으면 됐을 일인데요."

"죄송한데, 커티스 씨와는 얘기해보셨나요?"

"아니요. 그이는 일하는 중이에요. 여기서 더는 살 수 없다는 걸 알면 그이가 충격이 클 거예요. 이게 어떤 상황인지 아실지 모르겠네요."

"커티스 씨와 통화를 해보는 게 좋겠습니다, 도슨 씨."

"할 거예요. 그 전에 왜 살인 사건에 대해 알려주지 않았는지부터 말해주세요."

"도슨 씨, 미안하지만 커티스 씨는 이미 알고 있습니다. 구매 제안서를 내기 전부터 그 집에 어떤 과거가 있는지 알고 있었습니다. 왜 1년 동안 빈집이었는지, 왜 시세보다 저렴했는지요." 벤이 하던 말을 멈추고 내게 자신의 말을 소화할 시간을 준다. "구매 제안서를 들고 돌아왔을 때 제가 당신도 확실히 동의했냐고 물어봤습니다. 그 집을 보겠다던 몇몇 커플이 아무래도 찜찜하다며 결국 거절했거든요. 커티스 씨가 당신은 개의치 않는다고 장담하더군요. 고향 집을 지킬 수만 있다면 그런 과거는 눈감아줄 수 있다면서요. 서섹스에 있는 집 맞죠?" 또 잠시 침묵이 흐른다. "미안합니다, 도슨 씨. 하지만 지금 그쪽이 대화해야 할 상대는 커티스 씨 같군요."

10장

충격에 넋이 나가 휴대전화가 울리는 소리조차 들리지 않는다. 지니다. 하지만 받지 않는다, 아니 받을 수 없다. 벤이 한 말 때문에 도무지 정신을 차릴 수 없다.

말도 안 된다. 레오가 살인 사건에 대해 알고도 제멋대로 집을 샀다니 믿기지 않는다. 사실이라기엔 너무나 엄청난 일이다. 어떻게 아무렇지도 않을 수 있었을까? 아주 잠깐이라도 어떻게 내가 괜찮을 거라 생각했을까? 내가 얼마나 비위가 약한지, 무서운 장면이 등장할 낌새만 보여도 영화 중간에 방을 뛰쳐나갈 정도로 얼마나 새가슴인지 알면서. 그래서 말을 하지 않은 것이다. 말하면 내가 거절할 게 뻔하니까. 그보다 더한 건, 내게 말했다고 벤을 속인 것이다. 그리고 그보다 더 최악은, 내가 그 집을 마다하지 않은 이유가 고향 집을 지킬 수 있기 때문이라고 벤에게 거짓말한 것이다. 어떻게 그럴 수가 있을까? 레오가 나를 무신경하고 돈만 밝히는 사람으로 만들어버렸다는 걸 참을 수 없다. 이제라도 벤이 사실을 알게 됐다지만, 그렇다고 기분이 크게 나아지는 것도 아니다.

레오가 집에 관한 얘기를 내게 하지 않은 이유를 이해할 수 없다. 결국엔 내가 알게 되리라는 걸 몰랐을 리 없다. 그래서 이웃을 초대하기 싫어했던 걸까? 이웃 사람들이 살인 사건 얘기를 흘릴까봐? 그렇다면 왜 아무도 언질해주지 않았을까? 이브도, 마리아도, 그 누구도 파티에서 왜 아무 말도 해주지 않았을까?

말할 수 없었을 거라는 생각이 어렴풋이 든다. 내가 알고 있다고, 아무렇지 않다고 지레짐작한 것이다. 이렇게 대화를 시작할 수는 없을 테니까. '앨리스, 살인 사건이 벌어진 집에서 사니 기분이 어때요?' 파티에서 탐신이 나를 두고 용감하다고 했던 말이 생각난다. 시골에서 런던으로 이사 온 것을 두고 한 얘기인 줄 알았는데 끔찍한 과거를 가진 집에 들어와 사는 것 때문에 한 말이었다. 게다가 오늘 아침 그들에게 다가가다 엿들은 대화도 그랬다. 탐신이 뭐라고 했던가? 눈을 감으니 그녀의 목소리가 귓가에 살아난다. '아무렇지 않다니 놀라워요.' 그러자 이브가 이렇게 답했다. '이젠 정말 아는 건지 궁금해진다니까요.'

나를 냉혈한이라 생각할 법도 한데 아닐 수도 있다고 생각해준 이브에게 감사한 마음이 밀려온다. 이브가 그토록 친절한 것이, 이곳 사람들이 대체로 나를 반겨줬다는 것이 놀라울 따름이다. 일부는 이 집을 샀다고 남몰래 비난했을 수도 있지만, 대다수는 관심을 보이지 않았는가…….

맙소사. 나는 몸을 숙이고 양손으로 머리를 부여잡는다. 그때 내가 집 구경을 시켜준답시고 사람들을 2층으로 데리고 올라갔다. 그들이 뭐라고 생각했을까? 침실을 그토록 보고 싶어서 안달하던 사람들……. 그 이유가 순전히 그곳에서 살인 사건이 벌어졌기 때문이란 말인가?

들고 있던 휴대전화로 다시 살인 사건을 검색해 니나 맥스웰이 죽은 지 나흘 후에 작성된 기사를 찾아낸다. 사건이 좀 더 상세히 나와 있다. 니나의 시체는 의자에 묶인 채 침실에서 발견됐다. 머리칼이 잘리고, 목이 졸린 상태였다. "한 남자가 체포되어 경찰의 취조에 협조하고 있다." 이게 기사의 마지막 줄이다.

목구멍에서부터 분노가 치밀어 오른다. 니나 맥스웰이 어떻게 살해당했는지 알고 나서 몇 달 동안 거기서 헤어 나오지 못했다. 그런데 이렇게 활자로 직접 접하다니……. 나는 메스꺼움을 억누르다가, 사건 현장인 침실을 보고 싶어 하던 사람들에게로 분노를 돌린다. 탐신을 비롯한 여자들 대부분은 방이 어떻게 개조됐는지 보여주겠다는 내 권유를 거절했다. 관심을 보인 쪽은 대개 남자들이었다. 이브는 이미 2층을 구경한 터였다. 그녀가 우리 집에 인사를 건네러 온 날, 내가 거대한 옷장을 보여주겠다며 그녀를 침실로 데리고 갔다. 내 제안에 망설이는 그녀를 보고 참견하기 좋아하는 사람처럼 보이기 싫어 머뭇거리는 줄로만 알았다.

"앨리스?" 고개를 드니 이브가 나를 향해 걸어오는 게 보인다. "여기 앉아서 뭐 해요?" 그녀가 미간을 찌푸리며 거듭 묻는다. "떨고 있잖아요! 무슨 일 있어요?"

"아니에요, 별것 아니에요."

"아픈 것 같은데, 사람 불러줘요?"

"아니, 괜찮아요. 그게…… 괜찮지 않아요, 사실은." 내가 농담조로 말한다. "하지만 아픈 건 아니에요. 그저 너무 수치스럽고 화가 나요!"

"화를 내는 건 좋은 거예요." 이브가 내 옆에 앉는다. 그녀에게서 풍기는 아르마니의 향수 냄새가 이상하게 위안을 준다. "아프거나 슬픈 것보다 훨씬 좋아요. 무슨 일인지 말해주지 않을래요?"

"조금 전에 알았어요. 우리 집이……." 나는 집을 향해 손을 거칠게 뻗는다. "잔혹한 살해 현장이었다면서요." 내가 괴로운 표정으로 그녀를 쳐다본다. "몰랐어요, 이브. 레오가 알면서도 말해주지 않았어요."

"오, 앨리스." 이브의 눈에 연민이 어려 있어 또 한 번 위로가 된다. "모르는 게 아닐까 싶었어요. 처음에는 당신이 '과거는 과거고, 지금은 지금이야.' 이렇게 말하면서 과거의 일과 현재를 칼 같이 구분하는 사람인 줄 알았지만요."

"나는 그렇게 무신경한 사람이 아니에요. 이브가 나한테 말을 걸어준 게 놀라워요. 내가 그 사건에 대해 몰랐을 때 누구든 말을 걸어줬다는 게 놀라워요. 다들 이웃을 잃어서 힘들었을 텐데 말예요."

"아무도 당신을 비난하지 않아요, 앨리스."

"탐신은 비난하는 것 같던데요."

"뭐, 어쩌면. 아주 조금은요. 니나와 절친한 사이였으니 그럴 만도 하죠." 이브가 잠시 뜸을 들인다. "당신을 처음 봤을 때 니나로 잠깐 착각했다고 했어요. 침실 창가에 서 있다가 당신이 공원을 지나는 모습을 봤나 봐요. 니나와 체구도 비슷하고 그 정도 거리에서는 긴 금발만 보이니까요. 그래서 충격을 좀 받았어요."

나는 심란한 마음으로 고개를 끄덕거린다. "그런데 왜 다들 저를 비난하지 않는 거죠? 손가락질해야 자연스럽지 않아요?"

이브가 머리칼을 쓸어 올린다. "집이 팔려서, 더 이상 비어 있지 않고 사람이 살게 돼서 다들 안도한 게 아닌가 싶어요. 집이 폐가처럼 되다 보니 몇몇 아이들이 귀신 들린 집이라고 숙덕거리기 시작했고 부모들은 자식이 그런 소문을 믿지 않길 원했죠. 누군가 집을 샀다는 얘기가 들리자 서클에 신선한 공기가 불어오는 듯했어요. 마침내 예전으로 돌아갈 수 있겠구나 싶었죠." 그녀가 진지한 눈빛으로 나를 쳐다본다. "다들 감사하고 있어요, 앨리스. 당신이 와서 모든 게 새로 시작됐어요."

"그럴지도 모르죠. 하지만 여기서 못 살 것 같아요. 적어도 나는 안 되겠어요. 레오는 개의치 않는 것 같지만요."

"레오가 윌에게 2층을 개조해 그 방을 없애고 싶었다고 하더군요. 당신이 좀 더 마음 편히 지내길 바란다면서요."

"내가 아는 것처럼 슬쩍 암시하면서요." 나는 주머니에서 휴지를 찾는다. "물론 토요일에는 아무도 살인 사건에 대해 언급할 용기를 못 냈죠. 사건 현장을 보고 싶어 하는 사람들은 많았지만요. 적어도 한 명은 나한테 죽은 여자의 혼령과 함께 살아도 괜찮냐고 물어봤을 법도 한데요."

이브가 불편한 듯한 표정으로 바라본다. "그 부분은 저도 관련이 있어요. 레오가 누구도 당신 앞에서 집의 과거에 대해 말하지 말아 달라고 윌에게 부탁했거든요. 당신한테도 예민한 주제인 건 맞으니 까요. 윌이 내게 전했고 내가 사람들한테 말을 퍼트렸어요."

내가 사람들을 초대했다고 말한 다음 날 레오가 윌을 찾아갔던 기억이 난다. "어떻게 그럴 수가!" 다시 분노가 치민다. "정말 내가 끝까지 모르기를 바란 거군요, 그렇죠?" 이브가 내게 답을 주기를 바라면서 그녀의 얼굴에서 눈을 떼지 않는다. "이해가 안 돼요, 이 브. 이제껏 이런 적이 한 번도 없었어요. 무언가를 숨긴 적도, 거짓 말한 적도요. 내가 언젠가는 알게 될 거라는 걸 몰랐을 리 없어요. 영원히 비밀로 묻을 일이 아니잖아요."

"어떻게 알았어요?" 이브가 가방에서 챙 달린 모자를 꺼내 부채 처럼 부치며 묻는다.

"전화가 왔어요." 그녀가 미세한 망설임을 눈치채지 못하기를 바라며 내가 말한다. "기자한테서요." 딱히 거짓말도 아니다. 좀 더 그럴싸해 보이려고 사립 탐정으로 위장한 기자라고 내심 확신하고 있으니까.

이브가 이마 위에 걸친 선글라스에 아랑곳하지 않고 모자를 쓴 다. "기자가 뭐라고 말했는데요?"

"어떤 여자 기자가 살인 현장에서 사니까 기분이 어떠냐고 묻던 데요." 나는 즉흥적으로 이야기를 지어낸다. 사실과 멀어지려고 성 별도 바꾼다. "무슨 말인지 모르겠다고 하니까 니나 맥스웰을 검색 해보라고 하더군요." 적어도 이 부분은 사실이다. "그래서 검색해봤 죠."

"정말 끔찍한 방식으로 알게 됐네요."

나는 고개를 천천히 끄덕인다. "레오가 알았다니 어이가 없어요." 레오를 속였다며 벤을 탓하던 게 떠올라 속으로 뜨끔하다. "레오가 부동산 중개인한테 그랬대요, 내가 집값이 싸서 할스턴 고향 집을 팔지 않아도 되니까 개의치 않는다고. 나를 완전히 냉혈한으로 만들어버렸어요."

이브가 나를 안아주려 하지만 둘 다 벤치에 앉아 있어서 자세가 어색하다. 게다가 나는 이브를 잘 알지도 못한다. 하긴 내가 레오는 잘 알까?

"이제 어쩔 거예요?" 이브가 묻는다.

"레오와 얘기해야죠. 전화로 하기는 싫고 얼굴을 직접 봐야겠어요. 내일 저녁에 돌아오니까 그때까지 기다려야죠. 하지만 집에 머물 수는 없으니 호텔로 갈 거예요." 내가 그녀를 향해 고개를 돌린다. "이브, 부탁 하나만 해도 돼요? 집에서 몇 가지 물건을 가지고 와야 하는데 같이 가줄래요? 바보 같다는 건 알지만 집에 혼자 들어가기가 좀 그래서요."

"바보 같지 않아요. 당연히 같이 가줄게요. 그리고 호텔에 가지 말고 우리 집에서 지내요."

나는 잠시 머뭇거린다. 갑자기 내가 뭘 원하는지 모르겠다. "정말이요?"

"정말이다마다요!"

"물건은 많이는 필요 없어요. 그냥 잠옷, 치약, 옷 몇 벌만 챙기면 돼요. 책이랑 노트북도요."

"그럼 가요."

문앞에서 이브에게 열쇠를 건넨다. 이브가 문을 열고 집 안으로 들어가는 동안 나는 문간에서 기다린다. 두려움 때문에 위에 경련이 일어나는 것 같다. 나도 내가 뭘 예상하는지 모르겠다. 전과 다르다고 생각하는 거겠지. 적어도 다르게 느껴질 거라고. 하지만 다르긴커녕 전과 똑같다. 그래서 집 안으로 들어간다.

이브가 몸을 숙여 무언가를 줍는다.

"명함이네요." 그녀가 보지 않고 바로 내게 건넨다.

"고마워요." 나는 주머니에 명함을 넣고 나서, 이브가 모자를 벗어 가방에 넣은 뒤 운동화를 벗도록 기다린다. 뒤이어 나도 신발을 벗고 그녀를 따라 2층 침실로 올라간다. 그녀가 곧장 침실로 들어가지만 나는 문 앞에 서 있다.

이브가 내게 손을 내민다. "전과 똑같아요, 앨리스. 모든 게 그대로예요."

나는 숨을 천천히 고르며 방을 둘러본다. 그녀 말이 맞는다. 똑같다. 무늬가 새겨진 커튼이 오늘 아침과 똑같이 산들바람에 날리고 있다. 머리빗도 화장대에 그대로 놓여 있고, 어제 입은 옷도 의자에 그대로 걸쳐져 있다. 하지만…….

"못 있겠어요." 커지는 공포심을 이기지 못하고 내가 말한다. 나는 서랍장으로 다가가 잠옷과 속옷을 챙긴 뒤 방으로부터, 땀구멍으로 스며들어오는 악의 기운으로부터 부리나케 벗어난다.

11장

"여기요." 이브가 찻잔을 내민다. "이것 좀 마셔요. 그런 다음 와인을 한 병 땁시다."

"미안해요. 방에 못 들어가겠다고 왜 그렇게 호들갑을 떨었는지 모르겠어요." 이브 집 거실의 연한 미색 가죽 소파에 몸을 웅크리고 앉아 있으려니 그녀는 진실을 알 자격이 있다는 생각이 든다. "실은, 모르지 않아요. 언니 이름이 니나였어요. 그래서 니나라는 이름을 가진 사람과 관련된 일만 마주치면 그냥 넘기지 못해요."

이브가 나를 안아준다. "오, 앨리스. 정말 힘들었겠어요."

"언니가 살아 있었으면 니나 맥스웰과 같은 나이일 거예요. 너무 유난스러워 보이겠지만 마치 언니가 두 번 죽은 느낌이에요."

"거기다 레오가 살인 사건에 대해서도 숨겼으니 기겁하고도 남죠. 감당하기 너무 버거운 일이에요."

화이트와인이 한 잔 들어가니 기분이 나아진다. 나는 이브에게 묻는다. "어떤 사람이었어요?"

"니나 말이에요?" 이브가 와인을 한 모금 삼키고 말을 잇는다. "나는 니나가 죽기 겨우 다섯 달 전에 이사 와서 자세히 알 기회는 없었지만 사랑스럽고 아주 마음이 따뜻했어요. 심리 치료사이면서 요가 강사이기도 했고요." 이브가 미소 짓는다. "니나가 우리 요가 모임을 시작했는데 그녀가 죽고 나서도 그녀를 기리기 위해 계속하고 있어요."

니나 맥스웰이 요가를 즐겼다는 사실이 마음에 든다. 언니도 그랬으니까. 언니가 자신과 함께 요가 수업을 듣자고 몇 번이나 설득했지만 나는 언제나 다른 일이 있었다. 훗날 그때 갈걸, 한 번이라도 갈걸 하고 얼마나 후회했는지 모른다. 니나 맥스웰이 심리 치료사였다는 것도 좋다. 아마도 배려심이 깊은 사람이었으리라.

"그러면 남편은요?"

"살면서 만나본 사람 중에 가장 멋진 사람이었어요. 내가 알던 그는 그랬어요. 하지만 본모습은 아무도 모르죠, 안 그래요?"

"니나를 살해한 혐의로 구속됐을 때 충격이 엄청 컸겠어요."

이브가 둥글지도, 각지지도 않은 애매한 모양의 낮은 유리 탁자에 손을 뻗어 잔을 집어 든다. "전부 다 그랬죠." 그러고는 와인을 한 모금 들이켠다. "믿을 수 없었어요. 모두 '진범이 잡히기 전까지는 항상 남편을 의심한다'라는 말과 같은 경우라 생각했죠. 그런데 그가 스스로 목숨을 끊었다는 소식이 들린 거예요."

탐정이 오심 운운하던 게 생각난다. "그래서 그가 범인일 거라 생각한 거군요."

"네."

"그런데 왜죠?" 내가 재차 묻자 이브가 갑자기 불편한 표정을 짓는다. "이것저것 물어서 미안해요. 그냥 알고 싶어서요. 하지만 대답하기 싫으면 그만 물을게요."

"아니, 괜찮아요. 사실 당시 여기 없던 사람과 그 얘기를 할 수 있어서 위안이 돼요. 일종의 금기시된 주제거든요." 이브가 내 질문을 곱씹는 듯 말을 잠시 멈춘다. "외부에서 침입했던 흔적이 전혀 없다는 것 말고도 올리버가 범인이라고 믿게 된 데는 이유가 있어요. 우선 올리버가 자살한 점. 그가 자신이 저지른 짓을 받아들이지 못해 그런 선택을 내렸다고 생각했죠. 올리버는 니나를 진심으로 사랑했거든요. 그러니 정말 비극인 거죠. 그리고 몇 가지 사실들이 드러나면서 그게 가능성에 그치지 않고 충분히 말이 되는 얘기라고 결론 내리게 됐어요."

"어떤 사실들이요?"

"일단 올리버가 그날 밤 집에 돌아온 시간을 거짓으로 진술했어요." 이브가 인상을 찌푸리며 갑자기 말을 뚝 끊더니 미안한 표정으로 나를 본다. "사실 건너 들은 얘기를 또 전하려니 좀 찜찜하네요. 말했다시피 난 니나를 잘 몰라요. 탐신이 나보다 훨씬 잘 알죠. 그리고 로나 아주머니는 그 모든 걸 목격한 사람이고요." 그녀가 잔을 내려놓고 와인 병으로 손을 뻗는다. "자, 좀 더 따라줄게요."

궁금하긴 하지만 살인 사건에 관한 대화를 멈추니 마음이 편하다. 이브가 뒤에서 수군대기 싫어한다는 점도 존중한다.

"영화나 볼까요?" 이브가 운을 뗀다. "잠깐이라도 머리를 비울 수 있는 가벼운 영화 어때요?"

"좋아요."

"〈해리가 샐리를 만났을 때〉는 별로죠? 난 한 번밖에 안 봤거든요."

내가 웃는다. "별로라니요, 가벼운 영화면 뭐든 좋아요."

살인 사건이 머릿속에 끊임없이 어른거리지만 윌이 귀가할 때까지 영화에 정신을 빼앗긴다.

"제발 밥 먹고 왔다고 말해줘." 윌이 돌아오자 이브가 벌떡 일어나 윌에게 입을 맞추며 말한다. "앨리스와 수다 떠는 중이었어. 오늘 밤 자고 갈 거야, 괜찮지?"

이브가 윌에게 일이 좀 있었으니 이해해달라는 듯한 눈짓을 보낸다.

윌이 어깨에서 백팩을 떨궈 바닥에 내려놓는다. "좋아." 그가 내게 미소를 보낸다. "그리고 밥은 안 먹었어. 종일 리허설 하다가 오는 거 알면서. 두 사람은 먹었어?"

"아니." 이브가 애처롭게 말한다. "과자 한 봉지도 안 먹었어."

"그러면 내가 푸짐한 파스타를 대접할까?"

이브가 양팔로 그를 감싸 안는다. "그 말을 해주기를 기다렸지." 그러고는 내게 고개를 돌린다. "윌이 세상에서 제일 맛있는 파스타를 만들 줄 알거든요. 증조모님이 최고로 맛있는 소스 레시피를 물려주신 덕분이죠. 완전히 반할 거예요!"

"처음부터 만들려면 두 시간은 걸린다는 게 문제일 뿐." 윌이 지적한다.

"아, 맞아요. 방금 한 애긴 잊어줘요." 이브가 너무 의기소침해 보여서 웃음이 난다. "토마토를 푹 끓여서 졸여야 하거든요."

"그러니까. 대신 카르보나라를 만들지 뭐, 베이컨만 있으면."

이브가 활짝 웃는다. "있어. 요리하면서 와인 한잔할래?"

"아니, 됐어. 난 맥주 마실게." 그가 부엌으로 향한다. "20분 후에 봐."

그때 휴대전화가 울리는 바람에 내가 어쩔 줄 몰라 한다.

"레오예요. 지금은 아무 말도 못 할 것 같아요."

"그러면 받지 말아요." 이브가 말한다. "우리와 식사하는 중이니까 나중에 전화하겠다고 문자 보내요. 그러면 할 말을 정리할 시간을 벌 수 있잖아요."

"좋은 생각이에요." 긴장이 곧바로 누그러진다.

이브가 일어선다. "문자 보내는 동안 식사 준비할게요." 날 생각해 자리를 비키려는 모양이다. "끝나면 부엌으로 와요."

나는 레오에게 문자를 보낸다. 곧이어 그에게서 '그래, 재밌게 놀아!'라는 유쾌한 답장이 도착하자 그가 나중에 내가 뭐라고 말할지 짐작조차 못 한다는 데 죄책감이 든다. '내 잘못이 아니야, 솔직하지 못했던 건 그야'라고 스스로에게 상기시키지만 기분이 영 나아지지 않는다.

서클의 집들이 똑같은 구조라서 좋은 점은 내가 이브네 부엌이 어디인지 정확히 안다는 것이다. 복도를 따라 부엌으로 향하자 이

브 부부가 소곤대는 소리가 들린다. 이브가 윌에게 내가 여기 와 있
는 이유를 설명하는 것이겠지.

"도와줄까요?" 내가 문을 열면서 말한다.

"괜찮아요. 저랑 와인이나 한잔해요." 이브가 냉장고에서 새 와
인을 꺼내면서 대꾸한다. 우리 집엔 일반 식탁을 놓아둔 자리에 아
일랜드 식탁이 있다. 작은 바에서 볼 법한 철제 스툴 위로 몸을 끌어
당기며 이브와 윌이 부엌을 돌아다니는 모습을 지켜본다. 윌이 가
끔 이브가 걸리적거린다는 듯 그녀를 쿡쿡 찔러댄다. 참 잘 어울리
는 한 쌍이라고 생각하며 미소를 짓다가 나와 레오를 떠올린다. 우
리는 잘 어울리는 한 쌍일까? 전에는 그렇게 생각했다. 지금은 잘 모
르겠지만.

식탁으로 자리를 옮겨 김이 모락모락 나는 맛있는 파스타를 먹
으며 윌이 내가 겪은 일에 대해 뭐라도 말해주기를 기다린다. 나는
아무래도 괜찮다. 어쩌면 윌이 레오의 심리를 꿰뚫어보고 왜 그토
록 중요한 일을 내게 숨겼는지 설명해줄지도 모른다. 하지만 윌은
뛰어난 유머감각을 발휘해 긴장을 살짝 풀게 할 뿐 레오나 살인 사
건에 대해서는 아무 말도 하지 않는다.

잠시 후 나는 잘 꾸민 손님방에 누워 얼마 전 남편이 도박으로 전 재
산을 날린 걸 알게 된 친구에 대해 레오와 나눴던 대화를 떠올린다.

"자기가 봤어야 해. 완전 공황 상태더라. 계속 그와 살아야 할지,
어떻게 해야 할지 앞이 캄캄한 거지. 신뢰가 전부 무너졌다고 하더
라고."

"당신이라면 어떻게 할 것 같아?"

"신뢰할 수 없으면 같이 살기 힘들지. 그런데 난 자기가 없으면 살아갈 의미가 없을 것 같아." 나는 레오의 눈을 그윽하게 쳐다보며 말을 이었다. "내가 자기를 얼마나 사랑하는지 알지?"

그때만 해도 그 말이 내게 그대로 돌아와 나를 괴롭힐 줄은 상상도 못 했다. 하지만 그런 일이 벌어졌고, 나는 레오와 나눌 대화가 두려워 잠 못 이루고 있다. 내가 전화를 하지 않아 그가 이상하다고 생각할 수도 있지만 어쩌면 그런 생각을 하기도 전에 잠들었을지도 모른다. 지니가 여러 번 전화했던 것을 기억하고 바닥에서 휴대전화를 찾아 그녀에게 문자를 보낸다. '레오가 살인 사건에 대해 알고 있었어. 벤이 말해줬대. 나는 지금 옆집 이브네에 와 있어. 내일 전화할게.'

머릿속에서 겨우 레오를 쫓아냈는데 그 자리를 니나 맥스웰이 대신 차지한다. 그녀가 얼마나 끔찍한 일을 겪었을까 생각하지 않으려 하지만 마음대로 안 된다. 하지만 결국 생각을 그녀의 죽음에서 삶으로 억지로 돌리고, 그녀가 어떤 사람이었을지 궁금해하며 잠에 빠진다.

과거

"좀 어때요?" 내가 웃으며 묻는다. 오늘은 여덟 번째 시간으로, 그동안 상담에 큰 진전이 있었다.

"좋아요." 그녀가 말한다. "매사에 훨씬 더 긍정적이 됐어요."

이제껏 본 모습 중에 오늘이 가장 편안해 보이는 게 사실이다. 네 번째 시간까지도 유행을 타지 않는 치마에 정장 셔츠 차림이었다. 오늘은 무릎 바로 위까지 오는 주름치마를 입었다. 머리는 평소처럼 뒤로 묶었지만, 지난 몇 번의 만남을 참고하건대 곧 풀어 헤쳐 어깨까지 늘어뜨릴 것이다.

"좋습니다. 지난 2주 동안 잘 지내신 모양이군요?"

"네." 그녀가 손을 올려 머리를 묶은 고무줄을 푼다. "지난 시간에 나눈 얘기를 한참 생각했어요." 그녀가 머리를 좌우로 흔들며 방금 푼 머리칼을 어깨로 늘어트린다.

나는 동의한다는 듯 고개를 주억거린다. 한참 걸리긴 했지만 지난 시간에 마침내 그녀가 남편이 모든 문제의 근원이며 내면의 평화를 얻기 위한 유일한 방법은 남편을 떠나는 것이라고 인정했다.

"남편한테 말할 거라고 하셨죠." 그녀가 입을 다물고 있자 내가 먼저 말을 꺼낸다. "그래서 기분이 좋으신가 보군요?"

그녀가 고개를 끄덕인다. "남편과 한참 얘기하고 깨달았어요. 그이가 제 불행의 원인이 아니었어요."

나는 한숨을 억누른다. 실망을 드러내면 안 되지만 실망스러운 건 어쩔 수 없다. 나는 메모지를 앞으로 끌어당긴다. "지난 시간엔 반대로 결론을 내리셨죠." 내가 지난 메모를 참고하며 말한다. 그러고는 잠시 멈췄다가 다시 입을 연다. "그래서 남편을 떠나겠다고 결심하셨고요."

"맞아요. 하지만 지금은 상황이 달라졌어요. 더 이상 불행하지 않아요. 제가 진짜 불행한 적이 있었나 싶어요."

오늘은 날씨가 쌀쌀하긴 해도 해가 눈부시다. 햇살이 블라인드를 통과해 들어와 그녀의 얼굴에 짙게 금을 그어 놓는다.

"심경에 변화가 생긴 이유를 살펴봐야 할 것 같군요."

"그냥 이제야 정신이 든 것 같아요." 그녀가 나를 보고 웃는다. "전부 선생님 덕분이에요."

"네?"

"정말이에요. 진실이 최고의 미덕이라고 하셨죠. 그래서 다니엘에게 제 기분이 어떤지 털어놨어요. 그를 떠나고 싶다는 얘기 말고, 불행하다는 얘기를요. 그가 그러더군요. 저는 불행한 게 아니라 지루한 거라고요. 그때 그 말이 맞는다는 걸 깨달았어요." 그녀가 손목에 찬 백금 오메가 시계의 걸쇠 부분에 달린 J 모양의 작은 은색 장신구를 만지작거린다. "경제적으로 그럴 필요가 없어서 일자리를 구해야겠다는 생각을 한 적이 한 번도 없어요. 그러니 시간이 남아돈 거죠. 자연히 잡생각이 많아지고 나 자신에게만 골몰했어요. 그 시간에 외부로 시선을 돌려 타인을 돕는 데 에너지를 썼어야 했는데 말이에요. 다니엘이 자원봉사를 해보는 게 어떻겠냐면서 벌써 몇몇 기관에 연락해놓았다고 하더군요." 그녀가 웃는다. "제가 말했죠. 완벽한 남자라고요."

"큰 발전이네요." 나도 웃으며 답한다.

"상담도 그만둬야 할 것 같아요. 다니엘에게 숨기는 것도 마음에 걸리고 지금은 꼭 필요한지도 잘 모르겠어요. 그런데 한편으론 갑자기 그만둬서 지금까지 이룬 성과를 없던 일로 만들기 싫기도 해요." 그녀가 나를 불안하게 쳐다본다. "어떻게 생각하세요?"

"제 생각엔 첫 시간에 얘기한 이완 요법이 과도기적 방법으로 괜찮을 것 같은데요. 그건 고려해볼 만하지 않을까요?"

그녀가 기쁜 듯 고개를 끄덕인다. "좋아요. 이완 요법이라면 다니엘도 이해할 거예요."

"좋습니다." 이토록 공들인 환자를 잃는 건 정말 싫다. 나는 시간을 확인하고 일어서며 말한다. "괜찮으시면 지금 어때요? 마침 제가 지금 시간이 되는군요."

12장

"원하는 만큼 있다 가요." 다음 날 아침, 윌이 아일랜드 식탁에서 접시와 커피 잔을 들어 식기세척기에 넣으면서 말한다. "그냥 나가면서 문만 닫아줘요."

"고마워요." 내가 말한다.

"우리 같이 나갈까, 이브?" 윌이 밖으로 삐져나와 있던 셔츠 끝을 바지춤으로 집어넣으며 말을 잇는다. "난 지금 나가야 해."

이브가 스툴에서 미끄러져 내려와 나를 걱정스레 쳐다본다. "정말 괜찮겠어요? 엄마랑 만나는 약속은 취소해도 되는데. 크게 개의치 않으실 거예요."

"괜찮아요. 나도 레오한테 뭐라고 할지 생각해야 해요."

"그러면 윌, 같이 가." 그녀가 나를 재빨리 안아주고는 말한다. "뭐든 필요하면 전화해요. 내 번호는 알고 있을 테니."

"우리 둘 다 오늘 밤 집에 있을 거예요." 윌이 배낭을 들며 덧붙인다.

"고마워요, 두 분 다. 너무 친절하게 대해줘서."

이브가 서성이며 묻는다. "괜찮겠어요?"

"괜찮을 거예요. 해야 할 일도 있고요."

하지만 너무 화가 나는 탓에 읽어야 하는 책에 집중할 수가 없다. 가슴이 아프다. 그리고 불안하다. 레오가 나에게, 또 나에 대해 거짓말을 했다는 걸 알고 나니 그밖에 또 뭘 숨기고 있는 건 아닌지 의심스럽다. 사실 우리가 만나기 전에 그가 어떤 삶을 살았는지 거의 알지 못한다. 그가 복잡한 가정사로 열여덟 살에 집을 떠나 저임금 일자리를 전전했다는 건 안다. 그러다 꼬인 인생을 풀 해결책은 교육이라는 사실을 깨닫고 열심히 공부한 뒤 투자 회사 몇 군데에서 일하다가 프리랜서 위기관리 컨설턴트로 자리 잡았다고 했다.

뭐라도 해야 할 것 같아 노트북을 열고, 어젯밤 이브가 나를 데리고 집으로 들어가는 중에 건네준 명함을 꺼낸다. 나는 명함 모서리를 꽉 쥔다. 검정색의 굵은 글씨체로 '토머스 그레인저'라 쓰여 있다. 합법적인 탐정인지 확인하기 위해 검색창에 '토머스 그레인저, 사립 탐정'이라고 입력한다. 놀랍게도 진짜다. 전문가 냄새가 나는 세련된 홈페이지에 사무실이 윔블던에 있다고 적혀 있다. 나는 휴대전화에 사무실 주소를 입력한다. 이어 의욕을 새로이 다지며 니나 맥스웰의 살인 사건을 검색한다. 이유는 모르겠지만 알 수 있는 건 전부 알아내고 싶다. 모든 사실을 알고 나면 기분이 나아질 거라고 무의식이 속삭이는 듯하다. 속수무책으로 당하지 않고 통제할 수 있다는 느낌이 들 테니까.

기사를 읽으며 중요한 내용을 메모하지만 그리 많이 알아내지는 못한다. 니나는 저녁 9시경에 살해당했다. 남편은 9시 20분경 경찰에 연락해, 퇴근하고 집에 돌아와 침실에서 아내가 죽은 걸 발견했다고 신고했다.

레오가 침실 두 개를 헐어 하나로 합치자고 우기던 걸 생각하자 속이 부글거린다. "2층을 좀 손보고 싶어." 그가 이렇게 말했다. '그러셨겠지.' 생각하니 분노가 치민다. '싹 바꾸고 싶으셨겠지. 그래야 내가 언젠가 살인 사건에 대해 알게 돼도 살해 현장에서 잠을 잤다며 길길이 날뛰지 못할 테니까. 본질적으로 다른 방이라면서.' 문제는 본질적으로 다른 방이 아니라는 거다.

좀 더 자세히 쓰인 어느 기사에 따르면 니나 맥스웰이 격렬히 몸싸움을 벌이다 의식을 잃은 후 부부용 목욕 가운에 딸린 허리띠로 의자에 묶였다고 한다. 모든 정황이 남편을 살인범으로 지목하는 듯 보인다.

문자가 도착한다. '7시에 도착 예정. 주민 자치회 모임이 있어서 빨리 저녁만 먹고 나가야 해. 너무 보고 싶어. xx'

내가 답을 보낸다. '유스턴에 도착하면 문자 보내줘.'

내가 평소처럼 키스 표시인 x자 두 개를 보내지 않은 걸 눈치챘을까? 유스턴에 도착한 레오에게서 6시 45분에 문자가 도착하고 나는 노트북과 책, 가방을 챙겨 용기를 내 집으로 향한다.

집. '이제 여기가 내 집이지.' 나는 문에 열쇠를 꽂으며 스스로에게 상기시킨다. 이곳에서 지낸 몇 주 동안 이곳을 우리 집으로, 내 집이자 레오의 집으로 여겼다. 그런데 아무리 애써도 이곳에 살 수 없으면 어떻게 될까?

나는 복도에서 니나 맥스웰이 이 집에서 보냈을 즐거운 시간을 생각하려 노력한다. 그녀도 틀림없이 행복했을 테니까. 친구들도 사귀었고 이브의 말에 따르면 남편도 좋은 사람이었다고 하니 말이다, 결론적으로 그녀를 죽이긴 했지만. 그러나 기사를 검색하다 접한 그의 사진과 주변 증언으로 봐선 살인을 저지를 사람 같지는 않았다. 하긴 살인을 저지를 것처럼 보이는 사람이 몇이나 되겠냐마는.

나는 그들을 피해자와 가해자가 아닌 니나와 올리버로 생각하기로 마음먹고 집 안을 돌아다닌다. 언니와 언니 남자 친구에 대한 기억을 활용해 니나와 올리버가 함께 보냈을 삶을 머릿속으로 그려본다. 그들이 부엌에서 저녁을 만들며 수다를 떠는 모습을, 니나가 거실 소파에 몸을 파묻고 올리버의 다리에 자기 다리를 걸친 채 영화를 보는 모습을, 끔찍한 사건이 그들의 인생을 영원히 바꿔놓기 전까지 완벽하게 평범한 삶을 살았을 모습을 상상한다, 언니가 그랬던 것처럼.

니나와 올리버도 사람이라고 주문을 걸면서 어제부터 나를 사로잡던 불안을 겨우 살짝 떨쳐낸다. 스스로를 시험해보기 위해 계단 위로 걸음을 옮긴다. 층계참에 다다라도, 손님방에 들어가도 괜찮다. 그냥 방일 뿐이다. 하지만 층계참 반대편 문을 열고 침실을 가만히 들여다보자 그토록 몰아내려고 애쓰던 장면이 눈앞에 펼쳐진다. 숨이 끊어진 니나의 시체가 의자에 묶여 있고 그녀의 긴 금발이 근처에 흩뿌려져 있다. 이미지가 너무 생생해서 숨을 쉴 수가 없다.

문을 거칠게 닫고, 휘청거리는 몸을 난간에 의지해 서둘러 아래층으로 내려간다. 좀 있으면 레오가 도착할 것이다. 나는 부엌으로 가서 수돗물로 얼굴을 적신 다음 식탁에 앉아 한 여자가 살해당한 집에서 산다는 게 어떤 건지 생각한다.

오래지 않아 레오가 문을 여는 소리, 복도를 걸어오는 소리, 바닥에 가방을 툭하고 내려놓는 소리가 들린다.

"나 집에 왔어!"

그가 어깨에서 재킷을 슥 벗을 때 나는 천이 부드럽게 쓸리는 소리, 계단 기둥에 재킷을 걸칠 때 재킷 주머니에서 나는 동전 쟁그랑거리는 소리, 셔츠 칼라 아래로 넥타이를 빼낼 때 나는 휙 하는 소리, 목이 편해질 때 나는 한숨 소리가 전부 들린다.

"앨리스, 어디 있어?" 레오가 부른다.

침묵이 자신을 반기자 인상을 쓰는 모습이 안 봐도 눈에 선하다. 그가 신발을 벗지 않고 여전히 인상을 쓴 채 복도를 가로질러 부엌으로 걸어온다. 그러다 탁자에 앉아 있는 나를 발견하고 재빨리 안도하는 표정을 짓는다.

"여기 있었구나." 그의 목소리에 웃음기가 어려 있다. 몸을 숙여 입을 맞추려 하는 그를 몸을 틀어 피한다.

"왜 그래?" 그가 놀라서 묻는다.

"당신 누구야, 레오?"

그의 얼굴에서 어찌나 빨리 핏기가 가시는지 본능적으로 벌떡 일어나 그를 앉힐 뻔했다. 하지만 나는 자리에 앉아 그가 의자를 붙들고 힘겹게 몸을 기대며 평정심을 되찾으려 필사적으로 노력하는 모습을 침착하게 지켜본다.

"어떻게 그럴 수 있어? 어떻게 그렇게 무섭고 끔찍한 일을 나한테 숨길 수 있어?" 2층에서 일어난 사건을 설명하는 데 고작 '무섭다'나 '끔찍하다'라는 말로밖에 표현하지 못하다니 좌절스럽다. "설마 내가 끝내 모를 거라고 생각한 거야?"

"누가 말해줬어?" 그가 묻는다. 목소리가 너무 낮아서 알아듣기 힘들다.

"이웃 사람이." 나는 서슴지 않고 거짓말을 한다. 그의 거짓말을 낱낱이 파헤친 뒤에 토머스 그레인저에 대해 말할 생각이다.

그가 고개를 든다. 분노 어린 표정 아래 충격이 서려 있다.

"이웃 사람이 말해줬다고?"

내가 그의 시선을 붙잡는다. "그래."

"하지만……." 그가 한 손으로 의자를 잡은 채 나머지 한 손으로 머리칼을 쓸어내린다. "어떤 이웃?"

"누군지가 중요해?" 내가 재빨리 되묻는다. "어떻게 나한테 거짓말할 수가 있어, 레오?"

"그게…… 사실……." 울 것 같은 목소리다. 놀라움에 마음이 아프면서 동시에 약간 수치스럽기도 하다. 내가 알게 될까 봐 두려움에 떨며 지낸 게 분명하다. 하지만 그를 용서할 수 없다, 아직은.

"나한테 거짓말을 한 것도 그렇지만, 나에 대해 거짓말을 한 게 더 나빠."

"그게 무슨 말이야?" 그가 웅얼거린다.

"벤한테 내가 할스턴 집을 지킬 수만 있다면 여기 사는 데 개의 치 않는다고 했잖아."

그가 아무 말 없이 나를 한참 바라봐서 내 말을 부인하거나 벤이 오해한 거라고 말할 것 같은 생각이 든다. 영겁과도 같은 시간이 흐르고 그가 내내 붙잡고 있던 의자를 꺼내 털썩 앉는다.

"미안해."

그의 얼굴에 감도는 안도감이 그가 사실을 털어놓을 수 있어 다행스러워 한다고 알려준다.

"무슨 생각으로 그런 거야? 내가 평생 모르길 바란 거야?"

그가 자신의 손을 골똘히 내려다본다. "아니, 알아낼 줄 알았어. 그냥 내가 얘기를 꺼내기 전에 먼저 알아내지 않기를 바랐을 뿐이야."

"그러면 언제 말하려고 했는데?"

"그게…… 나는 당신이 여기에 좀 더 적응했으면 해서."

"왜?"

"그러면 떠나기 힘들어질 테니까. 그래서 집을 사기 전에 미리 말을 안 한 거야. 자기가 여기 살기 싫다고 할 걸 알았거든……." 그가 눈을 들어 나와 시선을 맞추더니 덧붙여 말한다. "난 여기 꼭 살고 싶었어."

"그래서 여기서 사람이 죽은 것도 눈감으려 했어?"

"같은 집이 아니야, 앨리스. 싹 고쳤잖아. 2층 구조를 바꿨다고."

내가 손으로 탁자를 내려친다. "같은 집이야! 왜 그걸 몰라! 살인 사건이 일어난 집이라는 사실엔 변함이 없다고!"

어깨를 힘없이 으쓱하는 그를 보면서도 마음이 눈곱만큼도 진정되지 않는다. "그러면 내가 그런 거에 개의치 않는 사람이라서 그런가 보지. 냉정하게 들릴 수도 있겠지만 난 정말 아무렇지도 않아. 그리고 당신이 언젠가 말한 적 있잖아. 누군가 당신 고향 집을 보고 200년이나 됐으니 틀림없이 거기서 죽은 사람도 있을 거라고 하니까, 그렇다 해도 신경 쓰지 않는다고 했잖아."

"나이가 들어서 침대에서 평온하게 눈을 감는 것과 서른여덟에 잔혹하게 살해당하는 것은 하늘과 땅 차이야!"

"우리가 사는 집에 어떤 과거가 있는지 전부 알 수 있는 건 아니잖아. 할스턴 집에서도 누군가 살해당했을지 누가 알아."

그의 말에도 일리가 있어 짜증이 난다.

"내 말은 이거야. 만약 내일 누군가 전화해 '저기, 좀 전에 알게 됐는데요. 50년 전에 당신 고향 집에서 사람이 살해당했다는군요'라고 하면 그 고향 집에서 주저 없이 떠날 거야? 하루도 지체하지 않고?"

나는 머뭇거린다. 나는 고향 집을 사랑한다. 레오가 내 마음을 눈치채고 몸을 앞으로 기울인다.

"그래도 그 집에 살 거잖아, 안 그래? 그렇다고 팔아치우지 않을 거라고."

"아니, 팔 거야. 부동산에 내놓을 거야. 심지어 50년도 너무 짧아."

"안 믿어." 그가 양손으로 얼굴을 문지르며 말한다.

분노가 다시 타오른다. "언제부터 이게 내 문제가 된 거야? 그리고 언제부터 당신이 나를 안 믿기 시작한 거야? 잘못한 건 내가 아니야, 레오 당신이라고!"

"알아, 그리고 미안해." 그가 슬며시 내 손을 잡으려 하지만 내가 피한다.

"그날 내가 방을 어떻게 개조했는지 보여주겠다고 사람들을 2층으로 데려갔을 때 그들이 뭐라고 생각했겠어? 다들 내가 살인 사건에 대해 안다고 생각했단 말이야."

"당신이 사람들한테 집을 구경시켜줄지 몰랐어."

"그래서 사람들이 오는 게 싫었던 거구나, 맞지?" 그와 거리를 두고 싶어 내가 일어선다. "여기서 무슨 일이 벌어졌는지 누군가 말할까 봐 겁났던 거야." 내가 부엌 반대편으로 가서 조리대에 기댄다. "이해가 안 돼, 어떻게 이런 일을 얼렁뚱땅 넘길 수 있겠다고 생각한 건지."

레오가 내게 간절히 이해를 구한다는 듯 양손을 벌린다. "얼렁뚱땅 넘기려 한 거 아니야. 때가 되면 말하려고 했어."

"그러면 그때까지 사람들이 날 매정한 년이라 생각하든 말든 상관없었다는 거네."

"아무도 그렇게 생각하지 않아."

"탐신은 하던데?"

"그 빨간 머리?"

"그래. 어쩌다 엿들었는데 나보고 신경이 안 쓰이다니 말도 안 된다고 하더라. 처음엔 무슨 얘긴지 짐작도 못 했어. 이젠 알지만."

그가 한숨을 쉬고 중얼거리듯 묻는다. "어떻게 하고 싶은데?"

나는 행주를 쥐고 이미 깨끗한 조리대를 닦는다. "여기 못 있겠어, 적어도 지금은."

"호텔로 가자. 거기서 며칠 묵자."

"그런 다음엔? 여기로 돌아와서 아무 일도 없었다는 듯이 살자고?"

그가 움찔한다. "아무 일도 없었던 척하자는 게 아냐. 사실을 받아들이고 우리 인생을 살자는 거지. 이 집에도 기회를 줘야 하지 않겠어, 앨리스?"

내가 행주질을 멈추고 그를 바라본다. "무슨 말이야?"

그가 나를 똑바로 바라보며 몸을 내민다. "새로운 기억을 만들어주자고. 여기서 행복하게 살면서."

분노가 터져 나온다. "여기서 행복하게 살면서? 그게 어떻게 가능해?" 나는 화가 나서 새하얀 에나멜 싱크대에 행주를 집어던진다. "그 여자 이름이 니나야, 레오!"

"알아. 그래서 당신한테 말하기를 더 주저했던 거야." 그가 나를 진정시키기 위해 차분하고 이성적인 목소리로 말한다. "할스턴까지 떠나면서 과거를 보내기로 결심했는데 그 모든 기억이 다시 떠오를까 봐 걱정됐어. 여기로 이사 오기로 마음먹은 것만 해도 진짜 큰 걸음을 내디딘 거잖아. 거기서부터 다시 시작하면 안 될까?" 그가 내 대답을 기다리지만 집에 새로운 기억을 심어주자는 그의 말이 가슴을 울려 입이 떨어지지 않는다. 그가 다시 얼굴을 문지른다. "어떻게 하고 싶어? 할스턴으로 돌아가고 싶어? 이 집을 부동산에 내놓고 팔릴 때까지 내가 런던에서 원룸 생활을 했으면 좋겠어? 아마 그렇게 될 거야. 매일 할스턴에서 버밍엄까지 출퇴근할 수는 없으니까. 결국 런던에 살면서 주말에만 때때로, 가끔씩 당신을 보러 가는 수밖에, 이리로 이사 오기 전처럼. 그게 당신이 원하는 거야?"

그가 의자에 앉아서 내 대답을 기다린다. 눈가의 잔주름이 전보다 더 깊어 보인다. 하지만 답할 수 없다. 그가 말한 대로 전부 하고 싶으면서 동시에 하기 싫다. 이곳에 머물기도 싫지만 떠나기도 싫다. 그가 집에서 나가줬으면 싶지만 적어도 오늘 밤만이라도 이 집에 머물게 된다면 혼자 있기는 싫다. 확실한 건 딱 하나. 지금 당장은 그와 가까이 있고 싶지 않다는 거다. 또는 2층 침실 가까이는.

나는 문으로 다가가며 딱딱한 어조로 내뱉는다. "내가 뭘 원하는지 모르겠어. 알게 될 때까지 서재에서 잘게."

서재에 소파를 펼쳐 침대로 만들면서야 그가 왜 이 집을 그토록 원했는지 물어보지 않았다는 걸 깨닫는다.

13장

"이 집이 그토록 갖고 싶었던 이유가 뭐야?" 다음 날 아침 레오에게 묻는다. 우리는 부엌에 서 있다. 어젯밤 둘 다 아무것도 먹지 않아서 부엌이 티끌 하나 없이 깨끗하다. 이른 아침의 태양빛이 깨끗한 대리석 식탁에 비쳐 반사된다.

"뭐라고?" 그의 얼굴이 피곤해 보인다. 하지만 나만큼은 아니다.

"어제 당신이 그랬잖아. 이사하기 전에 살인 사건에 대해 말해주지 않은 이유가 내가 여기서 살기 싫다고 할 게 뻔해서라고. 그런데 당신은 이 집에서 꼭 살고 싶었다고. 왜 이 집에서 그토록 살고 싶었는지 묻고 있는 거야. 멋진 집이긴 하지만 지각이 있는 사람이라면 살인 사건을 나 몰라라 하고 살 만큼 멋지진 않잖아." 심한 말인 건 알지만 잠을 거의 못 자 피곤한 탓에 기분이 바닥을 치고 있다.

그가 검정색과 크롬색이 어우러진 커피머신 쪽으로 다가온다.

"커피 마실래?"

너무 간절하다. "아니 됐어."

그가 내 질문에 답하지 않고 커피를 만든다. 마치 내가 기다리다 지치기를 바라는 것처럼. 하지만 그에게 필요한 만큼 시간을 줄 작정이다.

"보안이 철저해서 마음에 들었어." 마침내 그가 입을 연다. "이곳 주민이거나 여기 사는 사람이 문을 열어주지 않는 이상 아무나 못 들어오는 게 좋았어. 그러면 훨씬 안전하니까. 주머니 사정에도 맞았고. 그런 과거가 없었으면 내 형편에 절대 구입하지 못했을 거야."

"언제부터 그렇게 보안에 집착했어?"

"고객들한테 시달리기 시작한 후부터."

"고객한테 시달리는지 몰랐네."

그가 나를 힐끗 본다. "당신한테는 일부러 말 안 했으니까."

"원치 않는 전화가 왔던 건 알아." 그가 전화를 받았다가 곧장 끊었던 순간이, 때로 휴대전화 화면을 뚫어지게 보다가 잘못 걸려온 전화라며 받지 않던 장면이 떠오른다. "고객들한테 온 전화인지는 몰랐어. 하지만 집까지 찾아온 사람은 없잖아?" 나는 잠시 말을 멈추고 다시 기억을 떠올린다. "그 여자만 빼고. 할스턴에서 만난 그 금발 여자. 그때 내가 누구냐고 물으니까 그 여자가 시골에 사니까 기분이 어떤지 궁금해 말을 걸었다고 했잖아. 그 여자도 고객 중 하나야?"

"아니. 그런데 중요한 건, 고객이 마음만 먹으면 내가 어디 있는지 알아낼 수 있었다는 거야. 당신 주소를 어디다 말해준 적은 없지만, 누군가 할스턴에 나타나 아무나 붙들고 내가 어디 있는지 물었으면 누구든 곧장 당신 집 앞까지 데려다줬을 거야. 가는 도중에 내가 전날 저녁에 뭘 먹었는지까지 말해줬을걸."

그의 설명이 어딘가 미심쩍다. 전부 말하지 않았다. 그가 감추고 있는 게 뭘까?

"하지만 이곳 서클도 할스턴과 다름없는 작은 공동체잖아." 내가 어리둥절하며 말한다.

그가 피곤한 듯 한숨을 내쉰다. "그래서 여길 선택한 거야. 나야 전에 살던 곳처럼 익명성이 보장된, 보안 시스템이 잘 갖춰진 아파트가 좋지. 하지만 당신이 그런 데서 살기 싫다고 하니까 둘 다를 만족시킬 방법을 찾은 거야. 이곳은 당신이 원하는 대로 이웃과 허물없이 지낼 수도 있고, 내가 바라는 대로 보안도 잘 갖춰져 있으니까. 이게 타협점인 거야, 앨리스. 빌어먹을 절충안이라고."

"원래 관계라는 게 그런 거 아니야?" 내가 쏘아붙인다. "타협하는 거?"

그가 커피머신에서 컵을 꺼내며 말한다. "조용히 식사하도록 자리 비켜줄게. 서재에 있을 테니까 얘기하고 싶으면 와."

눈물 때문에 눈이 쓰라리다. 뜬눈으로 밤을 지새웠는데도 어떻게 해야 할지 결정을 내리지 못했다. 할스턴으로 돌아가고 싶은 마음이 굴뚝같지만 혹시 돌아간다고 해도 데비에게 몇 달 동안 함께 지내도 되냐고 물어봐야 한다. 고지도 하지 않고 세입자들을 내보낼 순 없으니까. 하지만 그러면 레오와 나는 어떻게 될까?

그의 말이 맞는다. 전처럼 주말에만 보던 시절로 돌아가게 될 것이다. 그러면 함께 있는 시간을 늘리려고 런던으로 이사한 게 허사가 된다. 게다가 이 집에 새로운 기억을 만들어주자는 그의 말이 뇌리에서 떠나지 않는다. 그 말 때문에 원망스럽게도 의무감이 생겨버렸다. 그 의무를 저버리면, 설명할 수 없는 방식으로 너무 가까워진 니나 맥스웰뿐 아니라 언니마저 배신하는 기분이 들 것 같다.

"뭐 하나만 물어볼게." 레오의 목소리가 뒤쪽에서 들려온다. 몸을 돌리니 그가 문간에 서 있다. "이웃 사람이 그 사건에 대해 말해줬다고 했지. 혹시 이브야?"

"아니."

"그러면 누구야?"

선택의 여지가 없다. 사람들한테 말한 대로 얘기하는 수밖에.

"이웃이 아니고 기자였어." 말을 하면서 우리 사이에 너무 많은 거짓이 생기고 있다는 자각에 소름이 끼친다.

"기자? 그러니까 신문 기자 말이야?"

"응."

"여기까지 찾아왔어?"

"아니, 전화가 왔어."

"남자야, 여자야?"

"여자."

그가 머리칼을 그러모은다. 짜증이 났다는 신호다. "어느 신문사인지 말했어?"

내가 커피머신으로 몸을 돌리고 버튼을 누른다. "아니."

"안 물어봤어?"

"응, 놀라서 그럴 정신이 없었어."

"이름은 알아?"

"아니."

"그 여자가 정확히 뭐라고 했어?"

"살인 사건이 벌어진 집에서 사니까 기분이 어떠냐고 묻던데." 레오가 할스턴에서 만난 여자에 대해 설명할 때 썼던 표현을 내가 거의 그대로 사용했다는 걸 눈치챌까 봐 불안해 서둘러 입을 다문다. '시골에서 사니까 기분이 어떠냐고 묻던데.' 결국 우리 둘 다 거짓말을 하고 있는 셈이다.

"그 말 말고 다른 말은 없었어?"

"없었어." 내가 호기심 어린 눈초리로 그를 바라본다. "왜?"

"그냥."

레오가 자리를 뜨고 나는 식탁에 앉는다. 뭔가 앞뒤가 맞지 않는다. 허구로 지어낸 기자 이야기에 레오가 지나치게 신경 쓰는 것 같다. 게다가 어제 이야기를 처음 꺼냈을 때 그가 보인 반응도 과했다. 금방이라도 기절할 것처럼 보였다. 보안 때문에 이 집이 탐났다는 것도, 그래서 미리 말해주지 않았다는 것도 이해되지 않는다.

나는 서재로 가서 문을 닫는다. 어젯밤부터 서재는 내 작업 공간이면서 피난처다. 침대는 다시 소파가 되었고, 난장판을 벌여놓고 일할 수는 없어서 침대보는 단정하게 접어 장롱 아래에 넣어두었다. 나는 책상 앞에 앉는다. 지니에게 전화해야 한다. 이브한테서 안부를 확인하는 문자도 와 있다. 나는 이브에게 괜찮다고 알려주며 주말 이후에 보자고 답한다. '그 전에 내 도움이 필요하면 언제든 알려줘요. xx' 그녀가 답을 보내온다. 우리 집과 가까운 거리에, 엎어지면 코 닿을 거리에 친구가 생겨서 정말 행운이지 싶다. 우리 집이라니. 다시 한 번 그 말이 내 머릿속에 울려 퍼진다. 이곳이 정말 내 집이 맞을까?

지니에게 전화를 건다.

"잘 지내?" 그녀가 묻는다.

"별로."

"레오하고 대화해봤어?"

"응. 이 집에 꼭 살고 싶어서 나한테 말을 안 했대. 내가 살인 사건에 대해 알면 살기 싫다고 할 테니까. 그건 맞는 말이지." 내가 잠시 말을 멈춘다. "그런데 이 집에서 꼭 살고 싶다는 이유가 별로 와닿지 않아. 외부인 출입을 제한해서 주민 허락 없인 아무나 들어올 수 없기 때문이라고 하더라고. 그동안 고객들한테 시달림을 좀 당했나 봐."

"협박 같은 거라도 받은 거야?" 지니가 묻는다.

"모르겠어. 시달린 얘기는 처음 들었어. 전화가 와도 안 받거나 바로 끊어버린 적이 몇 번 있긴 했어. 한번은 할스턴 집 앞에서 웬 여자가 말을 거니까 화를 내더라고. 레오 말로는 고객이 아니라는데 너무 예민하게 반응하는 게 이상해."

"어젯밤은 잘 보냈어?"

"그냥…… 서재에 있는 소파 베드에서 잤어. 오늘 밤도 여기서 잘 거야."

"많이 힘들겠다, 앨리스."

"고마워, 너무 걱정하지 마. 괜찮아질 거야."

나는 전화를 끊고 나와 레오 사이가 정말 괜찮아질까 의문에 빠진다. 다신 침실에서 잠을 잘 수 없을 것이다. 거기서 무슨 일이 벌어졌는지 알아서가 아니다. 손님방을 침실로 바꾸고, 창고에 있던 레오의 운동기구를 지금의 침실로 옮기면 되니까 그건 문제가 안 된다. 당분간 그와 한 침대를 쓸 수 없을 것 같기 때문이다. 그나저나 토머스 그레인저는 왜 그 사건을 조사하는 걸까? 그가 자신의 고객을 위해 일하고 있으며 고객의 동생이 억울하게 살인범으로 몰렸다고 말했다. 그 고객이 올리버의 형이나 누나인 게 틀림없다. 그래서 오심이란 주장에 별로 믿음이 안 간다. 가족이면 당연히 사랑하는 피붙이가 살인을 저질렀을 리 없다고 우기기 마련이니까. 하지만 그게 살인을 하지 않았다는 의미는 아니다.

나는 휴대전화에 캡처해놓은 니나의 사진을 찾는다. 긴 금발을 한데 모아 자연스레 올려 묶고, 가느다란 금빛 링 귀걸이를 걸쳤다. 아무런 근심 없이 행복한 표정이다. 익숙한 슬픔이 물결처럼 나를 덮친다.

"누가 죽였어요, 니나?" 내가 중얼거린다. "올리버예요?"

그녀가 입꼬리에 미소를 머금고 나를 바라본다. "당신이 알아내 줘요." 이렇게 말하는 것 같다.

나는 니나의 사진을 찬찬히 뜯어보며 언니의 흔적을 찾는다. 어떤 흔적도 없다. 내 언니 니나는 이 니나보다도, 나보다도 피부색이

어두웠다. 그리고 본인처럼 나도 니나라 불리길 원했다. 내가 태어 났을 때 언니는 세 살이었다. 부모님은 언니의 황소고집에 못 이겨 언니에게 내 이름을 짓도록 허락했고, 언니는 자신이 가장 좋아하 는 책 《이상한 나라의 앨리스》에서 내 이름을 골랐다.

남은 주말 내내 나와 레오는 서로 피해 다니기 바쁘다. 혹시 부 엌에서 마주치기라도 하면 남처럼 깍듯이 예의를 차리며 다른 공간 으로 걸음을 옮긴다. 그가 폴과 테니스를 치러 나간다고 할 때 나는 놀라움을 애써 감춘다. 나라면 민망해서 얼굴도 못 들고 다닐 것이 다. 하지만 그때 이브와 윌을 제외하고 그 어떤 이웃도 레오가 내게 살인 사건을 비밀로 했다는 걸 모른다는 사실을 깨닫는다.

레오가 나간 사이 나는 목요일과 금요일에 하지 못한 일을 몰아서 하고 일요일 저녁 즈음 첫 번째 통독을 마친다.

소파를 꺼내고 있는데 레오가 문을 두드린다.

"떠나지 않아서 고마워." 그가 쿠션을 옮기는 걸 도와주며 말한 다.

"또 모르지. 아직 어떻게 할지 정하지 못했어."

그가 고개를 끄덕인다. "이번 주는 여기서 버밍엄으로 출퇴근할 게. 그래야 자기가 밤에 혼자 있지 않을 테니까……. 계속 머물기로 한다면 말이야."

"고마워." 목요일까지 혼자 있으려 했다는 걸 잊어버리고 내가 답한다. 침대 정돈을 끝내고 그가 나간 뒤 문을 닫는데 문득 이 상황 이 아이러니하다는 생각이 든다. 원래 일과가 끝나고 저녁마다 얼굴을 마주보며 각자가 보낸 하루에 관해 수다를 떠는, 그러니까 평범한 커플처럼 살기 위한 새로운 출발이자 기회로 삼기 위해 이곳에 온 것이다. 이 일을 잘 넘긴다 해도 관계가 회복되지 못하면 어떻게 할까? 날이 갈수록 우리가 함께 살 수 없다는 게 분명해지면 어떻게 하지? 어쩌면 지금까지 이 관계가 지속된 건 대부분의 시간을 떨어져 지냈기 때문인지도 모른다.

잠이 들락 말락 할 때 아침에 입을 옷이 없다는 게 생각난다. 세탁 바구니에서 꺼낸 옷으로 금요일부터 버텼는데 지금은 전부 빨래통에 들어가 있다. 침실에 깨끗한 옷이 있지만 가지러 가고 싶지 않다.

나는 레오에게 문자를 보낸다. '나가기 전에 침실에서 옷 몇 벌만 꺼내서 복도 의자에 놔줘. 하얀 반바지, 빨간 원피스, 청바지, 흰색 티셔츠 두 벌, 감색 티셔츠 두 벌, 맞춤 속옷 네 벌. 그리고 하얀 운동복과 금색 줄이 있는 푸른 샌들. 양말도. 고마워.'
나는 휴대전화를 끄고 다시 잠을 청한다.

14장

밤중에 눈을 뜬다. 심장이 갈비뼈에 닿을 것처럼 세차게 뛴다. 무엇인가 나를 깨웠는데 뭔지 모르겠다. 나는 가만히 누워 숨을 참고 온몸에 힘이 들어간 채로 뭐가 뭔지 생각하려 애쓴다. 그때 정신이 번쩍 든다. 방 안에 누군가 있다. 레오가 아닌 건 본능적으로 알 수 있다.

근처에 불빛이 없다. 가장 가까운 램프는 책상 위에 있다. 너무 무서워 움직일 수도, 눈을 뜰 수도 없다. 꾹 닫힌 눈꺼풀 아래로 눈동자를 이리저리 굴려본다. 그자가 어디 있는 걸까? 숨 쉬는 소리가 들려야, 어떤 움직임 같은 게 감지돼야 하는 것 아닌가? 그저 누군가가 나를 지켜보고 있다는 기분이 들기만 할 뿐 아무것도 느껴지지 않는다. 미동도 하지 않고 숨조차 쉬지 않으려 젖 먹던 힘까지 다하고 있는데 그 순간 누군가 그곳에 있다는 느낌이 사라져버린다.

나는 한밤중의 질식할 것 같은 정적 속에서 꾹 참고 있던 숨을 혹하고 내뱉으며 몸서리를 친다. 심장박동이 잦아들기를 기다렸다가 다리를 이불 밖으로 빼낸다. 침대에서 나가려니 무장해제되는 것 같아 먼저 책상에 팔을 뻗어 램프를 켠다. 램프의 노란 불빛이 서재 구석까지 밝힐 정도로 환하진 않지만 아무도 없다는 것은 알 수 있다. 문이 살짝 열려 있다. 내가 자기 전에 문을 닫았는지 기억나지 않는다.

침대 밖으로 나가 레오를 부르려다가 그만둔다. 혼자서 할 수 있다. 나는 겁을 잔뜩 집어먹은 채 복도 불을 켠다. 심호흡하고 자신감이 넘치는 척 스스로에게 용기를 북돋우며 아래층 방에 차례차례 들어가 불을 켠다. 복도 의자에 옷더미가 단정하게 놓여 있다. 레오가 아침 시간을 아끼려고 내가 잠든 후에 가져다 놓은 게 틀림없다. 2층으로 올라가 레오의 서재와 손님방을 확인한다. 침실 문은 닫혀 있다. 손잡이에 손을 조심스레 올리고 문을 밀어서 연다. 삐그덕거리는 소리가 나 레오가 눈을 뜨고 누구냐고 물을까 봐 숨을 참는다. 하지만 레오는 한잠이 들었다. 숨소리가 낮고 고르다.

아래층으로 내려오니 현관 옆 창틀에 정원에서 꺾어 온 하얀 장미 한 송이가 놓여 있다. 내가 이렇게 쉽게 넘어갈 거라 생각하다니 어이가 없어 헛웃음이 나온다. 나는 장미를 부엌으로 들고 가 쓰레기통을 열고 그 안에 버린다.

침대로 돌아와 완벽한 어둠 속에 있지 않도록 불을 켜놓고 문도 반쯤 열어놓는다. 쉽게 잠들지 못할 것 같았는데 눈을 떠보니 어느새 아침이다. 레오는 이미 버밍엄으로 떠난 후다.

잠시 후 이브에게서 문자가 온다. '커피 할래요?' 나는 시간을 확인한다. 벌써 9시지만 오늘은 조금 늦게 일을 시작해도 괜찮다. 바로 밖으로 나가 이브 집에 도착해 문을 두드리니 그녀가 하얀 조깅복을 입고 땅콩버터를 잔뜩 바른 토스트를 먹으며 문을 열어준다.

"아침에 8킬로미터를 달렸으니 먹어도 상관없어요." 그녀가 들고 있던 접시를 내민다. "앨리스도 최악의 주말을 보냈을 테니 먹어도 돼요. 아니면 내가 잘못 짚었나?"

내가 토스트를 집어 들고 그녀를 따라 부엌으로 간다. "레오한테는 최악의 주말이었겠지만 나는 그 덕분에 일을 엄청나게 했어요. 잡생각을 안 하게 돼서 좋던데요."

"집에서 잤어요?"

"네, 하지만 아래층 서재에서 잤어요."

이브가 접시를 내려놓고 조리대 위에 올라앉은 뒤 다시 접시를 든다.

"레오와는 어떻게 됐어요?"

"내 감정이 뭔지 파악할 때까지 거리를 두기로 했어요. 모든 게 너무 혼란스러워요. 집에서, 그리고 레오에게서 도망쳐야 할 것 같은데, 그이가 우리가 집에 새로운 기억을 만들어주자고 하잖아요."

그녀가 고개를 기울이며 나를 본다. "그 말에 대해 어떻게 생각해요?"

"모르겠어요. 이상하게 들리겠지만, 레오가 그렇게 말하고 나서부터 니나를 위해 머물러야 한다는 기분이 들어요. 왠지 모르게 그녀한테 끌려요. 목요일에 집에 돌아왔을 땐 그녀의 존재가 느껴지면서 그녀가 거실에서 올리버와 함께 있는 모습이, 두 사람이 부엌에 같이 있는 모습이 눈앞에 그려지더라고요. 그리고 그녀가 얼마나 힘들었을까 생각하니, 내가 느끼는 고통은 그에 비하면 아무것도 아니겠구나 싶었어요. 레오 말이 맞는지도 몰라요. 그 집에서 사악한 기억을 없애는 유일한 방법은 집에 새로운 기억을 심어주는 것일지도요."

"좋은 기운이 나쁜 기운을 몰아낸다, 전혀 이상한 소리 같지 않은데요." 이브가 말한다. "좀 앉는 게 어때요?"

"미안해요." 내가 부엌을 서성거리고 있었다는 걸 그제야 깨닫는다. 나는 의자를 당긴다. "레오가 평소 같으면 목요일까지 버밍엄에서 지내야 하는데 밤에 나 혼자 있기 힘들 거라며 저녁마다 집으로 오겠대요."

"잘됐네요."

"이브가 나라면 어떻게 할 것 같아요?"

"나라면 잠시 여기 머물면서 내 마음이 어떨지 볼 것 같아요."

"이웃 사람들을 일일이 찾아가서 이사 오기 전까지 살인 사건에 대해 몰랐다고 설명할 수 있으면 기분이 훨씬 나아질 것 같아요. 하지만 그러면 좀 이상하겠죠."

"정 원하면 내가 탑신과 마리아한테 말하고 두 사람이 또 이웃들한테 말하는 식으로 소문이 퍼지게 할 수 있어요. 그렇게 해줄까요?"

"네, 부탁해요. 내가 그렇게 무정한 인간이 아니라는 걸 이웃들이 꼭 알아줬으면 좋겠어요." 새로운 생각이 또 나를 괴롭힌다. "하지만 내가 그 사건을 알면서 당분간이라 해도 그 집에서 계속 산다는 걸 알면 다들 뭐라고 생각할까요?"

"다들 이미 당신이 안다고 생각하고, 그래서 굉장히 용감하다고 입 모아 얘기해요. 그러니 앞으로도 그렇게 생각할 거예요. 그리고 집이 팔릴 때까지 기다리는 동안 다른 곳에서 지낼 형편이 안 되는 사람도 많으니 더더욱 이해할 거예요. 고향 집은 세를 줬으니 그리로 돌아갈 수도 없잖아요. 그나저나 왜 그렇게 사람들 시선을 신경 쓰는 거예요?"

"이제 막 이사 왔는데 따돌림당하기는 싫어서요."

이브가 웃음을 터트린다. "따돌림을 왜 당해요!"

"그러면 수요일에 점심 초대를 할 테니 탐신과 마리아와 함께 올래요? 요가 수업에 가기 전에요." 그들을 집에 초대하겠다고 적극적으로 생각해본 적이 없어서 그 말을 뱉은 스스로에게 깜짝 놀란다.

"당연히 가죠! 지난 저녁에도 갔잖아요, 안 그래요?"

"카라도 초대하고 싶은데, 낮에 집에 없나 봐요. 구글에서 일한다고 했죠?"

"네, 소프트웨어 엔지니어예요. 일이 너무 바빠서 주말에만 볼 수 있어요."

"그러면 네 명만 봐요."

나는 곧 자리를 떠 집으로 돌아온다. 이브가 자기 집에서 일해도 된다고 했지만 이곳에, 이 집에 머물려면 혼자 있는 것에 적응해야 한다. "언니라면 어떻게 했겠어?" 나는 냉장고 문에 붙은 언니의 사진에 대고 중얼거린다. "이 집에 머물 거야, 아니면 떠날 거야?" 하지만 아무런 답이 없다. 텅 빈 집에 완벽한 정적만이 감돈다.

책을 한 번 더 읽지 않고 곧장 번역을 시작하기로 한다. 번역할 땐 그 순간에 집중해야 하는데, 난 지금 살인 사건이 아닌 다른 데 몰입할 필요가 있기 때문이다.

하루가 놀랄 만큼 빠르게 지나간다. 집에 도착한 레오가 다시 사과하고 자신이 저지른 짓을 만회하려 부단히 애를 쓴다.

"머리 예쁘네." 일하는 데 걸리적거려서 땋은 머리를 두고 하는 말이다.

"고마워."

레오가 한숨을 쉰다. "어떻게 해야 내가 만회할 수 있는지 알려줘."

"모르겠어. 그게 가능한지도 모르겠고. 그렇게 중요한 일을 숨기는 사람을 어떻게 신뢰하겠어?"

가장 싫은 건 내가 부당하게 굴고 있다고 느낀다는 점이다. 하지만 내가 자신의 팔에 안겨 용서하겠다고 말하길 기대하는 건 그의 지나친 욕심이다. 레오가 저녁을 해주겠다는 걸 거절하자 그가 재빨리 식사를 마치고 서재로 사라진다. 장미에 대해선 아무 말도 없는 걸 보니 쓰레기통에 버린 걸 못 본 모양이다.

집이 조용하다. 너무 조용하다. 어젯밤에 집에 누가 있는 것 같았다는 얘기를 하지 않은 걸 깨닫자 레오에게 가고 싶다. 하지만 그 일을 빌미로 대화의 물꼬를 트려 한다는 오해를 받기는 싫다. 어쨌거나 아무도 없지 않았는가. 그저 살인 사건에 마음이 어지러워 그렇게 느낀 것뿐이다.

15장

이브에게 마리아와 탐신을 점심에 초대해달라고 한 덕분에 수요일 정오에 세 사람이 함께 나타난다. 마리아가 자기 집 정원에서 꺾은 꽃다발과 와인 한 병도 들고 온다. 모두 반바지와 티셔츠 차림이라 무릎까지 내려오는 내 꽃무늬 치마가 과하게 느껴진다.

"어서 와요." 내가 뒤로 물러서며 길을 내준다.

이브와 마리아는 곧장 들어오지만 탐신은 문 밖에서 머뭇거리며 서성인다. 순간 그녀가 나와 점심 먹는 일을 주저하는 건가 싶어 혼란스럽다.

"미안해요." 그녀가 말한다. "이 집을 볼 때마다 니나가 생각나서요."

"그럴 수밖에요." 내가 공감한다는 듯 고개를 끄덕이며 손을 뻗어 그녀를 안아주려는데 그 순간 그녀가 재빨리 안으로 들어선다.

"어떻게 지내요?" 마리아가 포옹하며 묻는다. "니나에 대해 그런 식으로 알게 되다니 충격이 컸겠어요. 어떤 기분이었을지 상상이 안 돼요."

"화도 나고 겁도 났죠." 내가 정원으로 그들을 안내하며 말한다. "처음엔 떠나고 싶었어요. 이 집에서 못 살 것 같더라고요."

"하지만 아직 여기 있잖아요." 탐신이 정곡을 찌른다. 만약 누군가 나를 비난한다면 그건 탐신일 것이다.

내가 그녀에게로 고개를 돌린다. "네, 아직 살고 있죠. 잠시 동안만요." 내가 자신 없게 웃는다. "니나에 대해 얘기해줘요. 다시는 2층 침실에서 못 자겠지만 니나가 여기서 행복한 시간을 보냈다는 걸 알면 불안이 좀 사라질 것 같아요."

탐신의 표정이 누그러진다. "행복한 일들이 많았죠."

"수다는 점심 먹으면서 떨까요?" 이브가 말한다. "요가 수업 때문에 1시 40분에는 일어나야 하거든요."

"네, 알아요." 내가 답한다. "연어 키시와 샐러드 좀 만들어봤어요. 디저트는 딸기고요. 괜찮아요?"

마리아가 미소를 짓는다. "완벽해요!"

햇살이 정원을 따스하게 내리쬐는 아름다운 9월 중순이다. 우리가 식사를 하는 테라스 쪽으로 알록달록한 협죽초의 향긋한 냄새가 산들바람을 타고 실려와 아직 여름인 것 같은 인상을 준다. 니나에 관해 물어보고 싶은 게 너무 많지만 나는 조급함을 누르고 마리아의 아이들과 탐신의 두 딸 앰버와 펄에 관해 묻는다.

"이름이 너무 예뻐요." 내가 탐신에게 말하자 탐신이 웃으며 대꾸한다. "고마워요. 수요일 오후 모임에 와요. 그러면 애들을 볼 수 있어요."

"그거 좋네요." 그녀가 초대했다는 사실에 기분이 좋아진다. "멀리서밖에 못 봤거든요."

나는 그들이 접시를 비우고 의자 등받이에 기대어 앉기를 기다렸다가 입을 연다.

"니나가 서른여덟 살이었다는 건 알아요. 이브 말로는 심리 치료사였다면서요. 하지만 그게 내가 아는 전부예요."

탐신이 티끌 한 점 없이 새하얀 티셔츠에서 음식 부스러기 몇 점을 쓸어내린다. "니나는 자기 일을 좋아했어요. 도움을 베푸는 것도 좋아했죠. 시간을 선뜻 내주는 사람이라 문제가 생기면 누구나 언제든 니나를 보러 갈 수 있었어요. 나도 도움을 많이 받았어요."

"그러면 올리버는요? 올리버는 무슨 일을 했어요?"

"해운 회사에 다녔어요." 마리아가 답한다. "정확히 무슨 일을 했는지는 모르지만 해외 출장을 자주 갔어요."

"두 사람은 사이가 좋았어요?"

"그럼요, 아주 많이."

"하지만……." 내가 주저하다가 말한다. "올리버가 니나를 죽였잖아요."

탐신이 탁자 너머로 나를 노려본다. "누가 말해줬어요?"

"아무도요." 내가 서둘러 답한다. "기사에서 읽었어요."

"그 정도면 충분하지 않아요?"

급변한 분위기에 당황해 얼굴이 붉어지면서 갑자기 기온이 10도는 내려간 것처럼 등골이 서늘해진다.

"난 그냥 니나가 어떤 사람이었는지 이해하려는 거예요." 나는 분위기를 되돌리려고 애쓴다. "이브 말로는 굉장히 마음이 따뜻한데다 이곳 요가 모임도 만들었다고 하던데요. 다른 취미는 없었어요?"

하지만 별 효과가 없다. "그게 뭐가 중요하죠?" 탐신이 차갑게 묻는다. "이젠 아무 소용없는 이야기예요."

언니 얘기를 써먹기는 싫지만 그녀를 내 편으로 만들기에 이만한 카드가 없다. 나는 의자를 뒤로 뺀다. 이브가 걱정스런 눈빛으로 나를 본다.

"괜찮아요. 그냥 딸기 좀 가져오려고요. 그리고 접시도 가져갈게요."

나는 부엌에 접시를 두고 냉장고에서 딸기를 꺼낸다. 그리고 냉장고 문에서 언니의 사진도 떼어낸다.

"이브가 우리 언니 얘기 해주던가요?" 탐신 앞에 딸기를 놓고 도로 자리에 앉는다.

탐신이 어색하게 자세를 바꾼다. "네, 유감이에요."

"언니 사진이에요." 내가 사진을 내민다.

마리아가 손을 뻗어 사진을 가져간다. "예쁘네요."

"나도 봐도 돼요?" 이브가 묻고는 사진을 보더니 나를 올려다본다. "눈이 앨리스와 똑같네요."

"맞아요." 나는 탐신과 마리아에게로 몸을 돌린다. "이브가 말했을 거예요. 언니 이름이 니나였다고요. 바보 같겠지만 언니가 죽고 난 후부터 니나라는 사람만 보면 알고 싶은 욕구가 생겨요."

"바보 같지 않아요." 마리아가 미소를 짓는다. "그쪽 니나는 잘 모르지만 우리 니나는 즉흥적으로 사진 찍기를 좋아했어요. 밥 먹으면서 입을 벌리고 있거나 입에 음식물을 가득 물고 있을 때처럼 최악의 순간을 찍어대 짜증이 날 때도 있었죠."

"아니면 술에 잔뜩 취해서 눈은 게슴츠레하고 코는 벌개졌을 때라던가요." 이브가 흉내를 내는 바람에 나는 웃고 만다.

"하지만 아름다운 사진도 찍었어요." 마리아가 탁자 건너편에 앉은 탐신을 바라본다. "우리 애들 사진 중에 예쁘게 나온 게 몇 장 있는데……. 자기도 그렇죠, 탐신?"

"네." 당황스럽게도 탐신의 눈에 눈물이 가득 고여 있다. "아직도 니나가 그리워요."

"미안해요." 내가 죄지은 사람처럼 말한다. "괜히 니나 얘기를 꺼냈네요. 그냥, 모르겠어요. 그녀에 대해 실감하고 싶고, 이해하고 싶어요. 그러면 이곳에 살지 말지 결정하는 데 도움이 될 것 같아요."

탐신이 휴지를 뽑아 코를 푼다. "그러기를 바라요. 폐가처럼 방치되지 않고 다시 사람 온기가 도니까 좋아요."

"고마워요." 그녀의 말이 진심처럼 들린다.

"이브가 그러던데, 그 사건에 대해 알게 된 게 기자 때문이라면서요?" 탐신이 묻는다.

"네, 맞아요."

그녀가 가방을 집어 들고 안을 뒤지더니 새 휴지 뭉치를 꺼낸다. "정확히 뭐라고 했어요?"

"잔혹한 살인 현장에 사니까 기분이 어떠냐고 묻던데요." 나는 이브에게 했던 말을 그대로 반복한다. 내가 한 거짓말에 발목이 잡히면 큰일이니까.

"그게 전부예요?"

"네, 무슨 말인지 모르겠다고 하니까 니나 맥스웰 살인 사건을 검색해보라고 했어요."

"이름은 말하던가요? 아니면 어느 신문사에서 일하는지는?"

"아니요." 탐신의 질문에 마음이 불안해진다. 내가 거짓말한 걸 눈치챘을까?

"그런데 기자인지 어떻게 알아요?"

눈치챈 게 분명하다. "그게…… 나도 몰라요. 그냥 그럴 거라 짐작한 거죠. 기자가 아니면 누구겠어요?"

"탐신." 마리아가 부드럽게 말한다. "그만해요. 앨리스가 불편해 하잖아요."

"미안해요. 이제 겨우 일상을 되찾았는데 누군가 꼬치꼬치 캐물으며 다시 들추고 다닌다니까 짜증이 나서요."

"우리 다른 얘기 해요." 이브가 밝게 말한다. "크리스마스나 할로윈 같은 거요. 아니면 마리아가 금요일 저녁 식사에 초대한다는데 그 얘긴 어때요?" 이브가 마리아를 쳐다본다. "맞죠, 마리아?"

마리아가 웃는다. "상기시켜줘서 고마워요. 탐신, 앨리스, 금요일 저녁에 시간 괜찮아요? 어제 이브한테 물어보니 이브 부부는 좋대요. 두 사람도 왔으면 좋겠어요." 탐신이 아무 답이 없다. 창밖을 바라보며 생각에 잠겨 있다. "탐신, 금요일에 코너와 시간 낼 수 있어요?" 마리아가 큰 소리로 다시 묻는다.

"뭐라고요?" 탐신이 생각을 좇아내려는 듯 고개를 빠르게 흔든다. "네, 그런데 왜요?"

"우리 집에서 저녁 먹자고요."

"좋아요, 고마워요."

"앨리스는요? 레오와 함께 올 수 있어요?"

"가능할 것 같아요."

"레오한테 물어보고 알려줄래요?"

"오늘 밤에 물어볼게요." 내가 약속한다.

얼마 안 있어 세 사람이 자리에서 일어선다. 나는 집을 치우면서 마리아의 초대에 대해 생각한다. 니나와 올리버가 함께 어울리던 사교 모임이기 때문에 기꺼이 참석하고 싶다. 이웃 커플들이 어떤 관계를 이루고 있는지, 서로에게 어떻게 반응하는지 관찰하고 그들을 조금 더 알아가고 싶다. 니나와 올리버가 더없이 행복했다는 주장처럼 완전히 이해가 안 되는 것들이 있다. 두 사람이 그렇게 행복했다면 올리버가 왜 니나를 죽였을까? 나는 로나 아주머니가 모든 것을 목격했다던 이브의 말을 떠올리며 아주머니를 보러 가기로 결심한다.

서재에서 드레싱이 묻은 티셔츠를 새것으로 갈아입고 복도 탁자에 놓인 열쇠를 집어든 뒤 현관문을 여는 순간, 토머스 그레인저와 눈이 똑바로 마주친다.

16장

그가 나를 놀라게 한 것만큼이나 나도 그를 놀라게 한 모양이다. 초인종을 누르려고 올렸던 팔을 재빨리 내리는 것이 보인다. 그러고는 내가 심한 말을 쏘아붙이리라 짐작이라도 한 듯 한 걸음 물러선다.

"도슨 씨, 미안합니다." 토머스가 양손을 들고 뒤로 더 물러나는 시늉을 한다. "그냥 가죠, 괜찮습니다."

"잠시만요." 내가 불러세우자 그가 진입로 쪽으로 몸을 반쯤 돌린 상태로 멈춘다. "니나 맥스웰의 살인 사건을 조사 중이라고 하셨죠."

토머스가 몸을 돌려 나를 본다. "그렇습니다."

"왜 1년이나 지난 지금에야 그걸 조사하는 거죠?"

"니나의 남편이 자살한 후부터 조사해왔습니다. 하지만 원하는 정보를 구할 수 없어 잠시 묻어둬야 했죠. 사립 탐정이어서 경찰 쪽에선 환영을 못 받거든요.”

“어떤 정보를 원하는데요?”

그가 나와 시선을 맞추더니 나를 빤히 쳐다본다. 지난번에도 똑같이 바라보던 게 생각난다. 시선을 돌리고 싶지만 그럴 수가 없다. 그의 시선에는 사람의 넋을 빼놓는 구석이 있다.

“죄송하지만 문 앞에서 할 이야기는 아닌 것 같군요.”

지금이 아니면 기회가 없다. 지금 거절하면 다시는 기회가 돌아오지 않을 것이다. 나는 문을 활짝 연다.

“고맙습니다.” 그가 복도로 들어선다. “대화를 허락해줘서 정말 감사합니다.” 낯선 사람을 집에 들이다니 뭐하는 짓인가 생각하면서 그를 거실로 데려간다. 캐주얼한 정장에 넥타이 없이 옅은 푸른색 셔츠를 걸친 말쑥한 차림새지만 살인자일지 누가 알겠는가. 그가 니나의 살인범일지도 모른다. 나는 주머니에서 휴대전화를 꺼내 손에 쥔다. 그에게 의자를 권하고 나는 문가에 선다. 혹여 상황이 긴박해지면 빨리 달아날 수 있도록.

“지난주에 살인 사건 얘기를 듣고 받았을 충격에 대해 사과드리고 싶습니다.” 토머스 그레인저가 말한다. “모를 거라곤 꿈에도 생각하지 못했습니다.”

“그래요.”

“별문제 없었기를 바랍니다.”

“전혀 없어요.” 레오가 내게 그 일을 숨겼으며 그 탓에 그와 말을 섞지 않다시피 하고 있다고 얘기할 생각은 없다. “어떻게 해야 할지 남편과 고민 중이에요.” 그가 우리가 혼인한 사이가 아니라는 걸 알 필요도 없다. "이곳에 사는 게 괜찮은지 어떤지 갈피가 안 잡혀서요."

"이해할 수 있습니다."

"처음부터 말해줬으면 좋겠어요. 여기서 파티가 있는 건 어떻게 알았어요?"

"그건 말씀드릴 수 없습니다."

"왜죠?" 그가 나를 천천히 돌아본다. 내가 거듭 묻는다. "이곳에 사는 사람과 연락을 주고받고 있나요?"

"아니요, 그런 건 절대 아닙니다." 내 반응을 기다리다가 내가 아무 말도 하지 않자 그가 고개를 끄덕인다. "그쪽이 올린 초대 글을 보고 알았다고 해두죠."

이해하는 데 잠깐 시간이 걸린다. "왓츠앱 모임을 해킹했어요?" 그가 부정도, 긍정도 하지 않는다. 나로서는 왓츠앱 모임을 해킹하는 게 가능한지조차 알 수 없다. 어차피 말해주지 않을 것 같아서 그를 더 몰아붙이지 않는다. 그 대신 이렇게 묻는다. "그러면 이 집에는 왜 쳐들어온 거예요?"

"비윤리적인 거 압니다. 하지만 지금껏 1년 넘게 이 집에 접근하려고 애썼습니다. 한번은 부동산 구매자로 위장하기도 했는데 중개인이 계속 따라다녀서 살인 사건이 벌어진 장소인 침실을 마음껏 둘러볼 수 없었지요. 피해자가 살해당한 장소의 구조를 전반적으로 파악하지 않으면 그날 밤 무슨 일이 있었는지에 대해 다양한 가능성을 제시할 수 없거든요." 그가 살짝 미소를 짓는다. "정체를 숨기고 방문하면서 제 고객의 동생이 니나 맥스웰을 죽이지 않았다는 믿음이 더욱 공고해졌습니다. 부동산도 경찰로부터 이 집에 관심을 보이는 사람들을 면밀히 주시하라는 지시를 받은 게 틀림없어요."

나는 호기심을 주체하지 못하고 문에서 가장 가까운 의자로 다가가 앉는다. "경찰이 왜요?"

"범인이 현장으로 돌아와 정체를 드러내길 바라는 거겠죠."

"하지만 범인은 죽었잖아요? 이미 종결된 사건이에요."

"제 소식통에 따르면 그렇지 않습니다." 그의 말에 내가 얼굴을 찡그리는 것을 그가 알아챈다. "네, 맞습니다. 모든 사립 탐정은 경찰에 정보원을 심어두고 있어요. 기자들처럼요. 가끔 여러 탐정들의 정보원이 동일 인물이기도 하고요. 제 정보원의 말로는 수사가 아직 진행 중이라는군요." 그가 머뭇거리다가 말을 잇는다. "혹시 이 집에 처음 왔을 때 그랬나요?"

"집을 사기 전에는 남편 혼자 봤어요. 전 집을 사고 나서 처음 봤고요." 그가 놀라움을 숨기려고 하지만 그렇게 빠르지는 않다. 내가 묻는다. "그러면 그날 저녁 파티는요?"

"아무도 모르게 지나갈 수 있을 줄 알았습니다." 그가 살짝 웃는다. "그쪽이 주민만 초대했으리라곤 생각하지 못했거든요. 그걸 알자마자 바로 자리를 떴어요."

"그게, 제 옆집, 그러니까 그쪽에게 문을 열어준 분이요. 나이도 많으신데 이 일 때문에 충격을 크게 받으셨어요. 그쪽이 제 친구가 아닌 걸 알고 많이 당황하셨고요."

"미안합니다. 다시 말씀드리지만, 큰 파티인 줄 알고 아무나 따라가면 문을 슬쩍 통과할 수 있을 거라 생각했습니다."

"지금은 어떻게 들어왔어요? 또 제 이웃을 괴롭힌 건 아니죠?"

그가 고개를 젓는다. "그쪽이 제 말을 들어주기를 바라면서 초인종을 누를 생각이었습니다. 그런데 어떤 사람이 앞서 들어가면서 저를 들여보내 주더군요. 앞으로 조심하라고 당부하려고 했지만, 규정대로 하면 제 면전에 대고 문을 쾅 닫아야 할 거 아닙니까. 대부분은 예의가 너무 발라서 그러지 않죠. 지난번에는 정문으로 들어가는 차를 따라 걸어 들어왔습니다." 그가 또 잠시 말을 멈춘다. "두 분 중 누구라도 주민자치회에 참석하면 꼭 건의하세요. 정문 비밀번호도 바꿔야 할 겁니다. 비밀번호를 입력하는 게 어깨너머로 다 보이거든요."

"미안해요, 그런데 아직도 댁이 여기서 뭘 하려는 건지 모르겠어요."

그가 의자에 앉은 채로 자세를 바꾼다. "정말입니다, 시간이 넉넉했다면 그쪽을 괴롭히는 일은 없었을 겁니다."

"그게 무슨 말이에요?"

그의 얼굴이 그림자가 드리우듯 어두워진다. "제 고객의 건강 상태가 좋지 않습니다. 본인이 할 수 있을 때 동생의 누명을 벗기겠다는 의지가 단호해요." 그가 말을 멈춘다. 어떤 내적 갈등을 겪고 있는 듯 보인다. "헬렌과는 대학에서 만났습니다." 그가 갈등을 그만 내려놓겠다는 어조로 입을 연다. "사실 올리버는 우리보다 다섯 살이나 어려서 잘 몰랐어요. 하지만 심지어 그때도 올리버가 헬렌에게 얼마나 중요한 존재인지는 알았지요. 그래서 올리버가 니나를 죽였을 리 없다며 헬렌이 도와달라고 부탁할 때 차마 거절할 수 없었습니다."

나는 올리버의 누나가 너무 안쓰러워 고개를 끄덕이며 공감을
표현한다.

"올리버의 누나가 니나를 죽인 사람이 올리버가 아니라고 주장
하는 근거가 있나요? 세상 그 누구든 사랑하는 가족이 그런 흉악한
범죄를 저질렀다고 생각하기 싫어하잖아요. 그저 자기 동생이 살인
할 리 없다고 믿고 싶은 건지도 모르죠."

"저도 처음엔 그렇게 생각했습니다. 이렇게 말하긴 싫지만, 그
리고 끔찍한 소리인 것도 알지만 제가 조사해보겠다고 헬렌한테 장
단을 맞춘 건, 제 경험으로 보건대 이 사건이 전형적인 치정 범죄의
모든 특징을 갖고 있었기 때문이에요. 하지만 많은 사람들이 올리
버 맥스웰이 그 누구보다 다정하고 친절하며 니나를 몹시 사랑했다
고 증언했어요. 냉소적인 사람들은 그가 자신이 저지른 짓을 감당
하기 힘들어 스스로 목숨을 끊은 거라고 지적하지요. 그를 알던 사
람들은 그게 그의 심적 고통에 대한 증거라고 하고요. 니나 없이 사
는 것도 감당하기 힘들지만 그 비참한 죽음을 짊어지고 살아갈 의
지도 없었던 거라고 말입니다."

그러면 이브와 탐신, 마리아는 어느 쪽이었을까? 그들은 올리버
를 잘 알았고, 그가 누구보다 사랑스러운 사람이라고 했다. 하지만
올리버가 니나를 죽였다고 믿었다. 이유가 뭘까?

"잠시만요. 치정 범죄라고 했어요?" 내가 그제야 눈치채고 묻는
다.

"네." 그가 뜸을 들인다. "니나는 외도를 저지르고 있었어요."

내가 그를 빤히 쳐다본다. "외도요?"

그가 앉은 채로 몸을 앞으로 기울인다. 그의 피부가 투명한 게 아닐까 싶을 정도로 창백해서 검은 머리칼과 뚜렷이 대조된다.

"그래요."

"그렇지만…… 누구와요?"

"제가 알아내려는 게 그거예요."

"왜요?"

"그 사람이 진범일 거라고 생각하니까요."

머리가 어지럽다. "경찰도 니나가 바람을 피우고 있던 걸 알았어요?"

"네."

"그러면 그가 누군지 알아내서 용의 선상에서 제외했겠죠."

"그렇게 생각할 법하죠." 토머스가 동의한다.

"올리버가 니나의 불륜을 알았다면 올리버에게 살해 동기가 있는 셈이군요."

"그런데 중요한 건, 올리버를 잘 알던 사람들은 그가 절대 니나를 해칠 리 없다고 한다는 사실입니다."

"제가 왜 그쪽을 도울 거라 생각하는지 모르겠어요. 아시다시피 전 이제 막 이곳에 이사를 왔다고요." 내가 지적한다.

"바로 그런 이유로 도움을 요청하는 겁니다." 그가 진지하게 말한다. "처음 헬렌한테 사건을 의뢰받고 이곳 사람들에게 직접 말을 걸려고 애써보았습니다. 하지만 제가 마주한 건 수많은…… 딱히 적개심까진 아니지만, 굳게 다문 입술이었지요. 그래서 그날 파티에서도 어울리지 않았던 겁니다. 부엌에서 창밖을 내다보고 그쪽이 초대한 사람들이 내가 대화를 시도한 사람들이라는 걸 깨달은 후에는 누가 알아보기 전에 떠나는 게 현명하겠다고 생각했어요." 그가 잠시 말을 멈춘다. "당신은 니나를 알지 못했어요. 이곳에 사는 사람들도 잘 알지 못해요. 그래서 편견이 없어요. 부담스러운 부탁인 건 알지만 혹시 뭐라도 듣게 되면, 그러니까 이웃들과 대화를 하다가 말이죠. 내게 알려줄 수 있을까요?"

내가 일어선다. "미안해요. 그건 못 하겠어요."

그가 살짝 미소를 짓는다. "그래요." 그러고는 일어서서 손을 내민다. "시간 내줘서 감사합니다. 안녕히 계세요, 도슨 씨."

그의 악수가 강하고 야무지다. 그를 신뢰해도 된다는 느낌이 들지만 동시에 내가 친해지고 싶은 사람들의 신뢰를 저버리라고 요구하는 것이 실망스럽다. 상황만 보면 그가 올리버의 누나를 위해 너무 늦기 전에 진실을 파헤치고 싶어 하는 마음이 이해가 된다. 친구를 위해 손발을 걷어붙이는 사람이지만 가짜 희망을 주거나 헛된 일을 떠맡을 부류처럼 보이진 않는다. 그도 처음엔 그저 올리버 누나의 장단을 맞춰주려 했다고 인정했다.

그런데 어째서 마음을 바꾼 걸까?

17장

일을 막 시작하려는데 형광펜이 나오지 않는다. 다 쓴 모양이다. 레오 서재에 형광펜이 몇 개 있는 것이 떠올라 내키지 않지만 2층으로 향한다. 니나의 유령과 함께 사는 건 쉬운 일이 아니다. 나는 한 발을 계단 한 칸 위에 올리고 잠시 걸음을 멈춘다. '니나의 유령과 함께 산다니.'

언니가 죽고 나서 언니가 내 곁에 있는 것 같을 때가, 언니의 존재가 느껴질 때가 있었다. 고요한 밤이나 기분이 유난히 우울할 때 특히 그랬다. 마치 내가 혼자가 아니라는 걸 알려주는 것 같았다. 그 전까지만 해도 종교에 딱히 관심이 없었는데 호기심이 동해서 사후 세계를 다룬 책들을 읽기 시작했다. 그리고 언니와 관련된 경험으로 사람이 제명을 누리지 못하고 일찍 죽으면 영혼이 되어 존재할 수도 있다고 받아들이게 되었다. 어떤 책에는 잔혹한 죽음을 맞았을 경우 범인이 법의 심판대 앞에 서기까지 죽은 사람의 영혼이 이승을 떠돈다고 적혀 있었다. 그 내용이 유난히 인상에 남았다. 언니의 사건이 재판에 부쳐진 그날 이후로 언니의 존재를 느끼지 못했기 때문이다. 나는 재판 결과에 만족하지 않았지만, 어쩌면 언니는 만족하고 이승을 떠났는지도 모른다. 혹시 니나 맥스웰의 영혼이 정의의 심판을 기다리며 이 집에 머물고 있다면?

2층 서재는 레오의 공간이다. 어찌나 깔끔하게 정리가 잘돼 있는지 볼 때마다 감탄이 절로 나온다. 책상 위에는 나무 자와 펜 몇 개밖에 없다. 나는 책상 양쪽에 달린 서랍을 연다. 왼쪽 아래 서랍은 펜, 연필, 형광펜 들로 가득하다. 노란색 형광펜을 골라 꺼내는데, 위쪽 서랍 아래에 붙어 있는 무언가가 손등을 스친다. 뭘까 궁금해서 펜과 연필 무더기를 한쪽으로 밀치고 손가락으로 유리테이프를 떼어낸다. 금속 같은 게 붙어 있다. 손에 넣고 보니 꽤 작은 열쇠다. 문이나 서랍 열쇠는 아니고 십 대 시절 돈을 숨겨놓던 철제 금고에 딸려 있던 열쇠 같다. 열쇠를 뒤집어 살펴본다. 레오가 이 열쇠를 숨기려고 이런 수고를 한 걸 보면 나를 비롯해 그 누구도 알아선 안 되는 무언가가 있다는 뜻이다. 그래서 사람들을 2층으로 데리고 올라가 방을 구경시켜줬다고 했을 때 그토록 예민하게 반응한 걸까?

나는 구석에 있는 회색 철제 캐비닛으로 향한다. 레오가 고객 파일을 보관하는 곳이다. 맨 위 서랍을 잡아당기지만 열리지 않는다. 나머지 세 개도 마찬가지다. 모든 서랍이 잠겨 있다. 궁금증을 참지 못하고 책상으로 돌아가 다른 열쇠가 있는지 찾는다. 혹시 레오가 캐비닛 열쇠도 같은 방식으로 숨겨뒀을까 싶어 서랍 아랫부분을 손으로 전부 훑는다. 아무것도 나오지 않자 서재의 나머지 공간을 수색한다.

책상의 연필꽂이를 비워 들여다보고, 문틀 위쪽의 살짝 튀어나온 윗부분을 손가락으로 훑지만 먼지만 나온다. 무릎을 꿇고 엎드려 책상 아래도 살핀다. 레오의 의자를 뒤집고, 컴퓨터 뒤와 키보드 아래도 확인한다. 그리고 이 과정을 전부 되풀이한다. 하지만 열쇠는 찾지 못한다. 나는 좌절하며 작은 열쇠를 처음 찾았던 곳에 다시 붙여놓고 일하러 돌아간다.

점심에 잠시 휴식을 취하다가 어제 토머스 그레인저가 나타나기 전에 로나 아주머니를 보러 갈 생각이었던 것을 떠올린다. 이른 오후니 두 분이 점심을 먹고 있지는 않을 것이다. 하지만 문을 두드려도 아무 답이 없다. 낮잠을 자고 있을지도 몰라 계속 두드리고 싶진 않다. 집에 가려고 몸을 돌리는데 윌이 집을 나서려고 진입로 아래에 서 있다.

"반가워요, 앨리스!" 윌이 부른다. "좀 어때요?"

"아…… 그게요, 로나 아주머니를 보러 왔는데 집에 없나 봐요."

"이브한테 가보라고 하고 싶지만 지금 장모님 댁에 가 있어요. 5시쯤 올 거예요. 혹시 친구가 필요한 건가 해서요."

"아녜요. 고마워요, 윌."

그가 손을 흔들고, 나는 자물쇠 열리는 소리가 들려 로나 아주머니 집 현관문 쪽으로 되돌아선다. 이내 문이 열리지만 걸쇠는 그대로 걸려 있다.

로나 아주머니가 문틈으로 나를 내다본다.

"저뿐이에요." 내가 조심스레 말한다. "방해할 생각은 아니었어요."

"대답을 안 하려고 했는데 그쪽 목소리가 들려서요." 로나 아주머니가 나를 들일지 말지 결정하려는 것처럼 잠시 쳐다본다. 집 안으로 들이기 싫어하는 눈치라 사과하고 다른 날 다시 오겠다 말하려는데 아주머니가 걸쇠를 아주 천천히 벗긴다. 내가 기다리다 지쳐서 가버리길 바라기라도 하듯이.

"괜찮으세요?" 내가 조심스럽게 묻는데 아주머니가 마침내 문을 연다.

"네, 들어와요. 바깥양반이 없어서 그래요. 혼자 있을 때는 좀 더 조심하거든요."

"잘하시는 거예요. 아저씨는 좀 어떠세요?"

"많이 좋아졌어요, 고마워요." 아주머니가 문을 오른편으로 열자 나는 그녀를 따라 아늑한 거실로 들어간다.

"거실이 예쁘네요." 우아한 파스텔톤 실내가 감탄사를 절로 나오게 한다. 아름다운 라벤더 향이 나서 따라가니 낮은 탁자에 유리 꽃병이 놓여 있다. 우리 집과 마찬가지로 거실이 공원을 바라보고 있고, 창밖으로 우리 집 진입로가 훤히 보인다.

나는 아주머니를 따라 소파에 앉는다. 아주머니가 초조한 듯한 미소를 보낸다. "차 한잔할래요?"

"아니요, 됐어요. 그냥 뭐 좀 물어보러 왔어요."

"또 파티에 몰래 들어온 그 남자 때문이에요? 내가 왜 그랬는지 모르겠어요. 평소엔 정말 조심하거든요."

"그것 때문이 아니에요." 내가 아주머니를 안심시킨다. 그 일로 많이 위축된 것 같아 마음이 아프다. 오늘은 처음 인사했을 때처럼 그다지 총기 있어 보이지도, 옷차림이 깔끔하지도 않다. 진주 목걸이를 두르고는 있지만 황갈색 치마와 무늬가 있는 푸른색 셔츠는 급하게 걸친 것 같고, 단발머리도 전처럼 단정하지 못하다.

"그자가 누군지 알아냈어요?" 아주머니가 묻는다.

나는 머뭇거린다. 사실대로 그 사람이 사립 탐정이라 말하면 그녀가 애먼 사람을 들였다는 죄책감은 덜 것이다. 그렇지만 그가 니나의 살인 사건을 조사하고 있다고 털어놓아야 할 수도 있다. 아주머니가 이유를 물을 테고, 그러면 올리버가 무죄라고 믿기 때문이라고 시인해야 한다. 상처를 다시 건드리기는 싫다.

"아니요, 아직." 나는 재빨리 마음을 굳힌다. "하지만 그자에 대해선 걱정 안 해요. 아주머니도 하지 마세요. 니나가 그렇게 되고 얼마나 상심이 크셨겠어요." 대화의 흐름을 내가 원하는 쪽으로 돌릴 완벽한 구실을 찾은 것을 속으로 기뻐하며 말을 덧붙인다.

로나 아주머니가 한 손을 진주 목걸이에 올린다.

"끔찍했지요." 그녀의 목소리가 너무 작아서 잘 들리지 않는다. "정말 끔찍했어요."

"전 몰랐어요. 며칠 전에야 알게 됐어요."

로나 아주머니가 놀란 표정을 짓는다. "오, 앨리스, 세상에나 그런 일이. 하지만…… 이해가 안 되는데요. 왜 몰랐던 거예요?"

"레오가 숨겼거든요. 언젠가 말할 생각이었다는데, 그 말을 할 때쯤 제가 자기만큼 이 집을 너무 좋아해서 떠나기 싫어하게 되길 바란 거죠."

"떠나고 싶어요?"

"결정을 못 하겠어요. 이 집에 대한 제 마음이 어떤지 모르겠어요. 하지만 서클은 좋아요. 다들 따뜻이 맞아주고 친구도 사귈 수 있을 것 같고요. 떠나고 싶었는데 레오가 한 말이 지워지지 않아요. 이 집은 새로운 기억을, 행복한 기억을 가질 자격이 있다고 그랬거든요." 내가 잠시 말을 멈추고 감정을 정리한다. "하지만 그렇게 단순하지 않아요. 그가 이사 오기 전에 솔직하게 말하지 않은 게 용서되지 않아 지금은 말도 안 섞고 있어요. 솔직히 말하면 전부 엉망진창이에요."

"알 것 같아요." 아주머니가 말한다. 내가 미소로 고마움을 전한다. 인생 경험이 많으면서 나처럼 사랑하는 사람을 잃어본 누군가에게 속마음을 털어놓으니 속이 시원하다.

"제게 가족은 레오가 전부예요." 내가 충동적으로 말한다. "부모님도, 언니도 제가 열아홉 살 때 교통사고로 세상을 떠났거든요."

아주머니가 손을 가슴으로 옮긴다.

"부모님과 언니를 모두 잃었다고요? 아이고, 가여워라. 그래, 어떻게 이겨냈어요? 사랑하는 가족을 셋이나 잃고……. 상상도 못 할 일이에요."

"조부모님이 없었으면 이겨내지 못했을 거예요. 아주 강한 분들이셨거든요. 그분들은 하나밖에 없는 자식을, 외아들을 잃으셨는데도요……." 아주머니의 얼굴에 슬픔이 드리우는 것을 보고 잠시 말을 멈췄다가 입을 연다. "정말 죄송해요. 제가 주책이에요. 아주머니도 아들을 잃으셨죠." 로나 아주머니가 아무 말도 하지 않는 대신 손가락으로 치마를 움켜쥔다. 아주머니의 기분을 상하게 하다니 너무나 미안하다. "정말 힘드셨겠어요."

"힘들었지요." 그녀의 목소리가 속삭임에 가깝다. "모든 상실은 끔찍해요. 그런 일이 어떻게 일어났는지 간에."

우리는 잠시 침묵 속에 앉아 있다. 아주머니를 혼자 조용히 둬야 하나 고민스럽지만 할 수 있는 데까진 알아내고 싶다. "혹시 말이에요……. 니나에 대해 말해줄 수 있으세요? 그녀에 대해 좀 더 알게 되면, 그녀가 실재처럼 느껴지면 도움이 될 것 같아요."

아주머니가 마치 출구를 찾는 것처럼 시선을 돌린다. 그러다 고개를 끄덕이고 어깨를 똑바로 펴며 내 부탁에 응한다.

"좋은 사람이었어요. 올리버도 마찬가지고요. 아들처럼 살갑게 굴면서 정원을 손질하고 울타리를 치고 잔디를 깎고, 그런 잡다한 일을 도와주곤 했지요. 그래서 아직도 이해가 안 돼요. 왜 그런 일이 일어났는지, 둘 사이가 왜 그렇게 이상해져버렸는지. 세상에서 가장 행복한 부부였던 사람들이 하루아침에……. 어느 날 저녁 두 사람이 다투는 소리를 들었는데 무시무시했어요. 올리버가 불같이 화를 냈는데, 이상한 일이었지요. 그가 화를 내는 걸 한 번도 본 적이 없거든요. 하지만 왜 그런 말 있잖아요, 순한 사람이 화가 나면…… 완전히 폭발한다고. 바깥양반과 나는 어찌할 바를 몰랐어요. 건너가 봐야 할지, 경찰을 불러야 할지. 두 사람이 어찌나 염려되던지."

"그래서 경찰을 부르셨어요? 전화하셨어요?"

"아니, 다툼이 잠잠해졌거든요. 올리버가 여전히 화나 있는 것 같긴 했지만 소리는 지르지 않았어요."

"뭣 때문에 다투는지는 들으셨어요?"

그녀의 얼굴이 찌푸려지는 걸 보고 나는 탐신 때처럼 내가 보이지 않는 선을 넘었다는 것을 깨닫는다.

"죄송해요." 내가 재빨리 말한다. "꼬치꼬치 캐려는 건 아니에요."

아주머니가 난감하다는 표정을 짓는다. 내게 어디까지 말해줘야 하는지 고민하는 게 틀림없다. 그녀의 어깨가 축 늘어진다.

"바깥양반이 그 일에 대해 입 다물고 있으라고 했거든요. 하지만 사람들이 아무도 말을 안 하니까 어째선지 훨씬 안 좋은 것 같아요."

"저도 알아요." 내가 조심스레 말한다. "언니가 죽고 나서, 사람들이 내 기분을 상하게 할까 봐 언니에 대해 입을 다물었거든요. 하지만 언니가 세상에 존재한 적도 없는 사람인 것처럼 아무도 언니 얘기를 안 하니까 훨씬 힘들더라고요."

"난 우리 아들 얘기는커녕 집 안에 아들 사진도 걸어놓지 못해요."

"힘드시겠어요."

"힘들어요." 아주머니의 눈에 눈물이 차오르지만 내가 뭐라 말하기 전에 그녀가 눈물을 삼킨다. "다시 니나와 올리버 얘기로 돌아가면……." 아주머니가 일그러진 미소를 보인다. 그리고 잠시 과거를 회상하는 듯한 표정을 짓는다. "두 사람이 다투는 걸 들은 다음 날 니나를 보러 갔어요. 올리버가 일하러 나갈 때까지 기다렸지요. 눈물이 범벅이 돼서 상태가 엉망이더라고요. 우리 부부가 싸우는 소리를 들었다는 걸 알고 니나가 몹시 당황해했어요. 그녀가 그러더군요. 자기 잘못이라고. 자기가 바람을 피웠고, 올리버가 그걸 알게 됐다고."

"바람피운 상대가 누군지도 말했어요?" 이렇게 솔직하게 묻다니 스스로도 당황스러워서 급히 사과한다. 하지만 아주머니는 내 질문을 곡해하지 않고 이야기를 이어나간다.

"아니요, 하지만 그자와 끝낼 거라고 했어요. 그리고 그날 밤, 몇 시간도 안 돼서, 올리버가……." 아주머니가 말을 멈췄다가 다시 입을 연다. "아직도 믿기지 않아요."

"어쩌면 범인이 올리버가 아닐지도 몰라요." 내가 조심스레 의견을 제시한다. "니나와 얽힌 그 남자인지도 몰라요. 니나가 그자에게 끝내자고 말할 거라 했다면서요. 왜 그자가 범인으로 지목되지 않은 거예요?"

아주머니가 옷소매에서 휴지를 꺼낸다. "왜냐면 올리버가 경찰한테 거짓말을 했거든요. 그 바람에 유죄가 증명된 거예요." 그녀가 눈가를 닦으면서 말한다. "미리 알았으면 좋았을 것을. 올리버가 경찰한테 그렇게 말할 줄 알았으면, 이렇게 말하면 안 되지만 내가 거짓말을 했을 거예요. 아니 거짓말이 아니라 경찰한테 아무것도 못 봤다고 했을 거예요. 하지만 그날 밤 경찰이 우리 집에 찾아왔을 때만 해도 니나가 살해됐을 줄은 짐작도 못한 데다 경찰도 아무 말을 안 해줬어요. 뭐든 봤거나 들은 게 있냐고 묻기에 사실대로 올리버가 9시가 막 지났을 무렵 돌아와서 집으로 들어갔다고 대답했지요. BBC 뉴스를 보려고 앉아 있어서 9시가 막 지난 걸 알았거든요. 9시만 되면 하는 버릇이니까. 오래된 습관은 여간해선 사라지지 않는다고들 하잖아요. 어쨌거나 10시 뉴스는 이젠 우리한테 너무 늦은 시간이기도 하고. 아무튼 9시쯤 올리버의 자동차 소리가 들려 일어나 창밖을 바라봤지요. 보통은, 특히 겨울에는 커튼을 일찌감치 쳐놓아서 잘 안 그러는데, 전날 밤 들었던 다툼 소리 때문에 염려스러웠거든요. 다투는 소리가 다시 들리지 않길 바라면서 잠시 기다렸지요. 그런데 아무 소리도 안 들려서 뉴스를 보러 자리로 돌아왔어요." 아주머니가 잠시 멈췄다가 다시 말한다. "30분쯤 지났을 땐가, 왜냐면 뉴스가 끝나갈 무렵이었거든요. 차가 여러 대 서는 소리가 들려서 내다보니 경찰이 온 게 아니겠어요. 우리는 올리버와 니나가 또 싸움을 시작해서 둘 중 하나가, 아니면 이웃이 경찰을 부른 거라 생각했어요. 솔직히 말해 우리 손을 떠났다 싶어서 안도했지요. 만약 전날처럼 싸우는 소리를 들었으면 그땐 우리가 경찰을 불러야 했을지도 모르니까. 아니면 적어도 싸움을 진정시키려고 건너가 봤겠죠." 아주머니는 양손으로 휴지를 꼬면서 말을 계속한다. "잠시 후 경찰이 문을 두드리더니 이것저것 물어보더라고요. 우린 다음 날 아침이 돼서야 니나가 살해당한 걸 알았어요."

"충격이 크셨겠어요." 내가 다정하게 말한다. 하지만 과거에 잠긴 아주머니가 내 말을 들었는지 알 수 없다.

"올리버는 집에 곧장 들어가지 않고 공원에 잠시 앉아 있었다고 경찰한테 진술했어요. 하지만 그건 사실이 아니에요."

"집으로 들어갔다 곧바로 나와서 공원으로 가 앉아 있었을 수도 있잖아요?" 내가 묻자 로나 아주머니가 고개를 흔든다. "그랬다면 경찰한테 그랬다고 말했겠지요. 공원에 앉아 있었다고 말할 줄 알았으면 집에 들어가는 걸 봤다고 하지 않았을 텐데. 하지만 난 몰랐어요. 그가 거짓말을 할 거라곤 짐작도 못 했어요. 그런데 밤 9시에 공원에 앉아 있을 일이 뭐가 있겠어요? 날도 춥고 어두운데."

"니나가 바람을 피웠다고 고백했을 때 나눈 대화는 경찰한테 전했어요?"

"전했지요. 크게 관심을 보였어요. 올리버가 니나를 죽인 동기일 수도 있으니까요."

"혹시 경찰이 외도를 저지른 상대 남자가 니나를 죽였을 거라는 추측은 안 하던가요?"

그녀가 슬픈 눈으로 나를 본다. "왜 그러겠어요? 올리버가 니나를 죽였는데."

내가 고개를 끄덕인다. "더 이상 시간 뺏지 않을게요. 말씀해주셔서 감사해요."

"여기 계속 살 수 있겠어요?" 아주머니가 묻는다. "이젠 그 사건에 대해 아는데도요?"

"모르겠어요. 제 언니 이름이 니나였어요. 설명하기 힘들지만 이곳을 떠나면 마치 언니를 버리는 듯한 기분이 들 것 같아요. 건강한 생각이 아닌 건 아는데, 아직은 언니를 보내지 못하겠어요. 완전히는요."

"그걸 내가 왜 모르겠어요."

"20년이나 지났는데요?"

"슬픔에는 시간이 아무 의미가 없어요."

다정한 목소리에 갑자기 눈물이 고인다. 나를 이해해주는 그녀에게 감사한 마음을 전하면서 고개를 끄덕인다.

"결정하면 알려드릴게요." 내가 약속한다. "이곳 분들 전부 너무 친절하세요. 이브와 윌도 멋지고, 마리아와 탐신도 좋은 사람들이고요. 게다가 이 모든 일에도 불구하고 아직 레오를 사랑하거든요."

"그래요……. 그럼, 얘기 나눠서 즐거웠고 들려줘서 고마워요." 그녀가 내게 키스하려고 몸을 기울이면서 내 귀에 대고 뭐라고 속삭인다.

내가 놀라서 몸을 뒤로 뺀다. "네?"

로나 아주머니가 또다시 진주 목걸이로 잽싸게 손을 올린다. "작별 인사나 하려던 건데." 당황한 듯 보인다. "내가 괜히 안았나 봐요. 부모님과 언니 얘기에 그만……." 아주머니가 말끝을 흐린다.

"아니, 아니에요. 괜찮아요. 저는 또……."

로나 아주머니가 뒤로 물러나며 문을 연다. "잘 가요, 앨리스."

18장

현관문을 닫고 나오는데 불안감이 엄습한다. "아무도 믿지 말아요." 로나 아주머니가 정말 나를 안으며 그렇게 속삭였을까, 아니면 내가 착각한 걸까? 내가 착각한 게 틀림없다. 집에 혼자 있는 로나 아주머니가 속삭여야 할 필요가 뭐가 있겠는가? 에드워드 아저씨는 밖에 나갔다고 했다. 나는 그녀가 내 귀에 대고 속삭이기 전에 내가 뭐라고 했는지 떠올리려 애쓴다. 윌과 이브에 대해 말하고, 마리아와 탐신에 대해, 그리고 레오에 대해 언급했던 것 같다. 레오에 대해 경고했을 리는 없다. 로나 아주머니는 레오를 잘 알지도 못한다. 그러면 윌과 이브를 의미하는 걸까? 어쩌면 문을 열기 전에 내가 윌과 얘기를 나누는 소리를 들었을지도 모른다. 마리아나 탐신을 가리키는 게 아니라면 말이다. 아니면 속삭인 적이 없으니 아무것도 아닌지도 모른다.

로나 아주머니가 집에 혼자 있다고 거짓말했을 것 같진 않아서 에드워드 아저씨가 공원을 가로질러 집으로 돌아가는 모습을 확인하기 위해 레오의 서재로 올라가는데 초인종이 울린다. 계단을 되돌아 내려와 문을 여니, 탐신이 갈색 가죽 재킷 주머니에 양손을 찔러 넣고 서 있다.

"아, 잘 지냈어요, 탐신?" 내가 놀라서 인사한다. "무슨 일이에요? 들어올래요?"

그녀가 고개를 젓는다. "아니, 됐어요. 또 살인 사건 얘기를 꺼내서 로나 아주머니를 속상하게 만들지 말라고 얘기하러 왔어요."

내 두 뺨이 달아오른다. "그냥 니나에 대해 좀 더 알고 싶어서 그런 거예요."

"왜요?"

"그게, 그러니까……."

"니나에 대해 왜 더 알고 싶은 거죠?" 그녀가 내 말을 자른다. "어제 점심때 충분히 말해줬잖아요? 친구였던 우리보다 아주머니가 더 잘 알 것 같아요?"

"그게…… 그냥 돕고 싶어서요." 내가 말을 더듬는다. "로나 아주머니는 니나에 대해 말할 수 있어서 좋다고 했어요."

"웃기시네." 그녀의 목소리에 묻어나는 적개심에 내가 움찔한다. "이봐요, 살인 사건에 대해 알고 나서 충격받은 건 이해해요. 그 기자가 무슨 생각으로 그쪽한테 연락을 취했는지는 모르겠지만, 상관도 없는 일을 꼬치꼬치 캐묻고 다니면 득보단 실이 많을 거예요. 행여 여기 계속 살기로 했다면 따돌림을 자처하고 싶진 않겠죠." 말을 쏟아낸 그녀가 등을 돌리더니 인사도 하지 않고 자리를 뜬다.

나는 탐신의 부당한 적개심에 얼굴을 붉히며 레오의 2층 서재로 뛰어 올라간다. 그리고 그녀가 공원을 지나 집으로 걸어가는 모습을 창가에서 지켜본다. 이렇게 화가 나는 건 그녀의 말 뒤에 숨은 진실 때문일 수도 있다. 내가 로나 아주머니의 기분을 상하게 했다는 것 말이다. 올리버의 죽음으로 아들을 두 번 잃은 심정이었을 텐데 설상가상으로 자신의 증언이 결정적 진술이 되었지 않은가. 로나 아주머니가 그곳에 앉아 무릎 위에 손을 올려놓고 휴지를 계속 비트는 모습에서 그 죄책감의 무게를 느낄 수 있었다. 하지만 협박받는 건 싫고, 탐신의 방문은 협박처럼 느껴졌다. 그나저나 탐신은 내가 로나 아주머니한테 니나에 대해 물어본 걸 어떻게 알았을까? 내가 그 집에서 나오는 걸 보고 합리적인 의심을 한 걸까?

여전히 에드워드 아저씨는 보이지 않는다. 나는 다른 집들을 살펴보다가 9호에 사는 팀이 2층 창가에 서서 공원을 바라보는 걸 발견한다. 나도 똑같은 행동을 하고 있지만 그가 그곳에 있는 걸 보니 마음이 불편하다. 10분이 지나 15분쯤 흐를 때, 왼편에서 어떤 움직임이 내 눈길을 끈다. 로나 아주머니 집 차고 문이 바깥쪽으로 열리더니 위로 올라간다. 내려다보니 에드워드 아저씨가 초록색 정원용 신발을 신고 바퀴 달린 쓰레기통 쪽을 향해 걸어 내려가는 게 보인다. 나는 그가 쓰레기통 손잡이를 잡고 천천히 위쪽으로 끌고 올라가 차고로 들어가는 모습을 지켜본다. 아저씨는 로나 아주머니 말처럼 밖에 나갔던 게 아니었다. 정확히는 "바깥양반이 없어서 그래요"라고 말하긴 했지만. 내가 그 말을 밖에 나갔다는 뜻으로 받아들인 것이다. 아니면 아저씨가 집 안에 있는 게 아니고 정원에 나가 있다는 뜻이었는지도 모른다.

레오가 집에 돌아와 먹고 싶은 게 있냐고 묻는다. 탐신 때문에 여전히 화가 나고, 로나 아주머니의 경고, 그게 경고가 맞는다면 그 경고가 걱정스럽기도 해선지 배가 안 고프다. 나는 탁자 앞에 앉아 레오가 가스레인지에서 냉장고까지 왔다 갔다 하는 모습을 지켜보며 속으로 묻는다. '당신 정체가 뭐야, 레오? 왜 당신이 거짓말할 거라는 걸 꿈에도 몰랐을까?' 그보다 더 중요한 게 있다. '왜 서랍 아래에 열쇠를 붙여놓은 거야? 내게 숨기고 있는 게 뭐야?'

"마리아가 내일 저녁 식사에 초대하고 싶대." 내가 침묵을 깨고 입을 연다.

가스레인지를 향해 서 있던 몸을 돌린다. "내가 가도 괜찮겠어?"

마치 괜찮지 않다는 대답을 원한다는 듯이 들린다.

"당신이 안 오면 이상해 보일 거야."

"내가 없는 게 편하면 나야 늘 하던 대로 아프다고 하면 돼."

잠시 동안 마리아에게 둘 다 못 간다고 해야 하나 고민한다. 레오와 붙어 있으면서 괜찮은 척 행동하기도 힘들고 우리 둘 사이의 어색한 분위기로 저녁을 망치기도 싫다. 게다가 탐신도 올 것이다. 하지만 나머지 커플에 대해 알고 싶다. 그리고 취소하면 레오에게 호의를 베푸는 셈이 될 터다. 그가 살인 사건을 숨긴 것 때문에 우리 둘 관계가 별로 안 좋다는 것 또한 모두 알게 되겠지.

나는 전화기를 꺼낸다. "마리아한테 전화해서 우리 둘 다 간다고 할게."

"잘됐네요." 우리 둘 다 괜찮다는 얘기를 듣고 마리아가 말한다.

"뭐 좀 가지고 갈까요?"

"몸만 와요. 7시예요. 괜찮죠?"

"좋아요."

나는 전화를 끊고 레오에게 말한다. "7시야."

"좋아." 그가 일부러 활기찬 목소리로 대꾸한다. 그러고는 내게 말을 붙이려 애쓰는 대신, 향이 풍부한 레드와인 잔을 들고 휴대전화로 뉴스를 읽으며 밥을 먹는다. 기분 나빠 해야 할지, 다행스러워 해야 할지 모르겠다.

"오늘 로나 아주머니를 만났어." 내가 말한다.

"좀 어떠셔?"

"그날 밤에 낯선 사람을 들여보낸 것 때문에 아직 속상하신 것 같아. 아주머니한테 니나에 대해 얼마 전에 알았다고 얘기했어." 내가 참지 못하고 빈정거리는 말을 덧붙인다.

레오가 와인을 한 모금 들이켠다. "그렇구나."

"니나에 대해 얘기 나눴는데 그녀가 외도를 했다고 하더라. 그래서 그녀를 죽인 진범이 남편이 아니라 그녀와 바람피운 상대 남자가 아닐까 생각하는 중이야."

와인 잔이 그의 손에서 미끄러져 식탁에 부딪힌다. 와인이 상처에서 흘러나온 피처럼 나무 식탁에 스며든다. 잠시 우리 둘 다 넋이 나간 듯 그 광경을 바라본다. 그러다 그가 벌떡 일어나 옆에 놓인 행주를 집어 식탁을 훔친다. 내가 걸리적거리지 않게 잔을 치운다.

"미안해." 그가 말한다. "손이 미끄러졌어."

내가 와인 때문에 엉망이 된 식탁을 보고 인상을 쓰면서 그의 잔을 들어 반듯이 세운다. "별것 아냐."

"고인을 두고 험담하는 건 좋은 생각이 아닌 것 같아." 그가 무릎을 꿇고 바닥에 흘린 와인을 닦으며 말한다. 나는 그의 뒤통수를 빤히 보다가 그의 정수리 머리칼이 가늘어지고 있다는 것을 처음 눈치챈다. 바닥을 열심히 문지르는 그의 머리칼 사이로 분홍색 속살이 보인다.

"험담한 게 아니야. 내가 아주머니한테 니나에 대해 말해달라고 했어."

그가 행주를 둥글게 뭉쳐 싱크대에 내려놓는다. 그리고 수도꼭지를 틀어 손을 씻는다. "왜?"

"내가 사는 이 집에 어떤 여자가 살았는지 궁금해서."

"살해돼서겠지." 그가 말한다. "살해당하지 않았으면 궁금했을 리도 없지."

내가 그의 뒤통수를 노려본다. "그러면 자기는 어땠어, 레오? 당신이 구입하고 싶은 집에서 웬 젊은 여자가 살해당했다는 얘기를 들었을 때 궁금하지 않았어? 그 여자에 관해 물어보지 않았어? 그 여자가 누군지조차 안 물어봤어?"

레오가 깨끗한 수건에 손을 뻗은 뒤 몸을 돌린다. "아니, 안 물어봤어." 그러고는 조심스레 손을 닦으면서 말한다. "내 기억이 맞는다면, 그 여자 이름을 자진해서 말해준 건 벤이야."

"그러고 나서 무슨 사건인지 검색해서 알아보지도 않았어? 그 정도로 무관심했어?"

"무관심했던 게 아니야. 낯익은 이름이라 바로 알았어. 기억하고 있던 사건이니까. 누구라도 기억했을 거야. 당시 뉴스며 신문이며 상세히 떠들어댔으니까."

"하지만 그녀가 바람피웠다는 건 어디에도 언급된 적 없어."

그가 수건을 내려놓고 탁자로 돌아온다. "바람피운 적이 없으니까 그렇겠지. 그냥 소문에 불과하니까."

"아니야. 니나가 로나 아주머니한테 시인했어." 내가 그의 잔에 술을 채워주려 하지만 그가 고개를 흔든다.

"그렇다면 그래서 남편이 그녀를 죽였나 보지. 자기 몰래 바람피우는 걸 알고 질투심이 폭발해서 죽인 거겠지."

"그럴지도. 상대 남자가 죽인 게 아니라면."

레오가 인상을 찌푸린다. 신경이 곤두선 것처럼 보인다. 그는 남의 사생활에 대해 험담하는 것을 좋아하지 않는다. "그런 얘기를 왜 하는 거야?"

"로나 아주머니 말로는, 니나가 그자한테 끝내자고 말할 참이었다고 하니까. 게다가 다들 자신이 만나본 사람 중에 올리버가 가장 멋진 사람이라고 하니까."

"다들?" 그가 말꼬리를 물고 늘어진다.

"여기 사는 사람들 말이야! 그의 친구들과 이웃들."

레오가 얼마 남지 않은 와인 잔을 집어 들고 한번에 들이켠다. "만약 조금이라도 이상한 점이 있으면 경찰이 찾아내겠지." 이어 탁자를 밀어내며 일어선다. "할 일이 있어. 나중에 봐."

나는 그가 2층으로 올라가 서재에 들어가는 소리에 귀를 기울인다. 잠시 후 금속끼리 부딪쳐 끼익 하는 소리가 들린다. 캐비닛 서랍이 열리는 소리다. 그러니 서랍 열쇠가 2층 서재 어딘가에 있다는 거다. 혹시나……. 나는 복도로 나간다. 현관 옆에 있던 그의 가방이 보이지 않고, 재킷도 평소 걸어두는 계단 기둥에 걸려 있지 않다. 어쩌면 열쇠를 가지고 다니는지도 모른다. 하지만 왜 그런 짓을 할까? 고객 파일이 그렇게까지 기밀인 걸까?

19장

아침이 되자 안 되겠다는 걸 확실히 느낀다. 마리아네에 갈 수 없다. 레오와 나 사이에 아무 문제없는 척 연기하고 싶지도 않고, 탐신과 마주치기도 싫다. 탐신이 내가 로나 아주머니를 힘들게 했다고 동네방네 떠들고 다니면 어떡하겠는가?

"주말에 할스턴에 가 있으려고." 내가 레오에게 말한다. "일요일 저녁에 돌아올 거야."

그가 놀라서 나를 쳐다본다. "그래, 알았어. 데비랑 지낼 거야?"

"응. 이 단지에서 잠시 벗어나고 싶어."

"마리아네 저녁 식사는 어떻게 하고?"

"가고 싶으면 혼자 가." 그가 가지 않으리라는 걸 안다.

나는 데비에게 전화를 건다.

"이번 주말에 바빠?"

"왜? 내려오려고? 어쩜, 너무 좋아. 얼마나 보고 싶은지 모르지! 레오도 오는 거야? 여기서 자고 갈 거지? 방은 널렸어!"

나는 곧바로 기분이 좋아져 웃음을 터트린다. 데비는 침실이 네 개인 거대한 농가에서 혼자 산다. 결혼은 하지 않았지만 여러 명의 남자가 그녀의 인생을 거쳐갔다. 하지만 지금은 행복한 싱글이다.

"아니, 혼자 가. 그리고 자고 갈 거야."

"그럼 훨씬 좋지! 레오가 싫은 건 아니지만, 너랑 오붓하게 수다도 떨고 런던 사는 얘기도 들을 수 있잖아."

그녀가 마치 나와 다른 세상에 사는 것처럼 말한다. 하지만 나처럼 데비도 할스턴에서 나고 자랐다. 그녀는 말 여러 마리와 함께 지내며 승마 학교를 운영하는 삶이 좋아서 심지어 런던에 와본 적도 없다.

"내일 갈 건데, 괜찮아?"

"물론이지. 운전해서 올 거야?"

"응. 점심 즈음에 도착할 거야."

"좋아!"

마리아에게 전화하니 곧장 음성 메시지로 넘어가 안심한다. 나는 연거푸 사과하며 휴식이 필요해 며칠 동안 이곳을 떠나 있을 거라고 메시지를 남긴다. 10분 뒤에 그녀가 이해한다며 문자를 보내온다. 덕분에 마음이 놓인다.

할스턴으로 돌아가니 좋으면서 씁쓸하다. 차를 몰고 마을을 지나며, 햇빛에 달궈진 담벼락 옆에 보초병처럼 꼿꼿하고 당당하게 서 있는 알록달록한 접시꽃과 정원 울타리 너머로 고개를 빼꼼히 내밀고 있는 커다랗고 하얀 수국 송이를 보자 내가 이곳을 얼마나 그리워했는지 실감한다. 떠나 있는 동안 너무 많은 것들이 변했다. 동네 가게에 가기 위해 즐겨 걷던 길에 있는 노란 유채꽃 밭은 쟁기질이 돼 있다. 무거운 흙덩이를 헤치고 누가 제일 먼저 새길 을 다졌을지 궁금하다.

늠름한 애마 루시퍼를 타고 집으로 돌아온 데비가 내 우울한 기분을 눈치챈다. 그녀가 신문지 위에서 승마 부츠를 닦는 동안 내가 레오에 대해, 그가 집을 사기 전에 내게 그 집에 얽힌 사실을 말해주지 않은 것에 대해 털어놓는다.

"말도 안 돼." 당황한 데비의 이마에 주름이 생긴다. "숨길 게 따로 있지. 돌아가기 싫은 게 당연하네. 나라도 누군가 살해당한 집에 사는 건 찜찜할 거야. 내가 아무리 비위가 강하다 해도." 부츠가 깨끗해지자 그녀가 싱크대로 가서 손을 씻는다.

"그런데 이젠 사람들하고 척지기까지 하게 생겼어. 살인 사건에 대해 좀 더 알아내려다가 말이야."

"왜?" 데비가 팔꿈치에서 물을 뚝뚝 흘리며 돌아서서 체크무늬 수건에 손을 뻗으며 묻는다.

"그 사람들이 내가 물어보는 걸 싫어하거든."

"아니, 내 말은…… 왜 그 사건에 대해 더 알아보려는 거야?"

"사람들 말처럼 단순한 사건 같지 않아서. 경찰이 범인을 잘못짚었다는 소문이 있어. 남편이 진범이 아니라는 소문 말이야."

"그러면 경찰이 재수사를 시작한 거야?" 그녀가 벽에 걸린, 나무

테두리를 두른 거울에 얼굴을 확인하며 묻는다. 평소엔 제멋대로 흐트러져 있는 적갈색 머리칼이 승마 모자 때문에 찰싹 들러붙어 있어 손가락을 빗 삼아 원래대로 되돌린다.

"종결된 적이 없는 것 같아."

그녀가 인상을 찌푸린다. "그런데 왜 개입하려는 거야? 미안한데 앨리스, 사람들이 왜 그 일에 대해 얘기하기 싫어하는지 알 것 같아. 그냥 내버려둬. 잠자는 호랑이는 건드리는 게 아니야."

"그게 안 돼."

"왜?"

내가 딴 곳을 쳐다본다. "그녀 이름이 니나거든."

"오, 앨리스." 그녀가 내게 다가와 옆에 앉더니 어깨에 팔을 두르고 나를 안아준다. "이제 놔줘." 나는 부끄러워 고개를 숙인다. 내가 이곳 할스턴에서 함께 알고 지낸 친구의 딸에게 얼마나 집착했는지 데비는 두 눈으로 목격했다. 언니가 죽기 전에 태어난 아이였는데 이름이 하필 니나였다. 그 아이를 전부터 예뻐하긴 했지만 언니가 죽고 나서 집착으로 변해 비싼 선물을 사주면서 애지중지했다. 아이의 엄마가 너무 과하다며 그만하라고 부드럽게 타이를 때까지. 바보같이 그 말에 상처를 받았고 아이와 나의 우정은 그렇게 끝났다.

"노력하는 중이야." 내가 조용히 말한다.

"혹시 오심이 있었다 해도, 이것저것 물으며 돌아다니는 건 네 소관이 아니야. 특히 그게 소문 때문이라면." 데비가 지적한다.

"그냥 소문이 아니야. 사립 탐정이 찾아왔어. 니나의 시누이가 사건을 의뢰했대. 동생의 무죄를 확신한다면서.”

“그야 당연히 그렇겠지.”

“그리고 이웃 사람 말로는 니나가 바람을 피웠다고 본인한테 털어놨대. 그러면 그자가 니나를 죽인 진범일 수도 있는 거잖아?”

“경찰이 그자는 조사 안 했어?”

“몰라.” 내가 머뭇거린다. “사립 탐정이 눈, 귀를 활짝 열어놓고 있다가 혹시 뭐라도 들으면 알려달라는데.”

데비의 입이 쩍 벌어진다. “이웃 사람들을 감시하라고 했다고?”

“거절했어.” 내가 재빨리 답한다.

“그래야지. 그 단지에 살기로 했으면, 그리고 그 공동체에 받아들여지고 소속되고 싶으면 몸을 낮추고 지내야 해. 그리고 네가 진짜 집중해야 하는 건 너와 레오야. 알지도 못하는 사람의 살인 사건이 아니라.” 그녀가 다정하게 말한다.

우리는 남은 주말 동안 동네 친구들 소식을 나누며 집 안에서 시간을 보낸다. 동쪽에서 찬 기운이 불어 폭우가 쏟아지면서 하이킹 계획이 무산됐기 때문이다. 일요일 오후, 런던으로 돌아오는 내 기분이 딱 그 날씨 같지만 집이 가까워질수록 기분을 애써 환기한다. 서클을 떠나 할스턴에서 지낸 덕분에 새로운 시각을 얻을 수 있었다. 레오와 내가 이 일을 극복하려면 내가 먼저 손을 내밀어야 한다.

나는 차고에 차를 세우고 집으로 들어간다. 내가 도착하는 소리를 듣고 레오가 현관으로 나와 반겨줄 줄 알았지만 그는 보이지 않는다. 부엌으로 가니 레오가 탁자에 앉아서 한 손에 와인 잔을 들고 휴대전화로 뉴스 어플을 보고 있다.

내가 헛기침을 한다. "안녕."

그가 고개를 든다. "안녕. 데비와 재밌게 보냈어?"

"응, 고마워. 당신은? 주말 잘 보냈어?"

"응, 좋았어." 그가 머리 위로 두 손을 올려서 스트레칭을 한 뒤 목 뒤로 깍지를 낀다. "폴이랑 테니스를 치고 남는 시간에는 넷플릭스를 봤어."

아무 근심 없이 속 편해 보이는 그를 보니 질투심이 솟구친다. 나는 감정을 억누른다.

"저녁 차릴까?" 내가 묻는다.

"종일 주전부리를 했더니 배가 안 고프네. 당신 배고프면 차려 먹어."

그는 자신을 바라보는 내 눈길을, 내 속에 쌓여가는 좌절을 의식도 못 하는 듯 다시 뉴스를 읽는다. 함께 와인 한잔하지 않겠냐고 물을 참이었으나 갑자기 분노가 치밀어 오른다. 상황을 이토록 엉망으로 만들어놓고 어떻게 저렇게 천하태평하게 앉아 있을 수 있단 말인가?

"난 서재로 갈게." 내가 말한다.

"와인 한잔 안 할래?"

"아니, 됐어."

"그래."

그가 아무렇지도 않게 다시 휴대전화 화면으로 시선을 옮긴다. 나는 잠시 침착하게 그를 보다가 입을 연다.

"이번 주는 버밍엄에서 지내도록 해."

그가 고개를 홱 쳐든다. 이제야 내게 관심을 보인다. "뭐라고?"

"밤마다 이리 올 필요 없어. 버밍엄에서 자도 좋아."

"하지만…… 자기는 어디로 가려고?"

"아무 데도 안 가."

"그럼 여기서 혼자 자겠다고?"

"응."

그가 영문을 모르겠다는 표정으로 나를 쳐다본다. "목요일에는? 집에 올까?"

"수요일에 알려줄게."

나는 서재에서 니나의 사건에 대해 알게 된 것들을 전부 되새겨본다. 로나 아주머니 부부가 니나와 올리버가 다투는 소리를 들었다. 다음 날 니나가 로나 아주머니에게 자신이 바람피웠다고 털어놓았다. 아주머니의 말에 따르면, 그날 저녁 올리버는 9시에 귀가해 곧장 집으로 들어갔다. 20분 뒤에 니나가 죽었다. 올리버의 말에 따르면, 그날 저녁 그는 저녁 9시에 귀가해서 잠시 공원에 앉아 있다가 집으로 들어갔다. 그리고 니나가 죽어 있는 것을 발견했다. 어느 쪽이 맞는 말일까? 아주머니는 자신이 본 게 맞는다고 확신했다. 그러면 왜 올리버는 공원에 있지도 않았으면서 앉아 있었다고 했을까? 겁에 질려 머릿속에 처음 떠오른 말을 뱉은 걸까? 아니면 그런 야심한 시각에 창밖을 내다보는 사람은 없을 테니, 아무도 자신이 공원에 가지 않은 걸 모를 줄 알고 알리바이를 미리 마련해둔 걸까?

20장

다음 날 아침, 레오가 내게 혼자 지내겠다고 한 결정을 번복할 시간을 주려는 듯 출근 준비를 핑계 삼아 한참을 꾸물댄다. 2층을 돌아다니는 그의 발걸음이 평소보다 무겁다. 자신의 존재를 느끼게 해서 자신이 없으면 집이 얼마나 허전할지 알려주려는 것이다.

잠시 후 그가 1층으로 내려와 복도에 가방을 부러 쿵 하고 내려놓는다. 며칠간 집을 비울 거라고 지나치게 티 내는 게 짜증스럽다. 애초에 버밍엄 계약 건이 끝날 때까지 이렇게 월요일에 떠나 목요일 밤에 돌아오기로 했으면서 이제 와 벌이라도 받는 것처럼 군다.

나는 그가 출근한 후로도 한참 동안 무기력을 떨치지 못하고 침대에 머문다. 우리의 불확실한 상황이 너무 힘들다. 이곳에 처음 왔을 땐 희망으로 가득했다. 런던 생활에 잘 적응할 수 있을지 살짝 긴장되긴 했지만 레오와 좀 더 자주 함께하리라는 기대가 있었다. 그런데 지금 그와의 관계는 위태롭기 그지없다. 심지어 부모님과 언니가 세상을 떠났을 때도 이렇게 혼자라는 기분에 휩싸이진 않았다.

나는 커피를 마시고 싶어 벌떡 일어선다. 잔을 들고 거실로 간 뒤 창가에 서서, 천천히 떨어지는 나뭇잎을 바라보며 커피를 마신다. 9시가 넘었다. 책상에 앉을 시간이 지났다. 움직임에 이끌려 시선을 돌리니 이브가 조깅복 차림으로 집에서 나온다. 창문을 두드리고 손을 흔들려 하는데 그녀 뒤에서 탐신이 나타난다. 나는 재빨리 창가에서 물러서지만 그래도 그들에게서 눈을 떼지 않는다. 이브가 탐신과 몇 마디를 주고받더니 그녀를 진입로에 두고 길 건너 공원으로 달려간다.

아침을 먹으려고 부엌에 가서 토스터기에 빵을 넣고 냉장고에서 꿀을 꺼낸다. 그때 초인종이 울렸고 그 소리에 화들짝 놀라는 바람에 손에서 병이 미끄러지며 맨발 바로 옆 바닥에 떨어져 박살이 난다. 이걸 어디서부터 치워야 하나 고민하며 푸른 잠옷 아래쪽에 들러붙은 유리 조각을 빤히 내려다보는데 초인종이 다시 울린다. 누군지 몰라도 그냥 갈 것 같지 않다.

깨진 유리병을 조심스레 넘어 복도로 가서 문을 여니, 보고 싶지 않은 얼굴이 보인다. 탐신이다.

"안녕하세요, 앨리스." 쌀쌀해진 날씨에 맞춰 패딩 재킷을 입고 흰색 스웨이드 앵클부츠를 신은 모습이다. 완벽하다.

"미안해요." 내가 잠옷을 의식하며 말한다. "제가 기분이 좀 안 좋거든요. 또 한마디 하려고 온 거면 나중에 다시 와요."

그러자 그녀가 어색하게 말을 바꾼다. "아니, 그런 게 아니에요.

사과하러 왔어요. 그렇게 쏘아붙이면 안 되는 거였어요. 한 주 동안 좀 힘들어서 그랬나 봐요."

"괜찮아요. 그런데 말했다시피 난 로나 아주머니를 속상하게 하지 않았어요. 아주머니가 더 이상 아무도 니나 얘기를 하지 않기 때문에 니나에 대해 말할 수 있어 위로가 된다고 했어요."

탐신이 고개를 끄덕인다. 로나 아주머니가 진주 목걸이를 만지작거리던 모습이 떠오르지만 무시한다.

"금요일에 커피 마시러 올 수 있나 해서요. 오전 10시 반쯤이요. 일하는 시간인 건 알지만 괜찮을까요? 이브도 올 거예요." 우리 둘만 있다고 하면 내가 거절하기라도 할 것처럼 탐신이 마지막 말을 덧붙인다.

일하는 시간을 방해받는 건 싫지만 오전에 쉰 만큼 점심때 보충하면 된다. "고마워요. 그럴게요."

그녀가 기쁨과 안도의 표정을 짓는다. "잘됐어요! 그럼 잘 있어요, 앨리스. 기분이 좋아지길 바라요."

나는 그녀가 진입로를 따라 내려가는 모습을 바라본다.

"그나저나 오늘 예쁘네요!" 내가 외친다.

그녀가 뒤로 돌아 손을 가볍게 흔들어준다. 하지만 실은 믿지 않는다는 듯 얼굴에 슬픔이 서려 있다.

나는 기운을 차리고 부엌으로 가서 깨진 병이 널브러진 아수라장을 깨끗이 치운다. 나를 숨 막히게 하는 건 이 집이라는 깨달음이 든다. 내게 필요한 건 차가운 공기를 한껏 들이켜는 거다. 30분만 정원에 나가 있으면 도움이 될 것 같다. 잡초나 좀 뽑으면 되겠지. 나는 잡초 뽑기를 좋아한다. 몸이 저절로 움직이는 일이라 두서없이 사색하기 좋다.

전날 비가 와서 잡초가 더 잘 뽑힌다. 정원 왼쪽을 반쯤 끝낼 무렵 우리 집과 이브네 사이 울타리에 판자가 하나 없는 것을 발견한다. 녹색 이파리가 틈새 일부를 두툼하게 덮고 있어서 문제 될 건 없다. 이파리를 옆으로 밀치니 마음만 먹으면 옆집 정원에 들어가는 게 가능해 보인다. 이브와 니나가 서로 보고 싶을 때 진입로를 따라 가로질러 둘러가는 대신 지름길로 사용했을지도 모르겠다. 다음에 이브를 보면 얘기해줘야겠다고 머릿속에 입력한다.

휴대전화가 울린다. 나는 등을 펴 몸을 똑바로 세운다. 지니다.

"안녕, 앨리스. 잘 지내나 궁금해서. 방해한 건 아니지?"

"아니, 괜찮아. 정원에서 잠깐 쉬는 중이야. 밖에 나오니 좋네. 잘 지내? 주말은 잘 보냈어?"

"그게, 하루가 다르게 골프 미망인으로 거듭나는 중이야. 나야 좋지 뭐. 마크와 벤이 어제 종일 골프를 쳤는데, 벤이 끝나고 술 한 잔하러 들러서 네 안부를 묻더라."

"고맙네."

잠시 정적이 흐른다. "사실 오늘 아침에 레오한테 전화가 왔어."

"레오가?"

"응. 레오한테 이번 주에 집에 오지 말고 버밍엄에서 출퇴근하라고 했다면서. 혼자 지내도 괜찮은지 확인해달라고 하더라."

"괜찮을 거야." 오늘 밤부터 혼자 있으려니 벌써부터 살짝 불안한 게 사실이지만 자못 씩씩한 척한다.

"내가 가서 같이 있어줄까?"

"말은 고맙지만 진짜 괜찮아. 나한텐 필요한 일이야, 지니. 이곳에서 살 수 있을지 확인해야 해. 여기 온 지 한 달밖에 안 됐는데 벌써 포기하고 싶지는 않아."

"레오는 네가 자기를 단념할까 봐 겁내는 것 같아."

내가 한숨을 쉰다. "솔직히 말해서 그에 대한 내 마음을 더 이상 모르겠어. 아직도 그가 거짓말한 게 이해가 안 돼."

"이번 주에 같이 점심 할래? 점심시간이 좀 길거든."

"그래. 언제가 좋아?"

"내일이나 금요일."

"내일 봐." 금요일 아침에 탐신 집에서 커피 모임이 있는 걸 떠올리고 대답한다. "코벤트 가든에 있는 레스토랑 어때? 아귀가 맛있는 곳인데. 거기서 멀지 않지?"

"넵튠? 10분이면 걸어가. 전화해서 12시 반으로 예약할게."

"좋아. 거기서 봐."

약속을 두 개나 잡고 잡초까지 뽑으니 일로 돌아가기가 한결 쉽다. 번역하는 소설이 재미있어서 흠뻑 빠져 읽다 보니 어느덧 3시다. 나는 일을 멈추고 샌드위치를 먹는다. 태양도 얼굴을 비쳤겠다, 곧장 일로 돌아가지 않고 핀즈버리 파크를 산책하기로 마음먹는다. 번역은 오늘 밤에 하면 된다. 레오가 집에 오지 않으니 혼자라는 생각을 잊기 위해 뭐라도 해야 하니까.

30분 뒤, 나는 길을 나선다. 서클에서, 그 진저리 나게 숨 막히는 분위기에서 벗어나니 기분이 좋다. 나는 이유가 정문 때문이라고 결론 내린다. 그 문만 없으면 이곳도 런던의 평범한 거리처럼 보일 것이다.

공원은 가을 빛깔로 새 단장을 해서 눈부시게 아름답다. 한 시간 동안 아무 생각 없이 걷다가 벤치에 앉아 세상 돌아가는 풍경을 지켜본다. 급한 볼일이 있는 듯 성큼성큼 걸음을 옮기는 사람들도 있지만 어린애와 함께 지나가는 엄마들, 손을 맞잡은 나이 지긋한 부부를 비롯해 대부분은 한가로이 걷고 있다. 그들을 보고 미소를 짓다가 갑자기 상심에 빠진다. 레오와 내가 아이를 낳고 함께 늙어갈수 있을까? 우리가 아이를 갖자는 얘기를 하지 않는 게 이상하지 않나? 런던에서 새 삶을 꾸린 뒤에 우리가 하고자 했던 대화가 그거였을까?

"앨리스!"

고개를 들자 이브가 달려오는 게 보인다.

"설마 여태 조깅하는 건 아니죠?" 내가 놀라는 척하며 묻는다. "아침 9시에 나가는 거 봤어요."

그녀가 웃으며 벤치에 앉아 잠시 숨을 돌린다.

"아니에요, 친구와 조깅하다가 그 집에 가서 점심을 먹었어요. 지금은 블로그 일을 하려고 뛰어서 돌아가는 중이에요. 좀 어때요? 주말은 잘 보냈어요? 레오 말로는 시골에 갔다던데요."

"네, 할스턴에 가서 친구들과 쌓인 얘기 좀 했어요. 10분 전에 약속을 취소해서 마리아한테 미안하긴 했지만, 분위기 전환이 필요했거든요."

"걱정 마요, 마리아도 이해하니까."

"게다가 탐신과 언쟁이 있어서 거리를 두는 게 좋겠다 싶었어요."

이브가 콧잔등을 찌푸린다. "네, 탐신이 그러더군요. 도움이 될지는 모르겠지만 탐신도 미안해하고 있어요."

"알아요. 오늘 아침에 찾아와 사과했어요, 고맙게도요. 그리고 금요일에 커피를 대접하겠다고 하던데요."

"아, 잘됐어요, 그러겠다고 하더니. 너무 매정하게 생각 마요, 앨리스. 니나가 죽고 충격이 커서 그런 거니까."

"가장 친한 친구를 그런 끔찍한 방법으로 잃었으니 괴로울 법도 하죠." 내가 나뭇잎 더미를 킁킁대는 작은 닥스훈트를 바라보며 말한다.

"탐신은 정말 힘들어했어요……. 그게, 말다툼을 하거나 그런 건 아니지만 내가 옆집으로 이사 오고 나서 탐신이 약간 소외감을 느꼈던 것 같아요."

"어째서요?"

"사실 난 탐신과 니나가 절친이라는 걸 니나가 죽고 나서야 알았어요. 탐신이 나를 찾아온 후에야 말이죠. 탐신이 혹시 자기가 니나를 기분 상하게 한 일이 있었냐고 흥분해서 묻더라고요. 무슨 말이냐니까 니나가 죽기 몇 달 전까지 두 사람이 절친한 친구였대요. 심심하면 서로의 집에 드나들고 주말마다 저녁도 함께 먹는 사이요. 그러다 어느 날 모든 게 달라졌다고 했어요. 니나의 집을 지나가다가 창문 너머로 그녀와 내가 수다 떠는 걸 보고는 왜 자신은 부르지 않았는지 의아했대요. 그래서 대개 즉흥적인 커피 모임이었다고 내가 말했죠. 왜 있잖아요, 내가 조깅하고 돌아오는 걸 보고 니나가 '커피 한잔할래요?' 하고 소리치는 거요. 하지만 저녁 식사도 그랬어요. 니나와 올리버 집에 마리아와 팀과 함께 몇 번 갔는데, 탐신과 코너는 한 번도 온 적이 없었거든요. 그래서 그녀와 니나가 절친한 친구일 거라고는 상상도 못 했어요. 최근에 마리아한테 그때 일을 끄집어내 둘 사이에 무슨 일이 있었냐고 물었는데 그녀도 모르겠다고 하더군요. 니나가 요가 수업에도 발길을 끊었는데, 탐신은 그게 자기를 보기 싫어서라고 짐작하더라고요." 그녀가 잠시 말을 멈췄다가 이어 말한다. "니나를 정말 좋아했는데 그 후로는 좀 그랬어요. 그러니까…… 어쩌면 좀 못된 사람이었던 건 아닐까 해서요."

내가 천천히 고개를 끄덕인다. "니나가 바람을 피웠다는 게 공공연한 사실이었어요?"

"누가 그래요?"

그녀의 목소리가 예사롭지 않다. 날이 살짝 서 있는 걸까, 아니면 내 착각일까? "로나 아주머니요."

이브가 고개를 흔든다. "아니요, 우리도 나중에 알았어요." 그녀가 고개를 돌려 나를 본다. "이제 왜 우리가 올리버가 범인이라는 걸 받아들였는지 이해할 거예요."

'한 치의 의심도 없이 그냥 그렇게요?' 이렇게 묻고 싶다. "하지만 왜 바람피운 상대 남자는 의심하지 않는 거죠?" 대신 나는 이렇게 묻는다.

이브가 신발 끈을 묶기 위해 허리를 숙인다. "경찰이 살펴봤겠죠." 그녀가 다시 몸을 세우며 말한다. "경찰이 조사할 게 없다는데 누구한테 따지겠어요?"

'올리버와 친구였잖아요.' 이렇게 말하고 싶다. '당신들은 올리버와 친구였잖아요.'

"탐신이 니나의 절친한 친구였다고 했죠? 탐신도 니나가 바람피운 걸 알았어요?"

"아니요, 그때는 몰랐어요. 니나가 얘기를 안 했거든요."

"탐신이 지난주에 점심을 먹으면서 니나가 도움을 많이 줬다고 했잖아요. 니나한테 심리 치료를 받은 거예요?"

"아니요, 친구 사이라 치료할 자격이 안 됐을 거예요. 탐신은 우울증을 앓고 있어요. 내가 앨리스한테 이 얘길 했다고 탐신이 싫어하진 않을 거예요. 내 생각엔 니나가 탐신한테 자연 치료법을 알려준 것 같아요. 탐신이 항우울제에 거부감이 심했거든요. 그래서 니나가 거리를 두기 시작했을 때 탐신이 두 배로 힘들어했죠. 물리적으로도 그렇지만 심리적으로도 버려진 기분이 들었을 테니까요."

"니나는 집에서 일했어요?"

"아니요, 여기서 20분 거리에 사무실이 있었어요."

"코너는요? 어떤 사람이에요?"

"코너는 코너예요. 가볍게 사귈 때는 꽤 괜찮아요. 하지만 조금 무신경한 면이 있어요. 특히 탐신한테요."

사생활을 캐물으려는 건 아니지만 궁금하다. 다행히 이브가 생수병을 열어 물을 한 모금 들이켜고 곧바로 말을 이어나간다.

"이를테면 살인 사건이 일어나고 나서 탐신이 이사를 하고 싶어

했어요. 우리 모두 이곳을 떠나고 싶어 했죠. 자연스러운 반응이었어요. 엎어지면 코 닿는 거리에서 잔인한 살인 사건이 벌어졌으니 다들 겁을 잔뜩 집어먹을 수밖에요. 하지만 코너는 그냥 살자고 우기면서 이사 얘기를 일축해버렸어요. 만약 그가 타협점을 찾으려고 애썼다면, 탐신한테 좋다, 당신이 진짜 원하면 이사를 생각해보자고 했다면 그녀가 그토록 심하게 상처받진 않았을 거예요. 그에 비하면 윌은 훌륭하죠. 이사 온 지 다섯 달밖에 안 됐지만 집을 내놔도 괜찮다고 했거든요. 로나 아주머니 상태가 특히 안 좋았어요. 얼마간만이라도 도싯에 있는 동생네에 머물고 싶어 해서 윌이 아주머니 부부를 차로 데려다주기로 했었죠. 그런데 옆집에서 일어난 살인 사건 때문에 얼마나 스트레스를 받았는지 그 다음 날 에드워드 아저씨가 심장마비로 병원에 실려 가는 바람에 결국 못 떠났어요. 어쨌거나 다들 뭘 해보기도 전에 올리버가 체포됐고 얼마 안 가 자살했죠. 그러자 모두 안심했고요. 실제 이사를 나간 사람은 3호에 살던 틴슬리밖에 없어요."

"흠." 나는 아직 탐신과 니나의 불화를 생각하느라 정신이 없다. 이브가 내게 생각할 거리를 한 아름 안겨주었다는 사실을 들키기 싫어 주제를 바꿀 궁리를 한다.

"그런데 오늘 아침에 정원에 나갔다가 우리 두 집 울타리에 구멍이 있는 걸 발견했어요."

"어머나, 깜빡 잊고 있었네요! 올리버가 윌한테 최신형 잔디깎이를 빌려주곤 했거든요. 현관으로 둘러 갈 필요 없이 그 사이로 전달하면 편하겠다고 구멍을 냈어요. 아마 반대편에도 있을 거예요. 올리버가 로나 아주머니 집 잔디를 대신 깎아줬거든요. 지금은 제프가 하고 있지만요.”

“제프는 그 반대편에 살고 있죠?”

“네.”

“그 사람은 혼자 살아요? 이혼했다고 들은 것 같은데.”

“네, 몇 년 됐어요. 난 잘 모르지만 마리아는 이웃이어서 그 집 부인과 알고 지냈어요. 그 여자가 직장에서 한눈을 팔아서 결혼이 파탄 났대요.” 이브가 일어서서 머리 위로 양팔을 쭉 뻗으며 근육을 푼다. “미안한데 이만 가봐야 해요. 월한테 얘기해서 판자를 되돌려 놓으라고 할까요?”

“아니요, 괜찮아요. 그새 구멍이 커진 것도 있고요. 그리고 혹시 또 모르죠, 나중에 유용하게 쓰일지.” 내가 웃으며 대꾸한다.

“레오는 지난주처럼 저녁마다 집에 와요?”

“아니요, 그러지 말라고 했어요. 하루 동안 왕복으로 오가기엔 너무 먼 거리라서요.”

“그러면 우리 집에 와서 자고 가는 건 어때요?”

“고마워요. 하지만 계속 살기라도 한다면 이 집에 혼자 있는 데 익숙해져야 할 것 같아요.”

“마음 바뀌면 말해요. 나랑 같이 집까지 뛰어갈래요?”

“아니요, 괜찮아요. 조깅은 취미가 아니라서요.”

그녀가 웃는다. “잘 가요, 앨리스. 즐거웠어요. 금요일에 탐신 집에서 봐요. 또 마주치지 않으면요.”

나는 그녀가 뛰어가는 모습을 바라보며 생각에 잠긴다. 모든 사실을 알려줘서 고맙지만 한 번에 소화하기엔 너무 많은 정보다. 어쩌면 내가 믿어선 안 될 사람은 이브일지도 모른다. 그리고 불륜도 그렇고, 탑신을 멀리한 것도 그렇고, 니나에 대해 새로 알게 된 사실만 보면 니나는 생각만큼 좋은 사람이 아니었는지도 모른다.

과거

새 고객과 새 사무실이 생겼다. 금방이라도 무너질 것 같은 오래된 건물 2층이다. 새 고객이 나무 바닥을 쿵쾅거리며 계단을 뛰어 올라 오는 소리가 들린다. 지각이다.

"죄송합니다." 그녀가 허둥거리며 말한다. "길을 잃었어요. 이곳에 안 산 지 워낙 오래돼서 어디가 어딘지 잘 모르겠네요."

"괜찮습니다." 내가 미소를 지으며 말한다. "그냥 걸어오시지 그랬어요." 진심이다. 양볼이 불그레한 게 땀도 살짝 난 것 같다. 머리칼이 절반은 아직 묶여 있고 나머지는 얼굴 주변에 가닥가닥 늘어져 있어 엉망이다.

나는 그녀가 코트와 유난히 긴 목도리를 벗을 때까지 기다린다. 둘 다 검정색이다. 원피스도, 부츠도 모두. 그녀가 내 시선을 의식하고 멋쩍게 웃는다.

"적응하려고 노력하는 중이에요." 그녀가 설명한다. "이곳 여자들은 다 검정색을 입는 것 같아서요."

나는 어정쩡하게 웃으며 그녀에게 편하게 앉으라고 말한다. 새로 들인 각진 의자에 편하게 앉기는 힘들겠지만. 내가 춥지는 않느냐고 묻는다. 바깥은 0도에 가까운 추운 날씨다.

"괜찮아요."

창밖으로 시선을 옮기며 그녀에게 한숨 돌릴 시간을 준다. 창밖 거리는 하루 일을 끝내고 집으로 돌아가는 사람들 소리로 부산스럽다.

"기분은 좀 어떠세요?" 그녀가 자리에 앉자 내가 묻는다.

그녀가 자세를 고쳐 앉는다. "솔직히 말해 제가 여기 왜 있는지 모르겠어요. 제 말은, 딱히 잘못된 건 없거든요. 그냥 말할 사람이 필요한 것 같아요."

"잘 오신 겁니다." 내가 이렇게 말하며 그녀를 안심시킨다.

그녀가 고개를 끄덕인다. "어디서부터 시작해야 할지 모르겠어요."

"먼저 몇 가지 질문을 해도 될까요?"

그녀가 또 한 번 끄덕인다. "네, 물론이죠."

내가 메모지를 끌어당긴다. "우선 시작하기 전에 이 방에서 하는 모든 이야기는 철저히 비밀에 부쳐진다는 걸 아셨으면 좋겠습니다."

그녀가 살짝 웃음을 터트린다. "좋아요. 그런데 뭐 엄청난 얘기를 하려는 건 아니고요. 말씀드린 것처럼 저도 제가 여기 왜 온 건지 잘 모르겠어요. 제 인생은 완벽하거든요. 하지만 행복하지 않아요. 이렇게 말하니 정말 가슴이 아프지만 사실이에요."

그녀의 긴장감이 방 안에 퍼진다. 나는 펜을 집어 메모지에 '완벽'과 '불행'이라고 쓴 뒤 몸을 앞으로 기울인다.

"헨리 데이비드 소로가 뭐라고 했는지 아시나요? '행복은 나비와 같다. 쫓으면 쫓을수록 더 멀리 도망가버린다. 하지만 관심을 다른 곳으로 돌리면 절로 날아와 어깨 위에 사뿐히 앉을 것이다.'"

그녀가 미소를 지으며 안심한다. 이 구절은 언제나 먹힌다.

21장

정신이 서서히 든다. 눈을 뜨려는데 본능이 내게 자는 척하라고 말한다. 무슨 일인지 파악하려고 머리가 빠르게 돌아간다. 그 순간 깨닫는다. 방 안에 누군가 있다.

아드레날린이 솟구치며 심장박동이 미친 듯 빨라진다. 전부 상상이라고, 지난번에도 그랬지만 아무도 없었다고 자신을 정신없이 다독인다. 하지만 누군가 내 발치에 서 있는 걸 알고 있다. 끔찍하고 소름 끼치지만 확실하다. 나는 숨도 못 쉬고 사지가 마비된 사람처럼 누워 누군가 내 몸을 덮치기를, 손으로 내 목을 조르기를 기다린다. 긴장감을 견딜 수 없다. 공포심을 꾹 누르려 하지만 도저히 안 되겠다.

"저리 가!" 내가 외마디 비명을 터트리며 정체불명의 상대와 대면할 준비를 하고 몸을 강제로 일으킨다. 분명히 램프를 켜놓고 잠들었는데 방 안이 깜깜해서 공포심이 더욱 커진다. 웬 손이 나타나 내 맨팔을 그러잡으며 나를 침대 밖으로 끌어당길까 봐 마음을 단단히 먹고 손을 아래로 뻗어 스위치를 더듬거린다. 스위치를 켜고 방 안을 둘러본다. 숨을 얕게 내뱉으며 그늘진 구석구석을 유심히 살펴본다. 아무도 없다. 집 안에서 들리는 모든 소음에 귀를 기울이며 잠시 기다리지만 이상한 소리는 들리지 않는다.

나는 베개에 털썩 주저앉아 쿵쾅대는 심장을 진정시키려 노력한다. 이마에 식은땀이 흐른다. '괜찮아, 괜찮아, 아무 일도 없어.'

하지만 누군가 있었다. 분명 있었던 걸 안다. 베개 아래에서 휴대전화를 꺼내 999를 누르려다가 마음을 바꿔 레오의 번호를 찾는다. 누군가의 목소리를 들어야겠는데 이 시간에 전화할 수 있는 사람이 레오뿐이다. 나는 시간을 확인한다. 이제 겨우 2시인 걸 보고 아직 남은 밤을 버텨야 한다는 생각에 막막해진다. 해가 뜨려면 다섯 시간은 있어야 하는데 다시 잠들긴 힘들 것 같다, 적어도 지금은. 나는 애써 스스로를 진정시킨다. 레오에게 전화하지 않을 것이다. 아무 일도 일어나지 않았고, 당장은 일어나지 않을 것 같으니. 하지만 왜 아무 짓도 안 할 거면서 침입한단 말인가? 그리고 대체 어떻게 들어온 걸까?

나는 마지못해 침대에서 나와 일주일 전에 했던 대로 집 안을 살펴본다. 하지만 레오가 2층에 없기 때문에 이번에는 기세가 이전만 못하다. 부엌에서 프렌치도어를 확인한다. 유리창도 멀쩡하고 누군가 침입한 흔적도 없다. 조리대로 가 서랍에서 칼을 꺼내 든다. 검은 손잡이에 톱니 모양 날이 달린 레몬용 칼이라 누군가에게 불쑥 들이밀면 더 위험하기만 할 것 같다. 어차피 그럴 일은 없지만. 그런데도 약간의 용기가 생긴다.

아래층 침실 창문도 이상한 곳 하나 없이 멀쩡하다. 현관문도 안쪽에서 잠겨 있다. 나는 천천히 계단을 올라간다. 한 칸씩 밟을 때마다 심장박동이 빨라진다. 손님방이나 서재에서 누군가 튀어나와 덮칠 거라는 생각을 하지 않으려고 안간힘을 쓴다. 불이 환히 켜져 있어서 온 집이 불타는 것 같다. 레오와 내가 잠을 자던 침실만, 니나가 살해된 그 방만 제외하고. 나는 그 방의 문을 열고 불을 켠 뒤 안을 들여다본다. 다른 방들과 마찬가지로 텅 비어 있다. 그런데도 나는 가만히 서서 답을 찾으려 애쓴다. 물리적으로 설명할 수 없는 어떤 존재가, 보이지도, 만져지지도 않는 어떤 것이 있다. 느낄 수는 있지만 확인할 수는 없는 무언가. 나는 방을 나와 문을 세게 닫은 뒤 급히 아래층으로 내려간다.

어떻게든 몇 시간을 버틴다. 앞문 근처에 있는 게 더 안전한 것 같아 거실에서 차를 여러 잔 홀짝이며 시간을 보낸다. 창밖으로 집 앞을 확인하고 싶지만 누군가 밖에 서서 집을 쳐다본다고, 나를 쳐다본다고 생각하니, 그자가 집 안에 있을 거라고 생각하는 것보다 훨씬 오금이 저려 커튼을 닫아둔다. 5시가 되자 침대로 다시 기어들어 간다. 곧 해가 뜰 것이고 사람들이 일어나 하루를 시작할 준비를 할 것이다. 이젠 아무도 들어오지 않을 것이다.

잠에서 깨어나 전날 밤을 생각하는데 상상이 아니고서는 말이 안 되는 것 같다. 혹시 잠들면서 나도 모르게 램프를 끈 게 아닐까? 나는 누군가 집에 들어온 아주 작은 흔적이라도 찾기 위해 다시 집 안을 구석구석 돌아다니고 창문과 문을 확인한다. 하지만 평소와 다른 건 없다.

부엌 조리대에서 내 머리카락을 몇 가닥 발견하자 낙관적이던 마음에 금이 간다. 오늘 아침에 욕실에서 발견한 머리카락까지 합치면, 내가 가장 두려워하는 일이 벌어진 게 확실하다. 탈모가 다시 시작된 것이다. 부모님과 언니가 세상을 뜨고 몇 달 뒤 머리카락이 눈에 띄게 가늘어졌는데 데비의 설득으로 병원에 갔더니 스트레스로 인한 휴지기 탈모라는 진단이 나왔다. 그 사고 이후 거의 먹지 못해서 몸무게도 많이 빠졌다. 의사가 상황이 더 악화되는 걸 원치 않으면 다시 균형 잡힌 건강식을 먹어야 한다고 했다. 결국 머리칼은 정상으로 돌아왔지만 시간이 오래 걸렸다. 열아홉 살에겐 엄청나게 고통스러운 일이 아닐 수 없었다.

이 집에서 일어난 일과 레오가 그 일을 숨겼다는 사실 때문에 지금 내가 받는 스트레스는 당시와 비교하면 아무것도 아니다. 하지만 지금은 나이도 더 들었고 머리카락은 당연히 더 상하기 쉽다. 나는 머리칼을 느슨하게 묶은 뒤 핀으로 고정시킨다. 머리카락이 어깨 근처에 늘어져 있지 않으면 계속 생각하지 않을 것이다.

냉장고에서 아침거리를 찾다가 채소 칸에서 너무 익은 아보카도와 비싼 샴페인을 발견한다. 레오가 어제 나가기 전에 넣어둔 게 틀림없다. 그런데 이게 그가 화해하기 위해 복도에 놓아둔 장미처럼 나를 위한 건지, 아니면 다음번에 집에 와서 마시려고 넣어둔 건지 모르겠다.

휴대전화를 보니 그에게서 '아무 문제 없지?'라고 문자가 와 있어서 '전혀 없어'라고 답한다. 다시 식사로 돌아가지만 우리의 관계에 대한 걱정 때문에 식욕이 없다. 점심때 지니를 만나니 다행이다. 이야기를 나눌 사람이 간절히 필요하다.

나는 몇 시간 동안 일하다가 집을 나선다. 에드워드 아저씨가 집 앞 정원에서 장미를 손질하고 있다. 탐신이 내가 니나에 대해 질문해서 로나 아주머니의 기분을 상하게 했다고 말한 게 떠올라 불현듯 마음이 불편해진다.

"안녕하세요?" 내가 아저씨의 사정을 살피며 묻는다. 아저씨가 미소를 보이자 마음이 한결 편해진다. "앨리스! 잘 지내요?"

그에게 다가가며 대꾸한다. "좋아요, 고맙습니다. 아저씨도 괜찮으시죠?"

"괜찮다마다. 그런대로 지낼 만합니다. 쇼핑하러 가나 봐요?"

"아니요, 친구와 점심 약속이 있어요. 아주머니는 어떠세요?"

"아주 좋아요. 지난번에 들러줘서 고마웠어요. 집사람이 가끔 외로움을 타거든."

"제가 속상하게 해드린 건 아닌지 모르겠어요."

"속상하게 해? 뭣 때문에?"

"니나와 올리버에 관해 물어봤거든요."

"걱정하지 말아요. 혹여 속상하다면 그건 그쪽 얘기 때문일 거예요. 부모님과 언니를 잃었다면서?"

"네, 맞아요."

"얼마나 충격이 컸겠어. 음주 운전이었어요?"

"아니요, 운전이 미숙한 젊은 친구였어요."

"그런 참변이 있나." 에드워드 아저씨가 고개를 흔들며 말한다.

"그러게요. 하지만 이젠 다 과거예요."

"과거에 연연해서 좋을 거 하나 없어요." 그가 으르렁거리듯 말한다. 험악한 표정을 짓는 것으로 보아 아들 생각을 하는 게 분명하다. 감정을 잘 드러내지 않는 세대지 않은가.

"아저씨 말이 맞아요."

그가 몸을 돌린다. "그럼 난 하던 일 계속하리다."

"쇼핑이든 뭐든 도움이 필요하면 알려주세요."

"고맙지만 우린 전부 배달을 시켜서. 더 이상 밖에 나갈 일이 없다오."

지난번에 외출하기로 되어 있던 것만 빼면 말이다.

나는 고개를 끄덕인다. "그럼 안녕히 계세요. 아주머니한테 또 뵙자고 전해주세요."

22장

넵튠에 도착하니 지니가 벌써 와 있다. 초콜릿브라운색 가죽 치마와 처음 보는 재킷을 걸친 모습이 예쁘다.

"마크가 생일 선물로 준 거야." 내가 재킷을 언급하자 그녀가 답한다.

"집에서 일하면 그게 안 좋아. 아침에 뭘 입든 상관없잖아. 예쁘게 차려입고 싶어도 입을 일이 없어."

메뉴판을 보면서 재빨리 근황 얘기를 나누다가 주문이 끝나자 내가 근심거리를 털어놓는다. "그이가 내게 거짓말을 하기 전부터 이미 우리 관계가 운을 다해서 레오를 용서하기 힘든 건가 싶기도 해." 내가 하얀 냅킨 위에 놓인 포크를 계속 돌리면서 말한다. "주말에만 만났을 때는 함께 있는 시간을 망치기 싫어서 좋은 모습만 보였어. 그래서 서로를 잘 몰랐던 거지. 이제야 서로의 단점과 약점을 알아가고 있는 것 같아."

"하지만 그를 사랑하잖아."

"그래, 하지만 그에 대한 사랑이 그런 단점들을 극복할 만큼 큰지는 잘 모르겠어." 내가 죄지은 듯한 표정으로 지니를 본다. "끔찍하게 들리는 거 알아."

"끔찍하지 않아, 솔직한 거지."

"우리 관계를 포기하고 싶진 않아. 그러니 해결할 방법을 찾아야지. 그냥 지금으로선 방법이 안 보일 뿐이야." 내가 미소를 짓는다. "자, 우리 다른 얘기 하자."

그때 웨이터가 음식을 가져와 대화가 끊긴다.

"일전에 이상한 일이 있었어." 식사가 끝나고 내가 말한다. "내가 그랬잖아, 니나가 옆집에 사는 로나 아주머니한테 외도 사실을 털어놓았다고. 레오한테 그 얘기를 했더니 펄쩍 뛰는 거야."

"나도 깜짝 놀랐는걸." 지니가 의자에 등을 기대고 한 손을 배에 올리며 덧붙여 말한다. "너무 잘 먹었다."

"그렇지. 하지만 그냥 놀라는 정도가 아니었어. 잔을 떨어뜨려서 와인이 사방에 튀었다니까. 뭐랄까, 지나치게 당황한 것 같았어."

"이상하네." 그녀가 웃는다. "본인이 바람을 피운 것도 아니고 말이야."

"뭐라고?" 내가 그녀를 바라본다. 그녀가 상체를 재빨리 세워 탁자 너머로 내 손을 잡는다. 그녀의 은색 팔찌 한 쌍이 쩽그렁거린다.

"앨리스, 농담이야! 레오는 니나를 알지도 못했잖아."

너무 늦었다. 그 생각이 머릿속을 헤집으며 날아다니는 것을 막을 수 없다. "정말 그랬으면 어쩌지? 니나를 알았으면 어쩌지?"

"그만해." 지니가 내 손을 잡고 흔든다. "일어나지도 않은 일을 상상하지 마. 레오가 그 여자를 어떻게 알아?"

"나도 모르지. 심리 치료사였으니까 레오가 고객이었을 수도 있잖아."

지니가 낮게 신음한다. "괜히 말했네. 진짜 농담이었어, 앨리스." 그러고는 서둘러 메뉴판을 건넨다. "디저트 먹을래?"

"미안해. 난 커피만 마실게." 내가 메뉴판을 닫고 탁자 위에 둔다. "탐신이 금요일에 초대했어."

"탐신? 그 원수? 어째서? 말해 봐, 전부 다."

나는 최근에 탐신과 싸웠던 일부터 뒤이어 그녀가 사과한 일까지 전부 설명한다. 30분이 지나 식당을 떠날 때쯤, 레오가 니나를 알았을지도 모른다는 말을 내가 잊었다고 생각하고 지니가 안심하는 게 느껴진다. 하지만 잊기는커녕 마음 한구석에 콕 박혀 있다.

코벤트 가든에서 핀즈버리 파크까지는 지하철이 하나의 노선으로 이어져 있다. 피커딜리 노선을 타고 그렇게 오긴 했지만 나는 지하철역 벽에 붙은 노선도로 다가가 다른 갈 만한 곳이 없는지 살펴본다. 극장이 밀집해 있는 레스터 스퀘어와 해로즈 백화점이 있는 나이츠브리지가 눈에 띈다. 나이츠브리지는 평소에 몹시 가보고 싶었던 자연사박물관이 있는 곳이기도 하다. 얼스코트를 지나 진푸른색 노선을 끝까지 따라가던 중, 사실상 우리 집 현관문에서 히스로 공항까지 한번에 갈 수 있다는 사실을 알고 놀란다. 피커딜리 노선은 확실히 살기 좋은 노선이다. 게다가 얼스코트에서 환승하면 큐가든으로 갈 수도 있고, 또 다른 노선을 따라가면 윔블던에 갈 수도 있다. 레오와 나 둘 다 테니스 경기를 좋아하기 때문에 윔블던에서 열리는 경기 티켓을 구하는 게 많이 힘든지 궁금해진다. 그러다 레오와 내가 다음 여름까지 관계를 유지할 수 있을까 하는 의문이 든다.

자리를 뜨려는데 토머스 그레인저의 사무실이 윔블던에 있다는 사실이 생각난다. 가방에서 휴대전화를 꺼내 주소를 찾는다. 윌리엄가 26번지다. 나는 잠시 서 있다. 가슴 한편에서 그에게 전화해야 할 일이 생길 경우를 대비해 그 주소로 찾아가 그가 진짜 탐정이 맞는지 확인하고 싶은 욕구가 든다. 왜 그에게 전화할 일이 생길 거라 생각하는지는 나도 모르겠다. 설령 법이 잘못 집행되었다 한들, 진범을 처넣을 만한 어떤 정보를 들었다 한들 그에게 말하는 게 내 의무는 아니지 않은가? 다들 올리버가 니나를 죽였다고 그렇게 빠르게 인정한 데는 뭔가 미심쩍은 구석이 있다. 어쩌면 그들이 누군가를, 니나와 바람을 피웠다고 의심되는 서클의 누군가를 보호하고 있는 건 아닐까? 그렇다면 그게 누구일까?

나는 개찰구를 통과해 피커딜리 노선의 북쪽이 아닌 얼스코트가 있는 남쪽으로 이동한 뒤 디스트릭트 노선으로 갈아탄다. 혼자 지하철로 이렇게 멀리 온 게 처음이라 윔블던에서 내리는 순간 불안해진다. 곧장 집으로 돌아가고 싶은 마음이 굴뚝같다. 나를 제외한 모두가 자신이 어디로 향하는지 알고 있는 것처럼 보인다.

길가로 비켜서서 시티매퍼로 윌리엄가를 찾는다. 도보로 한참이라 걸어가면 갈수록 내가 여기서 뭐 하는 건가 싶은 생각이 든다. 윌리엄가는 고급 타운하우스가 길게 늘어선 길로, 집들이 대부분 사무실로 바뀐 것 같다. 26번지에 도착하니 벽면에 격조 높은 금빛 명판이 붙어 있다. 네 칸짜리 돌계단 중 두 계단을 올라가니 '토머스 그레인저, 사립 탐정'이라는 글자가 보인다. 짙은 푸른색 문 뒤에서 웅얼대는 목소리가 들리다가 소리가 조금씩 커진 후에야 누군가 복도로 걸어오는 중이라는 걸 깨닫는다. 혹시나 토머스가 문간에 서 있는 나를 발견할지도 모른다는 생각에 쏜살같이 도로로 돌아간다. 두 집 건너 어느 집 문 앞에 몸을 겨우 숨겼을 때 여자가 작별 인사를 건네고 남자가 답하는 소리가 귀에 들어온다. 나는 내 앞의 출입문이 갑자기 열리지 않기를 간절히 바라며, 고개를 숙여 휴대전화로 무언가를 검색하는 척한다. 등을 도로 쪽으로 향한 채 보도에 부딪치는 가벼운 구두 소리에 안도의 한숨을 쉰다. 천천히 고개를 돌려 26번지 앞에 토머스 그레인저가 있는지 살핀다. 그가 없다는 것을 확인하고 자리를 뜨려는데 토머스의 사무실에서 나온 듯 보이는, 카멜색 코트를 맵시 있게 차려입고 걸어가는 여자가 보인다. 어차피 방향도 같겠다, 지하철역까지 그녀를 따라간다. 이 여자는 사립 탐정에게 무슨 볼일이 있는 걸까. 토머스가 맡는 사건 대부분이 동거인의 뒤를 밟아달라는 요구일 것이다. '나도 레오 뒤를 캐달라고 할까'라고 생각하다가 곧바로 죄책감에 빠진다.

집으로 돌아와 토머스 그레인저의 번호를 누를 때까지 내가 무슨 일을 하는 건지 의문을 버리지 못한다. 그에게 해줄 말이 전혀 없는데 전화를 해봤자 무슨 소용이겠는가? 하지만 너무 늦었다. 끊을 여유도 없이 그가 전화를 받는다.

"앨리스 도슨이에요." 그의 음성을 곧장 알아차리고 내가 말한다.

"도슨 씨, 전화줘서 감사합니다." 놀라움을 숨기지 못한 목소리다. 일전에 내가 돕지 않겠다고 했으니 그럴 만하다.

말투가 지나치게 정중하다. "앨리스에요. 앨리스라고 불러요."

"그럼 전 토머스로 불러주세요."

"죄송한데, 저도 잘 모르겠어요, 제가 왜…… 전화를 했는지요." 내가 허둥지둥하는 것처럼 보이는 게 너무 싫다. "아무 소식도 없어요. 이웃집에도 찾아갔지만 당신이 모를 만한 정보는 하나도 못 얻었어요. 살인 사건이 일어난 날 밤에 올리버가 집에 도착하는 걸 본 사람인데……."

"내일 오후에 들르겠습니다." 그가 내 말을 자르고 말한다.

순간 심장이 멎는 것 같다. "하지만 진짜 할 말이 없어요. 괜찮으면 지금 대강 말씀드릴게요."

"전화로 얘기하는 건 좀 그렇군요. 어차피 그쪽에 볼일이 있으니까 걱정하지 마세요. 오후 2시 괜찮을까요?"

"네, 하지만 정말로……."

"고마워요, 앨리스. 내일 뵙겠습니다."

남은 시간 동안 일에 집중하려고 노력하지만 마음속에 가책이 느껴져 휴대전화에 손이 가다 말다를 반복한다. 토머스 그레인저에게 전화해 굳이 올 필요 없다고 말하고 싶다. 그가 모르는 정보를 전할 생각은 없지만 그와 이야기를 하는 일 자체가 잘못인 것만 같다. 누군가와 상의하고 싶지만 데비가 뭐라고 할지 벌써 짐작이 간다. 그리고 지니에게는 조언을 구할 수 없다. 레오에게 우리 파티에 찾아온 불청객이 사립 탐정이라고 아직 털어놓지 않았기 때문이다. 지니가 알게 되면 마크에게 말할 거고, 그러면 레오 귀에도 자연스레 들어갈 것이다. 하지만 레오에게 그 사실을 털어놓는 건 나여야 한다. 그에게 아직 말하지 않은 이유는 그가 그 얘기를 들으면 경찰에 전화하리라는 걸 알기 때문이다. 토머스 그레인저가 니나의 살인 사건을 조사하는 걸 경찰이 알게 되면 토머스가 곤란해질 것이다. 그건 원치 않는다.

나는 오후 시간 대부분을 허비한 것을 만회하기 위해 저녁 늦게까지 일한다. 날이 어두워졌지만 아직 어젯밤의 충격이 가시지 않아 커튼을 열어놓고 거실에 앉아 책을 읽는다. 그리고 이따금 일어나 다른 주민들이 무엇을 하는지 확인한다. 불이 켜진 집을 보면서 밤이 깊었지만 모두가 잠든 건 아니라는 사실에 위안을 얻는다.

1시쯤 불이 대부분 꺼지고, 나는 밖이 훤히 보이는 창가에 서서 초조해한다. 나는 볼 수 없지만 나를 볼 수 있는 누군가가, 어둠 속에서 기다리고 있는 누군가가 있을 수도 있다. 아직 켜져 있는 몇 안 되는 불빛 속에 탐신네도 있으니 그녀 역시 깨어 있을지 모른다.

자러 가면서 집이 완벽한 어둠 속에 잠기지 않도록 계단의 불을 켜둔다. 하지만 긴장을 풀 수가 없다. 이 집에서 마음 편히 살 수 있을 거라고 나 자신을 속여왔다. 어젯밤에 집에 누가 있는 것 같았다고 하니 지니가 기겁하며 레오와 일이 해결되는 동안 자기 집에서 지내라고 나를 설득하려 애썼다. 그 말대로 해야 했다. 내일은 그렇게 할 생각이다. 레오와 나 사이가 어떻게 될지는 알 수 없지만, 딱 하나는 알 수 있다. 서클에서 계속 살 수 없을 거라는 사실 말이다.

23장

토머스가 2시 정각에 도착한다. 단지 정문에서 올 호출을 기다리고 있던 터라 그가 우리 집 현관 앞에 나타나자 깜짝 놀란다.

"정문 비밀번호가 바뀌었나 확인하려 했는데 그대로더군요." 그가 해명하듯 말한다. 목소리에 못마땅한 기색이 서려 있다.

"아무 주민한테나 얘기할게요." 나는 문을 닫아 그를 따라 들어온 찬바람을 몰아내고 그를 거실로 안내한다. 커피를 권하지 않으면 무례해 보이겠지만 최대한 빨리 그를 치워버리고 싶다. 지난 밤은 무탈하게 넘어갔지만 여전히 이곳에 있고 싶지 않다. 내가 지금 망설이는 건 오직 지니에게 갈 것이냐, 할스턴의 데비에게 갈 것이냐를 결정하지 못해서다.

"오래 걸리진 않을 거예요." 그가 내 마음을 읽고 안심하라는 듯 말한다.

"네, 그래요." 나는 그가 앉을 때까지 기다린다. 그가 탁자에 휴대전화를 내려놓는다. 내가 묻는다. "올리버 누나는 좀 어때요?"

"건강을 말씀하시는 거라면 좋지 않습니다. 하지만 올리버의 누명을 벗기는 일에 어느 정도 진척이 생길 수 있다는 걸 알고 난 후부터 놀랍도록 의욕이 높아졌어요. 당신한테 많이 감사해하고 있어요, 앨리스."

내가 인상을 찌푸린다. "어제 전화로 얘기한 것처럼 당신이 모르는 걸 말해줄 수 있을지 모르겠어요. 당신이나 올리버 누나에게 거짓 희망을 심어주긴 싫어요."

"거짓 희망이 제가 헬렌에게 줄 수 있는 마지막 선물입니다. 정말이에요."

나는 그에게 로나 아주머니에게 찾아갔던 일을 서둘러 말해준다.

"헬렌이, 그러니까 올리버의 누나가 니나가 바람피웠다는 걸 알았나요?"

"경찰 쪽 정보원이 당신 이웃의 증언을 전해주고 나서야 알았습니다."

"그렇다면 결혼 생활에 문제가 있었다는 건요?"

"아니요. 헬렌 말로는, 문제가 있었대도 올리버가 말해줬을 리 없다더군요."

"내 이웃은 올리버가 집으로 들어가는 걸 봤다고 강하게 주장하고 있어요. 하지만 혹시 그가 집에 들어갔다가 다시 나왔으면요? 니나가 내연남에게 이만 정리하자고 말하는 걸 듣고 그들에게 맡기자고 마음먹었을 수도 있죠. 그리고 그가 공원에 앉아 있는 동안 그 남자가 니나를 죽인 거고요."

"나도 그게 사실이길 간절히 바랍니다. 하지만 정말 그랬다면 올리버가 경찰한테 그렇게 말하지 않았을까요? 심지어 변호사가 그렇게 말하는 게 좋겠다고 제안했는데도 올리버는 집에 들어간 적 없다는 입장을 고수했어요."

"당신은 진실이 뭐라고 생각해요?"

"난 올리버를 믿습니다. 그가 거짓말할 이유가 없기 때문이죠. 하지만 당신 옆집 사람, 아무개 여사의 말도 믿습니다." 그가 내게 시선을 고정한 채 몸을 앞으로 내민다. "한번 생각해봐요. 그분이 올리버가 도착해서 차에서 내리는 걸 봤어요. 그 순간 다른 누군가가 몰래 차를 지나 집 안으로 들어간 겁니다. 공원으로 걸어가던 올리버는 그 사람을 못 본 거죠. 반대 방향으로 향하고 있었으니까요. 당신의 이웃은 올리버가 집으로 들어가는 걸 봤다고 생각하고 혹시 그와 니나가 또 다투기라도 할까 봐 창밖에서 시선을 거둔 거예요. 그래서 올리버가 공원으로 걸어가는 걸 못 본 겁니다. 게다가 그가 공원에 있는 걸 봤다고 나서서 얘기하는 사람도 없었죠……. 뭐, 경찰이 보기에는 알리바이가 없으니 그가 거짓말한 셈이 된 겁니다."

나는 토머스가 한 말이 단순한 의견을 넘어 충분히 가능한 이야기라는 걸 깨닫고 천천히 고개를 끄덕인다. 그가 올리버와 로나 아주머니를 모두 믿는다는 게 마음에 든다.

"그러면 우리가 찾아야 할 건 올리버 몰래 그 집에 들어간 사람이군요." 내가 '당신'이 아니라 '우리'라고 말한 것을 깨닫고 얼굴을 붉힌다. "니나가 불륜을 저질렀을지도 모르는 그 남자 말이에요."

"바로 그겁니다."

"내가 이해되지 않는 건 왜 모두가 그토록 빨리 올리버를 진범으로 단정했느냐 하는 거예요. 왜 아무도 다른 사람이 그녀를 죽였을 거라고 믿으려 하지 않죠? 그들이 누군가를 보호하려 한다고 생각해요?"

"네, 그렇게 생각합니다." 그가 조용히 말한다.

"이곳…… 서클 사람이요?"

"그게 아니면 죄를 덮어줄 이유가 뭐겠어요?"

"이곳 사람들이 내가 니나에 대해 질문하는 걸 좋아하지 않는 건 사실이에요. 특히 탐신이요. 니나의 가장 친한 친구였는데, 내가 로나 아주머니를 보러 가는 걸 엄청 싫어했어요." 나는 내가 너무 많은 사실을 털어놓은 걸 깨닫고 말을 멈춘다.

"니나의 절친한 친구였다면 그럴 수 있죠. 그런데 탐신이 빨간 머리 맞죠?"

"네, 어떻게 알아요?"

"니나가 헬렌에게 그녀에 대해 자주 얘기했거든요. 하지만 헬렌이 이름을 기억하지 못해서 정확히 어떤 친구인지 몰랐어요." 그가 휴대전화를 찾아보며 말한다. "함께 요가를 하던 친구가 한 명 더 있었군요."

"이브일 거예요. 우리 옆집에 살아요."

그가 고개를 끄덕인다. "이브 잭맨. 동거인은 있나요?"

"네, 남편 윌과 함께 살아요. 니나가 죽기 다섯 달쯤 전에 이사를 왔어요."

"그렇군요."

그가 고개를 든다. "다른 친구도 있죠. 니나와 훨씬 오래 알고 지
낸 사람이요."

"마리아일 거예요. 알잖아요, 팀과 결혼한 여자요. 수녀원 부속
학교에 다녔다고 그 남편은 메리라고 부르지만요." 내가 무덤덤하
게 말한다.

그가 슬쩍 웃는다. "네, 그 마리아요. 마리아 콘웨이와 남편 팀
말이죠."

"네."

그가 휴대전화를 만지다 말고 주머니에 밀어 넣는다. "고맙습니
다." 그러고는 일어서며 말한다. "다시 한번 말하지만, 내키지 않으
면 아무것도 안 해도 됩니다. 그쪽한테 부담 주기는 싫습니다. 그러
니 먼저 연락하진 않을게요. 뭐든 알게 되더라도 나한테 말하고 싶
을 때 연락해요."

나는 이곳에 오래 있지는 못할 거라고 굳이 말하지 않는다. "헬
렌에게 안부 전해줘요."

"그럴게요, 감사합니다."

그가 나간 뒤 문을 닫고 문에 등을 기댄다. 그를 다신 못 본다는
게 생각보다 훨씬 신경 쓰인다는 걸 깨닫는다. 그에겐 어딘가 위안
을 주는 구석이 있다. 힘든 일이 생길 때 기댈 수 있는, 그런 믿음직
한 사람 같다. 그가 올리버의 누나와 단지 플라토닉한 관계였을 것
같진 않다. 나는 그에게 했던 말을 되짚어보며 혹시 죄책감이 들 만

한 말을 하지는 않았는지 확인한다. 어제 이브가 해준, 니나와 탐신의 불화에 대한 얘긴 꺼내지 않았다. 이브가 왜 그 얘기를 해줬는지도 모르겠거니와 로나 아주머니의 경고가 뇌리를 떠나지 않아 이왕이면 조심하고 싶다. 아주머니가 진짜 내게 소곤거린 게 맞는지 알면 좋으련만. 그렇지만 상관없다. 어차피 떠날 거니까. 물론 떠나기 전에 매듭지어야 할 관계가 몇 있다.

나는 레오에게 전화한다. 그가 곧장 받는다.

"앨리스, 전화해줘서 고마워." 전화기 너머로 안도의 한숨이 들려오자 그에게 내일 집에 와도 좋은지 알려주기로 했던 게 기억난다. 집에 와도 좋다고 하면 기뻐하겠지만, 그때 난 집에 없을 거라고 하면 금방 풀이 죽을 것이다.

"내가 니나가 외도를 했다고 했을 때 왜 펄쩍 뛰었어?" 내가 묻는다.

그가 자신이 짐작하던 용건에서 내가 전화한 목적으로 주파수를 바로잡는 소리가 들리는 듯하다.

"그가 니나의 진범일 수도 있다는 식으로 말하니까."

"그래서?"

"토요일에 테니스를 치는데 폴한테 들은 말이 있어서. 니나가 이 단지 남자 여럿과 어울렸다고 했거든."

내가 인상을 찌푸린다. "심리 치료사로서 말하는 거야? 친구나 이웃은 상담할 수 없는 걸로 아는데."

"아니, 치료 말고. 여러 가지로 도움을 줬던 것 같아. 월과는 대사를 맞춰주고, 코너는 위스키 쪽으로, 뭐 그렇게."

"그게 그 사람들과 바람피웠다는 뜻은 아니잖아."

"그렇게 말한 적 없어."

"그런데 어쩌다 폴과 그런 대화를 하게 된 거야?"

"그냥 우연히 니나와 올리버가 어떤 사람이었는지 물어봤어. 둘 다 언제나 도움을 베푸는 굉장히 좋은 사람들이었다고 하더라. 올리버는 나이 많은 이웃들을 도와 정원 손질 같은 잡다한 일을 자주 거들었대." 레오가 잠시 뜸을 들였다가 말한다. "내 말은 이곳에 사는 많은 사람들이 니나와 친했다는 거야. 여자뿐 아니라 남자도. 그러니 나한테 한 것처럼 여기저기 돌아다니면서 니나가 바람을 피웠고 그 내연남이 그녀를 죽였을지도 모른다는 식으로 말하지 말라는 거야."

"하지만 만약 그녀를 죽인 게 다른 사람이라면 처벌받아 마땅하다고 생각하지 않아?"

"그거야 그렇지, 당연히."

"그게 서클에 사는 누군가라도?"

잠시 정적이 흐른다. 얼굴을 찡그릴 때면 늘 그렇듯 그의 미간에 주름이 두 줄 깊게 파이는 모습이 눈앞에 떠오른다.

"나한테 숨기는 거라도 있어?" 레오가 묻는다.

"모두가 올리버가 진범이라고 생각하는 건 아니야."

"그게 무슨 뜻이야?"

나는 토머스에 대해, 그가 기자가 아닌 탐정이며 올리버가 무죄라고 생각한다고 말해야 하나 말아야 하나 고민하며 집 안을 서성인다. 하지만 토머스가 올리버의 누나와 친구라는 걸 밝히면 당연히 편파적이 될 수밖에 없다고 할 것이다. 게다가 그를 어떻게 만났냐고 묻기라도 하면 그날 저녁 파티에 쳐들어온 불청객이 그리고 말해야 할 테고, 그러면 사립 탐정이건 아니건 간에 토머스의 신뢰도는 바닥을 칠 것이다. 그리고 스스로에게 상기시키듯, 더 이상 이 일은 나와 아무 상관이 없다.

"미덕의 화신과 살인자라는 올리버의 두 이미지를 하나로 합치기가 너무 힘들어." 내가 창가에 멈춰서며 말한다. 마리아와 팀이 아이들을 데리고 공원으로 가다가 정문에서 제프와 수다를 떨고 있다. 그들을 잠시 지켜본다. 니나가 팀과 제프에게도 도움을 줬을까? 윌과 코너에게 한 것처럼?

"그럴 수도 있지. 하지만 당신이 왜 이 일에 개입하려는지 이해가 안 돼." 레오가 내 생각의 흐름을 방해한다. "언니 때문이 아니고서는. 만약 그게 이유라 해도 그냥 둬. 그건 건강한 게 아니야, 앨리스."

나는 그가 말을 더 잇기 전에 전화를 끊는다. 그리고 치료사가 해준 말을 떠올린다. 니나라는 여자들의 삶을 통해 언니의 삶을 살 수는 없다는.

24장

'떠나지 말아요!'

아련하고 부드러운 속삭임이 잠결에 나를 진정시킨다. 겁이 나기는커녕 말의 울림이 잔잔히 남아 나를 빛으로 가득 채운다.

"니나." 내가 웅얼거린다.

그녀의 강렬하고 고요한 존재감이 내 심란한 마음을 진정시킨다.

'당신을 두고 가지 않을게요.' 내가 소리 없이 약속한다. '진실을 밝혀낼게요. 올리버가 아니라면 누가 죽였는지 내가 꼭 찾아낼게요.'

나는 그녀가 떠날 거라 생각한다. 하지만 그녀는 곁에 머물고, 나는 금세 다시 잠에 빠져든다.

내 몸을 포근히 감싸는 평화로운 기운을 마음껏 즐기다 느지막이 일어난다. 어째서 이런 예상치 못한 행복한 기분이 드는지 유심히 생각하다 밤중에 니나의 존재를 느꼈다는 사실을 떠올린다. 언니가 그랬던 것처럼 그녀의 영혼이 이곳에 있었다고, 그녀가 정의가 구현되길 기다리면서 이번 생과 다음 생 사이에 갇혀 있다고 자연스레 믿게 된다. 새 목표에 힘을 받아서 이불을 확 젖힌다. 어디에도 가지 않을 것이다. 내겐 지켜야 할 약속이 있다.

휴대전화가 울린다. 레오에게서 온 문자다.

'오늘 밤에 어떡할지 말해줘.' 심장이 철렁한다. 잠시 고민한 뒤에 그에게 문자를 보낸다. '미안해, 시간이 더 필요해.' 그의 답을 기다리는데 불안하다. 그가 여기 있는 게 싫다는 사실에 죄책감이 든다. '괜찮아, 이해해. 내가 필요하면 언제든 얘기해. xx' 두 눈에 눈물이 고인다. 우리 둘, 한때는 정말 좋았는데.

나는 토머스를 생각한다. 그가 마흔네 살 전후라는 건 짐작했지만 헬렌과 무슨 사이인지는 아직 모른다. 하지만 헬렌의 이름을 언급할 때마다 토머스의 눈빛이 다정하게 변하는 걸 눈치챌 수 있었다. 친구든 아니면 그 이상이든 그녀에게 남은 시간이 얼마 되지 않는다는 걸 아는 기분은 어떨까. 상상이 안 된다. 레오는 그저 언니의 이름이 니나라는 이유로 내가 니나 맥스웰 살인 사건에 집착한다고 생각하지만 틀렸다. 내 남편이나 동생이 살인자라는 누명을 쓴다면 나 역시 진실이 밝혀지길 바랄 것이다. 그리고 이 단지에서 지낸 시간이 비교적 짧다 보니 밝혀야 할 진실이 있다는 확신이 든다.

나는 토머스에게 전화를 건다.

"할 말이 있어요."

"네?"

니나가 친한 친구들의 남편을 비롯해 이웃들을 도와줬다는 레오의 이야기를 전하는 동안 그가 내 말을 경청한다.

"솔직하게 말해줘서 고마워요." 내가 이야기를 끝내자 그가 말한다.

"이상한 일이 있어서 말해주는 것뿐이에요. 지난번 로나 아주머니 집에 가서 니나에 관해 물어보고 나오는데, 아주머니가 제 귀에 대고 '아무도 믿지 마요'라고 속삭이는 걸 똑똑히 들었어요."

"맞는 말일 수도 있습니다. 니나 사건을 들여다보면 들여다볼수록 비밀이 많다는 생각이 들어요."

"그러니까요. 하지만 중요한 건 그게 아니에요. 아주머니가 남편이 집에 없다고 해놓고 소곤거려서 이상하다고 생각했거든요. 그러다 집에 돌아와 얼마 안 돼서 그 집 아저씨가 차고에서 나오는 걸 봤어요. 그러니까 아주머니가 거짓말한 걸 수도 있어요. 정원용 신발을 신었으니 정원에 있었던 걸 수도 있지만요."

"대화를 나눌 때 아주머니가 어때 보이던가요?"

"겁을 먹은 것 같진 않았지만 확실히 불편해 보였어요. 어쩌면 아저씨가, 만약 거기 있었다면 말이에요. 저와 아주머니가 대화하는 걸 싫어할까 봐 걱정했을 수도 있어요. 그곳에 다른 누군가가 있던 게 아니라면요. 아주머니가 저와 대화하는 걸 싫어하는 누군가가요." 내가 잠시 멈춘다. "미안해요, 이만 끊을게요."

"무슨 일 있으세요?"

그가 묻지만 나는 전화를 끊는다. 방금 스친 생각 때문에 심장이 곤두박질친다. 그날 로나 아주머니 집을 나선 지 불과 2분 만에 탐신이 우리 집에 나타나 아주머니에게 질문하지 말라고 내게 경고했다. 그땐 그녀가 내가 그 집에서 나오는 걸 보고 그곳에 찾아간 이유를 짐작했을 거라고만 생각했다. 하지만 그녀가 내내 그곳에 있었다면? 나와 대화하지 말라고 경고하기 위해 아주머니를 찾아갔는데 때마침 내가 들른 거라면? 지척에서 그녀가 우리의 대화를 엿들었고, 그래서 아주머니가 그토록 긴장한 거라면? 그러면 내가 로나 아주머니와 무슨 대화를 나누었는지 탐신이 알았다는 게 설명이 된다.

나는 한숨을 내쉰다. 내가 자처한 입장 때문에 곤혹스럽다. 동생 부부의 살인 사건에 감춰진 진실을 밝히고자 하는 헬렌을 돕고 싶은 마음과 이곳에서 친구를 만들고 싶은 마음, 양쪽 모두에 발을 담그기가 갈수록 힘들어진다.

저녁이 되고, 어젯밤과 마찬가지로 다른 집들을 살펴본 다음 거실에서 늦게까지 일한다. 마음이 계속 옆길로 빠져 니나에게로 향한다. 잠자리에 들면서도 그녀를 생각한다. 이브가 암시한 것처럼 니나가 나쁜 사람일 거라는 생각은 더 이상 하지 않는다. 그녀가 정말 탐신을 멀리했다면 그럴 만한 이유가 있었을 것이다. 탐신이 그녀의 기분을 상하게 하는 말이나 행동을 했을 수도 있다. '정말 그런 거예요, 니나?' 혹시 오늘 밤에도 그녀의 존재를 느끼게 될까 봐 속으로 묻는다.

다음 날 아침, 간밤에 그녀를 느끼진 못했지만 어제만큼 상쾌한 기분으로 아침에 눈을 뜨면서 그녀가 그곳에서 잠든 나를 바라봤다는 걸 확신한다.

누군가 초인종을 누른다. 이브다.

"들어와요." 그녀를 보니 기쁘다. 그때 그녀의 어깨 너머로 탐신이 공원을 지나 집으로 서둘러 걸어가는 게 보인다. 이브가 순수한 목적으로 나를 찾아온 것 같진 않다.

"잘 지냈어요?" 그녀가 부엌으로 따라 들어오면서 묻는다.

"그럼요. 이브는요?"

그녀가 의자를 꺼내 앉는다. "잘 지냈죠. 화요일 오전 늦게 찾아오려고 했는데 밖으로 나가더라고요."

"네, 점심 먹으러 나갔어요."

그녀가 고개를 끄덕인다. "친구요?"

내가 웃는다. "당연히 친구죠. 아니면 누구랑 먹겠어요?"

그녀가 의자에 앉은 채로 자세를 바꾼다. "또 모르죠……. 어쩌면 그 기자인지도?"

내가 반대편 의자를 끌어당기며 시간을 번다. 어제 토머스가 온 걸 봤을까?

"기자요?"

"네, 니나의 살인 사건에 대해 말해줬던 여자요."

"아." 내가 식탁 위에서 머리카락을 발견하고 슬쩍 바닥으로 쓸어 버린다. 머리가 빠지는 것에 스트레스를 받으면 받을수록 탈모가 더 심해지는 끔찍한 악순환이 벌어지므로 내 머릿속에서 '무시해! 무시해'라는 소리가 울린다. "아니요, 지니라는 친구와 점심 먹었어요."

"혹시 또 연락 왔어요? 그 기자 말이에요." 이브가 내 얼굴이 일그러지는 걸 알아채고 당황해 덧붙인다. "미안해요. 탐신이 궁금해서요."

"자칫하면 탐신이 뭔가 숨긴다는 생각이 들지도 모르겠군요." 내가 부드러운 어조로 대꾸하자 이브가 설명한다.

"탐신이 걱정하는 것도 당연해요, 앨리스. 모두 이제 겨우 살인 사건을 잊기 시작했고, 그 일이 다시 소환되는 걸 원치 않아요." 내가 아무 말도 하지 않자 그녀가 한숨을 내쉰다. 그리고 단어를 주의 깊게 선택하며 말을 잇는다. "실은 니나가 살해당하고 올리버가 체포되기 전, 그러니까 니나가 바람을 피웠다는 걸 알고 난 직후에 니나의 모든 친구들이 혹시 자신의 남편이 그 내연남이 아닐까 잠시 의심했어요. 아주 잠깐이었대도 그건 부인할 수 없어요. 그런 뒤에는 친구들의 남편에게로 눈을 돌려 그중에 그 남자가 있지 않을까 의심하기 시작했죠. 정말 끔찍했어요, 앨리스. 우리 모두 이곳에 사는 어느 누가 니나와 바람을 폈는지 알아내려고 남모르게 안간힘을 썼어요."

"왜 그렇게 생각한 거예요?" 내가 모르는 척 물어본다.

이브가 어깨를 살짝 으쓱한다. "니나는 인기가 굉장히 좋았어요. 남을 도와주는 걸 좋아했고 시간도 흔쾌히 내주었죠. 니나가 윌의 대본 연습을 도와주며 얼마나 많은 시간을 함께 보냈는지 하느님은 아실 거예요. 니나가 옛날에 아마추어 연극 같은 데서 연기를 했다면서 윌이 배우인 걸 알고 얼마나 좋아했는지 몰라요. 난 질투심과는 거리가 먼 사람이라 월이 니나를 보러 가거나 말거나 전혀 개의치 않았죠. 오히려 니나가 월을 도와줄 수 있어서 기뻤어요. 솔직히 그가 똑같은 대사를 반복하는 걸 듣노라면 좀 지겨웠거든요. 하지만 정말이지, 그녀가 바람피웠다는 얘기를 들었을 때는 아주 잠시지만, 큰일 났다 싶었어요. 터놓고 상의한 적은 없지만 마리아와 탐신도 마찬가지였을 거예요."

"왜요?"

"팀이 전문 분야를 넓히기로 했을 때 니나가 다양한 분야를 살펴보도록 도와줬거든요. 팀이 심리 치료를 선택한 건 니나 때문이에요. 그리고 코너는 항상 니나에게 시음용 위스키를 가져왔어요. 이 단지에서 위스키를 잘 아는 유일한 사람이 니나였으니까요. 부모님이 은퇴하시기 전까지 증류주 공장을 운영하셔서 어려서부터 그쪽은 전문가였다고 농담도 하고 그랬어요. 둘 다 스코틀랜드 혈통이라는 유대감도 있었던 것 같고요." 그녀가 몸을 앞으로 내밀어 나를 진지한 눈빛으로 쳐다본다. "하지만 중요한 건, 아무도 개의치 않았다는 거예요. 올리버도, 우리 아내들도요. 우리 모두 니나를 사랑했고, 올리버가 집을 자주 비운 덕에 그녀가 우리네 남편들을 다방면으로 도울 시간이 많다는 게 좋았어요. 그리고 남자들만 도운 것도 아니에요. 일주일에 한 번 저녁 시간에 자기 집에서 예비 엄마들을 위한 요가 수업을 열었는데, 그 시작이 탐신이 펄을 임신했을 때였어요. 한 달에 한 번 독서 모임도 운영했고요. 허구한 날 사람들이 그녀의 집을 들락거렸죠. 월이 가 있는데 코너가 위스키를 들고 나타나는 바람에 그녀가 나까지 불러 우리 넷이 몇 시간씩 수다를 떤

적도 간혹 있었어요."

"그녀가 바람피울지도 모른다고 의심한 적은 한 번도 없었어
요?" 이브가 이미 레오한테 들은 내용을 솔직하게 말해줘서 기쁘다.

"전혀요. 그래서 정말 충격이었어요."

"모두가 서로를 의심했다니, 어땠을지 상상이 안 되네요."

"정말 괴로웠어요. 특히 누군지는 몰라도 그 내연남이 살인범일
것 같다는 생각이 가장 먼저 들어서 더 힘들었어요. 끔찍한 소리지
만 올리버가 잡혔을 때 다행이다 싶었으니까요. 상상도 못 할 만큼
충격이 컸지만 동시에 안심이 되기도 했어요. 누가 그녀를 죽였는
지 알았으니 다시 일상을 살아갈 수 있었죠. 더 이상 두렵지 않았어
요. 니나가 바람을 폈다고 해도 그 남자가 살인 용의자가 아닌 이상
상관없었어요. 무엇보다 니나가 죽었기 때문에 그자의 이름을 알아
내는 게 중요하지 않았죠. 중요한 건 그녀를 죽인 범인이 돌아와서
다른 사람을 죽이지 않을 거라는 사실이었어요."

"그러면 여전히 올리버가 진범이라고 믿어요?"

"네."

"그렇게 믿는 게 편해서겠죠." 내가 부드러운 목소리로 단언한
다. "혹시 니나를 죽인 진범이 아직 멀쩡히 돌아다닌다면 어떡하겠
어요?"

이브의 표정이 불편해 보인다. "아닐 거예요." 그녀가 휴대전화
를 꺼내 화면을 확인한다. "미안해요, 앨리스. 급히 가볼 데가 있어
서요." 그녀가 일어선다. "미용실 예약이 있거든요. 내일 탐신네서
커피 마실 때 봐요."

그녀가 이 자리를 벗어날 수 있어 안도하는 게 눈에 보인다. "네, 내일 봐요."

나는 문을 닫고 그녀가 한 말을 곰곰이 생각한다. 이브가 믿어줬으면 하는 것처럼 니나의 진범을 그렇게 쉽게 단정할 수 없다는 확신이 그 어느 때보다 강해진다. 누군가 무언가를 숨기고 있다.

그런데 누구일까?

25장

다음 날 아침, 나는 탐신네에 함께 가려고 이브를 기다리고 있다. 하지만 창밖으로 급한 볼일이 있는 사람처럼 집에서 서둘러 나오는 이브를 발견한다. 시계를 확인하니 겨우 10시다. 10시 반 약속이니 분명 그 전에 조깅을 하려는 것일 테다. 그런데 운동복 차림이 아니다.

나는 서둘러 2층 레오의 서재로 올라가 이브가 공원을 가로질러 가는 모습을 지켜본다. 그녀가 공원 끝에 다다를 때쯤 정문으로 직행하지 않고 왼쪽으로 방향을 틀어 곧장 탐신네로 향한다. 탐신이 10시 반이 아니라 10시라고 한 게 틀림없다. 나는 시간을 잘못 알았다는 걸 깨닫고 아래층으로 뛰어 내려가 운동화를 신고 서둘러 집을 나선다. 이브가 나를 데리러 오지 않다니 이상하다. 내가 이미 도착했을 거라 생각했나 보다.

뛰어간 덕분에 이브보다 겨우 몇 분 늦게 도착한다. 몇몇 이웃집처럼 현관문이 닫혀 있어서 덧문을 여는데 탐신과 이브가 문 바로 안쪽 복도에서 말하는 소리가 들린다. 막 노크를 하려고 할 때 내 이름이 언급된다.

"기자가 다시 연락한 적 없다고 앨리스가 분명히 말했어요?" 탐신이 묻는다.

"아니, 정확히 그렇게 말한 건 아니에요."

"화요일에 어디 갔는지 물어봤어요?"

"친구와 점심 먹으러 갔대요."

"그 말을 믿어요?"

"네, 안 믿을 이유가 뭐예요?"

"하지만 기자가 다시 연락한 적 없다고는 안 했죠?"

"네, 질문을 피하는 듯했어요."

"걱정돼요, 이브. 그녀가 뭐라도 알아내면 어떡해요?"

"이를테면요?"

"니나를 죽인 진범 같은 거요."

나는 온몸이 얼어붙듯 꼼짝할 수 없다.

"아, 탐신, 또 그 난리를 시작하려는 건 아니죠?"

이브가 한숨을 억누르는 듯한 소리를 낸다.

"올리버는 니나를 죽이지 않았어요, 이브." 탐신 목소리다.

심장이 철렁 내려앉는다.

"증거라도 있다는 듯이 말하네요." 이브의 목소리에 날이 서 있다. "탐신, 혹시 올리버가 니나를 죽이지 않았다는 증거라도 있어요? 만약 그런 게 아니면 올리버가 범인이라는 걸 받아들여야 해요."

"공원에 가서 앉아 있곤 했어요."

"누가요?"

"올리버요." 탐신의 목소리에 울음이 묻어 있다. "니나가 언젠가 말해준 적 있어요. 올리버가 장시간 근무를 마치고 집에 돌아오면 가끔 주차장에 차를 세우고 잠시 공원에 앉아서 머리를 비우곤 했다고요. 올리버가 공원으로 들어가는 걸 보고 니나도 종종 함께하곤 했대요."

"그렇지만……. 경찰한테는 말했어요?" 이브의 목소리가 겁에 질려 있다. 나는 무슨 말이 들릴지 몰라서 불안해하며 한 걸음 뒤로 물러선다. 여길 뜨고 싶다, 떠야 한다. 두 사람의 대화가 끝난 다음에 다시 돌아와야 한다. 하지만 진입로를 따라 돌아가는 내 발소리를 그들이 들을까 봐 겁나기도 하고 어차피 뒤로 물러나 있어서 대화도 명확히 들리지 않는다. 그때 그들이 인기척을 알아챈 것 같아 내가 황급히 숨을 들이마신다. 심장이 또 쿵 내려앉는다. 탐신이 정말 코너와 니나의 관계에 대해 얘기를 꺼낸 걸까? 그럴 리 없다. 하지만 지금 이브가 탐신에게 남편과 대화해보라고 하는 말이 들린다. 그 말로 미루어봤을 때 했을 수도 있다. 잠시 후 이브가 월에 관해 뭐라고 하면서 '니나를 만났다', '울타리의 구멍' 같은 단어를 말하자 나는 더욱 혼란스러워진다.

"위협을 느끼면 누구나 살인자가 될 수 있어요." 탐신의 목소리가 너무 날카로워 그녀의 그 말은 온전히 귀에 들어온다.

이브의 대답은 건너뛰고 다시 내 이름이 들린다. 이러다 엿듣는 걸 들킬 듯해 심장이 멈추기 직전이다. 하지만 안쪽 문이 열리는 대신 그들의 발소리가 복도 안쪽으로 사라진다. 긴장이 풀려 맥없이 있다가 아직 그들을 대면할 일이 남은 것을 깨닫는다. 어떻게 그들을 마주할지, 어떻게 그들과 앉아서 커피를 마실 수 있을지 모르겠다. 내가 엿들은 내용 때문이기도 하지만 애초에 대화를 엿들었다는 수치심이 더 크다. 하지만 감수해야 한다.

나는 잠시 기다렸다 축축한 손바닥을 청바지에 문지르고 나서 심호흡한 뒤 노크를 한다.

탐신이 문을 연다.

"미안해요, 늦었어요." 내가 뛰어온 것처럼 숨을 살짝 헐떡이며 말한다.

내가 5분 동안 현관에 서 있었다는 걸 안다는 듯한 표정으로 탐신이 나를 마주본다.

"안 늦었어요. 열시 반이라고 했잖아요."

"아, 미안해요." 내 두 뺨이 붉어진다. "이브가 집에서 나가는 걸 봤거든요. 내가 시간을 착각했나 했어요. 나중에 다시 올까요?"

그녀가 문을 활짝 연다. "뭐 하러 그래요. 들어와요."

"고마워요."

운동화를 천천히 벗으려 하지만 아까보다 훨씬 더 허둥거린다. 나는 그녀를 따라 복도를 지나 부엌으로 간다. 부엌은 모든 게 가지런히 줄 맞춰 늘어서 있고 잡동사니도 하나 없어 굉장히 간소해 보인다. 조리대에 요리책이 그득 쌓여 있고 냉장고 문에 사진이 잔뜩 붙어 있는 내 부엌과 비교하면 너무 깨끗하다. 그리고 차분하다. 불현듯 자신감이 솟는다. 난 할 수 있다.

"안녕, 앨리스." 이브가 손을 흔든다. "탐신의 깔끔 하우스에 오신 걸 환영해요."

"대단해요." 내가 주변을 둘러보며 말한다. "어린아이가 둘이나 있는 집이 이렇다니 존경스러워요."

"난 집이 깔끔해야 해요. 그게 내가 정말 통제할 수 있다는 기분이 드는, 내가 책임진 유일한 일이에요." 탐신이 살짝 웃는다. "내 인생에서 내 것인 유일한 부분이요."

또다시 그녀의 여린 구석이 고개를 내민다. 커피 주전자를 들고 다가오는 그녀에게 내가 미소를 지으며 말한다.

"우리 모두 때때로 통제력을 상실한 것 같은 기분을 느끼죠. 나도 살인 사건에 대해 알고 나서 그랬거든요."

탐신의 몸이 굳는 게 느껴진다. 말을 다시 주워 담을 수 있으면 좋으련만. 조금 전 그런 말을 듣고 곧장 살인 사건 얘기를 꺼내선 안 되는데…….

"어떤 점에서요?" 이브가 나를 구해준다.

"사실인 줄 알았던 모든 것들이 사실이 아니었으니까요. 집은 내가 생각한 집이 아니었고, 레오도 내가 생각한 레오가 아니었고요. 머릿속으로 차곡차곡 쌓아 올린 미래가 내 눈앞에서 무너지는 걸 봤어요. 내가 제어할 수 없는 일들이 벌어졌죠. 과장처럼 들릴 수도 있겠지만 끔찍하리만치 위태로웠어요."

"지금은요?" 탐신이 묻는다. "다시 통제한다는 기분이 들어요?"

"많이 좋아졌어요. 아직 2층에서 자는 건 힘들지만 이제 겨우 혼자 집에서 지낼 수 있게 됐어요. 게다가 어제 레오한테 좀 떨어져 있자고 말해서 그이도 이번 주말엔 버밍엄에서 지낼 거예요.”

탐신이 눈썹을 치켜올린다. “그러겠대요?”

“네, 당분간요.”

그녀가 집에서 만든 귀리 비스킷 접시를 내 쪽으로 밀며 묻는다. “차라리…… 떠나는 건 생각 안 해봤어요?”

“이제 그건 선택지에 없어요.” 내가 비스킷을 집으며 말한다.

“왜요?”

“탐신.” 이브가 경고하듯 낮은 목소리로 탐신을 부른다.

탐신이 어깨를 으쓱한다. “미안해요. 그쪽이 떠났으면 해서가 아니라 그냥 궁금해서 그래요. 그게 다예요. 아래층에서 잔다는 건 아직 집이 불편하다는 의미잖아요.”

“맞아요, 아직 아주 편하진 않아요. 하지만 노력 중이에요.”

이브가 탐신과 재빠르게 시선을 주고받더니 말한다. “그 기자가 다시 연락했다가 앨리스가 아직 여기 사는 걸 알면 깜짝 놀라겠어요.”

어설프지만 이브는 탐신이 궁금해하는 걸 알아내려는 의도다. 나는 달갑지 않은 문제를 얼른 치워버리기로 결심한다.

“걱정하지 말아요. 다시 연락 오면 그냥 내버려두라고 할 거니까.”

“그러면 그날 이후로 아무 연락 없었어요?” 탐신이 묻는다.

“네.”

탐신이 몸에 힘을 빼고 긴장을 푸는 모습이 풍선에서 바람이 빠지는 장면을 연상시킨다. 그녀가 한참을 굶주린 사람처럼 비스킷을 잡고 한 조각 베어 물더니 다 먹기 무섭게 또 한 조각을 베어 문다. 탐신은 감정이 허기질 때까지 내버려두지만 나는 반대로 감정의 허기를 미리 채우는 사람이라는 걸 지금에야 깨닫는다. 생각해보니 불안을 누그러뜨리고 없애기 위해 냉장고 문을 활짝 열어놓은 채 그 앞에 서서 허기를 달랜 적이 꽤 있다.

매끈한 회색 서랍장 위에 아름다운 가족사진이 놓여 있다. 탐신, 코너, 딸아이 둘이다.

"앰버는 탐신을 닮았어요." 내가 찬찬히 보며 말한다.

"펄은 코너를 닮았고요." 이브가 말한다.

"네, 그렇군요. 펄의 코는 코너를 닮았네요." 내가 탐신을 향해 몸을 돌린다. "이때는 머리가 훨씬 길었군요."

그녀가 비스킷을 하나 더 집는다. "앨리스처럼 길었는데 니나가 죽고 나서 잘랐어요."

"어머나." 내가 말한다.

"나도 왜 그랬는지 모르겠지만 그땐 자르고 싶은 마음이 너무 강했어요. 니나의 머리칼이 잘렸다는 얘기를 듣고 본능적으로 살인자가 긴 머리에 패티시가 있다는 생각이 들었거든요. 그래서 그자가 돌아와 나를 죽일 경우를 대비해 스스로를 보호하고 싶었죠. 어쩌면 어떤 방식으로든 니나를 기리고 싶은 무의식적인 욕망 때문이었는지도 몰라요. 앰버가 내 머리를 보고 어찌나 울던지 다시 기르겠다고 약속했어요." 그녀가 체념의 미소를 짓는다. "기르려면 아직 한참이지만요."

"나도 엄청나게 길었어요." 이브가 말한다. "오래전, 열일곱쯤에요. 난 나이 들어 보이고 싶어서 잘랐어요. 키는 작은데 머리가 기니까 인형처럼 보이는 거예요. 게다가 그때는 머리카락 색도 짙었거든요."

"그때 자르면서 금발로 염색한 거예요?"

"네, 별생각 없었는데 미용사가 추천해줬어요. 윌이 난리 쳤죠. 처음에는 짧은 머리를 엄청 싫어했어요. 지금은 좋아해요, 이 분홍색 끝부분까지요."

"나도 자를까 생각 중이에요." 내가 말한다.

탐신이 얼굴을 찡그린다. "왜요? 긴 머리가 너무 예쁜데."

"탈모 때문에요. 부모님과 언니가 사고를 당하고 나서 머리칼이 한 움큼씩 빠졌어요. 너무 심각해서 스트레스가 정말 컸죠. 그런데 또 시작됐어요."

"그래서 올려 묶은 거예요?"

"네."

"감을 때 주로 빠져요?" 이브가 묻는다. "그러면 내가 진짜 좋은 샴푸를 추천해줄게요."

"아니요, 그건 아니에요. 샤워할 때도, 심지어 빗질하고 나서도 크게 눈에 띄진 않아요. 적어도 평소보다 심한 건 아니에요. 그런데 집 안 여기저기, 특히 부엌에서 계속 발견돼요. 그러니 최악이죠. 음식에 들어갈 수도 있잖아요. 머리가 짧으면 그냥 지나치겠죠. 관리하기도 훨씬 쉬울 거고요."

"그렇지도 않아요. 여기에……." 이브가 자신의 머리칼을 가리킨다. "젤은 얼마나 들고, 인내심은 또 얼마나 필요한데요."

내가 탑신에게 시선을 돌린다. "이브가 그러던데 모델이었다면서요? 그때 코너를 만난 거예요?"

"네, 런던 패션위크 때 파티에서 만났어요. 처음엔 너무 거만해 보여서 전혀 관심이 없었어요. 그래서 그이가 어떤 남자가 좋냐고 묻기에 함께 극장에도 가고 클래식 음악도 듣고 몇 시간 동안 내 곁에 앉아 책을 읽는 남자가 좋다고 했죠. 그런 덴 전혀 관심이 없는 사람일 것 같아서 기분 상하지 않게 잘 거절했다 싶었어요. 그런데 그가 저보고 운이 좋다면서 며칠 뒤에 〈템페스트〉 티켓을 보내지 뭐예요. 너무 보고 싶은 연극이라 같이 갔죠. 그다음엔 콘서트에, 그다음엔 주말여행을 함께 떠나 비가 오는 오후 내내 웅크리고 앉아서 책을 읽었어요. 나와 너무 잘 맞는 사람이라 사랑에 빠지지 않을 수가 없었죠." 그녀가 커피를 한 모금 마신다. "남자한테 관심이 없다고 말할 걸 그랬어요. 그러면 혼자 내버려뒀을 텐데요."

"하지만 취미가 같으니 얼마나 좋아요." 그녀의 마지막 말이 단호해 내가 놀라서 대꾸한다.

그녀가 고개를 흔든다. "안 그래요. 결혼하자마자 극장, 클래식 공연, 책 전부 끝났어요. 이젠 보고 싶은 게 생기면 친구와 같이 가라 그래요." 그녀가 피식 웃는다. "내가 결혼한 그 남자가 더 이상 존재하지 않는다는 사실을 받아들이는 게 참 힘들어요."

"그 마음 이해해요." 내가 레오를 생각하며 조용히 말한다. "레오와 난 결혼한 건 아니지만요."

"결혼 생각은 없어요?" 이브가 묻는다.

"딱히요. 레오는 결혼을 믿지 않아요. 행복한 부부를 본 적이 없대요."

"우리는 행복한데요." 이브가 반박한다.

"아, 됐어요." 탐신과 내가 동시에 말한다. 우리 셋은 웃음을 터트린다.

이브와 함께 공원을 지나 돌아와 각자 집으로 헤어진다. 나는 서재로 들어가 책상 앞에 앉는다. 일을 시작해야 하지만 탐신이 했던 말이, 올리버가 일을 마치고 귀가할 때 공원에 가서 가끔 앉아 있었다고 니나에게 들었다는 말이 머리를 떠나질 않는다. 탐신이 그 사실을 경찰에 털어놓았는지, 그녀가 이브의 질문에 뭐라고 답했는지 알면 얼마나 좋을까. 물론 그걸 말하지 않는 건 범죄니까 분명 털어놨을 것이다. 그러다 그녀가 코너와 니나의 관계에 대해 얘기를 꺼냈다는 게 기억난다. 그녀가 코너를 보호하기 위해 올리버에게 유리한 정보를 숨겼을까? 하지만 탐신이 코너가 니나와 바람피웠다고 확실히 말했는지 장담할 수 없다.

그리고 이브가 우리 집 사이에 놓인 울타리의 구멍에 대해서도 언급했다. 윌이 자기 집과 니나 집을 들키지 않고 넘나들 수 있었다는 걸 암시할 생각이었을까? 그런데 탐신은 왜 위협을 느끼면 누구나 살인자가 될 수 있다고 했을까? 누군가 코너나 윌이 니나와 바람을 피운 걸 알고 그들에게 폭로하겠다 협박했을까? 탐신이나 이브가 남편이 니나 때문에 자신을 떠날지도 모른다는 생각에 위기감을 느낀 걸까? 코너, 윌, 탐신, 이브. 모두 니나를 죽일 동기는 충분했다.

내게 그토록 다정하게 대해주었던 이웃 모두를 일말의 거리낌도 없이 살인 용의자로 의심한 스스로가 갑자기 부끄러워 책상에 머리를 대고 낮게 신음한다. 심지어 코너나 팀은 잘 알지도 못한다. 지난 금요일에 마리아네에 가지 않은 내 잘못이다. 나는 잠시 생각하다 책상에서 고개를 들고 휴대전화를 쥔다.

"내일 저녁에 두 분 다 시간 되세요?" 내가 이브에게 전화를 걸어 묻는다.

"네." 그녀가 기쁘다는 듯 답한다. "그럼 레오가 돌아오는 거예요?"

"아니요, 나 혼자예요. 그래도 괜찮죠?"

"물론이죠!"

"탐신과 코너 부부랑 팀과 마리아 부부도 초대할 거예요. 어쩌면 폴과 카라도요." 레오에게 니나가 이웃들을 도와줬다고 얘기해준 사람이 폴이라는 걸 떠올리고 덧붙인다. "어때요?"

"정말 좋아요. 인원이 많은데 괜찮겠어요?"

"네, 걱정 말아요. 카레처럼 간단한 걸 준비하려고요."

"그러면 윌과 나는 티라미수를 가져갈게요. 그이 할머니가 주신 레시피로 만든 거예요!"

"멋지네요, 고마워요."

마리아와 팀은 시간이 되지만 카라와 폴은 안 된다고 한다. 탐신은 코너와 얘기해봐야 한다고 말한다. 잠시 후 탐신이 전화해서 코너가 둘을 위해 아무 계획도 세워놓지 않았다고 확인시켜준다.

"혹시 그이가 깜짝 선물로 연극 티켓을 사지나 않았을까 확인해본 거예요." 그녀가 농담을 던진다.

"좋아요." 내가 웃으며 답한다. "그럼 7시에 봐요."

26장

한밤중, 누군가 방에 있는 걸 느낀다. '니나일 뿐이야.' 공포에 사로잡히기 전에 스스로 이렇게 상기시킨다.

'당신을 죽인 살인범이 아직 살아 있는 거죠.' 내가 그녀에게 말한다. '내가 그자를 찾을게요.' 하지만 머릿속에 떠오르는 건 니나 맥스웰이 아닌 언니의 얼굴이다.

나는 아침에 눈을 뜨자마자 밤중의 일을 떠올리고 이유 모를 두려움에 사로잡힌다. 나는 누구를 위해 이 일을 하고 있는 걸까? 언니의 죽음에 내 생각만큼의 정당한 보상을 못 받았으니 니나 맥스웰은 그렇게 만들지 않겠다고 스스로 다짐한 것 때문일까? 법이 잘못 집행된 게 아닐 수도 있는데 비밀리에 조사를 돕겠다고 나서는 걸 어떻게 정당화할 수 있을까?

그때 편지가 도착한다. 우체부가 문 사이로 편지를 밀어 넣는다.

손편지를 받는 건 드문 일이기 때문에 봉투를 유심히 살피며 누가 보냈는지 짐작하려 애쓴다. 글씨체가 낯설다. 살짝 흔들린 획을 보니 나이가 많은 사람이다. 로나 아주머니가 떠오르지만, 봉투를 열어 안에 든 종이 한 장을 꺼내 펼치는 순간 누군지 바로 알아챈다.

앨리스에게

올리버와 니나에 대해 마다하지 않고 들어줘서 개인적으로 고맙다는 인사를 하고 싶었어요. 못 도와줄 수 있다는 거 알아요. 도와주기 싫을 수도 있겠죠. 하지만 올리버가 범인이 아닐 수 있다고 생각해준 것만으로도 얼마나 고마운지 몰라요. 동생을 잘 알던 사람들마저 그렇게 쉽게 돌아섰는데 말이에요. 더 길게 쓰지 못하는 걸 용서해줘요. 내 형편없는 손글씨도요. 토머스가 내 상황을 설명해줬을 테니 이해해줄 거라 믿어요. 언젠가 만나볼 수 있기를 진심으로 기대해요.

따뜻한 마음을 담아,
헬렌

헬렌이 내 주소를 어떻게 알았을지 잠시 생각하다가 그녀의 동생이 이곳에 살았다는 사실을 기억해낸다. 편지를 봉투에 다시 넣는데 가슴이 뭉클하면서 토머스를 돕는 데 가졌던 의구심이, 처음 생겼을 때만큼 빠르게 사라진다. 그렇다고 그에게 코너나 윌, 그 밖의 다른 사람들에 대한 내 사적인 의견을 말할 생각은 아니다. 그저 사람들이 뭐라고 했는지 전하고 그가 알아서 결론을 내리도록 할 생각이다. 올리버가 니나를 죽이지 않았고, 누군가 또 살해되기라도 한다면 이웃의 비위를 맞추려고 옳은 일을 하지 않은 나 자신을 절대 용서하지 못할 것 같다.

어젯밤에 스토크뉴잉턴에서 쇼핑한 덕에 오늘 저녁거리는 거의 다 준비됐다. 하지만 고수를 깜박해 재킷을 걸치고 가까운 가게로 향한다.

공원을 바삐 가로지르다 놀이터에 있는 팀과 아이들을 보고 손을 흔들어준다. 미처 생각지 못했던 차가운 바람이 핀으로 고정시킨 내 머리채를 잡아당긴다. 좀 더 따뜻하게 입고 나올걸 후회하며 재킷 단추를 목까지 채운다. 청과상에 금방 도착해 원래 사려던 고수에 알이 굵은 진보랏빛 포도송이와 배, 사과, 오렌지를 추가한다. 포도가 있으니 바로 옆 식품점에 들러 말랑말랑한 치즈도 몇 개 산다. 조금 떨어진 곳에 꽃가게가 있어서 로나 아주머니에게 줄 연분홍 장미 다발도 충동적으로 산다. 이따가 들고 찾아갈 생각이다. 어쩌면 아주머니와 단둘이 얘기를 나눌 수 있을지도 모른다.

커피를 마시고 싶어 전에 가본 적 있는 길 건너편 카페로 향한다. 근처에 도착했을 때 김이 모락모락 나는 머그컵을 앞에 두고 창가에 앉아 있는 탐신을 발견한다. 걸음을 돌리려는데 그녀가 내 시선을 알아차리고 고개를 든다. 내가 어색하게 미소를 보이며 그냥 지나갈 것처럼 손을 흔든다. 하지만 그녀가 벌떡 일어서더니 문가로 다가온다.

"잠깐 커피 한잔할래요?" 그녀가 자동차 소음을 뚫고 소리친다.

"그럴까요?" 그녀가 물어봐준 게 기뻐서 내가 승낙한다.

왁자지껄하고 활기 넘치는 말소리 사이사이로 커피머신에서 증기가 분출되는 소리, 그릇이 달가닥거리는 소리, 날붙이가 접시에 쨍하고 부딪히는 소리가 들리는 이 카페가 좋다. 후덥지근하고 사람도 많지만 너무 붐비진 않아 옆 좌석의 대화 소리가 간간이 들리는 점도 좋다. 커피와 갓 구운 케이크 냄새가 공기 중에 짙게 배어 있다.

"바빴나 봐요." 탐신이 내 장바구니를 가져가 깨끗이 청소된 나무 탁자 아래로 내려놓으며 말한다. "저녁거리예요?"

"몇 가지는요."

그녀가 장미를 보고 마음에 든다는 듯 고개를 끄덕인다. "난 자신을 위해 꽃을 사는 여자가 좋아요. 아마 난 내 손으로 사지 않으면 절대 못 받을 거예요."

"내가 아니라 로나 아주머니 드리려고요. 지난번에 보니까 기운이 조금 없어 보여서요."

"마음 씀씀이가 예쁘네요."

그녀가 무릎에 자기 가방을 올리고 휴대전화, 붉은 가죽 장갑, 하얀 방울이 달린 털모자를 가방에 집어넣어 탁자에 공간을 만든 후 지갑을 꺼낸다.

"뭐 마실래요?"

"아, 고마워요. 그 핫초콜릿 맛있어 보이네요. 같은 걸로 할게요."

그녀가 몇 분 뒤에 한 손에는 머그컵을, 다른 손에는 조각 케이크가 담긴 접시 두 개를 위태롭게 들고 돌아온다. 하나는 분명히 초콜릿이지만 다른 하나는 잘 모르겠다. 혹시 커피 케이크일까?

"하나는 호두 케이크예요." 내가 묻자 탐신이 답해준다. "골라요."

"와, 고마워요. 케이크는 생각 못 했어요. 둘 다 맛있어 보여요. 반반씩 나눠서 먹는 거 어때요?"

"좋아요!" 케이크를 반으로 나누는 것을 보고 즐거워하는 그녀의 모습이 꼭 어린애 같다.

"축하할 일이라도 있어요?" 내가 묻는다. "생일은 아니죠?"

"아니에요, 하지만 꼭 생일 같네요."

"무슨 일 있었어요?"

그녀가 뜸을 들인다. "어젯밤에 혼자 오래도록 괴로워하던 문제에 대해 코너와 한참 대화를 나눴어요. 그런데 그게 내가 오해한 거더라고요. 덕분에 기분이 한결 나아졌어요."

"잘됐어요." 내가 무심하게 대답한다. 하지만 어제 엿들은 대화 때문에 촉각은 곤두서 있다. "뭐든 속 시원히 털어놓는 게 좋아요. 아니면 오해만 쌓여요."

그녀가 천천히 고개를 끄덕인다. "얼굴 봐서 다행이에요. 어제 커피를 마시다 남편을 험담한 것 때문에 마음이 불편했거든요. 오늘 밤에 앨리스와 인사도 나눌 텐데 말이에요. 그이가 나쁘기만 한 건 아니에요. 훌륭한 아빠거든요. 하지만 나와는 매우 다른 사람이라는 걸 처음엔 몰랐죠."

"누구나 마음에 드는 사람을 만나면 그의 이상형이 되려고 애를 쓰잖아요." 코너가 탐신을 처음 만났을 때 같은 취미를 즐기는 척했다는 말을 떠올리며 내가 대꾸한다.

"그이도 그렇게 얘기했어요. 내게 반해서 나한테 어울리는 완벽한 남자가 되려고 노력했다고요. 하지만 그걸 계속 지켜나가지 못한 거죠. 그뿐이에요." 그녀가 포크를 집어 들고 초콜릿 케이크를 자른다. "하지만 그게 다가 아니에요." 그녀가 포크를 입에 반쯤 가져가다가 멈춘다. "그이가 니나와 바람피웠다고 늘 의심하면서도 그가 뭐라고 말할지, 내가 뭘 알게 될지 두려워서 감히 물어보질 못했어요. 지금은 진작 물어볼걸, 그랬으면 훨씬 덜 힘들었을 텐데, 후회돼요." 그녀가 포크를 마저 입에 넣는다. "이거 맛있네요. 먹어봐요."

"그러면 코너는 니나와 바람피운 게 아니에요?" 내가 케이크를 찌르며 묻는다.

"아니에요, 하지만 그러고 싶었대요."

"아." 내가 포크를 내려놓는다. "그런데도 괜찮아요?"

"놀랍게도 괜찮아요. 오랫동안 나를 갉아먹던 고민이 해결됐거든요." 그녀가 접시를 돌려 커피 케이크를 먹는다. "죽기 몇 달 전부터 니나가 나를 멀리하기 시작했어요." 그녀가 이미 이브에게 들어 아는 이야기를 꺼낸다. "내가 그녀의 치료사를 소개시켜달라고 해서 기분이 상한 줄 알았어요. 니나가 치료사가 아닌 친구로서 내가 스스로 감정을 꼼꼼히 들여다보도록 도와줬는데 그녀한테서 얻지 못하는 전문적인 도움이 필요했거든요. 특히 치료사의 이름을 입도 뻥끗 안 하는 걸 보고 내가 불쾌하게 만든 건가 걱정했죠."

"부모님과 언니가 그렇게 되고 나도 심리 치료를 받았어요. 아니었으면 그 일을 견뎌내지 못했을지도 몰라요. 그런데…… 니나도 치료를 받았어요?"

"네, 많은 치료사가 심리 치료를 받아요. 어떤 이들은 치료가 필요해서, 일부는 더 나은 치료사가 되기 위한 경험 차원에서요. 내 생각에 니나는 둘 다였던 것 같아요." 그녀가 포크로 케이크를 푹 찌른다. "어쨌건 그녀가 나를 멀리한 이유가 나한테 화가 나서가 아니라 코너 때문이었어요. 그이가 니나한테 맛을 보여준다고 위스키를 들고 가곤 했는데 난 개의치 않았어요. 오히려 내가 위스키를 너무 싫어서 그에게 취미를 공유할 사람이 있다는 게 좋았죠. 그런데 어느 날 밤, 그이가 니나에게 입을 맞추려고 한 거예요. 니나가 밀어냈지만, 코너는 싫다는 대답을 받아들이지 못하는 성격이거든요. 코너가 막무가내로 밀어붙이자 니나가 내게 다 이르겠다고 협박했대요. 그이가 그러지 말라고 빌었고, 결국 니나도 말하지 않기로 했죠. 하지만 그이에게 완전히 인신공격을 퍼부었나 봐요. 나 몰래 바람피울 생각을 했다는 그 자체만으로도 경멸스럽다고."

"코너가 순순히 받아들였어요? 인신공격을요?"

탐신이 나를 찬찬히 뜯어본다. "무슨 생각하는지 알아요. 그이가 그 말에 화가 나서 니나를 죽였을지도 모른다고 생각하는 거죠?"

"아니에요, 그렇게 생각한 적 없어요." 두 뺨이 달아오른다. 누군가 탁자 사이의 간격에도 불구하고 우리 대화를 엿들었을까 봐 걱정돼서가 아니라 그녀의 직설적인 표현에 너무 놀랐기 때문이다. 또한 탐신의 이 말이 또 하나의 연출일 가능성도 무시할 수 없다. 로나 아주머니의 말이 뇌리를 맴도는 걸 어쩌겠는가. "코너가 니나한 테 키스했는데도 개의치 않는다니 놀라서 그래요."

그녀가 빈 접시를 옆으로 치우며 대꾸한다. "신경 쓰여요, 당연히 신경 쓰이죠. 하지만 그 일로 나와 있는 게 어색해서 니나가 나를 멀리했다는 걸 알았을 때의 안도감이 코너가 그녀에게 키스했다는 사실을 알게 된 충격보다 훨씬 커요." 탐신의 녹색 눈동자가 나를 빤히 바라본다. "이해할 수 있겠어요, 앨리스?"

나는 고개를 천천히 끄덕인다. 이해할 수 있다. 레오가 내게, 그리고 나에 대해 거짓말을 했다는 게 니나가 우리 침실에서 살해당했다는 사실을 알게 된 것보다 더하진 않아도 비슷한 수준으로 내게 고통을 줬기 때문이다.

"코너가 전부 고백한 거예요?" 나는 의심하는 것처럼 들리지 않으려고 애를 쓴다.

"네."

"그렇군요. 문제가 해결돼서 다행이에요."

그녀가 기쁘다는 듯 끄덕인다. "과거는 뒤로하고 다시 시작하기로 했어요." 그녀가 내 커피 케이크를 내려다본다. "그거 안 먹을 거예요?"

내가 웃으며 그녀에게 접시를 내민다. "먹어요. 어차피 난 이만 가봐야 해요."

27장

집으로 돌아가는데 레오에게서 전화가 온다. 하지만 장바구니를 한 손으로 옮기고 옆구리에 꽃다발을 끼운 뒤 주머니에서 휴대전화를 꺼내려는 찰나, 음성 메시지로 넘어간다. 나는 그가 남긴 메시지를 듣고 안도한다. 지니와 마크가 주말에 그를 초대했다고 한다. 그가 혼자 있을까 봐 미안했는데 다행이다. 전화가 다시 울린다. 지니인 걸 알고 미소를 짓는다.

나는 장바구니를 발 사이에 내려놓고 전화를 받는다. "응, 나도 알아. 레오가 주말에 거기서 묵는다면서." 내게 말하는 게 도리라 생각하고 전화한 게 분명하다.

"괜찮은 거지?" 그녀가 걱정스레 묻는다. "마크가 레오를 초대해야 한다잖아."

"응, 당연하지. 잘했어."

"우리가 편든다고 생각하지 마."

"그럴 리가. 나한테 집에 와서 지내라고 했던 거 기억 안 나?"

"자기는 재밌게 보내고 있어?"

"이브, 탐신, 마리아가 부부 동반으로 저녁에 들를 거야. 별건 없고 커리를 준비하려고."

"재밌겠다."

"이만 끊을게. 가게에서 돌아가는 길이거든. 너무 춥다. 주말 지나고 통화해."

"꼭! 월요일에 전화할게."

나는 마음속으로 탐신과의 대화를 곱씹으며 다시 걷는다. 코너가 니나와 바람피우지 않았다는 걸 알고 안심하는 그녀의 심정이 이해된다. 그 일이 뇌리에서 계속 맴돌아 힘들었을 것이다. 하지만 그녀가 코너를 보호하려고 올리버가 습관처럼 공원에 앉아 있곤 했다는 얘기를 경찰에 하지 않았다면 죄책감에 괴로워해야 하는 것 아닐까? 그녀가 별로 괴로워하지 않는 걸로 봐선, 경찰에 말했는데 묵살당했는지도 모른다. 어쩌면 내가 생각한 대로 어제 엿들은 대화와 조금 전 탐신과 나눈 대화 모두 내 편의를 위해 무의식이 날조한 건지도 모른다.

공원을 가로질러 집으로 가는 길에 우연히 고개를 들다가 우리집 서재 창문에서 희미한 얼굴을 발견한다. 심장이 철렁한다. 레오가 지니네에 가기 전에 뭔가를 가지러 들른 모양이다. 집에 올 거라고 음성 메시지로 남겨줬으면 좋았을 것. 그랬으면 그와 마주치지 않게 한 번 더 커피숍에 들렀을 텐데. 그에게 집에 돌아오게 해달라는 압박을 받고 싶지는 않다.

나는 복도에 장바구니를 내려놓고 계단 위층에서 그가 나타나기를 기다린다.

"레오!" 내가 외친다. 대답이 없어서 위층으로 올라가 그의 서재 문을 밀어 연다. 아무도 없다. 손님방을 확인한다. 창문이 집 앞쪽으로 난 방이기도 하고, 내가 창문을 착각했을 수도 있어서다. 걸음을 옮기면서 그를 부른다. 침실 문 앞에 도착한다. 아무도 없지만 공기 중 무언가가 그가 여기 있었다고 말해준다. 그의 애프터셰이브 냄새 같다. 욕실 문이 열려 있다. 나는 초조한 심정으로 욕실로 향한다.

"레오, 거기 있어? 문 뒤에 숨어서 나 놀라게 할 생각하지 마!" 장난스런 어투로 말해보지만 그가 어딘가에서 튀어나올지도 모른다는 생각에 몸이 떨린다.

문을 힘껏 밀치자 문이 벽에 쾅 하고 부딪치며 튕긴다. 총이 여러 번 발사되기라도 한 것처럼 집 안 전체에 굉음이 울려 퍼진다. 바보 같이 겁만 더 집어먹고 만다.

서둘러 침실로 돌아가다가 서랍장 위에 올려놓은, 나와 레오가 할스턴에서 찍은 사진 액자가 엎어져 있는 것을 보고 잠시 멈춰 선다. '어처구니가 없어서!' 나는 아래층으로 내려가면서 생각한다. 쿵쿵거리는 내 발소리가 그의 이 바보 같은 장난을 향한 분노를 돋운다. 내가 공원을 가로지르는 걸 보자마자 부엌으로 내려간 게 틀림없다.

그러나 아무 데도 안 보이는 걸 보니 확실히 나간 것 같다. 내가 앞문으로 들어갈 걸 알고 나를 피해 몰래 프렌치도어로 빠져나가 집 옆쪽으로 돌아나간 게 분명하다. 어이가 없다. '하지만 너도 피하고 싶었잖아?' 내 안의 목소리가 묻는다. '그가 온다고 했으면 돌아갈 때까지 카페에서 기다리려고 했잖아.'

목소리가 내 분노를 가라앉힌다. 내가 보기 싫은 만큼이나 레오도 이제 나를 보기 싫어한다고 생각하니 정신이 아득하다.

7시 반쯤 모두 도착한다. 탐신과 코너가 꼴찌다. 베이비시터가 오기 전에 애들을 재우느라 애 먹었다고, 탐신이 내게 키스를 건네며 설명한다.

"결국 회초리를 들었죠." 코너가 으르렁거리듯 말한다.

그의 위압적인 표정이 신경 쓰여 안절부절못한 채 쳐다본다. 그러자 탐신이 웃는다. "걱정 마요, 농담이에요."

코너가 자리를 옮겨 윌과 팀에게 말을 거는 모습을 보며 나는 로나 아주머니에 대해 생각한다. 낮에 꽃을 들고 찾아갔더니 에드워드 아저씨가 문을 열어주었다. 안으로 들여보내 줬으면 했지만 아저씨는 나를 문간에 세워놓은 채 아주머니가 낮잠을 자고 있다는 말만 했다. 그래서 아주머니가 내게 뭐라고 속삭였는지, 혹은 속삭이긴 했는지 알아볼 도리가 없었다.

탐신과 마리아에게 오늘 밤엔 나뿐이라고 문자로 언질한 덕에 어색한 질문은 오가지 않는다. 이브와 마리아는 한창 대화 중이다. 나는 탐신이 대화에 합류하도록 내버려두고 그녀와 코너에게 줄 음료를 가지러 간다. 판단하긴 이르지만, 코너에겐 사람을 경계하게 만드는 무언가가 있다. 그와 탐신이 부부라는 게 놀랍다. 탐신은 아름답고 섬세하지만 코너는 어딘가 모르게 야수 같다. 그 큰 덩치가 지방이 아닌 근육이다. 그런 탓인지 그가 누군가를 제압하는 모습을 쉽게 상상할 수 있다.

"안드로메다를 여행하는 중이신가 보군요." 코너의 눈이 나와 마주친다. 내가 자신을 지켜보고 있는 걸 알아챈 것이다. 나는 말할 거리를 찾는다.

"왜 위스키를 찾지 않을까 생각하고 있었어요. 그쪽 일을 하시니까요."

"그래서 오히려 사적인 자리에서는 잘 안 마셔요. 위스키를 좋아하긴 하지만 업무상 워낙 많이 마셔서요. 레오는 위스키 좋아해요?"

"별로요. 레오는 진토닉 쪽이에요."

그에게 부탁받은 맥주를 건네고, 탐신에게 와인을 갖다준다.

"고마워요." 탐신이 고마워하며 받는다.

"코너한테 인사만 하고 올게요. 안 그러면 내가 무시한다고 생각할지도 몰라요." 마리아가 말한다.

마리아가 떠날 때까지 탐신이 기다리더니 입을 연다. "좀 전에 이브한테 오늘 앨리스와 마주쳐서 무슨 얘기를 나눴는지 말하던 중이었어요."

그녀의 단어 선택이 살짝 거슬린다. 마치 내가 코너와 니나에 대해 안다고 이브한테 말한 걸 알아줬으면 하는 눈치다.

"우리가 케이크 두 조각을 끝장냈다는 것도 말했겠죠?"

그녀가 씩 웃는다. "당연하죠."

나는 아까 현관문을 열러 가다 내려놓았던 내 잔을 찾아 두리번거린다. 식탁 위에 있는 걸 보고 잔을 가지러 일어난다. 이브와 탐신과 시간을 보내면 보낼수록 혼란이 더 심해지는 것 같다. 설명하기 힘든 어떤 기류가 밑바닥에 흐르는 느낌이다.

그래도 즐거운 저녁이다. 코너와 윌은 서로를 보완하는 완벽한 한 쌍이다. 윌이 분위기에 들떠 재미난 에피소드를 들려주면, 코너가 재치 있게 비꼬면서 끼어든다. 게다가 놀랄 만큼 여유롭다. 팀은 말수는 적지만 몹시 다정하다. 내가 접시를 나르고 치울 때 벌떡 일어나 도와주는데, 집 구조가 같다 보니 뭐가 어디에 있는지 물을 필요 없이 우리 부엌을 제집처럼 활보한다. '이들 중 한 명이 니나를 죽였다는 건 말도 안 돼.' 나는 이렇게 생각하며, 이 중 한 명이 살인범일지도 모른다고 생각한 자신에게 또 한 번 수치심을 느낀다. 그때 코너가 내 시선을 눈치채고 천천히 나를 살핀다. 마치 내 마음을 읽어내, 오늘밤 자신들을 초대한 동기가 단순히 이웃 간에 우정을 다지기 위해서가 아니라는 사실을 알아챈 것만 같다. 어떤 이유에선지, 어쩌면 그 이유 때문에 그가 살짝 무서워진다.

"탐신이 그러던데, 니나에 대해 알려준 게 기자라면서요." 코너의 말에 주변에서 오가던 대화가 일제히 멈춘다.

"맞아요. 레오한테 미리 들었으면 좋았을 텐데 말이죠. 그랬으면 그 기자가 살인 사건이 일어난 집에 사는 기분이 어떠냐고 물었을 때 그렇게 충격받지 않았을 테니까요."

"레오가 왜 말을 안 한 거죠?" 이제 보니 코너의 눈동자가 머리카락 색과 똑같이 황갈색이다. 만약 그가 동물이라면, 아마 사자일 것이다.

"그 사실을 말하면 내가 살기 싫다고 했을 테니까요. 그런데 그이는 이 집을 정말 원했거든요. 그러니 어떤 면으로는 잘한 일이죠. 그 사실을 알았을 땐 떠나기 너무 늦었더라고요."

"왜요?" 공격이 아닌, 호기심에서 나온 질문인 듯하다.

"이미 내 인생을 이곳에 투자한 것 같아서요. 그리고 쉽게 포기하기도 싫어요."

"다행이네요." 그가 나를 향해 잔을 치켜들며 말한다.

"그래요, 앨리스가 아직 여기 살아서 다행이에요. 안 그래, 윌?" 이브가 말한다.

"당연하지. 니나와 올리버의 빈자리를 메우기에 레오와 앨리스만 한 사람들도 없지."

분위기가 또다시 살짝 어색해진다. 이번에는 윌 때문이다. 아니면 내가 너무 예민하게 반응하는 걸까?

"그나저나 그 남자가 누군지 찾았어요? 그날 집들이에 나인 척하면서 쳐들어왔던 불청객이요?" 팀이 묻는다.

"실은 당신인 척한 건 아니에요. 내가 그를 당신으로 착각한 사실을 이용한 거죠. 하지만 누구인지는 못 알아냈어요. 솔직히 그자에 대해선 까맣게 잊고 있었어요."

"아무도 못 봤다니 이상하네요." 탐신이 골똘히 생각하는 표정을 짓는다.

"그렇게 오래 머무르지 않았던 것 같아요."

"그러면 뭐 하러 들어온 거죠?"

나는 긴장을 누그러뜨리기 위해 와인을 한 모금 홀짝인다. "내 말이 그 말이에요."

탐신이 이브와 미소를 주고받는 게 마음에 들지 않는다. 다행스 럽게도 코너가 농담을 시작한 덕분에 모두 다시 긴장을 풀고 저녁 을 즐긴다.

집 안에 너무 많은 사람이 있어서였는지 모르겠지만 그들을 보내 고 문을 닫는데 평소보다 침묵이 훨씬 무겁게 느껴진다. 식기세척 기에 접시를 쌓으려니 레오가 집에 몰래 들렀던 기억이 떠올라 불 안해진다. 그이가 집에 왜 왔을까? 캐비닛에서 무언가를 꺼내 가려 고, 내게 보여주기 싫은 무언가를 가져가려고 온 걸까? 그래서 그토 록 급하게 떠난 걸까?

나는 잠자리에 들지 않고 미적거린다. 레오가 몰래 방문한 일 때 문에 지난 며칠 동안 겨우 다져놓은 마음의 평화가 산산조각 났다. 꿈속에 레오와 니나가 마구잡이로 섞여 등장하더니, 한밤중에 반쯤 잠에서 깨어서는 니나가 아니라 레오가 발치에 서 있는 것 같다고 느낀다. 다시 잠에 들려다 갑자기 벌떡 일어나 앉아, 자면서 떠올랐 던 생각을, 레오가 니나와 바람폈으면 모를까 하던 지니의 말과 연 관된 무언가를 붙들려고 미친 듯이 애쓴다. 그러다 깨닫는다. 할스 턴에 왔던, 시골에 사니 기분이 어떠냐고 물었다던 그 여자가 긴 금 발이었다는 사실을.

28장

지니와 마크와 함께하는 주말을 방해하고 싶진 않지만 레오에게 니나 맥스웰에 대해 물어보고 싶어서 미칠 것 같다. 머리는 그가 니나를 알았을 리 없다고 말하지만, 마음은 그래서 그가 이 집을 그토록 갖고 싶어 한 거라고 의심하고 있다. 그가 니나를 알았을 뿐 아니라 바람까지 피웠다는 생각이 좀처럼 사라지지 않는다. 토머스가 했던 말이, 살인자는 범죄 현장으로 돌아오기 마련이라는 그 말이 떠올라 등골이 서늘해진다. 나는 재빨리 그 생각을 좇아버린다. 레오가 살인 사건을 숨겼을 수는 있어도, 살인자일 리는 없다.

근무를 방해하는 것도 싫어서, 오후가 다 지나갈 무렵까지 기다렸다가 문자를 보낸다.

'얘기 좀 하고 싶어. 언제가 좋아?'

'지금.' 그에게 답이 도착하자마자 휴대전화가 울린다.

그의 간절함에 심란해진다. 아직 준비가 안 됐다. 생각을 정리하고 난 후에 얘기하고 싶었는데.

"잘 지내?" 그가 묻는다.

"잘 지내지. 당신은 주말 즐겁게 보냈어?"

"응. 지니와 마크와 재밌게 보냈어. 당신은 어때? 집에 혼자 있는 거 괜찮아?"

"지금은 괜찮아."

"다행이네."

그의 목소리에서 딱히 어떤 감정이 읽히진 않지만, 내가 너무 빨리 약한 비위를 극복했다는 인상을 주는 건 추호도 싫다.

"가끔 나쁜 일이 일어났는데 이어서 더한 일이 벌어지기도 하잖아. 이를테면 믿었던 사람이 거짓말을 하는 것처럼 말이야. 그러면 결국 처음 일은 그다지 나빠 보이지 않지."

그가 한숨을 쉰다. "나한테 무슨 얘기를 하고 싶은 거야?"

"니나 얘기."

"자기 언니?"

일부러 이러는 걸까? "아니, 니나 맥스웰. 그 여자랑 아는 사이였어?"

"아니." 어리둥절한 목소리다.

"그래, 그러면 그 여자와 만난 적 있어?"

"같은 질문 아냐?"

"전에 당신이 할스턴에서 얘기 나눴던 여자, 시골에 사니까 기분이 어떻냐고 물었던 그 금발 여자. 혹시 니나야?"

"뭐? 아니. 왜 그 여자가 니나 맥스웰이라고 생각하는 거야?"

"자기 그 여자랑 바람피웠어?"

"누구랑?"

"니나랑."

"지금 농담해?" 이젠 화난 목소리다. "세상에, 앨리스. 그런 생각은 어디서 나온 거야? 진짜 내가 니나 맥스웰과 외도라도 했다고 생각하는 거야? 난 그 여자를 알지도 못했다고!"

"그러면 할스턴에 왔던 그 여자는 누구야? 시골에 사니 기분이 어떻냐고 물은 사람일 뿐이라고 말할 거면 집어치워."

"알았어." 잠시 정적이 흐른다. "나를 괴롭혔다는 고객 중 하나야."

"당신을 왜 괴롭혀?"

그의 목소리가 싸늘해진다. "업무적인 문제를 전화상으로 설명하고 싶지 않아. 그나저나 전화 잘했어. 서재에서 가져올 게 있는데…… 지금 가도 괜찮아?"

"뭐? 오늘 밤에?"

"응, 지금."

"버밍엄 아냐?"

"아니, 오늘 런던에 일이 있었어."

"알았어."

"30분 후에 봐."

그가 전화를 끊는다. 나는 한 손에 휴대전화를 들고 서서 우리가 방금 나눈 대화를 곱씹는다. 집에 오겠다는 소리가 어딘가 미심쩍게 들린다. 원래 계획했던 일인 것처럼 보이려 애썼지만 내가 니나를 언급해서 충동적으로 결정한 것 같다. 게다가 집에 올 일이 있으면 나한테 전화해서 물었을 테지, 내가 전화를 걸 때까지 기다리지 않았을 것이다. 걱정이 나를 좀먹는다. 만약 그가 니나를 알았으면 어쩌지?

레오를 마지막으로 본 지 겨우 일주일밖에 지나지 않았는데 그가 마치 아주 오래전에 알던 사람 같다. 며칠 동안 면도를 못 한 얼굴이 낯설기 때문이기도 하지만 그보다 우리 사이에 어색한 분위기가 감도는 탓이 크다. 그가 재킷을 벗어서 복도에 걸어둔다. 마치 한동안 머무를 사람처럼. 그래서 음료라도 대접해야 할 것 같지만 영 내키지 않는다.

"안녕." 그가 말한다.

"안녕."

기다려도 내가 다른 말이 없자 그가 어깨를 으쓱한다. "그러면 가서 필요한 거 챙겨올게."

"그래."

그가 복도로 몸을 돌린다. 이어 재킷 주머니에 빠르게 손을 넣는 소리가 들린다. 나는 서둘러 문으로 이동해, 그가 한 손에 지갑을 들고 한 번에 두 계단씩 2층으로 올라가는 모습을 본다. 잠시 후 캐비닛 서랍 중 하나가 끼익 하고 열리는 익숙한 소리가 난다. 지갑에 캐비닛 열쇠를 보관하는 게 분명하다.

왜 지갑에 열쇠를 넣어두는 걸까? 훨씬 꺼내기 쉬운 책상 서랍이

나 캐비닛 맨 위가 아니라? 그의 고객 파일이 나를 비롯해 그 누구도 손대서는 안 되는 그토록 귀중한 물건이란 말인가? 아니면 그곳에 무언가를, 서랍 아래에 테이프로 붙여놓은 그 작은 열쇠로 열 수 있을 만한 무언가를 숨기고 있는 것일까?

몇 분 뒤, 그가 계단 아래로 뛰어 내려와 재킷을 만지작거리더니 옆구리에 파일 몇 개를 끼운 채 부엌으로 들어온다.

"토요일에 왔을 때 가져가려다 까먹은 거야?"

그가 식탁 위에 파일을 올려놓는다. "무슨 말이야?"

"파일 말이야. 왜 토요일에 왔을 때 안 가져갔어?"

"토요일에는 지니와 마크랑 함께 있었는데."

"그래, 그런데 여기 먼저 들렀잖아. 자기가 서재에 있는 거 봤어. 내가 공원을 지나는 걸 보고 곧장 나갔잖아."

그가 고개를 젓는다. "나 아니야."

"내가 봤어, 레오!"

"앨리스, 나 아니라니까. 맹세해."

"나한테 전화할 때 어디 있었어?"

"지니와 마크네서 묵던 방에." 그가 인상을 찌푸리며 덧붙인다. "집에서 누군가를 봤다는 거야?"

나는 창가에서 본 희미한 얼굴을 떠올린다. 가을 햇살이 2층 창문으로 비쳐든 것뿐인데 집에 누가 있다고 착각해서 혼자 겁먹은 거라 생각하긴 싫다.

"자기 서재에서 누굴 본 것 같았는데, 내가 착각했나 봐."

"집은 확인해봤어?"

"응, 아무 이상 없었어." 침실에서 나던 희미한 애프터셰이브 냄새는 언급하지 않기로 한다. 그가 나간 지 일주일밖에 안 됐으니 집 안에 아직 그의 흔적이 남아 있을 수도 있다. 그리고 어쩌면 내가 진공청소기를 돌리다가 사진을 넘어뜨리고 눈치채지 못한 건지도 모른다. "그래도 당신이 창문 좀 확인해주면 고맙겠어."

"그럴게."

그가 막 걸음을 옮기려 하자 그에게 마실 것을 권하지 않은 내가 속 좁게 느껴진다.

"와인 한잔할래?"

그가 걸음을 물린다. "고마워."

내가 찬장에서 유리잔을 두 개 꺼낸다. 그리고 레드와인을 찾아 마개를 열고 와인을 잔에 따른다.

"고마워." 그가 한 모금 홀짝인다. "니나와 바람피웠냐는 말, 농담이었길 바라. 맹세컨대 난 모르는 여자야."

"알았어, 믿어."

그가 의자를 빼내 앉는다. "할스턴에 왔던 여자…… 기자야. 본인이 쓰는 기사 때문에 내 직업에 대해 인터뷰하고 싶다고 했어. 내가 전화로 두 번이나 거절하니까 직접 만나서 얘기해야겠다고 생각한 모양이야."

"할스턴까지 그 먼 길을 오는 것보다 자기 런던 아파트로 찾아가는 게 더 쉽지 않아? 그리고 당신이 할스턴 있을 거란 사실은 어떻게 안 거야? 내 주소는 또 어떻게 알았고?"

그가 와인을 한 모금 마신 후 대꾸한다. "나도 모르지."

"우스갯소리가 아니라 당신 직업이 딱히 흥미진진하다는 인상은 못 받았는데……. 적어도 한 뼘이 넘는 칼럼 지면을 할애할 정도는 아니잖아."

"어떤 면에선 흥미진진해. 그때는 위기관리에 관한 관심이 뜨거웠거든."

내가 고개를 끄덕인다. 그럴지도 모른다.

나는 그에게 지니와 마크와 함께 주말을 잘 보냈냐고 묻고, 그는 내게 이웃과 좋은 시간을 보냈는지 묻는다. 나는 어리석게도 창가에서 봤다고 착각한 그 얼굴 때문에 잠들기 힘들었다는 얘기를 털어놓는다.

"여기 혼자 있으면 안 돼, 앨리스."

"괜찮아."

레오가 잔을 만지작거린다. "나 돌아오고 싶어."

"시간이 더 필요해."

"얼마나 더?" 그가 몸을 앞으로 기울이며 나와 눈을 맞춘다. "사랑해, 앨리스. 당신과 함께 있고 싶어. 버밍엄의 우중충한 아파트에 처박혀 있는 게 아니라."

"굳이 우중충한 아파트에 있을 필요 없어."

"그 말이 아니잖아."

"그 말이야. 스스로를 최대한 불행하게 만들려고 안간힘을 쓰는 것 같잖아."

"난 불행해!" 내가 아무 답도 하지 않자 그가 한숨을 쉬고는 묻는다. "2층 창문도 확인해줄까?"

"응, 그렇게 해줘."

그가 와인을 마저 비우고 일어선다. "거기부터 확인할게."

그를 따라 복도로 간다. 계단 맨 아래에 서 있는데 팔이 그의 재킷에 닿는다. 나는 잠시 멈췄다가 결정을 번복한다.

"자기가 뭔가 필요할 수도 있으니 나는 여기서 기다릴게. 드라이버나 뭐 그런 거 말이야."

"알았어."

나는 그가 계단 위로 올라가 손님방으로 사라질 때까지, 그리고도 몇 분이 더 흐를 때까지 기다린다.

"전부 괜찮아?" 그의 재킷 주머니에 슬그머니 손을 넣고서 내가 외친다.

"지금까지는. 침실만 확인하면 돼."

창문이 침실에 세 개, 침실에 딸린 욕실에 하나 있으므로 시간은 충분하다. 나는 그의 지갑을 꺼내 연 다음 서둘러 훑는다. 처음엔 열쇠가 없다고 착각했으나 금세 찾는다. 보통 쿠폰을 넣어두는 앞쪽의 작은 칸 두 개 중 하나에 들어 있다. 나는 열쇠를 꺼내 내 주머니에 넣는다.

"다 괜찮은 거지?" 내가 그의 지갑을 제자리로 돌려놓으며 외친다.

"다 괜찮아." 심장이 멎을 것 같다. 그의 목소리가 가깝다, 너무 가깝다. 고개를 드니 계단 위에 서 있는 그가 보인다. 내 손이 그의 재킷 안에 있는 게 보일까? 그가 내려오기 시작하자 내가 재빨리 뒤로 물러선다.

"그나저나." 나는 그가 내 얼굴에 선명히 드러나 있을 죄책감을 못 보게 주의를 돌릴 핑곗거리를 찾는다. "우리 집이랑 윌 집 사이 울타리에 구멍이 나 있는 거 알았어? 올리버가 윌한테 잔디깎이를 빌려주곤 했는데 그 구멍으로 양쪽 정원을 드나들었대. 분명 반대편에도 있을 거야. 올리버가 에드워드 아저씨네 잔디 깎는 걸 도와줬다니까."

"아니, 처음 들어. 그런데 구멍이 있으면 편하겠네." 그가 머뭇거리더니 말한다. "내가 에드워드 아저씨한테 잔디를 깎아주겠다고 해야 하나?"

"이브 말로는, 지금은 제프가 하고 있대."

그가 나가기 전에 캐비닛을 또 열 일이 생기진 않을까 걱정스럽다. 열쇠가 사라진 걸 알면 내가 가져갔다고 짐작할 테니. 마음을 졸이는 동안 그가 아래층 창문을 확인한다.

"버밍엄으로 가는 기차가 몇 시야?" 그가 얼른 떠났으면 하는 마음에 묻는다.

"내일 또 런던에 일이 있어서 오늘 밤엔 마크 집에서 지낼 거야."

"저녁 먹자고 기다리고 있겠네."

그가 미소를 짓다 만다.

"상관없어. 이만 가볼게."

"미안해." 죄책감이 든다. "나도 이젠 화가 안 났으면 좋겠어. 그런데 그게 안 돼."

나는 그가 떠날 때까지 기다렸다가 휴대전화를 꺼내 지니에게 전화를 건다.

"자기가 토요일에 전화해서 레오가 주말에 거기서 머물 거라고 했던 거 기억나? 전화할 때 그이가 어디 있었어?"

"음…… 2층 레오 방이었던 것 같은데. 레오가 자기한테 우리 집에서 잘 거라고 문자를 남겼다는 얘기를 듣고, 내가 마크가 레오를 불렀다는 얘기를 자기한테 안 해준 게 생각나잖아. 우리가 레오를 편든다는 오해를 사기는 싫었거든. 무슨 일 있어? 레오가 아직 여기 있어서 그래? 오늘과 내일 런던에 일이 있다고 해서……"

"아니, 아무 문제 없어. 레오를 불러줘서 고마워."

"정말 괜찮은 거 맞아?"

"그럼. 토요일에 밖에 나갔다 돌아왔을 때 그이가 왔다 간 것 같아서 그래. 그런데 그이가 온 적도 없고, 그 집에 있었다고 하잖아."

"응, 맞아. 토요일 저녁에 도착해서 주말 내내 한 발자국도 안 나갔어. 마크가 벤과 함께 토요일에 골프 치러 가자고 했는데, 할 일이 있다면서 종일 침실에서 보냈어."

"그렇구나. 고마워, 지니. 조만간 또 점심 같이해."

"시간 정해서 알려줘."

"그렇게."

나는 전화를 끊는다. 레오가 집에 온 적 없다고 했을 때 믿지 않아서 미안하다. 나는 그의 지갑에서 슬쩍한 열쇠를 주머니에서 꺼내 책상 앞에 놓인 작은 토기 안에 떨어뜨린다. 사용하지 않을 거다, 사용할 수 없다. 나는 그런 사람이 아니다.

29장

계단을 뛰어 올라간다. 캐비닛을 열어야 하는데, 누군가 아래층에서 이 방 저 방 조용히 돌아다니는 소리가 들린다. 서재로 가서 주머니에서 열쇠를 꺼낸 뒤, 손가락으로 더듬거리며 구멍에 열쇠를 꽂는다. 열쇠가 돌아가지 않는다. 뭔가 잘못됐다. 열쇠를 빼낸 후에 다시 시도한다. 서둘러야 한다. 누군가 나를 찾기 위해 방마다 뒤지고 있다. 열쇠가 여전히 먹통이다. 빠르게 움직이니 그제야 돌아간다. 서랍을 조심스레 당겨서 여는데 계단을 올라오는 조심스런 발걸음 소리가 들려 호흡이 가빠진다. 위의 서랍 세 개는 고객 파일로 꽉 차 있다. 맨 아래 서랍을 당겨서 연다. 비어 있는 것 같지만 쭈그리고 앉아서 서랍 뒤편 어두운 공간으로 손을 넣는다. 거기, 철제 금고가 있다.

발소리가 이제 층계참까지 다다랐다. 나는 금고를 끄집어내 바닥에 내려놓는다. 손님방 문이 끼익 소리를 내며 열린다. 남자가 안을 확인한다. 나는 감히 숨도 못 쉬고 자물쇠에 작은 열쇠를 꽂는다. 남자가 턱밑까지 왔다, 서둘러야 한다. 나는 금고를 연다. 내 뒤로 문이 천천히 열리고, 나는 몸을 더 낮춰서 숨는다. 뚜껑을 열자 내 몸속 깊은 곳에서 순수한 공포의 비명이 터져 나온다. 하지만 남자의 손이 내 입을 틀어막아 비명이 소리가 되기도 전에 침묵시킨다.

나는 서서히 정신을 차린다. 금방 꾼 꿈에서 완전히 헤어 나오지 못하고 거친 호흡을 내뱉는다. 악몽의 고통에 몸을 뒤척이면서 니나가 지켜보고 있다고 의식했던 걸 어렴풋이 기억하고 떨리는 손을 뻗어 조명을 켠다. 그녀에게 이 위기에서 구해달라고 소리를 지르며 부탁하고 싶었지만 그럴 수 없었다.

나는 이불을 획 걷어내고 비틀거리며 침대에서 나온다. 이 생활을 계속할 수 있다는, 이 집에 혼자 머물 수 있을 거라는 확신이 더는 들지 않는다. 레오에게 전화해 집에 와달라고 부탁하고픈 유혹이 너무 강해 부엌까지 휴대전화를 들고 간다. 음료가, 불안을 달래줄 무언가가 절실한 나머지 머그컵에 우유를 따르고 초콜릿 파우더를 찾는다. 전자레인지가 웅웅거리며 돌아가 소리가 마음을 진정시킨다. 나는 악몽 속 철제 금고 안에 뭐가 들었는지 기억해내려고 애쓴다. 하지만 내 비명을 틀어막아 버린 남자의 얼굴만큼이나 가물가물하다.

레오에게 전화하려는 유혹을 간신히 참고 5시가 돼서야 다시 잘 준비를 한다. 잠이 든 후 느지막이 일어났는데도 심란하다. 부엌에서,

욕실에서 머리카락이 또 발견돼 한층 우울해진다. 아직도 머리칼이 조금씩 빠지고 있다.

초인종이 울린다. 문을 여니 아침 조깅을 하러 가는 길에 들른 이브다.

"토요일 저녁에 고마웠다고 인사하려고요. 윌도, 나도 정말 즐거웠어요."

"마찬가지예요." 내가 웃으며 말한다. 이브가 몸을 풀 요량으로 문간에서 발을 바꾸며 깡총거린다. "코너와 팀과 제대로 인사를 나눠서 좋았어요. 안으로 들어올래요?"

"아니요, 괜찮아요. 조깅하러 가는 길이거든요." 그녀가 머뭇거린다. "참견하려는 건 아니고, 여기선 주변이 어떻게 돌아가는지 모르려야 모를 수가 없어서요. 레오가 돌아온 거예요?"

"아니요, 파일을 가지러 잠깐 들른 거예요."

"잘 지낸대요?"

내가 얼굴을 찡그린다. "억울하다는 식으로 내 죄의식을 자극하네요."

"그건 반칙이죠. 애초에 레오가 집에 대해 솔직하게 털어놨어야죠."

"그러니까요. 하지만 그랬으면 난 여기 없겠죠. 이브는 물론이고, 여기 사람들 모두 못 만났을 거예요. 운명이라는 게 신기하지 않아요?"

그녀가 움직임을 멈추고 호기심 어린 눈으로 나를 쳐다본다. "이 집에 머물게 된 게 운명이라고 생각해요?"

"네, 난 운명이 우리를 제자리로 이끈다고 굳게 믿어요."

"의도적으로 말이죠?"

"네, 그 의도가 뭔지는 몰라도요."

"그러면 니나의 살인 사건은 더 이상 캐지 않는 거예요?" 눈빛을 보니, 순수한 의도의 질문 같다.

"하지만 모두 올리버가 범인이라 믿으면 캐야 할 진실도 없지 않겠어요?" 내가 의아해하며 되묻는다.

"하지만 앨리스는 그렇게 안 믿잖아요"라는 이브의 대답에 '탐신도요'라고 말하고 싶지만 엿들은 대화 내용이라 입 밖으로 꺼내진 못한다. "그 부분이 이해가 안 돼요, 앨리스. 왜 올리버가 범인이라고 생각하지 않아요? 그를 알았던 것도 아니잖아요."

"맞아요. 이곳 사람들이 해준 얘기밖에는 몰라요. 그래서 여러분이 설명해준 그의 이미지와 그 범죄의 잔혹함을 일치시키기가 힘들어요. 하지만 어떤 미스터리를 풀겠다, 이런 건 아니에요. 우선 그건 내 일이 아니고, 둘째, 모두 올리버가 니나를 죽였다는 데 동의한다면 어차피 풀 문제도 없지 않겠어요?"

윌이 집에서 나오면서 우리를 방해한다.

"아직 여기 있어?" 그가 놀라서 이브를 바라보며 외친다. "달리고 싶어서 몸이 근질거리는 줄 알았더니."

"근질거리는 거 맞아." 그녀가 움직이기 시작한다. "잘 있어요, 앨리스!"

그녀가 진입로 아래로 뛰어가 윌과 만난다. 몇 마디 나누고는 그에게 입을 맞춘 뒤 공원으로 사라진다. 윌이 내게 손을 흔들고 좀 더 느긋하게 그 뒤를 따른다. 나는 그들이 사라지는 모습을 보면서, 올리버와 니나와 알고 지낸 사람들과 시간을 보내면 보낼수록 뭔가 미심쩍은 느낌이 든다는 걸 또 한 번 깨닫는다. 이브가 서클에선 주변 일을 모르려야 모를 수가 없어서 어제 레오가 집에 온 걸 알았다고 했다. 하지만 니나가 죽기 전 몇 달 동안 바람을 피운 게 분명한데도 아무도, 단 한 사람도 누군가 그녀의 집을 유독 자주 들락거리는 걸 보지 못했다. 그 말은 니나가 밖에서 상대와 만났거나, 상대가 아무도 모르게 그녀의 집으로 슬쩍 들어갈 수 있었다는 뜻이다. 그러니 자연스레 월을 지목할 수밖에 없다. 월이라면 울타리에 난 구멍으로 들킬 염려 없이 마음껏 그 집을 드나들 수 있었을 테니까. 아무리 재택근무를 한다고 해도 이브는 매일 아침 적어도 한 시간 동안 조깅을 하러 가는 데다 목요일마다 엄마와 시간을 보낸다. 마음만 먹는다면 이브가 집을 비운 사이 얼마든지 월이 니나를 보러 갈 수 있었을 것이다.

내가 연인의 사생활을 몰래 기웃거리는 부류의 인간이라는 걸 인정하는 데 시간이 오래 걸리지 않는다. 캐비닛 열쇠가 신경 쓰여 참을 수 없다. 고개를 처박고 일에 집중해 신경을 다른 데로 돌리려 안간힘을 쓰지만 수요일 점심 휴식 시간에 인내가 한계에 다다른다.

나는 토기에서 열쇠를 꺼내 레오의 서재로 올라간다. 캐비닛에 고객 파일 외에 아무것도 없으면 그의 책상 서랍 아래에 붙은 조그만 열쇠를 떼어낼 필요는 없다. 나는 캐비닛을 연다. 첫 번째 세 칸에는 정확히 서류밖에 없다. 고객 파일이 가지런히 열 맞춰서 정리함 안에 얌전히 누워 있다. 몸을 숙여 맨 아래 서랍을 열자 거기도 고객 서류가 들어 있다. 파일이 뒤쪽으로 밀쳐져 있고 앞쪽에는 새 파일이 들어갈 만큼 여유가 있는 걸 봐서는 첫 번째 세 칸만큼 서류가 많지는 않다. 그걸 보자 내가 조금 바보 같다는 생각이 든다.

그리고 부끄럽다. 진짜 뭐라도 발견하고 싶었던 조금 전의 내가 창피해 바닥에 주저앉는다. 하지만 뭔가가 좀 더 필요하다. 레오는 물론이고, 지니, 마크, 데비처럼 내가 아끼는 사람들이 레오가 살인 사건을 숨기고 나에 대해 거짓말을 했으니 내가 그를 떠날 만하다고 납득하지 않을까 봐 걱정된다. 그 두 사건으로 그에 대한 내 감정이 바뀌었지만 그들이 보기엔 그 거짓말이 그렇게 대단하지 않을 수도 있다. 아직 레오를 좋아하는 것과 별개로 그에 대한 신뢰가 무너졌다. 내 친구에 대해 얘기하던 날, 나는 그에게 신뢰할 수 없으면 함께 살 수 없을 거라고 말했다. 그러니 그는 알면서도 그런 위험을 감수했다.

맨 아래 서랍이 아직 열려 있어서 낙심하며 서랍을 힘껏 닫는다. 그러자 파일 아래에서 무언가 불쑥 튀어나온다. 서랍이 쾅 하고 닫히기 전, 파일 아래로 다시 튕겨 들어가는 뭔가가 살짝 보인다. 나는 마음을 졸이며 쭈그리고 앉아 서랍을 열고 정리함 아래로 손을 넣는다. 손가락에 뭔가 딱딱한 게 만져진다. 책, 어쩌면 탁상용 메모장일 거라 기대하며 그것을 내 쪽으로 끌어당긴다. 눈앞에 나타난 건 검정색 철제 금고다.

나는 금고를 빤히 쳐다본다. 십 대 시절 갖고 있던 것처럼 빨간색일 거라고 짐작했는데, 색깔은 다르지만 그 열쇠에 딱 맞을 거라 상상한 바로 그 종류다. 그러다가 어젯밤 악몽을 떠올린다. 꿈속에 나온 금고가 이것처럼 검정색인 순간을, 그 안에서 본 것 때문에 비명을 지를 뻔했던 순간을, 누군가 내 입을 틀어막아 비명을 잠재운 순간을. 나는 허둥지둥 일어나 문 쪽을 초조하게 바라본다. 집 밖 길가에서 사람들이 떠드는 소리가 들려온다. 부모로 추정되는 어른이 말하는 소리, 이어지는 아이의 웃음소리. 그 소리가 나를 진정시킨다. 사람들이 돌아다니는 한낮이다. 지금 금고를 연다고 해도, 이런 대낮에 나쁜 일이 일어나지는 않을 것이다.

나는 레오의 책상 서랍 아래에서 조그만 열쇠를 떼어내며 어차피 금고 자물쇠에 맞지 않을 거라고 되뇐다. 캐비닛에서 금고를 꺼내다가 너무 가벼워 놀란다. 살짝 움직여 보니 무언가 옆쪽에 툭 부딪힌다. 작은 책이나 수첩, 일기장 같다. 심장이 철렁 내려앉으며 니나가 뇌리를 강하게 스친다.

나는 책상 위에 금고를 올려놓고 열쇠를 꽂는다. 딱 맞는다. 열쇠를 돌리고 뚜껑을 들어 연다.

처음엔 일기장인 줄 알았다. 하지만 일기가 아니라 여권이다. 유효기간이 지난 푸른색 옛날 여권이다. 아드레날린이 솟구치는 게 느껴진다. 니나의 것일까? 손을 떨며 여권을 조심스레 집어 든다. 레오가 왜 니나의 여권을 가지고 있는 걸까? 사진이 있는 페이지를 열다가 숨이 턱 막힌다. 20년 전에 찍은 사진이지만 보자마자 누군지 알 수 있다. 니나가 아니라 레오다. 그리고 사진 옆에 적힌 그의 이름을 보니 내가 안다고 생각한 세상이 다시 한번 허물어진다. 여권에 적힌 이름은 레오 커티스가 아니라 레오 카터다.

뒤쪽을 더듬어 의자에 걸터앉는데 초인종 소리가 희미하게 들린다. 레오는 왜 성이 카터면서 커티스라고 한 걸까? 그러다 내가 살인 사건 얘기를 꺼낸 날, 당신 누구냐고 묻자 그가 기절할 듯한 표정을 짓던 게 생각난다. 내가 아는 그이는 거짓말을 하지 않는다는 뜻으로 던진 질문이었다. 하지만 그는 내가 그의 진짜 정체를 알아냈다고 생각한 게 틀림없다.

그 순간 또 한 번 초인종이 울리고, 공포심이 불현듯 나를 사로잡는다. 레오가 지갑에서 열쇠가 사라진 걸 눈치채고 내가 가져갔다고 깨달은 게 분명하다. 나는 벌떡 일어선다. 왜 열쇠를 가져갔냐고 물으면 뭐라고 설명하지? 그러다 갑자기 그런 생각이 스친다. 여권에 이름이 다르게 적혔다는 건 그에게 숨길 것이, 지갑에 열쇠를 몰래 넣어두는 것보다 훨씬 나쁜 뭔가가 있다는 의미가 아닐까.

30장

여권을 손에 들고 아래층으로 내려가는데 그와 맞닥뜨릴 생각을 하니 겁이 나 속이 울렁거린다. 나는 문을 열고 한 걸음 뒤로 성큼 물러선다. 레오가 아니라 토머스다.

"아." 레오는 열쇠가 있으니 초인종을 누를 리 없다는 걸 생각했어야 했다. 그런데 토머스가 무슨 연유로 여기 있는 걸까? 우리가 약속을 했나?

"앨리스, 방해해서 미안한데 들어가도 괜찮을까요?"

그도 나만큼 정신이 없어 보인다.

"음. 네, 그러든가요." 문을 활짝 열면서 내 말투가 얼마나 불친절한지 깨닫는다. 하지만 아직 온 정신이 레오의 여권에 가 있다.

그가 복도로 들어오자 내가 문을 닫는다.

"물어볼 게 있는데…… 헬렌한테 편지는 받았나요? 올리버 누나 말이에요."

대화에 집중이 잘 안 된다. "아, 네, 받았어요."

"미안합니다. 지난주에 헬렌을 만났는데 그쪽한테 편지를 쓰고 싶다고 하더군요. 그래서 당신 의사를 먼저 확인하려고 했어요. 그런데 오늘 아침에 갔더니 벌써 간병인 편으로 편지를 부쳤다고 하잖아요." 그가 걱정스러운 표정으로 나를 본다. "헬렌이 당신한테 어떤 식으로든 부담을 주지 않았기를 바랍니다."

"전혀요." 내가 대답한다. "아주 다정한 편지였어요. 그걸 쓰려면 틀림없이 육체적으로 매우 힘들었을 거예요."

토머스가 고개를 끄덕인다. "몸이 많이 약해져 펜을 잘 쥐지도 못해요. 책도 잘 못 들고요. 독서를 참 좋아하는데 말이죠. 오디오북이 있어서 얼마나 다행인지 몰라요." 그가 인상을 살짝 찌푸리며 말을 잇는다. "무슨 문제라도 있어요? 충격을 받은 것 같은데요."

"그러게 말이에요. 저도 잘 모르겠어요." 심지어 내 귀에도 내 목소리가 질식할 것처럼 들린다. "조금 전에 굉장히 이상한 걸 발견했거든요."

"제가 도와드릴 일이 있을까요?"

"아니요, 고맙지만 됐어요." 그가 나가도록 문을 열려고 그 사람 너머로 손을 뻗다가 동작을 멈춘다. 그는 사립 탐정이니 나를 도울 수 있을지도 모른다. "그렇다면 잠깐 시간 있어요?"

"네, 물론이죠."

"커피가 너무 간절한데, 마실래요?"

"좋습니다."

그가 나를 따라 부엌으로 온다.

"앉아요. 커피는 어떻게 줄까요?"

"블랙이요, 설탕은 빼고."

그가 앉는다. 나는 여태 들고 있던 레오의 여권을 식탁에 내려놓고 커피를 만들러 간다. 움직임이 무겁다. 커피머신에 캡슐을 넣는데 집중해야 한다. 나는 식탁 위에 컵을 가져다 놓고 내 컵을 가지러 간다.

내가 반대편에 앉을 때까지 기다린 그가 여권을 보고 고개를 끄덕인다. "구식 여권은 정말 오랜만에 보네요."

내가 여권을 집어 든다. "레오 거예요. 우리 그이요. 여권이 없다고 했는데 조금 전에 서랍에서 찾았어요."

"최신 여권이 없다는 뜻이겠죠. 이건 한동안 사용이 안 됐으니까요."

"그게 아니에요. 이름이 달라요."

그가 얼굴을 찡그린다. "그러면…… 남편 여권인 게 확실한가요?"

"그이 사진이 있어요. 그런데 이름이 달라요." 내가 여권을 집어들고 해당 페이지로 넘긴다. "그이 성이 커티스인데, 여기엔 카터라고 돼 있어요."

"봐도 될까요?" 내가 그에게 여권을 건넨다. 그가 잠시 여권을 살피더니 나를 쳐다본다. "출생증명서와 대조해보죠."

"어디 있는지 몰라요."

"음. 신용카드는요? 커티스라고 적혀 있나요?"

"네, 그럴 거예요. 솔직히 말하면, 눈여겨본 적이 없어요."

"우편물은요?"

"음, 모르겠어요. 사실 그이한테 우편물이 오는 걸 본 적도 없어요." 내가 걱정이 돼 미간을 찌푸린 채 그를 쳐다본다. "그게 이상한 건가요? 이곳으로 이사 오기 전까지는 떨어져 살았거든요. 그이는 런던에서 아파트 생활을 했으니 우편물이 그리로 갔죠. 이리로 이사 온 후에는…… 겨우 한 달밖에 안 됐지만 이리로 우편물이 몇 개는 오는 게 정상이죠?"

"저라면 그렇게 생각할 것 같은데요."

나는 입가로 컵을 들어 올리며 눈가에 어른거리는 공포의 먹구름을 몰아내려고 애를 쓴다. 손이 너무 심하게 떨려 커피가 사방으로 쏟아진다.

"죄송해요." 내가 두 눈에 눈물이 핑 도는 것을 의식하고 말한다.

토머스가 내 손에서 컵을 뺏은 뒤 싱크대로 가 컵을 내려놓고 행주를 들고 돌아온다.

"커피 다시 내릴까요?" 그가 커피 자국을 닦으며 묻는다. "아니면 물을 줄까요?"

"물이요."

그가 싱크대로 돌아간다. 물 흐르는 소리, 그가 잔을 찾는다고 찬장 문을 여닫는 소리가 들린다. 내게 마음을 진정시킬 시간을 주기 위한 계산된 행동이다.

그가 물을 갖다준다. "고마워요." 내가 잔을 받으며 고마움을 표한다. 우리의 손이 스치고 그와 피부가 닿는 순간 온몸에 전기가 통하듯 저릿한 느낌에 당황해 내가 몸을 뒤로 뺀다.

그가 자리에 앉는다. "제가 도와드릴 일이 있을까요?"

내가 떨리는 숨을 내쉰다. "레오가 니나를 알았던 것 같아요." 토머스가 전혀 놀랍지 않다는 표정으로 나를 골똘히 바라본다. 그가 레오가 니나를 알았다는 사실을 내내 알고 있었을 수도 있다는 생각이 스친다. 어쩌면 그래서 그날 자신이 생각하는 진짜 범인을 가까이에서 보고 싶어서 집들이 파티에 왔는지도 모른다. 그게 나를 찾아온 이유일까? 내게서 무슨 정보라도 얻길 바라서? 운명의 순간이 임박한 느낌에 심장이 너무 빨리 뛰어 어지러울 지경이다.

"왜 그렇게 생각해요?" 그가 묻는다. 목소리가 차분해 두려움이 조금 누그러든다.

나는 그에게 할스턴에 나타났던 금발 여자에 대해 말한다.

"그 여자가 니나라고 생각하는 겁니까?"

"모르겠어요. 얼굴을 보거나 한 건 아니에요. 그냥 금발인 것만 알아요."

"남편한테 물어봤나요?"

"네, 처음엔 자신을 괴롭히는 고객이라고 했어요……."

"남편이 변호사인가요?"

"아니요, 컨설턴트예요. 위기관리 쪽이요."

그가 검은 눈썹을 추켜세운다. "그런데 고객한테 괴롭힘을 당한다는 건가요?"

"그이 말로는 그래요. 하지만 나중엔 자신을 인터뷰하고 싶어 하는 기자라고 말을 바꿨어요."

"그게 언제였는지 기억하나요?"

"우리가 만나고 얼마 안 됐을 때니, 작년 1월 말이나 2월 초예요." 니나가 2월 말에 살해당한 것을 떠올리고 내가 말을 멈춘다.

그가 고개를 끄덕인다. "남편 직장이 어딘가요?" 이제는 완전히 탐정 모드다.

"중부지방이요. 하지만 전엔 런던에서 일했어요."

"남편이 심리 치료를 받았나요?"

"아닐 거예요. 하지만 우린 주말에만 만났고 주중엔 그이 혼자 아파트에서 지냈으니 그럴지도 모르죠."

토머스가 고개를 든다. 눈에 어린 근심 때문에 겁이 난다. 나도 어쩔 수 없다. 레오가 두렵고 내가 두려워서 눈물이 날 것 같다.

"어쩌면 그냥 기자인데 우연히 금발이었는지도 모르죠."

"저도 알아요. 그럴 거예요. 그저 레오가 이 집을 사기 전에 여기서 니나가 살해당한 걸 알고도 저한테 말을 안 한 것 때문에 그래요."

이번에는 그가 놀라움을 숨기지 못한다. "그러면 정말 엄청나게……."

"충격을 받았죠." 내가 그를 대신해 문장을 마무리한다.

"왜 말을 안 했는지 얘기하던가요?"

"그이 말로는 살인 사건에 대해 알면 제가 여기서 살기 싫다고 할 게 뻔해서였대요. 그는 이 집을 너무 원했거든요."

"왜 하필 이 집이죠?"

"그야 뻔하죠. 우리가 보던 집들보다 저렴해, 제가 돈을 보태기 위해 이스트 서식스의 고향 집을 팔 필요가 없었으니까요. 하지만 외부인 출입을 제한해서 이 집이 좋았다는 말도 하더군요. 그때 고객에게 괴롭힘을 당했다는 얘기를 털어놓았어요. 그전에는 일언반구도 없다가.” 내가 고개를 들어 그와 시선을 마주친다. “그이한테 니나를 아느냐고 물어봤어요. 그이가 모른다고 했고 전 그 말을 믿었어요. 하지만 그건 여권을 발견하기 전이에요.”

“레오 카터에 대해 검색해서 뭐가 나오는지 알아볼까요?” 그가 내 눈빛에서 공포심을 읽은 걸까. 진실을 알고 싶지만, 사립 탐정까지 끌어들여 한때 내가 여생을 보내려 한 남자의 뒤를 캐는 건 과한 일 같다. “사립 탐정으로서가 아닙니다.” 그가 재빨리 말한다. “제 말은 친구로서요. 지금, 여기서요. 인터넷에서 검색해서 뭐가 나오는지 볼게요.”

“그렇다면 부탁할게요.”

그가 휴대전화를 꺼내며 “아마 아무것도 안 나올 겁니다”라고 안심시켜주듯 말한다.

“아무것도 없으면요?”

“그러면 남편과 이야기를 나눠야죠.” 그가 긴장을 덜어주려고 미소를 짓는다. “어쩌면 그냥 카터라는 성이 마음에 안 든 건지도 몰라요.”

토머스가 휴대전화로 레오 카터를 검색하는 동안 나는 숨도 제대로 못 쉬고 그를 지켜본다. 나는 휴대전화 화면이 아니라 그의 얼굴에 두 눈을 고정하고 뭔가를 찾은 기색이 있는지 살핀다. 전문가답게 표정에 아무런 변화가 없다. 그의 손가락이 화면을 훑어 내리

다가 멈춘다. 그가 여권을 가져가 한 손으로 사진이 있는 쪽을 펼친
다. 두 눈이 화면에서 사진으로, 다시 화면으로 깜빡이며 이동하더
니 한동안 거기에 머물며 무언가를 읽는다.

물어보기가 겁난다. "뭐라도 찾았어요?"

그가 고개를 들어 나를 본다.

"이걸 읽어봐야 할 것 같군요." 그가 조용히 말하며 자신의 휴대
전화를 내게 건넨다.

화면을 내려다보는데 심장이 쿵 하고 떨어진다. 레오의 여권 사
진과 비슷한 사진 옆에 레오 카터가 2005년에 2년 징역형을 선고받
았다는 기사가 보인다.

심장박동이 서서히 느려지더니 머릿속에서 웅웅거리는 생각과
박자를 맞춘다. '레오가 감옥에 갔다고?' 내가 생각했던 것과 너무
거리가 먼 얘기라 기사 속 글자에, 그가 어떤 자산 관리 회사의 준
법감시인이었다는 등의 내용에 집중하기가 힘들다. 극심한 충격에
속이 뒤틀린다.

"무슨 말인지 모르겠어요." 내가 중얼거린다.

토머스가 목을 가다듬는다. "안타깝지만, 우리 쪽에서는 범죄 이
력을 숨기기 위해 신분을 바꾸는 일이 꽤 흔합니다." 그가 말을 잠시
멈춘다. "남편이 언급한 적 없나요?"

"없어요."

"직접 얘기를 해봐야 할 것 같군요."

내가 고개를 끄덕인다. "그러게요."

"그럼 이만 가보겠습니다." 그가 일어선다. "그냥 있어요. 제가

알아서 나가겠습니다." 그가 문으로 걸어가다가 멈춘다. "뭐든 상관 없으니, 도움이 필요하면 전화해요."

31장

적막이 담요처럼 나를 뒤덮는다. 나는 꼼짝 않고 앉아서 차례차례 무자비하게 나를 공격하는 불신, 혼란, 공포, 분노와 같은 감정을 처리하려고 안간힘을 쓴다. 이윽고 쌀쌀한 기운을 느껴 점퍼를 가지러 서재로 걸음을 옮긴다. 점퍼가 보이지 않아 실내 가운을 걸친 후 단단히 몸을 감싼다.

레오에겐 전화하지 않는다. 차마 할 수가 없다. 이번에도 전화로 할 수 있는 대화가 아닌 데다 그는 내일 저녁까지 버밍엄에 있다. 누군가와 얘기를 하고 싶다. 보통 때 같으면 가까이 살아서 나를 보러 올 수도 있는 지니에게 전화했을 것이다. 하지만 지니는 레오와 너무 가깝다. 그래서 데비에게 전화를 건다.

"이게 정말 무슨 일이니, 앨리스." 내 말을 듣고 그녀가 어안이 벙벙하다는 투로 말한다. "살인 사건을 숨긴 것도 모자란데, 정말 충격이 말이 아니겠다."

"내 말이." 내가 감정을 주체하지 못하고 눈물을 닦으며 말한다. "어찌해야 할지 모르겠어. 난 그이한테 나에 대한 모든 것을, 전부를 말했어. 아무것도 숨기는 게 없었다고. 백 프로 진실했단 말이야. 그래서 너무 힘들어."

"알아." 데비가 말한다. "여기 내려와 며칠 묵으면서 머리 좀 식히는 건 어때?"

"그러고 싶은데 레오와 먼저 얘기를 해야 해. 내일 저녁까진 런던에 안 올 거야. 지난주처럼 지니와 마크네로 가라고 할 생각이었는데 이리로 오라고 해야겠어. 아마 내가 니나 일을 숨긴 걸 용서했다고 생각하겠지."

"내가 그리로 갈까?"

"말은 고마운데 그이와 단둘이 얘기해야 해."

"어떻게 됐는지 알려줘. 뭐든 필요하면 말만 해."

"고마워, 데비."

나는 한참 후에야 레오에게 전화한다.

"앨리스?" 다시 한번 그의 목소리에서 희망이 느껴진다, 내가 돌아오라는 말을 하려고 전화를 걸었다는 희망이.

"금요일에 런던에서 일해?"

"응."

"그러면 내일 저녁에 집에 와."

"진짜? 너무 좋다. 같이 외식할까?"

"아니, 됐어. 내일 봐."

"그래. 고마워, 앨리스."

다음 날 오전 내내 오늘 번역해야 하는 내용에 도저히 집중할 수가 없다. 저녁에 레오를 본다는 생각 때문에 속이 요동친다. 유스턴에 도착했다는 그의 문자를 받자 겁이 덜컥 난다. 자신의 진짜 정체를 알아냈다고 하면 그가 어떻게 반응할지 짐작도 안 된다. 그가 나를 해칠 거라 생각하진 않지만, 이미 그토록 많은 일을 저질렀는데 또 무슨 짓을 할지 누가 알겠는가?

나는 창문에 얼굴을 대고 지니에게 전화한다. 오늘은 밖에 한 발짝도 나가지 않았다. 사나운 바람이 공원의 낙엽을 미친 듯이 휘젓고 있다. 가장 가까운 나무 아래서 어린아이가 짧은 두 팔을 한껏 벌리고 낙엽을 잡으려 애쓴다. 낙엽이 거대한 색종이 조각처럼 아이 주변에 떨어진다. 아이의 아빠가 휴대전화로 이 장면을 담고 있다. 알고 보니 팀과 그의 막내아들이다.

"안녕, 앨리스." 지니가 유쾌하게 인사한다. "잘 지내?"

"좀 있으면 레오가 올 거야." 내가 사내아이에게 시선을 고정한 채 말한다.

"그래, 알아. 레오한테 들었어. 집에 와도 좋다고 했다면서."

"응, 할 말이 있어서."

"아."

"정말 미안한데, 이리로 와줄 수 있어? 의지할 사람이 필요할 것 같아."

"무슨 일 있어?"

내가 창문에서 고개를 돌린다. "응, 실은 있어. 우리 집에 오면 설명해줄게. 지금 올 수 있어? 그러면 레오와 먼저 단둘이 얘기할 여유는 있을 거야."

"내 생각이 틀렸으면 좋겠다." 그녀가 슬픈 어조로 말을 덧붙인다. "난 두 사람 다 좋아한단 말이야."

그녀가 상상할 수 있는 그 어떤 일보다 최악이라고 그녀에게 말해주고 싶다.

그가 오는 걸 알고 있는데도 열쇠 구멍에서 열쇠 돌아가는 소리가 들리자 펄쩍 뛸 것처럼 놀란다. 복도에서 평소와 똑같은 소리가 들린다. 그의 방수 코트가 바스락거리며 어깨에서 떨어지는 소리, 그다음은 재킷 벗는 소리, 이어 계단 기둥에 재킷을 걸칠 때 나는 동전 쟁그랑거리는 소리.

"앨리스?"

"여기야."

그가 부엌으로 온다. 전에 본 적 없는 점퍼를 입고 있다. 머리카락은 짧아졌는데 닷새 전에 봤을 때 까칠하게 자라 있던 수염은 더 길어져서 턱수염에 가깝다. 그래서 더 어려 보이고, 더 낯설어 보인다.

"잘 지내?" 그가 묻는다.

"별로."

나는 살인 사건에 대해 끄집어낸 지난번처럼 부엌 식탁에 앉아 있다. 그의 여권은 보이지 않게 무릎 위에 반듯하게 올려놓았다.

그가 바닥이 긁히는 소리를 내며 반대편 의자를 당긴다.

"무슨 일 있어?"

질문이 머릿속에 한가득이다. 그에게 물어보고 싶은 게 너무 많다. 아니 지나치게 많다.

"나한테 하고 싶은 얘기 없어?" 그가 깨끗이 털어놓기를 바라며 묻는다. 그러면 우리에게 희망이 있을지도 모르니까.

"살인 사건에 대해 말하지 않아서 미안하다는 얘기 말고?"

"응, 그거 말고."

"없어. 아무것도 안 떠오르는데." 그가 한 손으로 자신의 턱을 문지르며 말을 계속한다. "내 말은, 그 일로 얼마나 오래 나를 비난할 건지 알고 싶단 뜻이야. 계속 이렇게 살 순 없잖아." 그가 간절한 눈빛으로 몸을 내민다. "사랑해, 앨리스. 그 일은 과거지사로 묻으면 안 될까? 내가 실수했어. 미안해. 이걸로 그만 끝낼 순 없는 거야?"

"당신한테 뭘 좀 물을 거야. 이번에는 사실대로 답해줘. 당신 여권 있어?"

그가 곤혹스러운 표정을 애써 지어내며 뒤로 기대앉는다. "없는 거 알잖아. 내가 말해줬잖아."

그를 제대로 볼 수가 없다. 그가 우리 관계를 내동댕이쳤다는 걸 믿을 수 없다.

"출생증명서는? 그건 있어?"

"응, 당연히 있지."

"볼 수 있을까?"

"여기엔 없어."

"어디 있는데?"

"금고에. 은행에 있어."

아주 짧긴 했지만 머뭇거림이 보였다. "금고에? 자기한테 금고가 있는 줄 몰랐네." 그가 아무 대꾸 없이 잠자코 나를 쳐다본다. "자기가 누군지부터 말하는 건 어때?" 내가 말한다.

"무슨 뜻이야?"

무슨 소린지 모르는 척하는 게 너무 오래간다. 그의 거짓말을 참지 못하고 내가 무릎 위에 있던 여권을 식탁 위에 올려놓는다.

"당신 캐비닛에서 이걸 찾았어."

그의 표정이 극적으로 바뀐다. 그의 눈이 숨을 곳을 찾기 위해 방을 이리저리 두리번거리다가 내가 앞에 앉아 있어 갈 곳이 없음을 깨닫고 다시 내게 머문다. 그 눈빛에 서린 공포심 때문에 온몸 구석구석 아드레날린이 분비된다. 잠시 무섭고 끔찍한 마음에 그가 식탁을 뛰어넘어 내게 덤빌 거라는 생각마저 든다.

우리는 서로를 노려본다. 침묵이 견딜 수 없을 만큼 길어진다. 심장이 너무 빨리 뛰어 다시는 숨을 쉴 수 없을 것만 같다. 내 뒤쪽 싱크대 수도꼭지에서 물방울이 똑똑 떨어진다. 나는 물방울을 하나씩 세는 데 집중한다. 열까지 셌을 때 고통스레 침을 삼키고 억지로 말을 꺼낸다.

"자기 진짜 이름이 레오 카터야?"

그의 눈에 궁지에 몰렸다는 자각이 보인다. 그가 식탁에 팔꿈치를 올려놓고 양손에 얼굴을 파묻는다.

"레오." 내가 부르는데도 그는 절망에 빠져 넋을 놓고 있다. "레오.” 내가 언성을 높인다.

그가 고개를 든다. 잿빛 얼굴이 눈물로 얼룩져 있다. “내가 밉겠지.”

그의 고통을 견딜 수 없다. 나는 의자를 뒤로 밀고 일어서 싱크대로 가 수도꼭지를 잠가 물방울이 떨어지지 않도록 한다. “절대 자기를 미워하지 않아.” 내가 창문에 비친 그를 보며 말한다.

레오가 얼굴을 문지른다. “자기를 속이면 안 됐어, 나도 알아. 하지만 사실대로 말할 수 없었어. 그러면 나를 떠날까 봐 너무 무서웠어.”

내가 그에게로 몸을 돌린다. “사실이 뭔데?”

그가 무겁게 한숨을 쉰다. “젊은 시절, 자산관리 회사에서 일한 적이 있어. 어리석게도 질 나쁜 사람들과 어울리다가 사기죄로 몇 달 간 감옥에 갔어.”

“정확히 몇 달?”

“넉 달에서 다섯 달.” 내가 그의 얼굴을 빤히 바라본다. “좀 더 길 수도 있고.” 그가 인정한다.

“내가 찾아봤어, 레오. 레오 카터로 알아봤다고. 감옥에 2년 동안 있었잖아.”

그가 고개를 흔든다. “아니야, 모범수로 일찍 석방됐어.” 나는 아무 말도 하지 않는다. “하지만 자기 말이 맞아. 대략 1년 좀 넘었어…….”

나는 식탁으로 다가간다. 그가 아직도 이해를 못 하는 게 안타깝다. “자기가 감옥에 얼마나 있었는지, 그게 두 달인지 2년인지가 중요한 게 아냐. 문제는 자기가 아직도 나한테 거짓말을 하고 있다는 거야."

그의 얼굴에서 절망이 읽히지 않는다. "내가 전부 말해줄게, 약속해. 그 여자, 할스턴에 왔던 그 여자는 거짓말이 아니야, 진짜 기자였어. 그 여자가 사기죄를 짓고 징역을 살았던 사람이 고객들에게 위기관리 자문을 해주는 모순에 관해 기사를 쓰고 싶어 했어. 나한테 계속 인터뷰를 요청했지만 내가 무슨 짓을 저질렀는지 당신이 아는 게 싫어서 그때마다 거절했어." 그의 눈에서 새로 눈물이 흐른다. "모르겠어, 앨리스? 난 내가 저지른 부정을 긍정으로 변화시켰어. 죄를 갚아나가고 있다고."

"그건 잘한 일이야, 레오. 그렇다고 자기의 밑바탕이 정직하지 않다는 사실은 변하지 않아." 나는 말을 멈추고 왜 이 일이 최악의 배신처럼 느껴지는지 알려줄 단어를 찾느라 안간힘을 쓴다. "내가 이해가 안 되는 건, 난 나에 대해 모든 걸 털어놓았는데, 당신은 사실대로 말해주지 않았다는 거야. 난 모든 걸 말해줬다고."

"하지만 난 감옥에 갔어!"

"맞아. 자신이 저지른 짓에 대한 죗값을 치렀지." 그때 집 밖에서 자동차 멈추는 소리가 들리고 나는 몸을 돌린다.

"어디 가는 거야?"

"문 열어주려고. 지니가 왔어."

"지니가?"

"응, 내가 오라고 했어."

"하지만 아직 아무것도 논의한 게 없잖아."

"논의할 건 없어."

"앨리스, 제발!"

"미안해, 레오. 우린 끝났어."

내가 걸어가 문을 연다. 내 뒤로 레오가 흐느끼는 소리가 들린다. 그를 위로할 수 없다는 게 견디기 힘들다.

"레오 아직 여기 있어?" 지니가 복도로 들어오며 걱정스레 묻는다.

"응."

"무슨 일 있었어?"

"레오가 말해줄 거야." 내가 코트를 향해 손을 뻗으며 말한다. "그 사람 얘기야, 내 얘기가 아니라." 내가 지니를 안아준다. "나중에 전화할게."

나는 집 밖으로 나와 공원 벤치에 털썩 앉는다. 사나운 바람이 눈물을 세차게 훔쳐간다.

32장

지니한테서 전화가 온다.

"어디야?"

"공원에 앉아 있어."

"지금 갈게."

몇 분 뒤 그녀가 도착해 여태껏 가시지 않는 내 기분처럼 충격을 받은 표정으로 말한다. "말도 안 돼. 레오가 감옥에 간 적이 있다니 믿을 수가 없어."

날씨가 얼마나 쌀쌀한지 이제야 깨닫고 내가 주머니 깊숙이 손을 찔러 넣는다. "그래서 여권이 있다는 얘기를 한 번도 안 한 거야. 공식적으로야 이름을 바꿨겠지. 집은 레오 커티스라는 이름으로 구매했으니까."

"뭐라 위로해야 할지 모르겠어, 앨리스. 얼마나 충격이 크겠어."

"그 사람은 어때?"

"제정신이 아니지. 힘들어해."

"내가 왜 죄책감이 들까?"

"아직 그를 좋아하니까."

"어쩌면. 하지만 그를 용서할 수 없어."

"죄를 지어서? 그게, 사기가 죄긴 하지만 누구를 죽인 건 아니잖아."

"맞아. 사람은 안 죽였지. 하지만 그래서가 아니야."

"감옥에 갔다 와서 그래?"

내가 천천히 고개를 끄덕인다. 그게 왜 그토록 중요한지 그녀에게 설명하고 싶지만 할 수가 없다.

"어쩔 거야?" 그녀가 묻는다.

"할스턴으로 가야지. 세입자들이 나갈 때까지 데비한테 신세 좀 져도 되냐고 물어볼 거야." 두 눈에 눈물이 차오른다. "6주야, 지니. 6주도 못 버텼어."

지니가 내 어깨에 팔을 두른다. "잠시 우리 집에 와 있는 건 어때?"

"고맙지만 레오한테 2주만 이 집에 있어도 되는지 물어보려고."

"하지만…… 레오가 집을 쓰겠다고 하지 않을까? 더군다나 월요일부터 런던에서 일한다던데."

"왜? 버밍엄 일 끝났대?"

"응."

"아." 내가 풀 죽어 말한다. "레오를 네 집에서 좀 더 머물게 해주면 안 될까?"

"물론 되지. 그런데 왜 2주가 필요해? 짐 싸는 데 오래 걸리지도 않잖아?"

"아니, 해야 할 일이 있는데 시간이 필요해서."

"우리 집에서 하면 안 돼? 원하는 만큼 얼마든지 있어도 돼, 알잖아."

내가 고개를 젓는다. "여기 있고 싶어."

그녀가 호기심 어린 눈으로 나를 쳐다본다. "그 살인 사건 때문은 아니지?"

"무슨 말이야?"

"레오한테 들었어. 네가 그 사건에 좀 집착한다고."

"아니, 그래서가 아니야." 지니한테 거짓말을 하는 스스로가 너무 싫다. "모두에게 제대로 작별 인사를 하고 싶어서. 어쨌건 그가 한 일을 생각하면 몇 주 부탁하는 게 지나친 것도 아니잖아."

"알겠어." 그녀가 내게 팔짱을 낀다. "자, 들어가자. 몸이 꽁꽁 얼었어."

우리는 공원을 가로질러 집으로 돌아간다.

"레오는 서클에 계속 살 것 같아?" 내가 지니에게 묻는다.

"아마 그럴걸."

어째서인지 불공평하다고 느낀다.

그녀가 집 앞에서 나를 안아준다. "도움이 필요하면 말해. 항상 곁에 있을 테니까."

레오가 부엌에서 조리대에 몸을 기댄 채 나를 기다리고 있다. 싱크대로 가서 나 역시 몸을 기대고 그를 마주 바라본다.

"미안하다는 말보다 더 큰 표현이 있으면 좋겠어. 그런데 못 찾겠어."

"나도 미안해."

"뭐가?"

"이렇게 끝나서."

그가 고개를 끄덕인다. "괜찮아. 당신이 알게 되면 이렇게 되리라는 거 알았어."

내가 몸을 곧추세운다. "처음부터 털어놨으면 이렇게 안 됐어!" 그가 이해하지 못하는 것 같아서 속상하다. "처음 만났을 때 감옥에 대해 털어놨으면 모든 게 달라졌을 거야."

"그런 도박을 감수할 준비가 안 됐어." 그가 씁쓸한 미소를 짓는다. "난 언제나 실수를 인정하지 못하고 거짓말로 궁지를 벗어났어. 적어도 내 심리 치료사는 그렇게 판단하더라고."

"심리 치료를 받았어?"

"응, 출소하고 나서 부모님이 알아봐줬어. 하지만 이젠 안 받아."

무언가 앞뒤가 안 맞는다. "부모님과 인연 끊고 산다고 하지 않았어?"

그가 한숨을 쉰다. "다른 이름을 쓰는데 어떻게 부모님을 소개할 수 있었겠어? 그분들이 커티스 부부가 아니라 카터 부부라는 걸 금방 알아챌 텐데."

내가 왜 충격받은 건지 나도 모르겠다. "설마……. 다정하신 부모님 밑에서 남부럽지 않게 자랐다는 거네."

그가 고개를 확 숙인다. "그런 셈이지."

"그리고 그분들은 내 존재를 알지도 못하고."

"미안해."

내가 그에게 경멸스런 눈초리를 보낸다. "자신에 대해 속이는 걸로도 충분히 나빠. 그런데 당신은 다른 사람들에 대해서도 거짓말을 했어. 다시 치료를 받는 게 어때, 레오. 자긴 아직 도움이 필요해." 내가 잠시 말을 멈췄다가 다시 묻는다. "여기서, 서클에서 계속 살 거야?"

그가 찬장에서 컵을 꺼낸다. 수도를 틀 수 있게 내가 싱크대 옆으로 비켜선다. "응, 말했잖아. 과거야 어찌됐든 난 이 집이 좋다고." 그가 내게 등을 돌린 채 말한다.

"부탁이 있어……. 당신 집인 건 알지만 2주만 더 여기 머물면 안 될까? 할스턴으로 돌아간다는 사실에 적응할 시간이 필요해."

그가 물을 마시고 돌아서서 나를 바라본다. "좋다고 뛰어갈 줄 알았더니."

"아니, 안 그래. 솔직히 말해서 실패한 기분이야."

"월요일부터 런던에서 일할 거야. 하지만 걱정 마. 당신한테 방해는 안 될 테니까."

"2주 동안 혼자 있고 싶어. 지니가 당신이 자기 집에 와서 지내도 된대."

그가 쳐다보는 게 느껴진다. "왜 2주 동안 혼자 있어야 하는 거야?"

"말했잖아. 할스턴으로 돌아간다는 사실에 적응할 필요가 있다고."

그가 싱크대에 컵을 내려놓는지 달그닥거리는 소리가 난다. "그러니까 이미 해결된 살인 사건을 해결하려고 여전히 애쓰는 건 아니란 소리네?"

"살인 사건을 해결하려고 애쓰는 게 아니야. 하지만 말했다시피 올리버가 니나를 죽였다고 생각하진 않아."

"그자가 범인이 아니라고 왜 그렇게 확신하는 거야?" 레오가 착잡하다는 표정으로 묻는다.

내가 대답할 거리를 찾는다. "기사를 읽었어. 듣자 하니, 올리버의 누나가 계속 그의 무죄를 주장해왔대."

"그야 당연히 동생 일이니까 무죄라고 주장하겠지! 신문에서 읽은 기사 하나 때문에 올리버 누명 벗기기 운동에 혼자 뛰어들기로 한 거야? 당신이 참견할 일이 아니야, 앨리스."

"그러면 당신은 진범이 활개치고 다녀도 괜찮아?"

그가 질린다는 듯이 양손을 들어 올린다. "이렇게 오도 가도 못하고 계속 제자리만 맴돌 바에는. 2주 줄게, 그 뒤엔 집 돌려줘."

"고마워." 내가 말한다. 하지만 그는 이미 떠난 뒤다.

과거

그녀가 늦었다, 또.

"오늘 기분은 어떠세요?" 그녀가 앉자마자 묻는다.

내가 웃는다. "제가 물어야 하는 거 아닌가요?"

"치료사도 쉴 때가 있어야죠, 안 그래요?"

그녀가 나와 농담을 주고받을 만큼 편해졌다는 사실이 기쁘다. 마침내 내가 기다리던 말을 해줄 거라는 의미일수도 있으니까.

"아니요, 그건 아닌 것 같군요." 내가 말한다.

그녀가 웃는다.

"시작할까요?" 내가 메모지를 내 쪽으로 당긴다. "지난 시간 동안 불행한 이유에 대해 이야기를 나눠봤습니다. 유년 시절, 십 대 시절, 직장 경험에 대해 이야기했고, 대부분이 긍정적인 경험이었다는 결론을 내렸지요. 이제 처음으로 자신이 불행하다고 생각하게 된 순간에 집중해야 할 것 같군요."

그녀가 미간을 살짝 찌푸린다.

"기억하실지 모르겠지만, 지난 시간에 결혼이 불행의 원인일 수 있다고 짧게 얘기를 나눴죠." 내가 대화를 유도한다.

"그런데, 지금은 아니에요."

"네?"

"불행하지 않다고요."

나는 창문을 향해 고개를 돌리며, 그녀에게 방금 자신이 한 말에 대해 생각할 시간을 준다. 블라인드 틈 사이로 길 건너편에 걸린 환하게 불을 밝힌 갈런드가 보인다.

"제 말은, 불행할 일이 뭐가 있겠어요?" 그녀가 말을 잇는다. "날 위해 뭐든 하고, 내가 원하는 모든 것을 주는 최고의 남자와 결혼했는데 말이에요. 애초에 그에게 끌린 것도 그래서예요. 고향 남자들과는 달랐거든요. 그이는 진짜 신사예요." 그녀가 수줍게 웃는다. "구식 같겠지만 사실이에요."

내가 그녀에게 주의를 돌리고 미소 짓는다. "구식이 뭐 나쁜가요."

"제가 보기엔 이 감정이 죄책감 같아요. 굉장히 큰 죄책감이요. 그게 절 불행하게 만들어요, 피에르가 아니라요. 전 그이를 사랑해요." 그녀가 뜸을 들이다가 입을 연다. "헨리 데이비드 소로가 한 말 아시죠? 행복은 쉬이 잡히지 않는다는 말이요."

"네?"

"그 말이 진짜라고 생각하세요?"

"신중히 분석해볼 가치가 있는 말이라고 생각합니다."

"그러면 다른 데로 신경을 돌려봐야겠네요."

"아주 좋은 생각일 수 있어요."

"문제는 어디서부터 시작해야 할지 모르겠다는 거예요." 그녀가 나를 쳐다본다. "매사에 이렇게 불안하지 않았으면 좋겠어요."

내가 펜을 내려놓고 메모지를 접는다. "첫 시간에 이완 치료에 대해 얘기한 거 기억하세요?"

"네, 굉장히 좋아 보이던데요."

내가 일어선다. "지금 시작하는 거 어떠세요?"

33장

다음 날 아침, 데비에게 전화가 온다.

"좀 어때?"

데비에게는 괜찮은 척할 필요가 없다. "비참해. 레오랑 끝났어."

"어쩜 좋아, 앨리."

"최악은, 내가 왜 그와 끝냈는지 아무도 이해 못 하리란 거야. 지니가 지적한 것처럼 사람을 죽인 것도 아니잖아. 다들 감옥에 간 것 때문에 그이를 버렸다고 생각하겠지. 틀린 소리는 아니지만 그래도 사람들이 생각하는 거랑 다르다고."

"레오도 이해해?"

"잘 모르겠어. 전부 얘기해줬지만 진심으로 이해한 것 같지는 않아. 하지만 넌 이해하지, 데비? 넌 내가 왜 이제 레오 곁에 있을 수 없는지 알지?"

"응." 그녀가 부드럽게 답한다. "하지만, 알잖아. 사람들한테 이해를 구하고 싶으면 말을 해주면 돼. 왜 그렇게 느끼는지 설명하면 돼."

"안 돼." 내가 단호하게 말한다. "차라리 내가 용서를 못 하는 거라고 생각하게 내버려둘래."

"앞으로 뭐 할지 결정했어?"

"레오도 허락했겠다, 짧게는 2주 동안 이 집에 머물 거야. 하지만 길게는 잘 모르겠어. 잠깐 동안 너희 집에서 지내도 될까? 2월에 고향 집을 돌려받을 수 있으니까 그때까지 지낼 만한 곳을 찾아야 해."

"원하는 만큼 지내도 돼, 알잖아. 여기선 서로 방해될 일도 거의 없어. 안쪽 침실 두 개를 네가 써. 하나는 임시 서재로 만들어도 되고. 그 대신 매일 보니를 타고 나와 함께 승마를 하는 거야. 어떻게 생각해?"

갑자기 눈물이 차오른다. "그림 같다." 내가 소곤거린다.

"괜찮아질 거야."

"그랬으면 좋겠어."

"오늘은 뭐 할 거야?"

"나도 몰라. 어디서부터 시작해야 할지 모르겠어. 머리가 멍해."

"그러면 하루만 쉬면서 스스로에게 휴가를 주는 건 어때? 분명 런던에는 할 일이 널렸을 거야. 머지 않아 떠날 테니 관광 좀 해야지."

"그거 좋은 생각이다." 기분이 좋아진다.

우리는 조금 더 수다를 떤다. 데비가 필요한 것만 챙기고 이 집에 옮겨놓은 책상, 엄마가 사용하던 화장대, 언니의 책장, 서랍장, 아빠의 의자 같은 개인 가구는 레오와 얘기해 고향 집에 돌아갈 때까지 그냥 두는 게 어떻겠냐고 제안한다.

"레오가 싫다고 하면 우리 집 헛간에 보관하면 되고."

"아마 괜찮을 거야. 레오와 나쁘게 헤어지고 싶지 않아. 나중에도 그이가 어떤지, 잘 지내는지 궁금할 것 같아." 내가 잠시 생각에 잠긴다. "2주 후에 간다고는 했는데 혹시 그 전에 가게 돼도 괜찮을까?"

"내일 와도 괜찮아." 데비가 유쾌하게 말한다. "심지어 오늘도 좋아."

"고마워, 데비. 네가 없으면 아무것도 못 할 거야."

나는 전화를 끊고 데비가 제안한대로 하기로 결심한다. 할스턴으로 돌아가기 전에 꼭 보고 싶은 장소를 목록으로 만들고 빅토리아 앨버트 박물관부터 시작한다. 일상을 살아가는 사람들에 둘러싸여 지하철에 앉아 있을 뿐인데, 나처럼 직장에 가려고 매일 집 밖으로 나갈 필요가 없는 사람들에겐 서클에서 사는 게 얼마나 숨 막히는 일인지 다시 한번 깨닫는다. 직장으로 출퇴근하는 사람들에겐, 하루 일과가 끝나고 집에 오는 일이 고요하고 특별한 안식처로, 사람들이 바글거리는 요란한 도시 한가운데에서 오아시스로 들어가는 느낌이겠지만.

나는 레오에 대해 생각하지 않으려고, 멋진 하루를 보내는 것 외엔 아무것도 생각하지 않으려고 노력한다. 그리고 집으로 돌아오다가 이브와 마주친다.

"안녕, 앨리스!" 그녀가 부른다. 그러고는 내 손에 들린 봉투를 향해 고갯짓을 한다. "뭐 하고 오는 길이에요?"

"하루 쉬고 빅토리아 앨버트 박물관에 갔는데 너무 좋았어요. 그런 뒤에 사우스 켄싱턴에서 가게들도 둘러보고, 나 자신을 위한 선물도 몇 개 사고, 카페에 가서 세상 구경도 했죠."

"완벽한 하루네요."

"이번 주말에 관광을 좀 더 할 거예요. 내일은 테이트 브리튼이에요. 시간 나면 유람선을 타고 테이트 모던도 가고요. 일요일에는 켄싱턴 팰리스를 예약했는데 끝나면 하이드 파크도 좀 걸으려고요."

"거기에 오란제리라는 아주 멋진 찻집이 있는데, 꼭 들러요."

"좋은 생각이네요……. 나랑 같이 가는 건 어때요?" 그녀를 볼 시간이 그리 길지 않다는 생각에 물어본다. "다정한 이웃이 돼줘서 고맙다는 의미로 제가 차 한잔 살게요." 그녀한테 이곳을 떠난다고 말하기는 싫다. 그러면 이유를 물을 텐데, 아직 뭐라고 답할지 정하지 못했기 때문이다.

"좋아요. 더군다나 월이 주말 내내 리허설을 하거든요."

"잘됐네요! 3시에 거기서 만날까요?"

"예약해야 할 거예요. 내가 할까요?"

"네, 부탁해요."

다음 날 저녁, 토머스에게서 전화가 온다.

"주말을 방해한 건 아니죠? 잘 지내나 궁금해서요."

"괜찮아요, 고마워요." 그가 전화해줘서 감격스럽다. "사실 딱히 잘 지내진 않아요. 레오가 내가 알던 레오가 아니라는 사실을 아직 못 받아들이겠어요. 그래서 런던 구경이나 하면서 머리를 비우려 애쓰고 있어요."

"좋은 생각이네요. 어디에 갔다 왔어요?"

나는 그에게 빅토리아 앨버트 박물관과 테이트 박물관 두 곳에 다녀온 일을 들려준다. "내일은 켄싱턴 팰리스에 갔다가 하이드 파크에서 산책하려고요. 그쪽은요? 좋은 주말 보내고 있어요?"

"네, 아들 녀석과 함께 있어요. 주말마다 전처와 번갈아가며 루이스를 돌보거든요. 오늘은 녀석을 '해리 포터 파크'에 데려갔는데 제가 더 녹초가 됐지 뭡니까."

내가 웃는다. "내일은 좀 더 조용한 하루를 보내시길 바라요."

"저도 그러고 싶지만 결국 공원에서 공을 차게 될 것 같군요."

"그것도 힘든 건 마찬가지 같은데요. 실은 물어볼 게 있는데 전화 잘 하셨어요. 지난번에 문 앞에 나타나서 헬렌이 보낸 편지를 받는지 물었잖아요. 그때 용건이 그게 다였어요? 그러니까 그 용건이라면 전화로 물어도 됐잖아요."

"네, 그럴 수도 있었죠. 그런데 그 전주에 통화하다가 그쪽이 갑자기 전화를 끊는 바람에 혹시 내가 기분을 상하게 한 건 아닌지, 그날 대화 내용 때문에 기분이 나빴던 건 아닌지 궁금했거든요. 계속 그 생각을 하다가 헬렌이 그쪽한테 편지를 썼다고 하기에 그 핑계로 잠깐 들러서 괜찮은지 확인했던 겁니다."

"당신 때문이 아니에요. 우리가 무슨 얘기를 하고 있었는지 기억이 나진 않지만 당신 때문에 기분이 나빴던 게 절대 아니에요."

"당신 이웃에 대해 얘기하던 중이었어요. 당신이 니나에 대해 물어보는 걸 싫어하는 사람이 있다고요."

"아, 그래요." 그날 로나 아주머니 집에서 탐신이 엿듣고 있었을지도 모른다고 생각하던 걸 떠올리고 잠시 말을 멈춘다. "아직도 헷갈려요. 아저씨가 들을까 봐 로나 아주머니가 염려한 건 아닌 듯해요. 그리고 내가 의심하던 나머지 한 명은…… 그게, 이제 그녀는 제외예요. 하지만 이 단지에 비밀이 있는 건 분명해요."

"저도 그 말에 동의합니다."

탐신을 생각하다가 토머스에게 물으려던 말이 기억난다. "지난번에 탐신이 한 말인데요. 듣자 하니, 니나가 죽고 나서 자기도 머리칼을 잘랐다고 하더라고요. 살인범이 긴 머리에 페티시가 있어서 다음엔 자신을 노릴까 봐 은연중에 두려웠대요. 그 말에 동의하세요? 제 말은, 살인범한테 페티시가 있다는 거요?"

"그럴 수도 있죠. 아니면 상징적인 걸 수도 있고요. 유사 이래 여자의 머리칼을 자르는 행위는, 음란하다 여긴 사람들을 처벌하는 수단으로 종종 사용됐어요. 수치심을 안겨주는 전략이었던 거죠. 2차 세계 대전 때 수많은 프랑스 여성들이 독일군과 잠자리를 해야 하는 운명에 처했고 그래서 부역자 취급을 받았어요."

"그러니 만약 니나의 살인범이 그녀가 부정을 저질러서 음란하다고 여긴 거라면 자연스레 화살이 가리키는 건 올리버네요?"

"아니면 그녀와 바람피우고 싶었던 누군가가 그녀가 다른 사람과 바람피우는 걸 보고 질투했을 수도 있죠. 그게 아니면 그녀가 바람피우는 걸 심판하려 한 사람이던지요." 그가 잠시 말을 멈췄다가 입을 연다. "미안해요, 앨리스. 루이스가 옛날이야기를 읽어달라고 기다리고 있어요. 이만 가봐야겠어요."

"그래요."

나는 전화를 끊으면서 그가 아들에게 동화책을 읽어주는 모습을 상상하고 미소를 짓는다. 루이스. 예쁜 이름이다.

34장

다음 날 비가 내리는 바람에 나는 하이드 파크에서 산책을 하는 대신 국립도서관으로 발걸음을 돌린다. 도서관의 엄청난 규모에 감탄을 금치 못하며 내부를 어슬렁거린다. 우연히 길게 늘어서 있는 컴퓨터를 발견하고, 전날 토머스와 나눈 대화가 떠올라 포털 사이트에 '머리카락 페티시즘'이라고 입력한다. 기사를 몇 개 읽은 뒤 얼떨결에 '살인에서 머리카락 페티시즘'이라고 친다. 링크가 몇 개 뜨더니 다양한 프랑스 기사로 연결된다. 기사를 재빨리 훑어보던 중 그것들이 전부 파리에서 일어난 동일한 사건을 다루고 있음을 깨닫는다. 프랑스어 실력이 꽤 좋은 편이라 첫 번째 기사를 무리 없이 읽는데 읽어 내려갈수록 등골이 오싹하다. 피해자인 서른 살의 마리온 카토라는 여성도 머리칼이 잘린 뒤 목이 졸려 숨졌다.

나는 그녀의 사진을 찬찬히 살펴본다. 니나처럼 긴 금발이다. 살인이 일어난 날짜를 보니 2017년 12월 11일로, 니나가 살해되기 약 15개월 전이다.

기사를 전부 찾아서 읽는 데 오래 걸리지 않는다. 더 깊이 파보고 싶지만 시간을 보니 이미 이브와의 약속에 늦었다.

나는 오란제리를 향해 서두른다.

"미안해요, 늦었어요." 비에 젖은 우산을 탁자 아래로 밀어 넣으며 사과한 뒤 그녀와 포옹한다. "국립도서관에 갔다가 수많은 아름다운 초판본에 넋을 놓았지 뭐예요."

"비가 와서 계획을 바꾼 줄 알았어요."

"여기 너무 좋네요." 내가 주위를 둘러보며 말한다. "창가 자리를 잡아서 다행이에요."

"아예 못 앉을 뻔했어요. 듣자니 한참 전에 예약해야 한대요. 운 좋게 마침 취소된 자리가 있었어요."

주문하고 차가 나오길 기다리는 동안 이브가 어젯밤에 잠이 안 와서 내게 전화하려다 말았다는 얘기를 들려준다. 우리 집에 불이 켜져 있는 걸 본 모양이다.

"사실 어젯밤에 잘 잤어요. 그런데 집에 누가 있는 것 같은 기분이 수차례 들었어요. 그냥 내 착각인 건 알지만요." 영혼을 믿는다는 사실을 드러내지 않으려고 이렇게 덧붙인다. "요즘에는 항상 계단에 불을 켜놔요." 그녀가 인상을 찡그리자 괜히 양심에 찔려서 말을 잇는다. "전기를 낭비하면 안 되지만 그래야 마음이 놓여서요."

그녀가 고개를 젓는다. "그래서 찡그린 게 아니에요. 니나도 집에 누가 있는 것 같다고 여러 번 얘기했거든요. 하지만 앨리스처럼 항상 올리버가 집을 비웠을 때라 상상으로 치부했죠. 그렇지만 그것 때문에 겁에 질리곤 했어요."

심장이 철렁한다. "그게 언제였어요?"

"니나가 죽기 몇 달 전이요."

"경찰한테 말했어요?"

"아니요, 앨리스가 지금 똑같은 말을 해서 기억난 거예요. 올리버가 없을 때 그런 일이 일어나서 나도 니나처럼 그녀가 집에 혼자 있어서 불안한가 보다 생각했거든요. 나 역시 윌이 없으면 집에서 나는 소리에 훨씬 더 예민해지니까요. 삐걱거리는 소리만 나도 누가 계단을 밟는 것 같고."

그때 웨이터가 샌드위치, 스콘, 케이크가 담긴 트레이에 이어 찻주전자 두 개를 탁자에 놓는다. 내가 방해가 되지 않게 몸을 뒤로 기댄다. "니나가 정확히 뭐라고 했어요?"

"누군가 방에 있는 것 같은 기분이 들어서 갑자기 잠에서 깼는데 잠시 후 그런 느낌이 사라졌대요."

나는 그녀의 말에 얼마나 놀랐는지 보여주지 않으려고 찻주전자를 들고 그녀의 잔을 채워준다. 니나가 나와 같은 일을 겪었다면 내가 느낀 게 그녀의 영혼이라며 자위하던 걸 멈춰야 한다. 그리고 누군가 실제로 한밤중에 집에 들어왔다는 끔찍한 현실을 마주해야 한다.

나는 이브에게 아무 말도 하지 않고, 집으로 돌아와 노트북을 켠 뒤 이곳에서 멀지 않은 작은 부티크 호텔을 찾아본다. 나흘 밤을 예약하고 레오와 함께 잠들던 침실로 올라가 커다란 캔버스백에 파자마, 속옷, 세면도구 같은 생필품을 몇 가지 챙긴다. 포기하긴 싫지만 이브와 그런 대화를 나눈 마당에 이 집에서 잠을 잘 순 없다. 하지만 누군가 이 집에 들어왔다면 어떻게 들어왔을까? 그리고 왜 목격될 위험을 감수하고 몇 번이고 돌아온 걸까? 손톱만큼의 흔적도 남기지 않고, 누구에게도 들키지 않고 어떻게 몰래 빠져나갈 수 있었을까? 누구든 간에 열쇠를 가지고 있는 게 틀림없다. 그렇지만 내가 아는 한, 레오와 나만 열쇠를 가지고 있다.

나는 청바지와 티셔츠를 챙기기 위해 옷장을 열고는 짜증 섞인 한숨을 내쉰다. 이번에도 신발 몇 개가 한쪽으로 밀쳐져 있다. 불현듯 할스턴 고향 집에서 언니와 숨바꼭질을 하던 기억에 사로잡힌다. 언니는 그 많은 숨을 곳을 놔두고 언제나 옷장에 숨었다. 내가 언니가 튀어나올까 봐 겁이 나 문을 못 열 걸 알았기 때문이다. 그래서 이따금 아빠에게 지원 요청을 해 언니가 숨어 있는 옷장으로 함께 살금살금 다가가곤 했다. 그리고 내가 문을 열면 아빠가 호랑이처럼 으르렁거리며 옷 사이를 비집고 들어가, 언니가 나를 놀라게 한 것보다 훨씬 더 크게 언니를 놀라게 했다. 어떨 땐 엉뚱한 옷장을 열어서 다 함께 깔깔거리며 배꼽을 잡았다.

나는 눈을 깜빡여 눈물을 떨군다. 가족과의 행복한 추억을 떠올릴 때마다 눈에 눈물이 고인다. 언니가 그립다. 부모님이 그립다. 더 이상 함께할 수 없는 그 모든 순간들이 그립다. 그런데 옷장 앞에 서 있는 그때, 무언가 뇌리를 스친다. 누군가, 언젠가, 이곳에 숨은 게 분명하다.

머릿속이 아득해져 침대 위에 털썩 주저앉는다. 분명 레오다. 서재 창가에서 그를 봤다고 생각한 날, 이 방에서 그의 애프터셰이브 냄새를 맡았다. 그가 욕실 문 뒤에 숨었으리라 생각했는데 옷장 안에 있었던 것이다. 물론 레오는 이곳에 없었다 했고, 지니가 통화 당시 그가 자기 집 2층 침실에 있었다고 확인해줬다. 지니가 내게 거짓말했을 리 없으니, 마크와 벤이 골프를 치는 동안 레오가 지니 몰래 그 집을 빠져나온 게 틀림없다. 그런데 레오는 왜 집에 왔다는 사실을 내게 숨기려고 했을까? 도저히 이해가 안 된다. 옷장 안에 숨다니, 다 큰 성인이 하기엔 너무 이상한 행동이다. 옷장에 들어갈 수 있기나 할까? 안쪽이 유난히 깊고 문과 옷걸이 사이에 공간이 넉넉해서 가능할 것 같기도 하다.

나는 옷장 안으로 들어간 다음 침실을 바라보도록 몸을 돌린 후 문을 닫는다. 내게도 공간이 여유로운 걸 보니 발 놓을 공간만 충분히 만들면 레오한테도 넉넉할 것 같다. 더 중요한 건 만약 지금 누군가 침실로 들어온다면, 나는 문틈으로 그 사람을 볼 수 있지만 그 사람은 나를 볼 수 없다는 점이다.

나는 옷장 문을 열고 방으로 나온다. 레오가 옷장에 숨어 있었다고 생각하니 소름이 돋는다. 내가 원하는 건 이 방에서, 이 집에서 벗어나는 것뿐이다. 나는 점퍼 여러 벌이 가지런히 개어져 있는, 옷걸이 위 선반으로 손을 뻗는다. 내가 원하는, 청바지에 어울리는 감청색 점퍼가 옷더미 맨 아래에 깔려 있다. 다른 점퍼를 흐트러뜨리지 않고 선반에서 옷을 빼내려고 옷더미 밑에 손을 집어넣는데 손가락에 털처럼 부드러운 무언가가 스친다. 비명을 지르며 본능적으로 손을 빼낸다. 죽은 쥐나 거대한 거미를 건드렸을지도 모른다는 생각에 몸서리가 쳐진다. 심장박동이 진정되기를 기다린다. 정체 모를 무언가를 함께 끄집어내는 대신 아래에 뭐가 있는지 볼 수 있도록 점퍼더미를 들어 올려야겠다고 마음먹는다. 선반이 너무 높아 구석에서 의자를 가져와 옷장 앞에 놓는다. 의자 위에 올라가 마음을 단단히 먹고 점퍼를 조심스레 들어 올린다.

그 순간 비명을 터트리며 균형감각을 잃고 의자 뒤로 넘어진다. 바닥에 부딪치면서 들고 있던 점퍼가 허공으로 날아간다. 미친 듯이 가빠진 숨을 간신히 고르고 다친 데가 없는지 살펴본다. 팔꿈치와 왼쪽 다리가 욱신거리고 뒤통수도 느낌이 이상하다. 잠시 그대로 있다가 바늘처럼 콕콕 찌르는 팔 통증을 무시한 채, 넘어진 의자를 지렛대 삼아 몸을 똑바로 일으킨다. 공포심에 눈물이 왈칵 쏟아진다. 점퍼 밑에 숨겨져 있던 긴 금발 뭉치가 내 상상의 산물이라고 믿고 싶지만 아니라는 걸 안다. 부정하는 말들이 머릿속을 뒤죽박죽 떠다닌다. '니나의 머리칼일 리 없어. 그럴 리가. 레오는 니나를 몰랐어. 그이가 니나를 죽인 게 아냐. 그럴 리 없어, 그랬을 리 없어.' 그러다 사실과 충돌한다. '레오는 이 집을 원했어, 굳이 이 집을.' 그리고 끔찍한 결론에 다다른다. '그이는 니나를 알았어. 이 집에서 그녀를 죽인 거야. 그녀의 머리칼을 자르고 일부를 전리품처럼 간직한 거지. 그리고 범죄 현장으로 돌아온 거야.'

그 머리칼이 니나의 것이라는 공포가 몸에 느껴지는 통증보다 크다. 경찰에 전화하려고 휴대전화를 잡으려는데, 내 주장이 정신 나간 소리처럼 들릴 거라는 생각이 든다. 어쩌면 내가 미친 걸 수도,

내 상상일 수도, 내가 잘못 봤을 수도 있다. 나는 몸을 떨면서 선반 쪽으로 목을 길게 빼고 옷장에 천천히 다가간다. 아직 거기 있다. 빨간 리본으로 위아래가 묶인, 잘린 금발 뭉치가.

하지만 레오가 니나를 죽였을 리 없다. 머리칼에 시선을 고정하고 레오가 니나의 살인범이 아닌 이유를 하나씩 따지는데 뭔가 석연치 않다. 가까이 다가가서 좀 더 자세히 살핀다. 머릿결이 이상할 정도로 윤이 나는 게 너무 완벽하다. 건드리고 싶지 않지만 꼭 알아야겠기에 손을 뻗어 조심스레 머리털을 훑는다. 그리고 안도의 한숨을 쉰다. 인모가 아니다. 가짜다.

나는 침대 위에 풀썩 쓰러진다. 레오는 왜 옷장 안에 가짜 금발 포니테일을 숨겨뒀을까? 이것을 보는 사람이면 누구든, 이 집의 이 방에서 니나에게 무슨 일이 있었는지 아는 사람이면 누구든 그녀의 머리털이라고 착각하지 않겠는가? 나를 겁주려고 거기에 뒀을까? 그날 내가 지갑에서 열쇠를 꺼내는 걸 보고 보복하는 의미로 나와 작은 게임을 벌이기로 한 걸까?

싸늘한 분노가 나를 삼킨다. 경찰에 연락해 내 옷장에서 니나의 포니테일을 발견했다고, 내 동거인을 구속하라고 말하고 싶어진다. 하지만 그렇게 하면 경찰은 먼저 이곳에 들러 머리털이 가짜라는 걸 확인할 것이다. 레오한테 전화해 경찰에 신고한 척 살짝 겁을 주는 건 어떨까. 하지만 그가 나의 순진함을 비웃으며 그냥 사소한 장난이었다고 말할 게 분명하다. 내가 그를 얼마나 모르는지, 그가 얼마나 비열한 인간인지 경악을 금치 못할 정도다. 분노를 참지 못하고 그에게 문자를 보낸다. '참고로, 그 털 진짜 유치하더라!' 그에게

서 곧바로 답이 온다. '당신 좋으라고 그런 거 아니야.'

최대한 빨리 이 집을 벗어나고 싶어서 나머지는 그대로 둔 채 바닥에서 감청색 점퍼를 집어 든다. 팔이 아직 욱신거려 서재로 가서 티셔츠를 걷고 상처를 확인한다. 팔꿈치 아래에 커다란 멍울이 생겼다. 아까 떨어지면서 의자에 부딪힌 곳이다. 다리에도 며칠 동안 멍이 가시지 않을 게 안 봐도 훤하다. 게다가 뒤통수에도 혹이 생겼다.

물이 마시고 싶어서 부엌으로 향한다. 조리대 위에 머리카락이 또 몇 가닥 보인다. 최악의 하루를 마무리하는 화룡점정 같다. 머리카락을 쓸어서 쓰레기통으로 가다가 걸음을 멈춘다. 선반 아래에 고정된 형광등 불빛에 머리카락을 비추니 내 머리보다 살짝 옅은 금발이다. 한 가닥을 조심스레 집어서 손가락으로 비벼본다. 진짜가 아니다.

머리카락을 손바닥 위에 놓고 2층 침실로 뛰어가 선반에서 포니테일을 꺼낸다. 내 예상이 맞았다. 조리대에서 발견한 머리카락은 이 금발 뭉치에서 나온 것이다.

레오의 게임이 예상 밖으로 전개돼 혼란스럽다. 그에게 부모님과 언니가 세상을 뜨고 나서 탈모를 겪었다고 말한 적이 없다. 그러니 내가 온 집 안에서 머리카락을 발견하면 얼마나 속상할지 그가 알 턱이 없다. 다른 동기가 있는 게 분명하다. 니나의 머리카락이라고 생각하길 바랐던 걸까? 밤중에 집 안을 몰래 돌아다니며 내 눈에 띄게끔 머리카락을 떨어트려 놓은 걸까? 그럴 리 없다. 집들이 파티가 있던 그 주 일요일에 처음으로 집 안에서 누군가의 소리를 들은 건 내가 아니라 그였기 때문이다. 훗날 야밤에 내가 인기척을 느꼈을 때 빈집털이범을 탓하게 만들려고 거짓으로 들은 척한 게 아니라면 말이다.

하지만 그가 왜 그런 짓을 하겠는가? 의문을 품기가 무섭게 답이 떠오른다. 내가 니나에 대해 알게 됐을 때, 거짓말 때문에 그와 함께 있기 싫어도 너무 불안해 혼자 있지 못할 테니까. 그러면 내가 나갈 때까지 그가 이 집에 머물 수 있을 테니까.

하지만 실제론 그렇게 되지 않았다. 그가 나갔고 내가 남았다. 그래서 게임을 업그레이드시켜 밤중에 배회하며 나를 겁줘서 내보내려는 게 아닐까. 나는 그가 대부분의 시간을 런던이 아닌 버밍엄에서 지냈다는 사실을 떠올린다. 하지만 그가 진짜로 거기서 지냈는지는 알 수 없다. 어쩌면 런던에 있었는지도 모른다. 호텔에서 밤을 보내고 전처럼 아침마다 버밍엄으로 통근한 것은 아닐까? 내가 아는 레오와, 옛 동거인을 겁줘서 쫓아내기 위해 그녀가 자는 집을 몰래 어슬렁거리는 사람을 동일시해보려 하지만 안 된다. 내가 무슨 말도 안 되는 상상을 하는 걸까. 레오가 진즉 나를 내보내고 싶었으면 나가라고 말했을 것이다. 어쨌든 여긴 그의 집이니까.

35장

호텔은 훌륭하다. 방은 은은한 회색으로 예쁘게 꾸며져 있고 회색 대리석이 깔린 화장실에는 뽀송뽀송한 하얀 수건이 걸려 있다. 안도감이 온몸을 훑고 지나간다. 몇 주 만에 처음으로 안전하다는 느낌이 든다.

지니와 이브가 걱정하지 않도록 밖에서 며칠 지내다 목요일에 집에 돌아갈 거라고 문자를 보낸다. 레오한테는 말하지 말라고 부탁하자 지니가 그러겠다고 약속한다. 내가 집에 없는 걸 알면 레오가 돌아올지도 모른다.

밤새 뒤척이다 아침을 맞자 기분이 몹시 허탈하다. 목요일 아침에 체크아웃할 때까지 동면하듯 자고 싶다는 생각밖에 안 든다. 호텔에서도 작업을 할 계획이었지만 번역 일도, 부모님이나 언니도, 레오와 그의 거짓말도, 니나의 살인 사건도, 아무것도 생각하고 싶지 않다. 그냥 커튼을 몽땅 치고 세상과 단절돼 어둠 속에 누워 있고 싶을 뿐이다.

이후 이틀 동안 나는 잠을 자고, 팟캐스트를 듣고, 느긋하게 목욕하고, 룸서비스를 시키면서 식사를 가져온 직원에게 기분이 울적해서라고 말한다. 그러다 어느 순간 토머스에게 프랑스에서 있었던 살인 사건에 대해 말해주지 않았다는 것을 떠올리고 그에게 전화를 건다.

"두 여자 모두 머리칼이 잘렸어요." 내가 마리온 카토에 대해 알려준 뒤 말한다. "두 사건이 연관성이 있을까요?"

"그럴 수도요. 하지만 같은 페티시를 가진 두 명의 다른 사람이 저지른, 두 건의 살인 사건일 가능성이 높습니다. 저희 팀원 중 누구도, 아니 저조차도 해외에서 일어난 사건을 살펴보지 않았다니 어처구니가 없네요. 굉장히 뛰어난 탐정이 되겠어요, 앨리스."

"고마워요." 내가 기쁘게 말한다.

"저희 팀원들한테 좀 더 파보라고 지시한 뒤 알려드리겠습니다." 그가 주저하는 게 느껴진다. "내일 오후에 들러서 제가 뭘 찾았는지 알려줘도 될까요? 아니면 금요일에요, 그게 낫다면요."

"내일이 낫겠어요."

"2시 어때요?"

"좋아요."

나는 전화를 끊는다. 금요일에 집으로 돌아갈 예정이니 그때 볼 수도 있다. 하지만 그때까지 기다릴 수 없을 것 같았다.

다음 날 오전 느지막이 집으로 걸어서 돌아간다. 레오와 갈라선 지 얼마 되지도 않았는데 토머스와의 만남을 잔뜩 기대하고 있다는 게 죄스럽다. 하지만 이 순간 그는 내가 믿을 수 있는 몇 안 되는 사람 중 하나다.

상쾌한 10월이다. 놀이터에 있는 부모님과 아이들 몇 명만 제외하면 공원이 거의 텅 비어 있다. 탐신은 아침에 뭘 하고 있을까 궁금해하면서 그녀의 집을 힐긋 보는데 2층 창가에 누군가 서 있는 게 보인다. 탐신인지 코너인지 모르겠지만 둘 중 누구든 나를 볼 수 있다는 걸 알고 그 사람을 향해 손을 흔든다.

"앨리스!"

몸을 돌리니 윌이 화려한 색깔의 목도리를 두른 채 나를 따라잡기 위해 뛰어오고 있다.

"안녕하세요, 윌." 내가 호텔에서 나오는 걸 보지 않았기를 바라며 밝게 대답한다. 그렇지만 호텔에 묵는 걸 들키기 싫었으면 서클에서 멀리 떨어진 곳을 택했어야 했다. "쇼핑하고 오는 길이에요?"

"아니요. 그냥 좀 걸었어요. 새 대본을 훑어보다가 바람 좀 쐬려고요. 벌써 돌아왔어요? 이브 말로는 집에 없다던데요."

내일까지 밖에서 묵기로 했던 게 생각났지만 너무 늦었다. "네, 방금 돌아왔어요." 내가 그에게 말한다.

그가 산만하게 고개를 끄덕인다. "이브가 지난번 오란제리에서 정말 좋았다고 하더군요."

"저도 그랬어요. 이브는 어떤지 모르겠는데 그날 전 너무 많이 먹었어요."

"저…… 할 말이 있어요……. 이브가 그러던데, 밤중에 여러 번 집에 누군가 있는 것 같은 기분이 들었다면서요?"

"아마 내 착각일 거예요." 그가 왜 그 말을 꺼내는지 궁금해하며 내가 답한다.

그가 나를 흘깃 쳐다본다. "걱정시키긴 싫은데, 이브 말로는 니나도 비슷한 경험을 했다고 하더군요."

"네, 들었어요."

"그런데…… 그 집에 혼자 있어도 정말 괜찮겠어요? 레오가 안 오면 우리 집에 와서 지내도 돼요."

"말은 고맙지만 정말 괜찮아요."

그의 푸른 눈동자가 나를 똑바로 쳐다본다. "미안하지만, 앨리스. 왜 굳이 위험을 감수하려고 하는지 이해가 안 돼요. 니나한테 그런 일이 벌어졌는데도 말이에요."

"하지만 올리버가 범인이라면 어째서 그게 위험을 감수하는 거죠?"

"만약 그가 범인이 아니면요?"

내가 걸음을 멈춘다. "무슨 소리예요, 윌?"

그가 양손을 주머니에 찔러 넣는다. "올리버가 니나를 죽였다는 주장이 석연찮아서 그래요. 올리버를 잘 알았던 건 아니에요, 이웃으로 지낸 게 겨우 다섯 달이니까요. 하지만 올리버가 범인으로 몰렸을 때 다른 사람들과 마찬가지로 큰 충격을 받을 만큼은 잘 알았어요. 그래도 그가 자살로 유죄를 입증했다는 말은…… 믿을 수 없었죠. 좀 전에 말한 것처럼 다들 나보다 그를 더 잘 알았으니 내가 모르는 뭔가가 있나 보다 싶어 난 입 다물고 있었어요. 그런데 당신이 오고 이것저것 물어보기 시작하니까 이제 정말 모르겠어요. 진짜 살인자가 아직 우리 중에 있으면, 우리 바로 눈앞에 숨어 있으면 어떻게 해요?"

너무 진심 같다. 완전히 진짜 같다. 하지만 마음 한구석에서 그는 배우라고, 매우 훌륭한 배우라고 말하는 소리가 들린다. 만약 이브가 오랑제리에서 나눈 대화를 그에게 말해줬다면, 내가 지난주에 더 이상 풀어야 할 미스터리는 없는 것 같다고 했던 말 역시 전해줬다면? 윌이 지금 내게 덫을 놓는 걸까?

"나 때문에 그 일에 의문을 갖게 됐다면 정말 미안해요." 내가 걸어가면서 말한다. 최대한 빨리 이 대화를 끝내고 싶다. "처음엔 아무것도 몰랐지만 사실을 다 알고 나니 솔직히 올리버가 외도 때문에 니나를 죽였다는 생각이 들어요. 게다가 경찰도 추가 조사가 필요 없다고 판단했는데, 내가 왜 그랬는지 모르겠어요." 내가 의식적으로 웃는다. 연기라면 나도 할 수 있다. "때론 내가 실제보다 훨씬 흥미로운 사람처럼 보이고 싶어서…… 그런 거 있잖아요, 이곳 사람들에게 강렬한 인상을 남기려고 그런 건가 싶기도 해요."

"아, 뭐, 그런 거라면 나도 이해합니다." 그가 실망한 건지, 안심한 건지 알 수 없다.

우리는 주택 반대편 정문에 다다른다.

"대본 연습 잘하길 바라요." 내가 진입로로 향하며 말한다.

"고마워요, 앨리스. 그리고 도움이 필요하면 나를 찾아요. 언제나 옆집에 있다는 걸 기억해요."

나도 모르게 몸이 떨린다. 그 소리에 마음이 편해져야 할 테지만 어째선지 협박처럼 느껴진다.

36장

2시 반에 토머스가 하늘색 셔츠에 짙푸른 재킷을 걸치고 평소보다 더 창백한 모습으로 나타난다.

"헬렌한테서 오는 길이에요."

"좀 어때요?"

"안 좋아요. 예전에 어땠는지를 생각하면 가끔 힘들어요."

"마음이 아프군요." 그와 헬렌이 친구 이상의 사이였는지 또 궁금해진다.

우리는 부엌으로 가서 마주 보고 앉는다.

"대학시절 한두 번 데이트를 했어요." 그가 내 마음을 읽기라도 한 듯 말한다. "하지만 연인보다는 친구 사이가 낫겠다는 걸 깨달았죠." 그가 재킷 주머니에 한 손을 넣더니 지갑을 꺼낸다. "좋았던 시절, 우리예요." 그렇게 말하며 사진을 보여준다. "오늘 아침에 챙겼어요, 헬렌한테 보여주려고."

나는 사진을 살펴본다. 지금보다 머리칼이 긴 젊은 시절의 토머스가 푸른 눈동자로 눈웃음을 짓고 있는 예쁘장한 여자의 어깨에 팔을 두르고 있다. 두 사람의 모습이 너무 해맑아 헬렌이 이 사진을 보고 얼마나 괴로웠을까 하는 생각이 든다.

"자기 인생이 마흔셋에 끝날 거라는 걸 저땐 몰라서 다행이라고 하더군요." 토머스가 말한다. "니나도 자신이 죽는다는 걸 깨달은 순간, 같은 생각을 했을까 때로 궁금해요."

내가 그에게 사진을 돌려준다. "그만해요."

"미안해요." 그가 풀이 죽어 말한다. "헬렌한테 갔다 오면 기분이 늘 가라앉아요. 하지만 우울한 기분을 일하는 곳까지 가져오는 건 프로답지 못하죠." 그가 나를 일로 생각한다는 말을 듣는 순간 실망한다. "게다가 점심을 못 먹어서 아마 당이 떨어졌을 거예요. 당뇨가 있거든요."

내가 벌떡 일어선다. "말하지 그랬어요. 얼굴이 창백하다 했어요. 먹을 걸 드릴게요……. 뭘 드리면 될까요?"

"비스킷이나 바나나면 됩니다. 혹시 있으면요."

"있어요. 그런데 저도 아직 점심 전이라 오믈렛을 만들려고 했거든요. 치즈와 버섯을 넣고요. 괜찮아요?"

"좋습니다. 하지만 제가 괜히 귀찮게 하는 건 아닌지."

"전혀요."

그가 전화기를 꺼내 식탁에 올려놓는다. "안타깝게도 프랑스 사건에 대해선 아무 소식이 없군요. 주말 전엔 알아야 할 텐데요."

"범인이 잡혔다는 기사는 못 봤어요."

"저도 못 찾았습니다. 그래서 아직 진행 중인 사건이 아닐까 싶어요. 그렇다 해도, 다른 나라에서 벌어진 걸 고려하면 두 사건이 연관성이 있을 것 같진 않습니다."

나는 버섯 껍질을 벗기면서 탐신네에 커피를 마시러 갔다가 엿들은 이브와 탐신의 대화 내용을 그에게 말한다. 그에게 털어놓는 게 양심에 거리끼지만 그의 의견이 필요하다.

"댁과 이웃집 울타리에 구멍이 있다는 걸 남편이 아나요?" 그가 묻는다.

"네, 제가 말했어요. 좋은 생각이라고 하던데요."

"기분 나쁘게 듣지 마시고, 두 분 사이는 어떠세요?"

"그이는 지금 여기서 안 지내요."

"안됐군요."

레오에 대해 생각하기 싫어 몸을 돌린다. 풀어놓은 계란을 프라이팬 두 개에 붓고 천천히 익힌다. 잘 익은 가장자리를 중앙으로 당기고 덜 익은 계란을 남는 공간으로 흘려 붓는 단순한 행위가 이상하게 마음을 누그러뜨린다.

"탐신의 남편은 만나봤나요?" 토머스가 묻는다.

"네."

"어떤 사람 같나요?"

"살인자처럼 보이진 않아요, 그런 의도로 물은 거라면요."

"제가 댁이 이미 알고 있는 이야기만 하는 건 알지만 겉모습으로 판단할 수는 없어요."

"맞아요, 그거야 당연히 알죠." 내가 계란에 버섯과 치즈 가루를 넣으며 흥분해서 말한다.

그가 공감한다는 듯한 미소를 짓더니 입을 연다. "하지만 만약 탐신이 남편과 니나가 바람을 폈다고 생각한다면……."

"안 폈어요." 내가 재빨리 끼어들며 탐신과 카페에서 나눈 대화에 대해 얘기한다. "중요한 건, 그게 어디까지 진실인지 잘 모르겠다는 거예요."

"네?"

나는 오믈렛을 반으로 접고 안쪽에 든 치즈가 녹게 스패출라로 가볍게 누른다. "한편으론 내가 탐신한테 속은 건 아닐까 하는 의심이 들어요. 사람들이 살인 사건에 대해 어떻게 알았냐고 물어서 기자가 전화했다고 대답했거든요. 그때부터 탐신이 그 기자가 전화한 이유가 경찰이 재조사를 시작했기 때문이 아닐까 염려하더라고요. 아니라고 잡아떼긴 했지만 내가 아직 기자와 연락을 한다고 생각하는 게 분명해요. 그녀가 제게 일부러 잘못된 정보를 흘린 거면 어떡하죠? 그 연이은 두 대화, 우연히 엿들은 대화와 그 다음 날 카페에서 그녀와 나눈 대화로 짐작해보면 뭔가 수상쩍어요."

"탐신이 자기 남편이 범인이 아니라는 걸 그쪽한테 알리려고 애를 쓰는 것처럼 보이네요. 그렇지만 남편이 거절을 쉽게 받아들이지 못한다고도 했잖아요."

"니나가 외도했다는 소리를 들었을 때 이브와 탐신이 어떤 기분이었을지 너무 잘 알아요." 내가 오믈렛을 접시 두 개에 각각 담고 식탁으로 옮기면서 말한다. "지난주에 아주 잠깐이었지만 레오가 니나를 알았을 수도 있다고 생각했을 때 정말 힘들었거든요. 심지어 마리아도 잠깐이라지만 팀을 의심했을 거예요. 게다가 팀은 용의자일 가능성이 가장 낮아요."

토머스가 오믈렛을 감탄하듯 바라본다. "먹음직스럽네요, 고맙습니다." 그가 포크와 칼을 집어 든다. "왜 팀이 가장 가능성이 낮다고 생각하는지 궁금하군요. 팀과 니나는 심리학이라는 관심사 때문에 굉장히 잘 통했을 텐데요."

"어쩌면요. 하지만 팀과 마리아는 정말 돈독해요. 이브와 윌도 마찬가지고요. 그래서 코너로 낙점했던 거예요."

나는 그의 맞은편에 앉아 밥을 먹으면서 눈을 내리깔고 그를 힐끗거린다. 그가 나와 함께 식탁에 앉아 있다는 게 자연스럽게 느껴진다.

"니나의 머리칼을 자른 게 일종의 심판일 수 있다고 했잖아요? 만약 누군가 그녀를 심판하려 했다면, 여자일 가능성이 높지 않을까요?"

나는 말을 내뱉고 곧바로 후회한다.

"저와 같은 생각을 하는 건가요?" 토머스가 내 표정을 읽고 묻는다.

"모르겠어요." 하지만 모르지 않는다. 그저 내가 그런 생각을 했다는 게 끔찍할 뿐이다.

"분명 탐신한테도 동기가 있습니다. 니나가 자신에게 등을 돌린 것도 모자라 남편이 그녀와 바람피웠다고 의심하기까지 했으니……."

"하지만 탐신은 항상 올리버가 니나를 죽이지 않았다고 믿었어요." 내가 끼어든다. "줄곧 그가 무죄라고 생각했다고요. 만약 그녀가 그런 짓을 저질렀으면 다른 사람이 범인이라는 걸 왜 굳이 들추려 하겠어요?"

"이미 파악했다시피 매우 영리한 게임을 하는 걸 수도 있죠. 게다가 탐신이 누구나 살인범이 될 수 있다고 말하는 걸 들었다면서요?"

불현듯 너무 멀리 갔다 싶다. "아니, 아니요. 탐신은 아니라고 백 프로 확신해요. 내가 그런 생각을 했다는 것 자체가 어이없네요." 그로부터, 우리가 하고 있는 모든 것으로부터 물리적인 거리를 둬야 할 것 같아서 나는 등을 뒤로 기댄다. 하지만 그것만으론 부족해서 일어나 접시를 치운다. "미안해요, 하지만 이건 아닌 것 같아요. 그냥 올리버가 니나를 죽였다고 인정하면 안 돼요?"

"이곳 사람들 모두가 원하는 것처럼요." 토머스가 부드럽게 말한다.

"정말 그일 수도 있잖아요." 내가 말한다.

토머스가 일어서서 내 손에서 접시를 가져간다. "어쩌면요. 하지만 그렇다는 확신이 생길 때까지 손 놓고 있을 순 없어요, 헬렌과 올리버를 위해서요. 정말이에요. 올리버가 유죄라고 생각했으면 이 사건을 조사하지도 않았을 겁니다. 그렇지만 앞뒤가 안 맞는 게 너무 많아요. 그리고 올리버가 헬렌에게 결백을 맹세했어요. 동생이 자신에게 거짓말할 리 없다는 헬렌의 말을 저는 믿습니다." 그가 싱크대에 접시를 갖다놓은 뒤 몸을 돌려 나를 바라본다. "갈수록 당신을 이 일에 괜히 끌어들였다는 생각이 드네요. 글쎄요…… 제가 이만 가는 게 나을까요?"

"아니요, 가지 마세요. 대신 다른 얘기를 하는 게 좋겠어요."

"네." 그가 안심하며 말한다. "좋은 생각입니다."

그에게 요리를 해줬다는 그 단순한 행동 때문일까. 우리는 사적인 이야기를 편하게 주고받는 상황까지 이른다. 토머스가 자신이 3년 전 결혼 생활을 끝내고 지금은 사우스 런던에 살고 있다고 말해준다. 전 부인과 여섯 살 난 아들의 육아를 함께하고 싶었으나 아들의 평범한 일상을 방해하기 싫어서 당분간 아내가 주 양육자가 되었다고 설명할 땐 그가 가엾게 느껴진다.

"아들이 내년 9월에 학교에 들어가면 전부 달라질 겁니다." 토머스가 설명한다. 내가 커피를 타고, 우린 식탁에 다시 마주 앉는다. "새 학교가 집 근처라 아들이 우리 집에서 격주로 머물기로 했어요. 못 기다리겠어요, 아들이 너무 보고 싶어서."

또한 《셜록 홈스》를 읽으며 자랐고, 대학에서 심리학과 범죄학을 공부한 뒤 경찰 대신 원하던 대로 사립 탐정이 되는 길을 택했다고 말해준다. 나는 그 얘기에 대한 답으로 나와 레오에 대해 들려준다. 어째서 런던 생활을 새 출발로 삼으려 했는지, 레오의 거짓말을 용서하지 못하는 게 얼마나 미안한지, 그가 거짓말할 리 없다고 믿은 게 얼마나 어처구니가 없는지.

"생각해보면, 주말에만 만난 사이니 함께 사는 게 힘들 수밖에 없어요." 토머스가 말한다. "스무 달 동안…… 일주일에 이틀씩 만난 거죠? 그걸 합치면 겨우 서너 달밖에 안 되잖아요."

"그 생각은 안 해봤어요." 죄책감이 살짝 줄어드는 기분이다.

나는 또한 토머스에게 부모님과 언니를 잃은 일에 대해 털어놓고, 내가 니나의 사건에 신경 쓰는 이유가 언니 때문이어서 염려된다고 시인한다.

"제 생각엔 니나, 그러니까 언니가 아니었으면 난 여기 있지도, 당신과 대화하고 있지도, 당신이 진실을 밝히도록 돕지도 않았을 거예요. 제 동기가 순수하지 않아서 혼란스럽고 걱정돼요. 니나를 알지도 못했으면서 이렇게 개입하면 안 되는 거였어요. 하지만 언니와 니나를 생각하면 마치 한 사람인 것처럼 뒤섞여요."

그의 눈에 연민이 가득하다. "레오와 화해할 수 있을 것 같아요?"

"아니요. 이제 우리는 없어요, 더 이상은요. 과거를 숨긴 건 아주 심각한 거짓말이에요. 그와 관계를 이어나가긴 힘들어요."

그가 고개를 천천히 끄덕인다. "어떻게 할 건가요?"

"여긴 제 집이 아니라 그 사람 집이니 할스턴으로 돌아가야죠. 그 사람이 다음 주말까진 있어도 된다고 했어요. 그게 자신이 할 수 있는 최소한의 배려라 생각했나 봐요."

"실은…… 헬렌이 당신을 만나게 해달라고 부탁했어요. 당신이 불편할까 봐 좀 있다가 말하려고 했는데 한 주 뒤에 떠난다니……." 그의 목소리가 차츰 잦아든다.

"만나고 싶어요."

"진심이에요?"

"네."

우리가 만난 후 처음으로 그가 살짝 어색한 표정을 짓는다. "다음 주 수요일 어때요? 함께 점심을 먹고 헬렌한테 가는 거예요."

기쁨이 밀려온다. "너무 좋아요."

"식사하면서 저한테 할스턴으로 가는 방법을 설명해주면 되겠네요. 그래야 진척 사항이 생겼을 때 당신한테 알려줄 수 있죠." 그가 웃으면서 말을 덧붙인다.

"물론이죠." 내가 미소로 화답한다.

"좋습니다." 그가 호기심 어린 표정으로 나를 쳐다본다. "이제 끝이라고 하니 레오가 어떻게 반응하던가요?"

"체념한 것 같았어요. 거짓말도 거짓말이지만, 머리칼로 장난친 것도 있으니 어쩌겠어요."

"어떤 장난이요?"

"사실 너무 부끄러워서 차마 말을 못 했어요."

"무슨 일인데요?"

레오를 너무 나쁜 시선으로 볼까 봐 내키지 않지만 그에게 집 안에 흩어져 있던 머리카락과 옷장에서 발견한 금발 포니테일에 대해 말해준다.

"웃긴 게 뭐냐면, 제가 줄곧 발견한 게 니나의 머리칼이라고 생각하게 해서 겁주려고 한 모양인데 생각처럼 안 됐다는 거예요. 전제 머리칼인 줄 알았거든요. 부모님과 언니가 그렇게 되고 나서 머리가 심하게 빠졌던 터라 살인 사건 스트레스 때문에 또 탈모가 시작된 줄 알았어요."

"그래서 늘 머리를 올리고 다니는 건가요?"

내가 손을 올려 의식적으로 머리칼을 만진다. "네, 이젠 습관이 됐어요. 게다가 레오가 나를 겁주려는 또 다른 수작으로 밤에 집 안을 어슬렁거리는 것 같아요. 사람을 심리적으로 조종해도 괜찮다고 생각하는 남자와 어떻게 만나겠어요."

토머스가 얼굴을 찌푸린다. "무슨 말이에요, 집 안을 어슬렁거린다니? 여기서 안 지낸다고 했잖아요."

내가 쓸쓸하게 웃는다. "제 말이요."

"무슨 말인지 잘 모르겠군요."

"밤중에 누가 방에 들어와 나를 지켜본다는 기분이 든 적이 한두 번이 아니에요. 처음 몇 번은 소름이 끼쳤는데 아무 일도 벌어지지 않으니까 제가 느낀 게 니나의 영혼이구나 하고 믿었어요." 두 뺨이 달아오른다. "바보 같은 소리로 들리겠지만, 언니가 죽고 나서 특히 밤이 되면 언니의 존재를 느끼곤 했던 터라 비슷한 경험을 한다고 믿는 게 어렵지 않았어요. 말했다시피 아무 일도 벌어지지 않았고 누군가 들어온 흔적도 전혀 없었기 때문에 괜찮았어요. 그러다 얼마 전 이브한테 니나도 죽기 전에 집에 누군가 있다는 느낌을 받았다는 소리를 들었어요. 그 바람에 제 영혼설이 박살 났죠."

"하지만 레오가 그럴 이유가 있나요?"

"나를 겁줘서 집에서 쫓아내려고요."

"그렇지만 여긴 그 사람 집이니까 나가라고 요구하면 그만이잖아요."

"그렇죠. 하지만 내 입에서 그 말이 나오길 바랐나 보죠. 그래야 이웃들이 제가 너무 무서워서 제 발로 나간다 생각할 테니까요, 그가 날 내쫓는 게 아니라요. 다들 그 사람이 저한테 니나에 대해 말하지 않았다는 걸 알거든요. 여기서 계속 살려면 그 부분을 만회해야 할 거예요."

"하지만 니나도 비슷한 일을 겪었으면 누군가 어슬렁거린 게 틀림없습니다." 토머스의 목소리가 착잡하게 들린다. "댁의 열쇠를 가진 사람이 또 있나요?"

"제가 알기론 아무도 없어요."

"확실해요? 응급 상황에 대비해 이웃에 열쇠를 맡기는 경우가 꽤 많잖아요. 제 이웃도 한 벌 가지고 있어요."

"레오가 누구한테 열쇠를 줬다고 말한 적은 없지만 아무 때나 물어볼 수 있어요."

"밤에 어슬렁거리는 건 물어봤나요?"

"아니요, 깜박했어요. 다른 거짓말에 비하면 중요한 일 같지 않아서요. 하지만 머리칼은 물어봤어요. 제가 유치하다고 하니까 저 좋으라고 한 게 아니라지 뭐예요. 정말 제가 아는 그 사람이 맞나 싶어요." 내가 슬픈 미소를 짓는다. "우리 화제를 좀 바꿀까요?"

한 시간 뒤 그가 떠날 때쯤엔 마침내 서로 친구가 된 듯한 느낌이 든다. 그도 그렇게 느끼는 걸 알 수 있다. 문 앞에 서서 작별 인사를 나누는데 우리 중 누구도 오후가 끝나가는 게 달갑지 않다.

"아직도 이 일에 관여하고 싶어요?" 그가 내 눈을 빤히 바라보고 있어서 시선을 돌릴 수가 없다.

"만약 올리버가 범인이 아니라면 진범을 법의 심판대에 세우고 싶어요."

"그게 누구든 상관없어요?" 그가 나지막이 묻는다.

나는 이곳 서클 사람들을 떠올린다. 그중 일부는 내가 친구라 여기는 사람들이다. 하지만 뒤이어 생각한다. 니나를, 그녀가 어떻게 죽었는지를, 어떤 고통을 겪었을지를. 그리고 죽음에 대한 정당한 값을 받지 못한 언니를.

"상관없어요." 내가 단호한 목소리로 대답한다.

37장

호텔로 돌아가기 전에 레오에게 전화를 건다. 아직 근무 중일 테지만 그에게 방해가 되든 말든 더 이상 신경 쓰지 않는다.

"자기랑 나 말고 이 집 열쇠를 가진 사람이 또 있어?" 나는 곧장 본론을 꺼낸다.

"왜…… 무슨 문제 있어? 문이 잠겼어? 내가 갈게."

"아니, 그게 아니라." 내가 침착하게 숨을 고른다. "자기한테 뭐 좀 물을 테니까 솔직하게 대답해줘. 밤중에 집에 들어온 적 있어?"

"뭐라고?"

"간단한 질문이야, 레오. 밤중에 집에 들어와 몰래 어슬렁거리며 나를 겁주려고 한 적 있냐고?"

"이상한 질문이네. 내가 그런 짓을 왜 해?"

"나를 집에서 내보내려고."

"내가 정말 그런 짓을 할 사람으로 보여?" 그가 목소리를 낮춰 말한다. 지금 근무 중이라는 사실이 떠오른다. "게다가 거의 버밍엄에서 지낸다고. 알잖아?"

"하지만 항상은 아니지."

"잠깐만 기다릴래?" 그가 누군가에게 잠깐 시간을 달라고 말하는 소리가 들리더니 다시 전화기로 돌아온다. "이것 봐, 내가 정직하지 않았을지는 몰라도 사이코패스는 아니야."

"그래? 머리털은 어떻게 된 거야?"

"무슨 머리털?"

"옷장에 있는 포니테일."

"무슨 소린지 당최 모르겠어."

"이봐, 레오. 당신이 인정했잖아!"

"뭘 인정해?"

분노를 참을 수 없다. 지겹다, 그의 거짓말이 너무도 지겹다.

"옷장에 머리털 뭉치를 숨기고 집 안 곳곳에 머리카락을 떨어트려서 니나 것이라고 착각하게 만들었잖아!"

한참 침묵이 흐른다. "앨리스, 슬슬 불안해지잖아. 솔직히 자기가 무슨 얘기를 하는지 하나도 모르겠어."

그의 차분한 목소리가 나를 더욱 화나게 한다. "문자 보냈잖아! 내가 유치하다고 하니까 나 좋으라고 한 건 아니라고 했잖아!"

"그랬지, 짧은 털, 내 턱수염 말이야. 자기 때문에 기른 게 아니라고. 관심을 끌고 싶다거나 그런 게 아니었다고. 그냥 며칠 면도를 못 했는데 마음에 들어서 그대로 길러야겠다 생각한 거야." 그가 잠시 말을 멈춘다. "그 얘기 다시 해줄 수 있어? 나보고 집 안을 몰래 돌아다녔다고 추궁한 그 부분?"

아직 머리털에 대한 그의 대답을 소화하느라 정신이 없다. "착각이 아냐, 레오."

"착각이라는 소리가 아냐. 집들이 파티 날, 내가 집에 누군가 있는 것 같다고 했던 거 기억나?"

"그 후로 몇 번이나 내가 헛것을 본 줄 알았어. 아무 일도 안 일어났거든. 하지만 이브가 그러는데, 니나도 죽기 전에 집 안에 누가 있는 것 같다고 그랬대."

"몇 번씩이나?" 그의 목소리가 놀라서 높아진다. "그런 일이 몇 번 있었어?"

"몰라⋯⋯. 아마 네다섯 번 정도."

"그런데도 계속 거기서 지냈던 거야?"

"응, 아무 일도 안 일어났으니까. 아까 말한 대로 허깨비인 줄 알았거든. 그런데 원래 질문으로 돌아가서, 우리 말고 또 누가 이 집 열쇠를 갖고 있어?"

"응, 윌과 이브한테 있어. 이사 오고 나서 윌한테 한 벌 줬어."

심장이 쿵 하고 떨어지는 것 같다. "그렇구나."

"그 둘 중 하나가 집에 들어와서 자기를 겁주려 했다고 진지하게 생각하는 건 아니지?"

"당연하지." 대답은 이렇게 하지만 속으론 윌의 이름을 소리치고 있다.

"옷장 속 머리칼 얘기는 다 뭐야?"

머리가 혼란스러워 마음이 움츠러든다. "미안, 전화가 와서. 데비야. 이따 전화해도 될까?"

"그래."

나는 전화를 끊는다. 데비에게서 전화가 오지 않았지만 생각할 시간이 필요하다. 정말 생각할 시간이 필요하다.

10분 뒤, 나는 이브네 현관 앞에 서서 그녀가 문을 열어주길 기다린다.

문이 열린다. "타이밍이 기가 막히네요!" 부엌에서 다른 목소리가 들려온다. 이브가 문을 활짝 열어젖힌다. "들어와요."

"아니요, 괜찮아요. 방해하고 싶지 않아요, 난 그냥……."

그녀가 내 팔을 잡는다. "그러지 말고…… 다들 여기 와 있어요. 애들 때문에 좀 시끄럽긴 한데 우리 집에서 차를 마실 때가 된 것 같아서요."

"잘됐네요." 나는 수요일마다 요가 수업이 끝나고 이브가 탐신과 마리아와 애들을 학교에서 데려온 후 함께 차를 마신다는 사실을 떠올린다.

나는 그녀를 따라 부엌으로 간다. 사람들로 꽉 차 있다. 쌀쌀한 날씨에도 정원으로 연결된 프렌치도어가 열려 있고, 마리아의 사내아이 셋과 탐신의 어린 딸아이 둘이 밖에서 먹겠다며 식탁에서 케이크를 집어 들고 나가더니 온 정원을 뛰어다닌다. 탐신과 마리아는 식탁에 앉아 있고, 윌과 팀은 찻잔을 들고 조리대에 기대 있다.

"잘 있었어요, 앨리스?" 그들이 입 모아 인사한다.

나는 손을 살짝 흔든다. "다들, 잘 있었어요?" 나는 윌과 팀을 살핀다. "두 분도 수요일 오후 모임 회원인지 몰랐네요."

"오늘 오후만 명예 회원입니다. 우연히 둘 다 집에 있는 바람에요." 팀이 설명한다.

"게다가 마리아가 초콜릿 케이크를 가져온다는 소식을 우연히 들었거든요." 윌이 말한다. "앨리스도 먹어봐요. 정말 최고예요."

"앉아요." 이브가 식탁 옆 조리대 위에 올라앉는다. "윌, 탐신한테 앨리스 차 따라줄 머그컵 좀 전달해줘."

나는 마리아 옆에 있던 의자를 꺼낸다. 마리아가 내게 케이크를 잘라주는 동안 탐신이 내 머그컵에 차를 채운다.

"고마워요." 내가 이 방에 있는 세 사람이 니나를 죽였다고 수차례 의심했다는 사실을 떠올리지 않으려고 애쓰며 말한다.

"시골에서 좋은 시간 보냈어요?" 이브가 묻는다.

"네, 고마워요. 사실 그래서 왔어요……. 데비라고, 이번에 같이 지낸 친군데 여기서 며칠 함께 보낼 거거든요. 그 친구가 마음대로 들락날락할 수 있게 열쇠를 주고 싶어서요. 레오가 그러던데 이브네가 한 벌 가지고 있다면서요?"

"네, 잠시만요." 윌이 냉장고 옆쪽 벽으로 간다. "그나저나 레오는 잘 지내요?"

"좋아요, 고마워요. 여전히 일하느라 바쁘죠." 그들에게 레오와 끝났다고 얘기할 준비가 아직 되지 않았다.

"여기 어딘가 있는데." 윌이 열쇠 걸이에 한 줄로 늘어선 열쇠들을 눈으로 훑으며 말한다. 그가 열쇠고리 하나를 골라서 든다. "이

거 아니죠?"

"그건 우리 집 거예요." 탑신이 말한다.

"이건 줄 알았는데." 윌이 미간을 찌푸리며 이브에게로 고개를 돌린다. "장모님네 여벌 열쇠 말고 이 중에 우리 집 열쇠가 아닌 게 탑신네 것밖에 없네. 자기가 앨리스네 열쇠 갖고 있어?"

"아니, 난 우리가 갖고 있는지도 몰랐는데."

"레오가 이사 오고 나한테 줬어. 다른 열쇠랑 같이 여기 뒀는데." 그가 열쇠 걸이로 다시 몸을 돌리면서 말한다. "와서 한번 봐요, 앨리스. 나보다 훨씬 잘 알 테니까."

내가 케이크를 두고 그가 서 있는 쪽으로 걸어간다.

"보여요?" 그가 묻는다.

"아니요."

"분명 있었는데……. 6호라고 적힌 이름표를 본 게 기억나거든요. 레오가 가져간 기억은 없지만 혹시 모르니 한번 물어봐요."

"방금 통화했어요. 여기 열쇠 한 벌을 줬다고 한 게 레오예요."

윌이 머리를 긁적인다. "어디 있는지 모르겠네요. 이브, 자기가 다른 곳에 둔 거야?"

"열쇠가 있는지도 몰랐는데 어떻게 그래?" 그녀가 장난스레 말한다. 그러고는 조리대에서 뛰어내리며 덧붙인다. "서재에 있을 수도 있지."

"그게 왜 서재에 있어?"

"글쎄, 하지만 살펴볼 만한 데가 거기밖에 없는 것 같은데. 이리 와요, 앨리스."

나는 이브를 따라 서재로 간다. 우리는 책상과 서랍을 뒤진다. 하지만 열쇠는 흔적도 보이지 않는다.

"이상하네." 이브가 말한다. "미안해요, 앨리스. 사람들 가고 나면 계속 찾아볼게요."

별로 걱정하는 목소리처럼 들리지 않는다. 안 그래도 머리가 복잡한데 가능성이 또 하나 늘어난다. 어떤 가능성도 달갑지 않다. 윌이 거짓말을 하는 걸까? 혹시 다른 곳에 열쇠를 뒀을지도, 아니면 마지막으로 우리 집에 밤마실을 왔을 때 입은 청바지 주머니에 들어 있을지도 모른다. 하지만 그가 아닐 수도 있다. 누군가 냉장고 옆쪽 벽에 열쇠가 걸린 걸 보고 가져갔을 수도 있다. 나는 탐신과 팀, 마리아를 차례로 쳐다본다. 모두 이 집에 자주 드나드는 사람들이다.

"괜찮아요." 말은 그렇게 하지만 괜찮지 않다. 이제 레오가 밤 손님이 아닌 걸 알기 때문에 내일 호텔에서 나와 집에서 잠을 청할 순 없을 것 같다. 열쇠가 사라진 이상 그럴 순 없다.

나는 케이크를 다 먹은 뒤 핑계를 대고 돌아간다.

"친구는 언제 와요?" 윌이 현관까지 배웅하며 묻는다.

"금요일이요."

"그럼, 그전까지 열쇠를 찾아볼게요."

호텔로 돌아왔는데 휴대전화가 울린다. 지니다.

"잘 지내?" 그녀가 묻는다.

"좋아."

"정말이야?"

"응, 왜?"

"레오한테서 전화가 왔어. 네가 밤중에 집 안을 어슬렁거린 게 본인이냐고 따지더니, 집 안 곳곳에 머리카락을 뿌리고 다녔냐는 영문 모를 소리를 했다면서 걱정하잖아."

"오해였어. 그리고 레오가 과장하는 거야."

"흠." 믿지 않는 분위기다. "아직 집 밖이야?"

"응."

"미안한데, 앨리스. 그게 이해가 잘 안 돼. 레오한테 2주만 그 집에서 지내게 해달라 부탁해놓고 밖에서 자는 거 말이야."

"내일 돌아갈 거야."

그녀가 한숨을 쉰다. "무슨 일인지 말해줄래?"

"아무 일도 없어. 미안한데 이만 가봐야 해. 아침에 전화해도 될까?"

"그래, 하지만……."

"고마워, 지니. 내일 통화해."

과거

새 고객이 마음에 든다. 조금 까다로울지 모른다는 건 짐작했지만 그래도 괜찮다. 그녀가 내 맞은편에 앉더니 매끈한 다리를 꼬면서 자신감을 발산한다. 그녀는 정서적으로 평온하다. 하지만 인간은 모두 내면에 어둠을 품고 있으며, 그 어둠이 깊이 묻혀 있을수록 흥미롭다.

나는 탁자에서 메모지를 집어 들고 주머니에서 펜을 꺼낸다. 메모지 대신 노트북을 사용할 수도 있지만 고객들은 메모지에 적는 구식을 여전히 좋아한다. 노트북을 사용하면 우리가 그 뒤에서 뭘 하는지, 그러니까 메모를 하는 건지 넷플릭스를 보는 건지 자신들이 알 수 없어서인 것 같다.

내가 기본적인 질문들을 차례로 던지자 그녀가 재미있다는 듯 눈썹을 치켜올린다.

"정말이요?" 그녀가 말한다.

내가 인상을 찌푸렸다가 누그러뜨리는 것을 보고는 그녀가 꼰 다리를 풀고 자세를 고쳐 앉아 치마를 정돈한 뒤 대답하는 데 집중한다.

"상담은 왜 하시는 거죠?" 상담이 끝날 무렵 내가 묻는다. 그런 다음, 늘 하던 대로 그녀가 하는 어떤 말도 이 방 문턱을 넘어가지 못할 거라고 장황하게 설명한다.

이 방. 나는 방 안을, 연분홍색 벽과 도로 쪽으로 나 있는 창문을 둘러본다. 창문에는 염탐꾼을 차단할 블라인드 대신 커튼이 달려 있다. 하지만 이 시간대에는 칠 수 없다. 그래서 방 뒤편을 바라보고 앉도록 한 것이다. 언제나 그렇듯 조심하는 것이 가장 중요하다.

"큰 문제는 없어요. 그냥 치료가 뭔지 경험해보면 좋을 것 같아서요. 얘기도 하고요. 얘기하는 건 언제나 좋잖아요?"

"당연하죠." 내가 동의한다.

그래서 우리는 이야기를 나눈다. 그녀의 행복했던, 십 대 때도 별 문제가 없었던 어린 시절과 그녀 자신이 좋아하는 일에 대해서. 그녀가 꺼내지 않은 유일한 주제가 남편이다. 그녀가 유부녀인 걸 알기 때문에 그자체로도 대답이 된다.

내가 메모지를 내려놓는다. "결혼한 지는 얼마나 되셨나요?"

그녀가 놀란 표정을 짓기에 내가 왼손을, 네 번째 손가락에 끼워진 가는 금반지를 가리키듯 쳐다본다.

"사별했을 수도 있잖아요."

"사별하셨나요?"

"아니요." 내가 기다린다. "7년 됐어요." 그녀가 답한다. "결혼한 지 7년이요."

"7년 동안 행복하셨나요?" 내가 묻는다.

"7년 동안 황홀했죠. 권태기도 없었어요."

내가 한숨을 억누른다. 실망스럽다.

내가 그녀 쪽으로 몸을 기울이고 눈을 똑바로 맞춘다. "헨리 데이비드 소로가 행복에 대해 뭐라고 했는지 아세요?"

이제 그녀가 실망하는 눈치다. 그녀도 앞으로 몸을 기울이면서 내 시선을 맞받아친다. "네." 그녀가 말한다. "소로우가 행복에 대해 뭐라고 했는지 잘 알죠. 그게 전부 개소리라는 것도요."

38장

다음 날 아침, 나는 호텔을 체크아웃하고 공원을 가로질러 집으로 돌아간다. 걸음을 옮길 때마다 낙엽이 발에 채여 바스락거린다. 며칠 더 묵을 수도 있었지만 괴롭힘을 자처하긴 싫다. 집에 머무는 것을 무서워하게 만드는 것도 일종의 괴롭힘이다. 그래서 전처럼 밤중에 깨어 있으려고 한다. 무슨 소리라도, 어떤 소리라도 들리면 경찰을 부를 것이다.

날씨가 쌀쌀한 탓인지 공원 벤치에 앉아 있는 사람이 아무도 없다. 심지어 공원을 가로질러 출근하는 사람도 없다. 그도 그럴 것이, 10시 반이다. 내 존재가 훤히 노출된 기분이다. 누구든 2층 창가에서 나를 내려다보고 있을 수 있다. 나는 눈을 들고 고개를 돌린 뒤 집들을 훑으며 걸어간다. 왼쪽에 있는 1호부터 시작해 2호, 3호, 4호, 월과 이브네, 그 옆의 우리 집, 로나 아주머니와 에드워드 아저씨네, 제프네, 마리아와 팀네. 거기서 멈춘다. 팀이 거기, 2층 침실에서 자신을 쳐다보는 나를 보고 있다. 그가 내 등골이 오싹해진 걸 몰라서 다행이다. 내가 손을 흔들자 그도 손을 흔들어 답한다. 얼른 집에 들어가려고 속도를 높이는데 정문을 통과할 때 에드워드 아저씨가 원예용 가위를 들고 집 밖으로 나온다.

"좋은 아침이에요, 앨리스." 그가 나를 부른다. "산책하고 오는 길이요?"

"네, 1년 중 이맘때는 항상 좋은 것 같아요. 두 분은 어떻게 지내세요?"

"우리야 좋지, 잘 지내고 있어요."

"사실 서클을 떠난다고 말씀드리고 싶었어요. 저만요. 레오는 계속 살 거예요."

"오, 이런, 안됐네. 언제 떠나요?"

"다음 주말에 떠나려고 했는데 좀 더 당겨질 수도 있어요."

"그래? 그렇구먼. 여튼 다른 데로 간다니 너무 서운하네."

"아주머니한테도 말씀해주시겠어요?" 내가 묻는다.

"그래, 당연히 그래야지."

"가기 전에 인사드리러 올게요." 내가 약속한다.

"그렇게 해요. 집사람이 좋아할 거요."

내가 마리아와 팀네 쪽으로 시선을 획 돌린다. 팀이 아직 창가에 있다. 에드워드 아저씨가 내 시선을 좇아 팀에게 손을 흔들어준다.

"잘 계세요, 아저씨." 내가 심란하게 말한다. 걸음을 옮기려는데 그가 느린 걸음으로 가까이 다가온다.

"아무한테도 떠난다고 말하지 말아요." 그가 속삭인다. 그러고는 평소처럼 높은 목소리로 덧붙인다. "잘 가요, 앨리스."

집에 들어오는데 심장이 쿵쾅거린다. 처음에는 로나 아주머니, 이번에는 에드워드 아저씨. 아무도 믿지 마라, 아무한테도 말하지 마라, 두 번의 경고. 누구를 조심하라는 뜻일까? 에드워드 아저씨가 팀이 지켜보는 걸 봤다. 그래서 그렇게 말한 걸까?

나는 팀을 생각하며 서재를 서성인다. 겉보기에 수상쩍은 구석이 없을 뿐더러 저녁 식사에 초대받아 왔을 때도 부엌일을 도와주면서 너무 다정하게 굴었다. 하지만 늘 창가에서 지켜보는 것이 조금 께름칙하다. 순수한 의도로 그럴 수도 있다. 그는 심리학을 공부했고, 심리학은 사람이 어떻게 행동하고, 반응하고, 상호작용하는지 연구하는 학문이 아닌가? 게다가 심리 치료사가 되려고 훈련 중이라면 사람들에게 흥미를 느끼는 게 정상이다. 어쨌거나 심리학자와 심리 치료사는 사람을 죽이는 게 아니라 사람을 도와주는 사람들이다.

그 생각이 머릿속에 떠오르자마자 마음속 깊은 곳에서 무언가가 툭 튀어나온다. 몇 년 전 한 여자가 자신의 심리 치료사와 함께 도망쳤다는 기사다. 수많은 뉴스의 헤드라인을 장식했는데, 처음엔 여자의 실종 신고가 접수됐다가 며칠 동안 발견되지 않자 매체들이 살해 가능성에 무게를 싣기 시작했다. 그러다 어떤 연유로 방향이 또 바뀌었는지, 여자가 직접 나서서 심리 치료사와 도망쳤다고 말하기라도 한 건지, 아니면 누군가가 그들이 함께 있는 모습을 본 건지는 잘 기억나지 않는다.

나는 노트북을 찾아 검색 엔진을 열고 '여자와 심리 치료사'라고 친다. 2016년 6월부터 작성된 기사로 연결되는 링크가 몇 개 뜬다. 링크 하나를 클릭한다. 대부분은 내가 기억하는 내용이다. 서른 살의 사무 변호사 저스틴 바틀리가 점심시간에 심리 치료를 받기 위해 사무실을 나섰다가 돌아오지 않았다. 그리고 이튿날, 아내가 전날 밤 집에 오지 않았다며 남편이 실종 신고를 했다. 같은 이야기를 다룬 다른 기사들을 샅샅이 훑은 끝에, 나는 왜 이 일이 더 이상 기사거리가 되지 않는지 알아낸다. 저스틴의 절친한 친구가 저스틴이 자신의 심리 치료사와 사랑에 빠졌으며 실종 몇 주 전부터 짜릿한 밀회를 즐겼다고 경찰에 털어놓은 것이다. 더불어 저스틴이 결혼 생활에 문제를 느껴서 치료를 받았다는 말도 덧붙였다. 닥터 스미스라는 이름의 심리 치료사도 흔적 없이 사라진 걸 보고, 그 친구는 그와 저스틴이 함께 야반도주했다고 믿었고 경찰도 그럴 가능성이 가장 높다는 데 동의한 것 같았다. 이 사건에 대한 추가 기사를 찾아보지만 저스틴 바틀리처럼 그 후로는 감감무소식이다.

2016년 6월. 프랑스에서 마리온 카토가 살해되기 18개월 전이다. 크게 불안하진 않다. 저스틴 바틀리가 긴 금발이었다는 것 말고는 그녀의 실종은 마리온 카토와 니나의 살인 사건과는 아무 연관성이 없다. 게다가 그녀가 어떤 사악한 힘에 의해 실종되었다고 생각하는 사람도 없다.

그래도 뉴스 동영상과 인터뷰를 보면서 저스틴 바틀리의 실종에 대해 계속 알아본다. 헴프스테드 거리로 들어가는 게 그녀의 마지막 모습이다. 그런 뒤 얼마 되지 않아 휴대전화가 꺼졌다.

나는 토머스에게 전화를 건다.

"니나가 치료를 받았다는 거 아세요?"

"아니요, 하지만 심리 치료사가 치료를 받는 건 꽤 흔한 일일 텐데요."

"탐신이 니나가 치료를 받았다고 했을 땐 여자일 거라고 짐작했거든요. 그런데 남자였으면 어떡하죠?"

"음…… 남자면요?" 그가 어리둥절해하는 것 같다.

"3년 전에 실종된 저스틴 바틀리라는 변호사 기억나세요?"

"네, 어렴풋하게요. 점심때 약속이 있어 나갔다가 사라지지 않았나요? 아, 왜 그 사건을 끄집어내는지 알겠어요. 심리 치료사를 만나러 갔죠. 하지만 그게 니나와 관련이 있을지는 모르겠군요. 경찰이 두 사람이 함께 야반도주한 걸로 결론 냈잖아요?"

"네, 하지만 도망친 게 아니면요? 좀 전에 관련 기사를 전부 읽었는데 보아 하니 경찰이 스미스 박사라는 치료사에 대해 아무 단서도 발견하지 못한 모양이에요. 만약 스미스가 진짜 이름이 아니면 어떡해요? 어쩌면 둘이 함께 도망간 게 아니라 그자가 여자를 죽인 걸지도 몰라요."

잠시 정적이 흐른다. 내 주장이 얼마나 황당한지 말해줄 방법을 궁리하는 것만 같다.

"스미스 박사가 니나의 치료사일 거라고 생각하시는 거라면, 이번 역시 가능성이 낮아 보입니다." 그가 내가 무안하지 않게 완곡하게 말한다. "하지만 그건 탐신한테 확인하면 되죠. 니나가 치료사의 이름 같은 걸 언급한 적 없는지 물어보세요."

"물어보긴 하겠지만 탐신은 니나에 대해 툭 터놓고 말하는 법이 없어요. 참고로 탐신이 니나한테 치료사 이름을 물어봤는데 한 번도 말해준 적이 없대요."

"말해줄 짬이 없었거나, 탐신이 자신의 치료사를 만나는 게 불편해서 그랬겠죠. 하지만 새겨들어야겠네요. 전 헬렌한테 전화해서 니나가 치료사를 만난 사실에 대해 아는 게 없나 물어볼게요. 그래도 이름이 안 나오면 제 경찰 쪽 정보원한테 말해보죠."

"좋아요."

"고마워요, 앨리스. 또 통화합시다."

나는 전화를 끊으면서 벌써 문제에 봉착했음을 깨닫는다. 탐신에게 전화해서 다짜고짜 니나의 치료사에 대해 물어볼 수는 없다. 대면해서 다른 주제를 먼저 꺼내며 좀 더 영리하게 대처해야 한다. 그리고 이브가 있으면 좀 더 쉬울 것이다. 하지만 오늘은 목요일이라 안 된다. 이브가 자기 엄마와 시간을 보내는 날이다. 내일까지 탐신과 얘기할 수 없다는 생각에 기운이 빠진다. 그리고 그건 그녀와 이브 모두 한가할 때나 가능한 이야기다.

나는 잠시 생각하다 이브에게 문자를 보낸다. 외출을 하고 싶은데 내일 점심에 시간이 되는지 물어보고, 핀즈버리 파크 근처에 꼭 가보고 싶은 식당이 있다고 말한다. 전에 레오와 가본 곳이지만 굳이 알릴 필요는 없다. 또한 탐신과 마리아도 시간이 되면 같이하는 게 어떻겠냐고 제안한다.

10분 후에 답이 온다. 좋은 생각이라며, 탐신과 마리아한테도 확인해봤는데, 마리아의 점심시간에 맞춰서 1시로 잡으면 두 사람 다 가능하다고 한다. 나는 다들 가능하다는 소리에 한숨을 돌리면서 식당 정보를 문자로 보내고 내가 예약하겠다고 덧붙인다.

오후가 한창일 무렵 초인종이 울린다. 보통 이때쯤 토머스가 들르기 때문에 그일 거라 기대하고 문을 열러 뛰어내려 간다. 어쩌면 프랑스 살인 사건에 대한 소식을 가지고 왔는지도 모른다. 나는 머리 스타일이 괜찮은지 거울로 재빨리 확인하고 문을 연다.

하지만 토머스가 아니다. 옅은 갈색 머리에 자신감 넘치는 미소를 걸친 젊은 남자다.

"도슨 씨?" 그가 묻는다.

내가 그를 경계하듯 쳐다본다. "네."

"처음 뵙는군요." 그가 손을 내민다. "벤입니다. 벤 포브스요. 레드우드 부동산 중개 사무소에서 왔습니다."

39장

나는 잠시 동안 토머스가 아니라는 실망감을 삼킨다.

"아, 안녕하세요." 내가 그의 손을 잡고 흔들며 말한다. 삼십 대 초반이라 들었는데 생각보다 젊은 데다 굉장히 미남이다. "그래요, 만나서 반가워요, 벤."

"이 단지에 물건을 보러 왔다 들렀습니다. 전화로만 만난 것 같아 직접 얼굴 보고 인사할까 해서요."

"진작 전화해서 사과했어야 했는데." 내가 멋쩍게 말한다. "레오가 그 사건에 대해 이미 알고 있으리라고는 상상도 못 했어요."

"걱정 마세요. 그 일 때문에 이 집에 살기 싫어진 게 아니라 다행일 뿐입니다."

"쉽지 않았어요." 내가 인정한다. "그리고 여기 오래 있진 않을 거예요. 한 주 뒤에 할스턴으로 돌아가요. 레오는 남을 거고요." 혹시 집이 다시 매물로 나올 거라 생각할까 봐 덧붙인다.

"그렇군요." 그의 표정이 차분하다. 레오와 내가 갈라섰다는 얘기를 마크한테 벌써 들은 걸까. 그가 내 뒤편 복도 안쪽을 유심히 들여다본다. "지니가 그러는데, 2층 침실 두 개를 허물어 하나로 합치셨다고요. 잘하셨네요."

집 안으로 들어오라는 말이 혀끝에서 맴돈다. 하지만 왠지 모르게 주저된다.

"다음에 이 근방에 오실 때 들르실래요? 레오가 흔쾌히 구경시켜줄 거예요."

"네, 그럴게요. 두 분이 이렇게 끝나게 돼서 유감입니다."

"저도 그래요." 내가 미소를 짓는다. "골프는 잘되세요? 주말마다 마크를 집 밖으로 데리고 나가줘서 지니가 얼마나 좋아하는지 몰라요."

그가 웃음을 터트린다. "마크 실력이 일취월장하고 있답니다. 저도 분발해야죠. 혹시 지니 집에 오시면 또 뵐 수 있겠네요."

"그렇겠네요. 들러줘서 고마워요. 만나서 반가웠어요."

"저도요."

그가 손을 흔들며 자리를 뜨고, 나는 그가 길을 건너 공원으로 사라지는 것을 지켜본다.

휴대전화를 꺼내서 지니에게 문자를 보낸다. '좀 전에 벤이 왔어.'

그녀가 답 문자를 보낸다. '그렇구나! 왜 왔대?'

'근방에 일이 있어서 인사하러 들렀대.'

'고맙네. 사람 너무 좋지 않아?'

그렇다고 대꾸하고 싶지만 토머스만큼 좋지는 않다. 보통 지니에게 모든 것을 털어놓는데 토머스에 대해서는 말할 수 없어서, 말한 적이 없어서 마음이 찔린다.

서재로 다시 돌아가지만 벤이 왔던 게 신경 쓰여 일에 집중할 수 없다. 집까지 찾아오다니 이상하지 않은가? 지니는 그렇게 생각하긴커녕 고맙다고 했지만. 모든 사람을 의심하는 습관을 버려야 한다.

윌에 대한 의심도 버려야 할 것 같다. 그가 8시에 손가락에 열쇠 한 벌을 걸고 달랑거리면서 문 앞에 나타났기 때문이다.

"찾았어요." 그가 환하게 웃으며 말한다.

"잘됐네요! 어디 있었어요?"

"한쪽 구석의 이브 잡동사니 속이요. 아무도 안 볼 때 열쇠 걸이에서 떨어져 파묻힌 것 같아요."

"가끔 그러기도 하죠." 실제로 그렇다. "고마워요, 윌."

저녁이 되고, 더 이상 여벌의 열쇠가 어느 허허벌판에 떨어져 있는지 걱정할 필요가 없는데도 나는 거실로 간다. 텔레비전을 보면서 밤을 보낼 계획이다. 피곤하면 소파에서 졸면 된다.

TV를 크게 틀어놓진 않았지만 새벽 3시쯤 음 소거를 시킨다. 그때 부엌에서 소리가 들렸다, 확실하다. 혼비백산해서 소파에서 일어나 거실을 둘러본다. 누군가 집에 들어왔다면 이곳에 못 들어오게 막아야 한다. 텔레비전 소리를 들었을 테니 놈이 내가 어디 있는지 알 것이다.

나는 조용히 이동해 낮은 탁자를 당겨 문 앞에 붙여놓고 램프 두 개를 가져와 그 위에 올려놓는다. 누군가 문을 열면 탁자와 램프가 날아갈 것이고 그 틈에 999에 전화할 수 있을 것이다.

몸이 바짝 언 채로 한 손에 전화기를 들고 5분을 기다린다. 그리고 5분을 더 기다린다. 아무 소리도 들리지 않자 긴장을 푼다. 하지만 누가 있는지 가서 확인할 자신이 없다. 아까 보던 영화를 다시 보고 싶은 기분도 아니어서 소파에 웅크리고 앉아 정말 한 주 더 머물러야 할지 고민한다. 2주를 달라고 한 건 그때쯤이면 토머스가 어느 정도 조사에 진척을 이뤘을 거라 기대해서다. 그리고 솔직히 그를 다시 못 보는 것도 싫다. 하지만 그가 할스턴으로 와서 나를 만나겠다고 했으니 더 이상 걱정할 필요 없다. 이만 떠나는 게 나을 수도 있다. 토머스한테는 니나의 살인범을 법의 심판대에 세우고 싶다고, 그게 누구든 상관없다고 말했다. 하지만 만약 진범이 이곳에 사는 사람으로 밝혀지면 기분이 어떨까?

새벽 6시가 되었을 때 나는 커튼을 걷고 바깥을 내다본다. 아직 컴컴하지만 불이 켜진 몇몇 집에선 사람들이 일상을 시작할 채비를 하고 있다. 비밀과 거짓말, 공포와 불신으로 가득한 삶이 아닌 평범한 일상생활, 그게 내가 원하는 것이라는 깨달음이 든다. 나는 오늘 할스턴으로 돌아갈 것이다.

엄청난 짐을 어깨에서 내려놓으니 믿기지 않을 정도로 기분이 짜릿하다. 나는 소파로 돌아가서 10시 알람이 울릴 때까지 잔다. 탁자와 램프가 아직 문 앞에 놓여 있어 원래 자리로 되돌려놓고 커피를 마시기 위해 부엌으로 간다. 떠나기로 결심했으니 짐도 싸고, 데비, 레오, 지니, 토머스에게 전화도 해야 한다. 이브에겐 점심에 만나 떠난다고 말하면 된다. 아주 오랜만에 행복한 기분이 든다. 이제 이곳과 작별이다.

부엌에 들어서자마자 나는 뭔가 바뀐 걸 알아차린다. 섬뜩한 기운에 사로잡혀 걸음을 멈춘다. 내 느낌이 맞았다, 누군가 여기 있었다. 피부로 느끼고, 혀로 맛볼 수 있다. 걸음을 내딛으며 자세히 둘러본다. 보이진 않지만 분명히 뭔가 다르다.

내 시선이 테라스로 이어지는 프렌치도어로 향한다. 문으로 다가가 손잡이를 건드려보니 잠겨 있다. 몸을 숙여 자물쇠를 점검한다. 누군가 손을 댄 흔적은 없지만, 논리적으로 생각해보면 현관이 안쪽에서 잠겨 있기 때문에 누구든 집으로 들어오려거든 이리로 들어올 수밖에 없다. 제아무리 열쇠가 있어도 안쪽에서 잠그면 절대 들어올 수 없다. 몇 번 깜박하고 문을 안 잠근 적도 있다. 하지만 최근에는 그렇지 않았다. 레오가 나가고부터 강박적으로 문을 잠갔으니까.

나는 서재로 가서 어젯밤 윌이 준 열쇠를 찾는다. 현관 열쇠 두 개밖에 없다. 프렌치도어를 열 수 있는 작은 열쇠는 없다. 윌이 돌려주기 전에 빼놓았을까? 아니면 원래 없었을까?

나는 레오에게 전화를 건다.

"무슨 일 있어?" 그가 마치 무슨 일이 있는 걸 아는 양 묻는다. 그 말에 경계심이 생긴다. 모든 것이 나를 경계하게 만든다. 나는 모든 사람과 모든 것을 의심한다.

"무슨 일이 있어야 해?"

"그냥 요즘 조금 혼란스러워 보여서."

나는 화를 내며 쏘아붙이고 싶은 것을 참는다. 그의 말이 사실이다. 실제로 혼란스럽다.

"당신이 윌한테 준 열쇠 말이야. 현관 열쇠뿐이었어, 아니면 프렌치도어 열쇠도 있었어?"

"음…… 현관 열쇠만 있었어. 프렌치도어 열쇠는 두 개밖에 없어. 부엌 서랍에 보관하고 있는 거랑 내 서재에 있는 여벌이랑."

"서재 어디에 있어?" 내가 벌써 부엌 서랍을 확인하며 열쇠가 그 자리에 있는지 확인한다. 있다.

"내 책상 서랍, 오른쪽 맨 위 칸. 무슨 문제 생겼어?"

"만약 누군가 집에 들어온다면." 내가 계단을 뛰어올라가며 말한다. "프렌치도어를 이용하는 방법밖에 없어. 현관을 안쪽에서 잠근다면 말이야." 내가 그의 서재에 도착해 오른쪽 서랍을 연다. 열쇠 여벌이 그곳에 있다.

"아니면 창문으로 들어오거나." 그가 말한다.

"그건 소리가 너무 커. 프렌치도어 열쇠가 그것뿐인 거 확실해?"

"확실해. 벤이 준 열쇠가 그게 다야."

"벤이?"

"레드우드 부동산."

"그렇지만 자기가 열쇠를 전부 교체했으니까 어차피 벤이 준 열쇠는 쓸모없잖아."

"현관은 교체했지만 프렌치도어는 안 했어. 쓸데없는 짓 같아서."

머릿속에서 비상벨이 울려댄다. "그러면." 내가 천천히 말한다. "벤이 프렌치도어 열쇠를 슬쩍하지 않은 걸 자기가 어떻게 알아?"

"벤이 왜 그런 짓을 해?"

"논리적으로, 이 집에 들어올 수 있는 유일한 방법은 프렌치도어를 이용하는 것뿐이고, 그 말은 누군가 열쇠를 가지고 있다는 뜻이야. 우리가 아는 두 벌은 모두 여기 있으니까. 내가 방금 확인했어."

"설마…… 벤이 열쇠를 숨겨놨다가 집에 침입했다는 말은 아니겠지." 그의 목소리에서 체념이 묻어난다.

"그렇게 회의적으로만 보지 마. 그 사람이 어제 여기 들러서 내가 하는 소리니까."

"뭐? 벤이?"

"응."

"왜?"

"근방에 왔다가 인사하러 들렀대."

"호의로 들렀나 보지."

"아니면 숨은 동기가 있거나. 벤이 안으로 들어와서 2층이 어떻게 개조됐는지 보고 싶다는 투로 말했어."

"들여보낸 건 아니지?"

"아니, 당신이 있을 때 다시 오라고 했어. 조금 이상하기도 하고, 어젯밤에 거실에 있다가 부엌에서 이상한 소리를 들었거든. 침입한 흔적도 없고 없어진 물건도 없어. 하지만 지금은 의심스러워…….

혹시 벤이었으면 어떡하지?"

"비약하지 마. 내 말은…… 동기가 없잖아. 없어진 것도 없다며?"

"혹시 그가 니나를 알았던 게…….."

"아니." 그의 목소리가 단호해서, 잠시 벤이 니나를 몰랐다는 사실을 자기가 안다고 말하는 건 아닌가 생각한다.

"하지만 벤이 니나 부부한테 집을 팔았으면 어떡할 거야?"

"앨리스, 이제 그만해."

"뭘?"

"이 사건에 집착하는 거. 나와 이웃들을 돌아가며 의심하는 것만으로도 심각해. 그런데 그 사람이 니나를 알았는지 어땠는지 알지도 못하면서 부동산 중개인까지 의심하잖아……. 이건 아니야."

"밤중에 집 안을 배회하는 자가 누군지 알아낼 때까지 그만두지 않을 거야." 내가 신경질적으로 내뱉는다. "왜냐면 누군가 배회하는 게 확실하거든."

"그러면 증거를 찾아. 증거가 있으면 경찰한테 전화할 수 있어. 하지만 전화를 하려면 증거가 있어야 해. 무작정 전화해서 누군가 침입한 것 같다고 할 순 없어. 다들 우릴 비웃을 거야. 그러니까 뭔가 사라진 거나 달라진 게 있는지 알아낼 때까진 아무것도 못 해." 그가 잠시 말을 멈췄다가 입을 연다. "내가 돌아갈게, 앨리스. 거기 혼자 있으면 안 돼."

"괜찮아, 떠날 거니까. 할스턴으로 돌아갈 거야."

"언제?" 그가 안심하는 게 느껴진다.

"오늘, 오후 늦게. 이브와 같이 점심 먹고, 그다음에 떠날 거야. 당신은 내일 들어와도 돼."

"이렇게 돼서 정말 미안해." 그가 조용히 말한다.

두 눈에 눈물이 가득 찬다. 내가 말한다. "나도."

40장

나는 차고에서 여행 가방 두 개를 찾아서 서재에 있던 옷을 넣고, 앞으로 몇 주 동안 버틸 만한 청바지와 점퍼 몇 벌을 챙기기 위해 위층으로 올라간다. 의자에 던져놓은 점퍼들이 바닥에 떨어져 아직도 널브러져 있다. 레오한테 옷장에 금발 포니테일을 두었냐고 몰아세운 것만 해도 큰 실례인데, 왜 옷장에 숨었냐고 따지지 않아서 천만다행이다. 하지만 창가에서 얼굴을 본 날, 분명 누군가 여기, 옷장에 있었다. 애프터셰이브 냄새도 맡았다. 레오의 애프터셰이브가 여러 종류라 냄새를 잘 분간하지 못하는 바람에 레오인 줄 알았다.

욕실 문 뒤에서 레오를 찾는 동안 누군가 옷장에 숨어 나를 쳐다보고 있었다고 생각하니 그날의 두려움이 다시 밀려오며 속이 울렁거린다. 집들이가 있던 날 밤, 레오가 침실에 누군가 있는 것 같다고 한 그때는 또 어떤가? 다음 날 아침, 내 신발 여러 켤레가 한쪽으로 치워져 있었다는 건, 그날 밤에도 누군가 옷장에 숨어 있었다는 의미가 아니겠는가?

"제발, 앨리스. 정신 좀 차려!" 분별력을 찾으려고 소리 내 외친다. 제정신인 사람이라면 누군가 코앞에서 자고 있는데 옷장 안에 숨지는 않을 것이다. 내가 확신할 수 있는 건 누군가 이 집에 계속 오고 있다는 것뿐이다. 그자가 이곳에 와서 내 눈에 띄도록 머리카락을 흘리고 다닌 것 말고 또 무슨 짓을 했을까? 내가 놓친 흔적이 또 있을까?

나는 침대에 앉아 도무지 아귀가 맞지 않던 일들을 생각해본다. 이를테면 하얀 여름 원피스가 사라진 지 며칠 만에 느닷없이 상쾌하게 세탁이 되어 나타났을 때처럼. 하지만 어느 누가 집에 몰래 들어와서 원피스를 가져가 세탁하고 옷장에 다시 넣어놓겠는가. 발각되지 않고 어디까지 위기를 모면할 수 있는지 확인하려는 게 아닌 이상.

머릿속으로 계속 추리해나간다. 나는 휴대전화를 꺼내 레오에게 다시 전화를 건다. 근무 중이겠지만 긴급한 상황이다.

"바보 같은 질문인 건 알지만, 집들이 파티가 끝나고 자기가 내 하얀 원피스를 빨았어?"

"어…… 아니."

"그러면 사람들이 준 축하 카드 있잖아, 내가 거실 벽난로 위에 올려둔 거. 자기가 장난으로 눕혀놨어?"

"아니."

"알았어. 그러면 현관 옆 창턱에 흰 장미를 놓아둔 적 있어?"

"언제?"

"언제인지는 안 중요해. 그냥 자기가 그랬는지만 알고 싶어."

"아니."

"나 주려고 장미를 놓고 간 적이 없다고?"

"없어."

"알았어, 고마워."

전화를 끊고 잠시 생각한 뒤, 세 번째로 그에게 전화를 건다.

"미안해. 이번이 마지막이야, 진짜로."

"괜찮아." 그가 뜸을 들인다. "내가 장미를 놓고 갔어야 하는 건가?"

"아니. 냉장고에 샴페인 넣어둔 거 고마웠다고 인사하려고. 그땐 깜박했어."

"무슨 샴페인?"

"돔 페리뇽."

"돔 페리뇽?"

"당신이 놓고 간 거 아냐?"

"아니. 누가 우리 냉장고에 돔 페리뇽을 놓고 갔다는 거야?"

"집들이 때부터 있었나 보다." 내가 서둘러 말한다. "누가 가져와서 냉장고에 넣어뒀나 보지."

"돔 페리뇽이면 내가 못 봤을 리 없는데." 그가 말한다. "앨리스, 대체 무슨 일이야?"

"그냥 이것저것 파악하는 중이야."

그가 더 질문하기 전에 서둘러 전화를 끊는다.

나는 옷을 두고 아래층으로 내려오면서 내가 얼마나 많은 흔적을 놓쳤는지 생각한다. 어젯밤에도 나를 위해 부엌에 흔적을 남겨놓았을 것이다. 나는 바닥 한가운데에 가만히 서서 방을 천천히 훑으며 있어선 안 될 물건이 있는지 찾는다.

"어디 숨었어?" 내가 좌절스러운 목소리로 소리친다. 오늘 아침, 문 안쪽이 뭔가가 다르다고 처음 느꼈던 자리로 돌아간다. 이번에는 미동도 하지 않는다. 오직 시선만 천천히 움직이면서 조금씩 세세히 훑는다. 조리대마다 위쪽으로, 그리고 찬장 위아래로, 선반을 따라 앞뒤로, 소스팬이 걸려 있는 받침대를 따라 가스레인지, 오븐, 냉장고 위로. 하지만 제자리를 벗어난 건 아무것도 없다.

나는 데비에게 문자를 보내 오늘 저녁에 도착할 거라고 말한다. 잠깐 동안 이브를 비롯한 사람들과의 점심 약속을 취소하고 곧바로 출발해야 하나 고민한다. 하지만 내 머릿속 절반은 내게 위험하다고 말하는 반면, 나머지 절반은 내가 상상하는 모든 게 허구라고 말한다. 어쨌든 이브를 보지 않고 떠나는 건 싫다. 아주 오래 알고 지낸 건 아니지만 그녀에게는 설명할 수 없는 친근감이 느껴진다.

데비가 와인 한 병을 준비해놓겠다고 답한다. 나는 지니에게 문자를 보내 오늘 할스턴으로 돌아가기로 결정했으며 주말에 통화하자고 전한다. 그런 다음 토머스에게 전화를 건다.

"제가 방해됐나요?"

"괜찮습니다. 잠깐 시간 낼 수 있어요. 탐신한테서 니나의 치료사 이름이 뭔지 알아냈어요?"

"아니요. 그런데 그게 무슨 의미가 있는지도 잘 모르겠어요. 가끔 제가 정신이 어떻게 된 게 아닌가 싶어요. 심리 치료사라는 단어가 등장한다는 이유로 3년 전 실종 사건과 니나 사건을 연관 짓다니 미친 것 같지 않아요? 프랑스에서 일어난 살인 사건도 그래요. 두 여자 모두 머리칼이 잘렸다고 니나 사건과 연관 짓다니 어처구니가 없어요. 레오가 저더러 니나 사건에 대한 집착을 버려야 한다는데 맞는 말이어서 너무 화가 나요. 집착하는 게 맞아요. 집착이 너무 심해서 내가 아는 모든 사람이 사건에 연루돼 있다고 의심하고 있어요. 모두가 올리버가 범인이라고 하는데도 말이에요."

"미안해요." 그가 나지막이 말한다. "당신을 끌어들인 걸 얼마나 후회하는지 모를 거예요. 솔직히 말해, 헬렌이 뭐라고 하든 지금쯤 사건을 종결할 수도 있었어요." 그가 한숨을 쉰다. "당신만 이 일을 하는 동기에 대해 고민하는 게 아니에요."

"무슨 말이에요?"

"가끔 그런 의문이 들어요. 이제껏 조사를 한 게 당신을 계속 보기 위해서는 아니었을까 하고요."

행복감이 온몸을 휘감는다. "어쨌든 저와 계속 볼 수 있잖아요."

"두 사람의 관계가 끝났으니까요. 당신이 그런 결정을 내리기 전까지 이 조사는 당신을 보기 위한 구실에 불과했어요."

"올리버가 니나를 죽였다고 믿는다는 말이에요?"

"아니요, 그렇진 않아요. 범인은 저 밖 어딘가에 있어요. 하지만 놈을 찾을 수 있을지 모르겠어요. 너무 많은 사람들이 거짓말을 하는 데다 그게 거미줄처럼 얽혀 있어서 풀 수가 없어요. 혹시나 거짓

말하는 게 아니라면 다들 뭔가 숨기고 있는 거예요."

"모의했다, 그 말이에요?"

"네, 그리고 몇몇 주민들이 서로를 감싸주고 있는 거라면 진실을 알아내는 유일한 방법은 말이 다른 사람을 찾는 거예요."

"또 다른 가설은 말하지 않는 게 좋겠네요."

"뭔데요?"

"정말 알고 싶어요?"

"아직 완전히 포기한 건 아니니까요."

"좋아요. 잘은 몰라도 벤이 연루돼 있어요."

"벤이요? 처음 듣는 이름인데요. 몇 호에 살고 있죠?"

"아니요, 벤은 레드우드 사람이에요. 우리한테 이 집을 판 부동산 중개업자요."

"와, 그래요." 잠시 정적이 흐른다. 그가 서둘러 말을 잇는다. "틀렸다는 게 아니라 그냥 어떻게 거기까지 갔는지 궁금해서요."

"제가 밤중에 누군가 집에 들어오는 것 같다고 했잖아요? 그자가 뒤쪽에 있는 프렌치도어로 들어오는 것 같아요. 레오가 윌한테 집 열쇠를 맡겼다고 해서 돌려받았는데 현관 열쇠 두 개뿐이었어요. 레오한테 확인해보니, 프렌치도어 열쇠는 두 벌뿐인데 윌한테 준 적이 없고 모두 집에 있다고 했어요. 그리고 둘 다 집에 있는 걸 제가 확인했고요. 그러니까 그 말은 누군가 프렌치도어로 침입하는 거라면 열쇠가 하나 더 있다는 뜻인 거죠."

"그러면 벤이 갖고 있다는 건가요?"

"열쇠가 있어야 손님들한테 집을 구경시켜줄 수 있으니까요. 게

다가 우리가 유일하게 교체하지 않은 열쇠가 그 문 열쇠예요. 그리고 어제 그자가 집에 찾아오기도 했고요."

"아니…… 그가 집에 왔다고요?"

"네."

"왜 왔다던가요?"

"서클에 매물이 있어서 상의하러 왔다가 인사차 들렀대요. 그런데 우리가 2층을 어떻게 개조했는지 보고 싶다고 넌지시 흘리더라고요."

"들여보냈어요?" 그의 목소리에 염려하는 기색이 고스란히 드러난다.

"아니요."

"다행이네요. 그자의 성이 뭔지 알아요?"

"아니요, 말해줬는데 기억이 안 나요."

"괜찮아요, 홈페이지에서 찾아보죠. 레드우드라고 했죠? 잠시만요……. 여기 있네요, 벤 포브스. 니나와 올리버가 언제 그 집에 들어갔는지 알아요?"

"아니요, 왜요?"

"그 부부한테 그 집을 판매한 사람이 벤 포브스는 아닐까 해서요."

심장이 빠르게 뛰기 시작한다. 토마스도 나와 같은 생각을 하고 있는 것이다. "관계가 있을 거라 생각하세요?"

"그건 알아내야죠. 헬렌한테 할 수 있는 건 다했다고 말하기 위해서라도 뭐든 조사할 겁니다. 이 사건을 완전히 종결시키고 싶어요, 앨리스."

"저도 그래요. 그래서 오늘 할스턴으로 돌아가는 거예요. 어차피 너무 무서워서 이 집에서 지낼 수도 없지만요. 하지만 염려 마요, 다음 주 수요일에 헬렌을 만나러 돌아올 테니까."

"저와 함께 점심도 먹어야죠." 그가 말한다.

"그것도 그렇고요." 내가 웃으며 대답한다. "가봐야 해요, 토머스. 이브, 탐신, 마리아와 점심 약속이 있어요. 니나의 치료사가 누구였는지 알아내는 게 무슨 의미가 있는지는 잘 모르겠지만요."

"내키는대로 하세요. 몇 시에 돌아올 건가요?"

"4시쯤이요."

"그러면 그때 들를 테니 작별 인사를 나눕시다. 다음 주 수요일은 너무 멀어요."

"좋아요." 내가 그에게 말한다.

"좋습니다." 그의 목소리가 따스하다. "그럼 4시에 봐요."

41장

식당으로 가는데 휴대전화가 울린다. 지니다.

"레오한테 뭐라고 했어?"

"뭐가?"

"살인 사건에 대해서."

"음……." 내가 벤에 대해 한 말을 레오가 지니한테 전했을까 봐 답하기가 난감하다. 게다가 지니와 마크 두 사람 다 벤을 정말 좋아한다.

"레오가 오전 내내 인터넷으로 그 기사만 읽고 있어서 물어보는 거야."

"회사에 안 갔어?"

"응. 네가 법이 잘못 집행됐다고 여전히 확신하는데 아무 근거도 없이 그렇게 주장하는 게 너답지 않다고 하더라. 그러면서 자기가 읽고 그 남편의 결백을 믿게 됐다는 기사를 찾겠다고 애를 쓰는 거야. 그리고 이제는 이유는 잘 모르겠지만 벤하고 얘기를 하겠다고 난리야. 벤이 맥스웰 부부한테 그 집을 팔았는지 알고 싶다나 뭐라나."

그 말에 마음이 움찔 아파온다. 나를 돕고 싶어 하는 건 감동스럽지만 레오가 존재하지도 않는 기사를 찾겠다고 시간을 낭비하는 게 안타깝다. 그리고 벤이 정말 니나의 살인 사건에 연루돼 있으면, 그래서 레오의 질문이 그를 자극하면 어쩔 것인가?

"그냥 맥스웰 부부가 서클에 언제 이사 왔는지 알고 싶은 것 같아." 내가 지니한테 말한다.

"그럼, 됐어."

"미안한데, 이만 가봐야 해. 이브, 탐신, 마리아와 점심 약속이 있어."

"행운을 빌어."

"여길 떠난다고 말해야 해. 분명히 탐신은 다행이다 싶을 거야."

지니가 웃으며 전화를 끊는다.

식당에 도착하니 모두 둥근 탁자에 앉아서 나를 기다리고 있다. 그들이 탐신 맞은편에 자리를 비워둬서 나는 한 명씩 재빨리 안아준 뒤 이브와 마리아 사이에 앉는다. "늦어서 미안해요." 마리아가 내 잔에 와인을 따라주는 동안 내가 말한다. "짐 싸느라 바빴어요."

"친구가 이리 오는 거 아니었어요?"

"아니요. 내가 친구 집에 가기로 했어요. 하지만 주말만 있다 오는 건 아니고. 할스턴으로 아예 돌아가기로 결심했어요."

이브가 잔을 입술에 반쯤 갖다 대다가 멈춘다. "정말요?"

"네."

그녀가 탁자에 잔을 다시 내려놓는다. "아."

"레오는요?" 마리아가 묻는다.

"여기 남을 거예요."

그녀가 내 손에 자신의 손을 올린다. "너무 안타까워요, 앨리스."

"나도 그래요." 이브가 막 울음을 터트릴 것처럼 쳐다본다.

"걱정 마세요." 내가 그녀 쪽으로 몸을 기울이며 말한다. "다시
와서 얼굴 볼 텐데요."

"하지만 그땐 옆집에 안 살잖아요." 그녀가 애석하다는 투로 말
한다.

"모두 보고 싶을 거예요. 따뜻하게 대해줘서 고마워요." 내가 잔
을 들어 올린다. "자요, 우리의 계속될 우정을 위해 마셔요."

마리아가 내게 메뉴판을 건네고 우리는 식사를 선택한다. 이브
가 내게 할스턴 집을 돌려받을 수 있는지 묻고, 나는 일이 해결될 때
까지 데비와 함께 머물 거라고 답해준다.

"레오와 다시 합칠 가능성은 있어요?" 탐신이 묻는다.

"아니요." 내가 잔을 향해 손을 뻗으며 말한다. "그런 일은 없을
거예요."

"살인 사건에 대해 숨겨서요?"

"언제나 이거 아니면 저거라는 식으로 딱 자를 수 있는 건 아니
에요." 내가 그녀에게 말한다. "살인 사건처럼요."

그녀가 낮게 신음을 뱉는다. "다시 처음부터 시작하려는 건 아니죠?"

"하나만 물어볼게요." 내가 재빨리 말한다. "그러고 나선 아무것도 묻지 않을게요."

"뭔데요?" 탐신이 조심스레 묻는다.

"니나가 심리 치료를 받았다고 했죠. 남자예요, 여자예요?"

"남자요."

"니나가 그 사람 이름을 언급한 적 있어요?"

그녀가 눈썹을 둥글게 치켜올린다. "질문이 두 개네요. 아니요, 니나한테 물어봤지만 말했다시피, 알려주지 않았어요."

"그 남자 사무실이 어딘지 아세요? 이 동네예요?"

"그 사람이 니나한테로 왔으니 위치는 중요하지 않아요." 탐신이 질문 수 초과라고 말하기 전에 이브가 끼어든다. "그래서 니나가 우리와 요가를 하다가 그만둔 거예요. 치료 시간이랑 겹쳤거든요."

"맞아요. 하지만 수요일 오후에 시간을 잡은 건, 순전히 나를 안 볼 구실이 필요해서였죠." 탐신이 지적한다.

니나가 죽기 넉 달 전쯤부터 탐신을 피했다는 사실을 떠올리고 내가 인상을 찌푸린다.

"그러니까 심리 치료를 갑자기 시작했네요?"

"네."

"그리고 그가 니나 집으로 왔다는 거죠? 그게 흔한 일이에요?"

"나는 언어 치료사라서 경우가 다르지만." 마리아가 말한다. "보통은 고객의 집으로 가지 않죠. 고객이 몸이 안 좋아서 나한테 올 수 없는 경우가 아니면요."

"팀도 니나의 치료사 이름은 모르겠군요." 내가 그녀에게로 고개를 돌리며 말한다. "팀이 니나 때문에 심리 치료 쪽을 택했다고 해서요. 혹시 니나가 팀한테 이름을 말해줬을까요?"

"그이한테 물어보면 되죠. 그런데 그게 왜 궁금해요? 떠나는 거면 이사 갈 곳 근처에서 치료사를 찾는 게 낫지 않아요?"

"치료 때문이 아니에요." 내가 말을 하다 멈춘다. 니나의 치료사 이름을 알려고 하는 이유를 뭐라고 둘러대야 할지 생각이 떠오르지 않는다.

하지만 너무 늦었다. "안 봐도 뻔하죠……. 그 치료사가 니나를 죽였다고 생각하는 거죠." 탐신이 재미있다는 표정을 지으며 천천히 말한다.

"아니요, 하지만 올리버가 죽였다고 생각하진 않아요. 그건 당신도 마찬가지잖아요." 그녀가 나를 비웃는 것에 발끈해 이렇게 덧붙인다.

"그렇게 말한 적 없어요."

"아니, 있어요! 커피 모임이 있던 날, 이브한테 말하는 걸 들었어요. 단 한 번도 올리버가 니나를 죽였다고 생각한 적 없다고 했잖아요."

그녀의 초록색 눈동자가 짜증으로 불타오른다. "현관에서 엿듣고 있을 줄 알았어요. 그 모든 사실들에 염탐꾼이라는 사실까지 확인시켜주다니 고맙군요." 그녀가 탁자 너머로 나를 노려본다. "떠난다니까 속이 시원하네요. 이제야 우리 인생을 살 수 있겠어요."

"탐." 마리아가 그녀의 팔에 손을 올린다.

"그러면 니나의 진범이 활개 치고 다녀도 상관없어요?" 내가 화를 내며 묻는다. "올리버가 범인이 아닌 걸 알면서 아무것도 안하고, 아무 말도 안하고 그냥 그렇게 앉아 있겠다고요?"

탐신의 얼굴이 달아오른다. "그래, 당신은 참 많이도 하고 다녔죠. 당신이 와서 아무 상관도 없는 일을 꼬치꼬치 캐고 다니기 전까지 우리 모두 행복했어요. 니나, 올리버 둘 다 알지도 못하면서 대체 왜 참견하는 거예요?" 그녀가 비난하는 듯한 표정으로 나를 쳐다본다. "다들 뭐라고 생각하는지 말해줄까요?"

"안 돼, 탐." 이브가 간청한다. 하지만 그녀는 이성을 잃어서 아무 말도 들리지 않는 모양이다.

"당신은 망상증 환자예요, 앨리스. 온갖 헛소리를 지어내고, 또 그걸 믿는 환자. 웬 남자가 집들이 파티에 나타났다고 할 때부터 알아봤어요. 당신 말곤 아무도 못 봤고, 당신 말곤 아무도 말한 적 없는 남자라니. 그래서 당신이 그자의 정체를 알아내든 말든 아무도 신경 쓰지 않은 거예요. 실제보다 흥미로운 사람처럼 보이고 싶어서 꾸며낸 이야기인 거 다 알아요." 그녀가 역겹다는 듯 코웃음을 친다. "윌한테 그렇다고 직접 시인까지 했잖아요."

"꾸며내지 않았어요!" 내가 사납게 소리친다.

탐신이 나를 불쌍하게 쳐다본다. "다 알아요, 앨리스. 니나를 죽인 범인으로 우리를, 우리 남편들을 수차례 의심했다는 거요. 당신이 제안한 식사 초대에서, 당신이 던지는 질문에서, 당신이 하는 거짓말에서 당신의 저의가 뭔지 전부 꿰뚫어 봤어요. 당신은 위험한 인간이에요. 정신 똑바로 차리고 살아요. 다른 사람들 인생 망치기 전에."

이브나 마리아가 나를 구해주길 기다린다. 하지만 보통 때 같으면 분위기를 풀려고 최선을 다하던 이브가 한마디도 하지 않는다.

침묵이 견딜 수 없을 만큼 길어진다. 탐신이 의자를 뒤로 밀쳐낸다. "갈 데가 있는데 깜빡했네요." 그녀가 딱딱한 목소리로 말한다.

나도 의자를 뒤로 밀어내고 일어선다. "아니, 여기 있어요. 내가 갈 테니까." 나는 탁자 아래에서 가방을 집어 든다. "그렇게 궁금하면 말해줄게요. 내가 이 일에 관여한 건 올리버의 누나 때문이에요. 그녀를 위해 한 일이라고요. 하지만 그 누구도, 심지어 니나의 절친한 친구라는 당신조차 신경을 안 쓰는데 내가 이러는 게 무슨 의미가 있겠어요?" 내가 자리를 뜨려다가 멈춘다. "그리고 파티에 왔던 그 남자, 내가 꾸며낸 사람 아니에요. 로나 아주머니가 들여보내 줬다고 시인했잖아요, 기억 안 나요?"

나는 겨우 참은 눈물을 길거리에 나와서야 터트린다. 고개를 숙이고 목도리를 귀까지 추켜올린 채 핀즈버리 파크로 재빨리 걸어간다. 그러고는 눈에 보이는 첫 번째 의자에 쓰러지듯 앉는다. 내가 정말 망상증 환자일까? 지난 몇 주 동안 믿은 것들을 떠올리니 부끄럽다. 탐신의 말처럼, 나는 그들 모두가 니나의 살인 사건과 연루됐다고 수차례 의심했다.

그들이 뒤에서 나를 비웃었을 거라 생각하니 양 볼이 뜨거워진다. 정신 차리고 똑바로 살라는 탐신의 말이 그 어떤 말보다 가슴을 후빈다. 맞는 말이기 때문이다. 사실 부모님과 언니가 세상을 떠나고부터 내 인생을 제대로 살지 못했다. 그래서 토머스와 헬렌을 그토록 열심히 도와주려고 했던 거다. 내 인생에 무언가가, 내가 살아 있고 좋은 일을 하고 있다고 생각하게 만드는 무언가가 필요했다. 대부분의 시간 동안 난 그저 살아만 있으니까. 하지만 너무 멀리 갔다. 지금 이 순간에도 레오와 토머스가 벤이 니나의 살인 사건과 관련이 있지 않을지 알아보고 있다고 생각하니 겁이 난다. 그들에게 멈추라고 말해야 한다.

나는 니나 맥스웰이 아닌 나의 언니인 니나를 생각하며 정신을 붙든다. 언니가 내게 그만 불행해하라고, 잠시 혼란에 빠졌다는 걸 받아들이고 내 갈 길을 가라고 말하는 소리가 들리는 듯하다. 언니 말이 옳다. 내 길을 가야 한다. 집에 도착하면 3시쯤 될 것이다. 토머스가 도착하기 전에 여행 가방에 나머지 물건을 쑤셔 넣을 시간은 될 것 같다. 몇 시간 후면 할스턴으로 가고 있을 테고, 니나 맥스웰과 서클에서 지낸 시간은 한낱 추억이 될 것이다.

42장

나는 집으로 걸어간다. 마음 한구석에서 방금 전 식당에서 있었던 일로 레오를 원망하고 싶은 생각이 솟는다. 레오가 살인 사건에 대해 솔직하게 말해줬으면 절대 이곳에 오지 않았을 것이다. 서클에서 지낸 시간 중 유일하게 좋았던 부분은 토머스다. 조사가 끝나고 우리를 하나로 묶을 끈이 사라져도 우리의 우정이 지속된다면 말이다. 그렇게 되지 않을까 봐 걱정된다.

휴대전화가 울린다. 토머스이길 바라며 가방에서 꺼낸다. 그다. 나는 걸음을 멈추고 옆으로 비켜선다.

"앨리스, 점심을 방해한 건 아니죠?"

"아니요. 집에 가는 중이에요." 그의 말을 더 잘 듣기 위해 손가락으로 반대편 귀를 막아 소음을 차단한다.

"다행이네요. 당신 이웃 중 한 명이 마리온 카토가 살해됐을 당시 파리에 있었다는 게 믿기세요?"

심장이 곤두박질친다. "누군지 알기 겁나네요."

"너무 걱정 말아요. 살인범은 구치소에서 재판을 기다리는 중이
니까. 몇 달 전에 자수했더군요."

"아, 그럼 잘됐네요. 안 그래요?"

"보통 때 같으면 그렇다고 할 겁니다. 하지만 그가 한 짓이 아니
라고 생각하는 사람들이 있어요. 범인은 사건 당시 출소한 지 1년
정도 된 노숙자예요. 안타깝게도 사법부의 판단과 상관없이 무작정
유죄를 인정하면서 감옥으로 돌아가려는 노숙자들이 많아요. 그들
에겐 길거리 생활이 감옥 생활보다 훨씬 무섭거든요."

"하지만 그자가 한 짓일 수도 있잖아요."

"재판이 끝나고 그의 증언이 진실로 판명 나야 알 수 있어요."

"그러면 이웃 중에 누가 사건 당시 파리에 있었다는 거예요?"

"윌리엄 잭맨이요."

내가 눈을 감는다. "정원 울타리에서 구멍을 괜히 발견했어요."

"아직 아무것도 명확한 건 없어요. 당신한테 알려주는 게 좋을
것 같았어요, 그뿐이에요. 니나의 치료사 이름은 알아냈어요?"

"아니요, 그런데 남자예요. 그리고 니나가 그 사람한테 가지 않
고, 그 사람이 니나를 보러 왔어요. 흔한 일은 아니죠?"

"네, 아니죠. 그렇지만 이름을 모르면 할 수 있는 게 별로 없어
요." 잠시 정적이 흐른다. "괜찮아요? 목소리가 좀 우울한 것 같아
요."

"그저 점심 약속이 계획대로 안 됐다고 해두죠. 오늘 떠나서 다

행이에요. 잘한 결정이에요."

"제가 가지 않는 게 나을까요? 떠나기 전에 할 일이 많지 않겠어
요?"

"가방에 옷만 몇 벌 넣으면 돼요. 나머지 짐은 다음에 와서 챙길
거예요. 그러니 제발 꼭 와주세요. 당신을 만나면 기쁠 거예요."

"정 그러시다면요."

"진짜예요."

"그러면 한 시간쯤 후에 봅시다."

통화가 끝나기 무섭게 다시 전화벨이 울린다. 탐신이다. 나는 분
노의 조소를 터트리며 벨이 울리게 내버려둔다. 이브와 마리아가 전
화해서 사과하라고 설득하는 데 30분이나 걸린 것이다. 그래서 전
화한 게 틀림없다. 전화가 다시 울린다. 또 탐신이다. 이번에도 벨
이 그냥 울리게 둔다. 1분쯤 뒤에 음성 메시지가 왔다는 문자가 도
착한다. 그 음성 메시지도, 그녀가 남긴 다음 메시지도 들을 기분이
아니다.

5분 뒤, 이번 전화는 이브다. 이브가 단 한마디도 나를 두둔하지
않은 게 분이 풀리지 않아 역시 받지 않는다. 부당한 처사인 건 안
다. 그녀와 탐신은 몇 년 동안 친구였으니 그녀가 탐신의 편을 드는
게 당연하다. 하지만 그녀와 말하고 싶지 않다. 특히 마리온 카토가
살해당했을 당시 윌이 파리에 있었다는 사실을 안 이상 더더욱 그
렇다. 토머스는 아무 의미도 없을 거라고 했지만 그래도 마음에 걸
린다.

나는 서클에 도착한 뒤 집을 향해 공원을 천천히 가로지른다. 방

과 후라서 많은 사람들이 놀이터로 향하고 있다. 공기는 차갑지만 해는 나와 있다. 그간 일어난 모든 일에도 불구하고 나는 나무로 된 정글짐을 기어오르는 아이들을 보고 미소를 짓는다. 공원의 나머지 구역은 황량하다. 집 맞은편 문을 통과하는데 에드워드 아저씨가 차고로 들어가는 게 보여서 손을 흔든다. 나도 모르게 마리아와 팀네로 시선이 간다. 이번에도 팀이 2층 창가에 서 있다. 그가 내게 손을 흔들고, 나도 그에 답한다. 공원을 지켜보고 있던 사실을 숨기려고 하지 않는다니 희한하다. 대부분은 잘못한 게 없어도 죄지은 사람처럼 흠칫 물러나거나 최소한 손을 흔들고 나서 돌아서는데 말이다. 하지만 그는 계속 지켜본다.

나는 짐을 챙기고 가방과 핸드백을 현관 옆에 둔다. 토머스와 인사하고 바로 떠날 수 있도록 채비한다. 초인종이 울린다. 나는 재빨리 고개를 든다. 토머스라고 하기엔 너무 이르다. 이브면 어떻게 하지? 이브라 해도 안으로 들이지 않을 생각이다. 토머스가 곧 도착하기 때문에 그럴 수 없다.

문을 열기 전에 체인을 건다.

"아, 안녕하세요." 나는 팀이 서 있는 것을 보고 긴장한다. 평소처럼 청바지에 럭비 셔츠 차림이다. 과연 럭비를 할 줄은 아는지 의구심이 든다.

"안녕하세요, 앨리스. 얼굴이나 보려고 들렀어요." 팀이 미소를 지으며 말한다. "마리아가 전화해서 니나의 치료사 이름을 아는지 물어보더라고요. 앨리스가 궁금해한다고 하던데요?"

"네, 하지만 딱히 중요한 건 아니에요."

그가 안심하는 표정을 짓는다. "아, 다행이네요. 니나가 언급한 적이 없거든요." 그가 잠시 말을 멈춘다. "마리아가 그러는데 떠난다면서요?"

"네, 떠나요. 그래서 안으로 모실 시간이 없네요." 그가 왜 문에 체인을 걸어놓고 대화를 하는지 궁금해할까 봐 덧붙인다.

그가 문에서 한 걸음 물러난다. "걱정 마세요. 저도 가봐야 하니까. 두 분이 이렇게 끝나서 아쉬워요, 앨리스. 다시 볼 수 있기를 바라요."

"고마워요, 팀. 꼭 다시 봐요."

그가 나가자 나는 문을 닫고 부엌으로 간다. 조리대에 기대 니나가 팀의 심리학 공부를 도와주는 모습을 상상한다. 전에는 시험을 대비하고 에세이를 검토하는 등의 일들을 도와줬을 거라고 짐작했다. 그런데 그보다 실전 훈련에 가까웠다면? 그녀가 고객 역할을 맡고, 팀이 치료사 역할을 맡아 역할극 형식으로 도왔다면?

뭔가 떠오를 것 같은 느낌이 들어 조리대에서 내려온다. 수요일 오후, 마리아가 이브, 탐신과 요가를 하고 아이들을 데리러 학교로 간 동안 팀이 니나를 만난 건 아닐까? 만약 니나가 만난 사람이 팀이라면 그녀가 탐신에게 치료사의 이름을 말해주지 않은 이유가 설명이 된다.

나 자신이 역겨워서 생각을 멈춘다. 탐신의 말처럼 나는 망상증 환자다. 하지만 모든 것이 망상은 아니다. 누군가 우리 집에 들어왔다는 건 백 퍼센트 확신한다.

나는 주스를 가지러 냉장고로 간다. 냉장고 문을 닫다가 유리잔으로 가 있던 내 시선이 낯선 무언가를 감지하고 냉장고로 다시 홱 돌아간다. 사진들 한가운데에 붙어 있는 여권 크기의 작은 사진에 시선이 머문다. 심장이 멎을 것 같다가 아예 멈춰버린다. 잠시 숨이 안 쉬어진다. 사진 속 주인공이 누군지 알지만 믿고 싶지 않다.

나는 복도로 달려가 가방에서 휴대전화를 꺼낸다.

"토머스, 오고 있어요?" 차분하게 말하려고 노력하지만 안 된다.

"네, 거의 다 왔어요. 왜요, 무슨 일이에요?"

"조금 전에 냉장고에서 니나의 사진을 발견했어요."

"니나요?"

"네, 니나 맥스웰이요. 오늘 아침 누군가 부엌에 왔다 간 게 분명한데 달라진 걸 발견하진 못했거든요. 느낌은 있는데 보이지 않아서 뭐에 홀린 기분이었어요." 공포심에 목소리가 커진다. "그런데 조금 전에 냉장고 바로 앞에 있다가 다른 사진들 가운데 니나의 사진이 붙어 있는 걸 봤어요. 어떻게 해야 할지 모르겠어요." 내가 숨을 헐떡이며 말을 덧붙인다.

"손으로 만졌어요?"

"아니요."

"그럼 건드리지 마요. 조금 전에 경찰 쪽 정보원과 통화하다가 벤 포브스에 대한 이야기를 들었어요. 제가 뭘 알아냈는지 알면 깜짝 놀랄 거예요. 당신 말이 맞았어요, 공모자가 있었어요."

"무슨 뜻이에요?"

"벤 포브스가 맥스웰 부부에게 집을 팔기만 한 게 아닌 것 같아요. 벤은 팀 콘웨이와 친구 사이예요."

몸이 얼어붙는다. "팀이 방금 여기 왔었어요."

"네? 팀 콘웨이가요? 왜요?"

"마리아한테 니나의 치료사가 누군지 팀한테 물어봐달라고 부탁했더니 그가 직접 와서 모른다고 말해줬어요. 그런데 그런 생각이 들더라고요…… . 혹시 니나가 만나던 상담사가 팀이 아닐까. 니나의 상담 시간이 수요일 오후였는데, 마리아가 요가를 하는 시간이 수요일 오후예요. 그리고 니나는 죽기 넉 달 전에 요가를 그만뒀어요." 숨을 제대로 쉴 수가 없다.

토머스의 목소리가 차분하면서도 다급하다. "앨리스, 일단 전화 끊을게요. 경찰이 저보다 먼저 도착할 수도 있지만 최대한 빨리 그리로 갈게요. 그때까지 누가 찾아와도 안으로 들이지 마요."

43장

정신이 아득해져서 나는 현관문을 안쪽에서 잠그고 체인이 걸려 있는지 확인한 뒤 레오의 서재로 뛰어올라 가 토머스를 기다린다. 팀이 밤에 집 안을 배회했다는 사실에 충격을 받아 온몸이 떨린다. 저녁 초대를 받은 날 부엌에서 제 집 마냥 그토록 편하게 굴었던 태도도 그렇고 모든 것이 그를 지목하고 있다. 그가 벤에게 프렌치도어 열쇠를 받은 뒤 우리 집과 에드워드 아저씨네 울타리에 나 있는 구멍을 이용해 정원으로 들어온 게 틀림없다. 어쩌면 일을 훨씬 쉽게 만들기 위해 그 집 정원과 제프네 정원 울타리에도 구멍을 만들어났을지도 모른다.

질문이 계속 이어진다. 벤도 연루돼 있을까? 만약 팀이 니나를 죽였으면 벤은 공범일까? 그러면 마리아는 어디까지 알고 있을까? 전혀 무고할까, 아니면 이브와 탐신, 심지어 윌과 코너까지 함께 공모한 걸까? 하긴 이건 벤이 니나를 죽이지 않았을 때의 이야기다. 어쩌면 벤이 올리버 부부에게 집을 팔 때 니나에게 마음을 빼앗겨 둘이 외도를 저질렀는지도 모른다. 그가 니나를 죽인 다음, 팀에게 자신이 한 짓을 털어놓았을까? 그렇게 은폐 작업이 시작된 걸까? 아니면 모두가 저마다의 이유로 니나를 죽이고 올리버에게 죄를 덮어씌우려고 처음부터 공모한 걸까?

내가 친구라고 생각한 사람들이 나를 이리저리 조종했을지도 모른다고 생각하니 경악을 금할 수 없다. 로나 아주머니는 내게 경고하려 했다. 아무도 믿지 말라고 했다. 하지만 나는 그들이 거짓말할 리 없다며 내 멋대로 행동했다. 에드워드 아저씨의 말도 듣지 않았다. 이곳을 떠난다는 사실을 숨기긴커녕 모두에게 말하고 말았다.

위험이 눈앞에 닥쳤다는 느낌이 강하게 든다. 공원 반대편 문을 주시한다. 토머스가 눈앞에 나타나야만 긴장을 풀 수 있을 것 같다. 그 순간 불안이 엄습한다. 마리아는 일하러 돌아갔을 테지만 이브와 탐신이 식당에서 돌아와 공원을 가로지르다가 토머스를 보면 어떡할까? 나는 두 사람이 키 크고 잘생긴 낯선 남자가 성큼성큼 걸어가는 모습을 보고 서로 쿡쿡 찔러대는 장면을 상상한다. 그가 어디로 가는지 지켜보려나? 그가 우리 집으로 오는 걸 보면 어떻게 하지?

그렇지만 본다고 해도 상관없다는 생각이 든다. 그들에게 설명할 필요도 없다. 나는 여기 있지도 않을 것이다. 그가 집들이에 왔던 그 남자라고 인정할 필요도, 그를 도와 니나의 살인 사건을 조사하느라 그를 숨겼다고 말할 필요도 없다. 이젠 해결된 살인 사건이지만. 나는 헬렌을 생각한다. 마침내 동생의 한을 풀었다고 얼마나 기뻐할까.

그때 그들이, 이브와 탐신이 공원으로 향하는 모습이 보인다. 그들이 탐신네로 방향을 틀 거라는 기대와 달리 길 한가운데서 걸음을 멈춘다. '움직여!' 내가 속으로 재촉한다. '가라고!' 그들이 머리를 맞대고 대화에 심취해 있긴 하지만, 그렇다고 토머스를 볼 수 없는 건 아니다. 그는 눈에 띌 수밖에 없는 남자니까.

그렇지만…… 실제로 눈에 띈 적은 없다. 집들이뿐 아니라 나를 찾아왔던 그 모든 때도 마찬가지였다. 우리 집을 오가느라 공원을 가로지르면서 사람들을 지나쳤을 텐데 누구 하나 키 크고 머리가 검은 낯선 남자를 봤다고 말한 적이 없다. 내가 그 묘사와 딱 맞아떨어지는 사람을 찾으려고 애쓴다는 걸 모두 알고 있었는데도 말이다. 아무도 그가 실재 인물이라고 믿지 않아서일까.

탐신이 무언가를 찾느라 가방을 뒤적인다. 그녀가 자기 집으로 움직이기 시작하고 이브가 그 뒤를 따른다. 안도의 한숨을 내쉬려는 순간, 탐신이 귀에 휴대전화를 딱 붙인 채로 몸을 돌려 우리 집 쪽을 쳐다본다. 동시에 내 손에 있던 휴대전화가 울리기 시작해 깜짝 놀란다. 탐신이다.

그때 초인종 소리가 울려 심장이 요동친다. 토머스가 아무한테도 열어주지 말라고 했는데. 그가 경찰에 전화한다고 했으니 경찰일지도 모른다. 경찰이 일반 승용차를 타고 왔을 수도 있다. 나는 주머니에 휴대전화를 넣고 아래층으로 뛰어내려 간다.

"앨리스, 저예요." 문 틈으로 토머스의 목소리가 들린다.

두 눈에 눈물이 차오르지만 애써 참으며 재빨리 문을 연다.

"괜찮아요." 그가 내 얼굴을 보며 말한다. 그가 내 팔에 그의 듬직한 손을 올린다. "이제 제가 있어요."

"공원을 지나오나 지켜봤는데 안 보이던데요."

"바깥쪽으로 돌아왔어요, 항상 돌아와요. 이목을 끄는 게 싫어서요. 전화기가 울리는데요?"

"네, 탐신이에요."

"확실해요? 경찰일 수도 있잖아요. 내가 당신 번호를 알려줬거든요."

"네, 봐요." 내가 휴대전화를 보여준다.

"전화 안 받을 거예요?"

"네, 됐어요." 우리는 부엌으로 이동한다. "점심을 먹다가 다퉜어요. 내가 그랬잖아요. 니나에 대해 물어보는 걸 싫어한다고." 내가 냉장고를 가리킨다. "저 사진이에요."

그가 사진을 뚫어져라 쳐다본다. "왜 여기에 사진을 붙여놨을까요?"

"놈의 표식이에요." 내가 설명한다. "오늘 아침에야 레오가 한 줄 알고 놓친 것들이 있다는 걸 깨달았어요. 창턱에 놓인 장미, 냉장고의 샴페인 병, 엎어져 있던 사진 같은 것들이요. 매번 표식을 남겨요. 그러니 놓친 게 또 있을 거예요. 게임 같아요. 놈이 저를 가지고 놀고 있어요." 내가 그를 올려다본다. "경찰한테 팀과 니나의 연관성과 사진에 대해 말하니 뭐래요?"

"그쪽 정보원한테 전부 맡겼는데 상사한테 보고했대요. 아직 도착을 안 했다니 이상하군요."

"기다리면서 커피나 마셔요." 전화기가 또 울리기 시작하자 내가 투덜댄다. "또 탐신이에요. 그냥 전화를 받고 완전히 끝내는 게 맞겠죠?"

"그 편이 낫겠어요. 하지만 비난은 그냥 흘려들어요. 제가 커피를 끓일게요."

"고마워요." 나는 전화를 받는다. 그가 커피를 대신 끓일 만큼 나를 편하게 느낀다는 게 좋다.

"앨리스, 끊지 마요!" 전화선을 타고 탐신의 다급한 목소리가 들려온다. 나는 아무 말 없이 그녀가 말을 잇기를 기다린다. "올리버의 누나 때문에 이 일을 했던 거라 그랬죠?"

"맞아요." 그녀가 죄책감을 느끼길 바라며 내가 대답한다.

"올리버는 누나가 없어요."

내가 웃음을 터트린다. "안 속아요." 토머스가 싱크대에서 몸을 돌리고선 내가 휘둘리지 않는 걸 보고 뿌듯하게 미소를 짓는다.

"이봐요, 니나와 올리버라면 내가 잘 알아요. 올리버가 외동아들이라고 내게 직접 말했어요." 탐신이 말한다. "니나도 언급한 적 있어요. 어머니는 어려서 돌아가시고 아버지는 해외에 사셔서 올리버는 가족이 없다고."

"다시는 전화하지 마요, 탐신."

"잠깐만, 또 있어요! 파티에 왔다고 한 그 남자요." 가슴이 철렁 내려앉는다. 토머스가 공원 바깥으로 둘러 오는 걸 탐신과 이브가 본 게 분명하다. "로나 아주머니가 그자를 들여보낸 게 사실이면, 그자가 정말 존재한다면 왜 그자가 니나의 살인범일 거라는 생각은 안 해요? 우리가 아니라 그자를 제일 먼저 의심해야 하는 거 아니에요? 그게 아니면, 그자가 왜 당신 집들이에 나타났겠어요?"

순간 소름이 돋으며 세상이 움직임을 멈춘다.

"앨리스?" 탐신의 목소리가 전화기 너머로 들려온다. "내 말 들려요?"

토머스가 나를 보며 웃는다. 그 미소에 나는 정신을 차리고 현실로 돌아온다.

"말했다시피 다시는 전화하지 말아요." 내가 전화를 끊는다.

주머니에 휴대전화를 넣으면서 토머스가 니나 사건을 조사하는 사립 탐정이고 그가 진범을 찾았다고 탐신에게 말하지 않은 걸 후회한다.

"사과가 성에 안 찼나 보군요?" 토머스가 말한다.

내가 고개를 흔든다. "네, 그다지요."

"치료사에 대해 뭐라도 알아냈어요?"

"제가 말한 게 다예요. 하지만 팀이 범인이라니 이젠 별 상관없죠." 내가 그를 보고 웃자 그도 웃어준다. 하지만 탐신의 말이 머리에 박혀서 떠나지 않는다. '올리버는 누나가 없어요.'

나는 휴대전화를 꺼낸다. "레오가 집에 돌아올 수 있게 몇 시에 떠나는지 알려줘야 해요. 빨리 알려달라고 계속 재촉하네요. 한 시간쯤 있다 가려고 했는데 경찰이 올지도 모르니 좀 더 기다릴까 봐요."

"정확한 시간을 알려주기 힘들다면서 내일까지 기다리게 하는 게 어때요?"

"좋은 생각이에요." 그렇게 대답하지만 이미 문자를 보낸 후다.

'올리버한테 누나가 있는지 알아봐줄래? 급해, 정말 급한 일이야.'

그가 곧바로 답을 보낸다. '자기가 있다고 했잖아. 그리고 내가 무슨 수로 알아봐?'

"투덜댈 줄 알았어요." 내가 유감스런 미소를 짓는다. "내일까지 기다리기 싫은가 봐요."

"어쩔 수 없다고 말해요."

"그래야겠어요."

'나도 몰라!' 나는 답 문자를 보낸다. '그냥 알아봐줘. 제발!'

'최선을 다해볼게. 그건 그렇고, 벤하고 얘기했는데 맥스웰 부부하고는 모르는 사이였다는데. 레드우드에서 일한 지 2년밖에 안 됐고 우리 집이 서클에서 판 첫 집이래.'

심장이 천천히 쿵 하고 떨어지는 듯하더니 박동이 느려진다. 토머스를 건너보는데 탐신의 목소리가 머릿속에 울려 퍼진다.

'왜 그자가 니나의 살인범일 거라고 생각하지 않은 거예요?'

"레오가 뭐래요?" 토머스가 묻는다.

"마음대로 하래요." 레오한테서 올리버의 누나에 대한 문자가 와도 그가 볼 수 없게끔 휴대전화를 식탁 위에 뒤집어놓는다. "내일까지 기다릴 거예요."

"잘됐네요."

그가 커피를 만들어서 내가 앉아 있는 곳으로 가지고 온다. 내가 묻는다.

"헬렌한테 수요일에 만나기를 고대하고 있다고 말했어요?"

"했죠. 헬렌도 무척 기대한다고 전해달래요." 그가 내 맞은편 의자를 끌어당긴다. "생각해봤는데…… 그러니까 조금 이른 건 알지만…… 당신한테 부모님을 소개하고 싶어요. 그리고 루이스도요."

"좋아요." 내가 컵을 입술에 갖다 대며 말한다. 나는 머릿속을 휘저으며 서로 충돌하는 생각들을 자세히 살피려 안간힘을 쓴다. 지난번에 토머스는 내게 대학 시절 헬렌과 함께 찍은 사진을 보여주었다. 아니 어떤 젊은 여자와 찍은 사진을 보여주었다.

"헬렌한테 니나를 죽인 진범을 찾았다고 하면 기뻐하겠어요. 정말 팀이라고 밝혀진다면 말이에요."

"그가 범인이라고 백 퍼센트 확신합니다."

"그의 동기가 뭘까요?" 내가 시선을 들어 그의 얼굴을 바라본다. 어느새 익숙해진 얼굴, 녹색 반점이 찍힌 눈동자, 이마 위로 드리운 머리칼. 그는 너무나 다정한 사람이다. 아들이 있고, 부모님도 있고, 내게 부모님을 소개시켜주고 싶어 한다. 그가 니나를 죽였을 리 없다. 그건 불가능하다. 그가 니나를 어떻게 알았겠는가? 니나가 올리버의 뒷조사를 하려고 그를 고용한 게 아닌 이상. 아니면 올리버가 니나의 외도를 의심하고 뒷조사를 하기 위해 그를 고용했거나. 내가 확실히 아는 건 그가 토머스 그레인저라는 사립 탐정이라는 사실이다. 그가 준 주소를 내가 직접 확인했다. 다만 그가 레오처럼 거짓말을 한 게 아니라면. 혹시…… 그의 이름이 토머스 그레인저가 아닌 건 아닐까. 혹시 사립 탐정이 아닌 건 아닐까. 어쩌면 아들도, 부모님도 없는지 모른다.

"누가 알겠어요? 올리버 부부가 이리로 이사 왔을 때 니나와 사랑에 빠졌을지. 두 사람이 바람을 폈고, 니나가 끝내려 하자 그녀를 죽였을지."

정말 그랬을까? 아니면 본인의 이야기일까? 토머스가, 그게 그의 진짜 이름이라면 그가 니나와 바람을 폈던 걸까? 만약 그렇다면 언제, 어디서? 낯선 사람이 규칙적으로 집에 드나드는데 어떻게 아무도 못 볼 수 있었을까? 하긴 지난 5주 동안 일주일에 한 번씩 토머스가 나를 찾아왔지만 아무도 그가 오는 걸 보지 못했다. 심지어 옆집에 사는 이브조차. 그때 문득 그녀가 못 봤을 수도 있겠다는 걸 깨닫는다. 오늘만 제외하고, 토머스는 언제나 이브가 탐신, 마리아와 요가 수업을 하는 수요일에 찾아왔으니까. 니나는 그들과 요가 수업을 듣다가 수요일마다 치료를 받기 위해 수업을 그만두었다.

이제 알겠다.

그가 심리 치료사다.

과거

나는 도착하자마자 뭔가 달라졌다는 것을 알아차린다. 그녀가 내게 지어 보이는 미소가 평소처럼 환하지 않다. 눈은 웃고 있지도 않다.

"무슨 문제 있어요?" 둘 다 자리에 앉자 내가 묻는다.

"딱히요."

"그래요?"

"그동안 즐겁긴 했지만 상담을 계속할 수는 없을 것 같아요."

또 이런 일이 벌어지다니 믿을 수 없다. 모두 손에 넣었다 생각할 때쯤 빠져나간다. 이해할 수 없다. 먹잇감을 고르고 몇 달 동안 지켜보고 그들의 인생에 개입할 적당한 순간을 기다리는 데 언제나 큰 공을 들였다. 내가 처한 상황 때문에 이번 먹잇감은 좀 더 어려우리라는 건 알았다. 하지만 이번에도 잘못 골랐다니 믿기지 않는다.

"왜인지 여쭤봐도 될까요?"

"당신은 심리 치료사가 아니니까요. 심리학을 공부했을 수는 있겠지만 심리 치료사는 아니에요."

내가 몸을 뒤로 기댄다. "왜 그렇게 생각하시죠?"

"질문이 너무 많아요."

"내가 질문한 건, 환자분의 삶에 대한 불만의 근원을 찾기 위해서입니다."

"내가 불행하다는 그 주장은 당신이 누군지 알려주는 또 다른 단서죠. 처음엔 이 역할극 치료의 일부분인 줄 알았어요. 그런데 당신이 이미 답을 정해놓고 상담한다는 걸 깨달았어요. 그건 위험한 일이에요." 그녀가 내게 시선을 고정하고 몸을 앞으로 기울인다. "그리고 매우 흥미로운 일이죠. 사실 진짜 분석해야 하는 건 당신이 왜 내게 결혼 생활이 불행하다는 생각을 강요하는가 하는 거예요."

"난 당신을 지켜봤어요, 니나. 몇 달 동안이요."

"지난 상담을 돌이켜보면 아실 텐데요. 내가 불행하다는 암시를 준 적이 눈곱만큼도 없다는 걸요."

"그전이요. 상담을 시작하기 전부터 당신을 지켜봤어요."

그녀가 얼굴을 찌푸린다. "그게 무슨 소리죠, 나를 지켜봤다니? 언제요?"

"자신의 인생과 남편에 그토록 만족한다면……." 그녀의 질문을 못 들은 척하고 내가 말한다. "남편이 없을 때 집을 뻔질나게 드나들던 남자들은 어떻게 설명하실 건가요?"

그녀가 웃음을 터트린다. "우리 집을 뻔질나게 드나들던 여자들은 왜 못 봤나 모르겠네요. 진짜 겨우 이 정도밖에 안 돼요?" 그녀가 재미있다는 듯 미소를 짓는다. "제가 비밀 하나 말해줄까요? 세 번째 시간부터 당신이 치료사가 아니라는 걸 알았는데도 계속 상담을 한 건 흥미로운 사례 연구가 될 것 같다는 이유 하나 때문이에요. 지금 치료를 그만두는 건, 당신이 인격 장애라는 결론에 다다랐고, 인격 장애는 내 전문 분야도, 추가로 더 살펴보고 싶은 분야도 아니기 때문이에요. 당신은 기껏해야 조종에 능한 인간일

뿐이에요. 최악의 경우에는…… 사이코패스 성향을 갖고 있다고 봐야 해요. 그래서 탐신한테 당신 번호를 주지 않은 거예요. 그랬다면 그녀한테 엄청난 악영향을 미쳤을 테고, 안 그래도 그녀는 충분히 힘들거든요." 그녀가 일어선다. "나가주세요. 하지만 내가 관련 단체에 당신을 고발할 거라는 건 알아두세요. 그래야 혹시 어딘가 상담소를 차리고 싶어도 치료사로 활동을 못 할 테니까요."

또 한 명이 늘었다. 내 시간을 낭비하고, 나를 헛되이 애태우고, 상담하는 동안 머리칼을 만지작거리며 나를 유혹해놓고, 나를 거절할 수 있다고 생각하는 인간이.

나는 벌떡 일어서서 순순히 떠난다.

"다시는 오지 마세요."

"그러지요."

하지만 당연히 다시 돌아간다. 그날 밤 돌아가서 내가 빌려준 책을 돌려달라고 청한다. 그녀가 그 책을 침실에 두었다는 건 이미 알고 있다. 밤중에 몰래 가서 그곳에 있는 걸 확인했으니까.

그녀가 책을 가지러 가고, 나는 조용히 그녀를 따라 계단을 올라간다.

책은 《월든》. 저자는 헨리 데이비드 소로다.

이래저래 소로는 언제나 효과 만점이다.

44장

토머스가 미소를 짓는다. 나도 컵을 내려놓고 웃어준다.

"스웨터 좀 가져올게요." 내가 의자를 뒤로 밀면서 말한다. "조금 쌀쌀하네요."

"제가 갖다줄까요?"

"아니, 괜찮아요. 여행 가방 안에 있어요. 가방은 복도에 뒀어요."

나는 복도로 가서 여행 가방을 연다. 그가 들을 수 있게 지퍼를 세게 잡아당긴다. 그런 뒤 쭈그리고 앉아 가방 안에서 집 열쇠를 찾아 주머니에 쏙 넣는다.

"도와줘요?"

고개를 드니 그가 문간을 떡하니 차지하고 있다.

"아니, 괜찮아요." 나는 가방에 손을 넣어 하늘색 스웨터를 꺼낸다. "이거면 될 것 같아요."

일어서는데 심장이 쿵쾅거린다. 열쇠 따위 내버려두고, 할 수 있을 때 집 밖으로 나갔어야 했다. 밖으로 나가서 그가 쫓아오지 못하게 문을 잠그고 가둬버리고 싶었다. 하지만 그가 그곳에 서 있으니 이미 늦었다. 내가 현관으로 향하면 눈치챈 것을 알고 문을 열기도 전에 나를 노릴 것이다. 나는 어쩔 수 없이 부엌으로 다시 돌아간다.

그가 자리에 앉고 나는 계속 서 있다. 탁자 위에 둔 휴대전화를 가져오고 싶지만 너무 멀어 손이 닿지 않는다. 머리 위로 스웨터를 뒤집어쓰는데 머리를 고정시킨 핀에 머리칼이 걸린다. 나는 핀을 뺀 다음 스웨터를 아래로 잡아당긴다. 머리칼이 옷 속에 끼어 손을 올려 빼낸다. 그의 두 눈에 뭔가가 스친다.

"머리가 아름답네요." 그가 속삭인다.

내가 간신히 답한다. "고마워요."

"그나저나 레오한테서 문자가 왔어요."

온몸이 굳는다. 레오한테서 온 건지 어떻게 아는 걸까?

"괜찮아요." 내가 말한다. "이따 볼게요."

"계속 서 있을 거예요?"

"네, 앉아야죠." 내가 의자를 좀 더 뒤로 뺀다.

"원하면 내가 읽어줄게요." 공포심에 뒷목에 이어 팔의 털들이 곤두선다. 나는 서지도, 앉지도 않은 어중간한 자세로 멈춘다.

"이렇게 보냈네요." 그가 내 눈을 똑바로 쳐다보며 말을 잇는다. "올리버는 누나가 없어."

순식간에 일이 벌어진다. 그가 나를 덮치기 전에 내가 한 박자

빨리 탁자 너머 그를 향해 의자를 집어 던진다. 그가 놀라서 비명을 지른다. 하지만 나는 이미 자리를 뜬 후다. 현관에 도착해 문을 여는데 그가 복도로 쫓아오는 소리가 들린다. 밖으로 나와 문을 쾅 닫고 주머니에서 허둥지둥 열쇠를 꺼내 문을 잠가 겨우 그를 가두는 데 성공한다. 그가 문을 쿵쿵 두드리길 기다리지만 아무 반응이 없자 다른 출구를 찾으러 갔다는 걸 깨닫는다. 프렌치도어 열쇠가 부엌 서랍에 있으니 찾는 데 시간이 좀 걸릴 것이다.

나는 진입로로 뛰어내려 가다 걸음을 멈추고 두리번거린다. 어디로 가야 할지 모르겠다. 공원으로 가서 아무나 붙잡고 도움을 청하려 했지만 한 사람도 보이지 않는다. 시간이 별로 없다. 경찰에 전화하려면 휴대전화가 있는 곳으로 가야 한다. 이브네를 쳐다보다가 그녀가 탐신 집에 있다는 걸 떠올린다. 나는 진입로 위쪽으로 달려 에드워드 아저씨네로 간다.

초인종을 누르고 또 누른다.

"로나 아주머니, 에드워드 아저씨!" 문을 두드리며 외친다. "앨리스예요! 저 좀 들여보내 주시면 안 될까요? 급한 일이에요!"

그들이 복도로 느릿느릿 걸어오는 소리가 들린다. "제발 빨리요!" 내가 재촉한다. 그분들을 놀라게 하고 싶진 않지만 어서 안으로 들어가야 한다.

빗장이 내려가는 소리가 들린다. 문이 휙 열리자 내가 에드워드 아저씨 쪽으로 문을 세게 젖히면서 안으로 뛰어든다. 아저씨를 돌아볼 정신도 없이 복도 저편에 서 있는 로나 아주머니에게 시선이 머문다. 아주머니의 얼굴이 새하얗게 질려 있다.

"죄송해요, 아주머니. 급해서요." 내가 재빨리 에드워드 아저씨에게로 몸을 돌린다. "휴대전화 좀……." 입술 끝에서 단어가 사그라든다. 아저씨 뒤에 서서 그의 뒷목을 붙잡고 있는 손이 보인다. 토머스다.

그가 반대쪽 손으로 문을 밀어 닫는다. 내 얼굴에서 핏기가 가시는 게 느껴진다. "어떻게……."

"들어왔냐고?" 즐거운 목소리다. "프렌치도어로 나가서 우리 집으로 들어왔지."

내가 그를 혼란스럽게 바라본다. "우리 집?"

"그래." 이제는 웃음을 터트린다. "내가 말했잖아. 부모님을 소개시켜주고 싶다고."

그의 부모님. 충격에 휩싸여 아저씨를 쳐다본다. 충격은 금세 두려움으로 바뀐다. 아저씨의 얼굴이 위태로우리만치 벌건 데다 눈에선 초점이 사라지고 있다. 아드레날린이 솟구친다. 도움을 청해야 한다. 한 걸음 뒤로 물러나 문을 바라본다. 하지만 너무 늦었다. 토머스가 아저씨를 아직 붙든 채 반대편 손을 뻗어 내 목을 붙잡는다.

그가 내 눈에서 두려움이 읽힐 때까지 기다렸다가 손을 힘껏 조인다.

"아파요." 숨이 턱 막힌다.

마지막으로 들리는 건 그의 웃음소리다.

정신을 차리니 몸이 의자에 묶여 있다. 본능이 몸부림쳐 벗어나라고 한다. 하지만 누군가 뒤에 있는 걸 감지하고 나니 모든 게 생각난다. 생존 본능이 발동한다. '내가 깨어 있다는 걸 놈이 알아선 안 돼.' 입이 건조하다. 조심스레, 조용하게 침을 삼키는데 목이 아파서 비명이 새어 나오는 걸 겨우 참는다.

생각을 가다듬으려 애쓰지만 불안과 싸우는 데 온 정신이 뺏겨서 잘되지 않는다. 로나 아주머니와 에드워드 아저씨가 어디로 갔는지 알 수 없다는 불안과 살아서 여기서 나갈 수 있을까 하는 불안.

토머스가 로나 아주머니와 에드워드 아저씨 부부가 자기 부모님이라고 말한 건가? 어떤 점에선 말이 된다. 그들이 4년 전에 이라크에서 죽었다고 하던 그 아들일 것이다. 무슨 짓을 했기에 부모가 외동아들의 존재를 부인하게 된 걸까? 저스틴 바틀리는 3년 전 치료사를 만나러 갔다가 실종됐다. 토머스가 니나의 치료사라면, 저스틴 바틀리의 치료사도 그가 아닐까?

통증에 대비하지 못한 채 무심코 침을 삼키다가 입술 사이로 신음이 새어 나온다. 그때 웬 손이 내 머리칼을 휘감더니 머리를 뒤로 잡아당긴다. 목이 늘어나면서 목구멍에서 타는 듯한 통증이 심해진다. 나는 눈을 감는다. 그의 얼굴을 보고 싶지 않다.

"일어났어? 잘됐군!"

"그만해, 존, 제발!" 로나 아주머니 목소리다. 나는 눈을 뜨고 그녀가 있는 쪽을 바라본다. 벽에 쓰러져 기댄 아저씨 옆에 쭈그리고 앉아 있는 아주머니가 어렴풋이 보인다. "앰뷸런스를 불러야겠다. 네 아버지 심장에 문제가 생겼어."

"조용히 해요!" 토머스가 쏘아붙인다. 처음엔 아주머니가 다른 사람한테 말한 줄 알았다. 하지만 당연히 토머스가 본명이 아닌 것이다.

그가 내 머리를 뒤쪽으로 더욱 세게 잡아당기는 바람에 부어오른 목구멍 상처의 통증이 심해진다. 고통이 극심하지만 얼마나 아픈지 놈에게 알리기 싫다.

내가 그의 눈을 거꾸로 마주 볼 수 있도록 그가 몸을 굽혀 얼굴을 가까이 갖다 댄다.

"이제 어떻게 될까?" 그가 묻는다.

'날 죽이겠지.'

이상한 소리가 들린다. 가위를 열었다 닫았다 하는 소리 같다. 그가 팔을 들어 내 시야에 가위를 보여주자 니나에게 벌어졌던 일이 떠오른다.

"머리칼을 자르겠지." 내가 쉰 목소리로 속삭인다.

"맞아." 그가 옆쪽으로 손을 옮기고 내 머리를 앞으로 민다. 이제야 정면이 똑바로 보인다. 처음엔 방 안에 다른 여자가 있다고 착각하다가 내 앞 탁자에 놓인, 세월로 얼룩덜룩해진 금테 거울 속의 내가 나를 쳐다보고 있음을 깨닫는다.

나는 내가 바로 옆 우리 집의 내 서재에 해당하는 방에 있다는 걸 금세 알아차린다. 창문 두 개를 판자로 막아놓아서 빛이라곤 거울 양 옆에 놓인 화려한 램프에서 나오는 조명이 유일하다. 내가 지켜보는 가운데 그가 내 머리칼을 잡고 머리 위로 높이 들었다가 천천히 조금씩 어깨 근처로 떨어트린다. 나는 거울 속에 비친 그를 보며 눈앞의 광경에 몸서리를 친다. 내가 알던 남자, 아니 안다고 생각했던 남자와 너무 달라 보여 다른 사람을 보고 있는 것 같다. 어째선지 그래서 오히려 다행이다.

그가 내 머리칼을 1인치 굵기로 한 움큼 쥐고 조금 전처럼 머리 위로 높이 들어 올린다. 가윗날을 벌린 채 아래로 내려가다가 어디서 자를지 정하기라도 하는 것처럼 중간중간 멈춘다.

"여기, 아니면 여기?" 그가 곰곰이 생각한다. 거울 속에서 눈이 마주친다. 그가 반응을 기다리는 것 같아 내가 아무런 반응도 하지 않고 그를 되쏘아본다. 그가 느닷없이 두개골에서 한 뼘도 안 되는 곳에 가위를 붙이더니 머리 한 줌을 톱질하듯 자른다. 심지어 그가 내 무릎 위에 머리칼을 떨어트릴 때조차 움직이지도, 움츠리지도 않는다. 사실 에드워드 아저씨가 너무 걱정돼 토머스가 무슨 짓을 하는지 신경 쓸 겨를이 없다. 이젠 아저씨가 전혀 보이지 않는다. 보이는 거라곤 그의 옆에 쭈그리고 앉아 있는 로나 아주머니의 정수리뿐이다. 그때 두 분이 니나가 죽은 뒤 이사를 가려다 아저씨가 심장마비를 일으키는 바람에 못 갔다는 이야기가 생각난다. 자신의 아들이 살인자라는 걸 알게 된 충격 때문이었을까? 그때도 토머스가 여기서 지냈을까? 아니 어쩌면 이곳, 이 집에서 몰래 계속 살았는지도 모른다. 그러면 아까 그가 공원을 가로지르는 걸 못 본 이유가, 심지어 니나를 찾아갈 때조차 그가 공원을 지나가는 모습을 아무도 보지 못한 이유가 설명된다. 내내 바로 옆집에 살았기 때문이다.

"니나는 왜 죽였어?"

"네 생각을 말해보는 건 어때? 너의 또 다른 가설이 듣고 싶은데."

"바람피우던 니나가 그만 끝내자고 해서 죽인 거지." 그가 아무 말도 하지 않는다. "저스틴과 마리온은? 그 사람들과도 불륜을 저지른 거야?"

그가 싱긋 웃는다. "시도는 좋았지만 틀렸어. 난 니나와도, 다른 이들과도 바람피우지 않았어."

"하지만 죽였잖아."

"그랬지."

"왜?"

"자기 마음을 모르더라고. 너와는 다르게 말이야, 앨리스."

"무슨 소리야?"

그가 머리를 또 한 움큼 들어 올리며 웃는다. "이번엔 어디를 자를까?"

"네 마음대로 해." 이번에도 머리에 바짝 붙여 싹둑 자르고 머리칼을 무릎 위에 떨어트린다. 두피에 남은 울퉁불퉁한 머리칼을 보니 아무렇지 않은 척하기 힘들지만 티를 내지 않는다. "당신 정말로 심리 치료사야?"

"사립 탐정이라면서 어떻게 심리 치료사일 수 있냐고? 오, 잠깐만…… 어쩌면 내가 사립 탐정이 아닌가 보지." 그가 가위를 흔든다. "비결은 그들이 원하는 사람이 되는 거야. 나머지한테는 치료사가 잘 먹혔지. 넌 좀 다른 걸 생각해야 했어. 넌 구세주, 구원자가 필요했으니까. 네 죄를 씻을 수 있도록 네가 도와줄 수 있는 사람 말이야." 그가 거울에 비친 나를 의기양양하게 쳐다본다. "내 말이 맞지, 앨리스? 부모님과 언니가 죽던 날 밤, 그 차를 운전한 사람이 너잖아."

나는 그를 노려본다. 동요하는 눈빛을 붙들어서 그의 말이 사실이라는 걸 숨긴다. 그가 또 머리칼을 한 움큼 들고, 나는 서걱대는 가위질 소리에 집중한다. 거의 20년 동안 나를 쫓아다닌 소리를, 남은 평생 나를 쫓아다닐 소리를, 끽 하는 브레이크 소리, 금속이 찢어지는 소리, 고통과 공포의 비명 소리를 멈추기 위해.

"네가 그렇게 갑자기 서클을 떠난다고 해서 유감이지 뭐야." 그가 말을 잇는다. "니나를 죽인 범인에 대한 온갖 다양한 가설을 듣는 재미가 있었거든. 네 의심을 따라가기가 버거울 정도였어. 머리 없는 닭이 생각나더군. 넌 네 친구들을, 그들의 남편을, 네가 사랑한 남자를, 심지어 부동산 중개인까지 의심했어." 가위가 다시 머리칼을 자른다. "넌 아주 좋은 사람은 아냐, 앨리스. 너도 그건 알지?"

"너에 비하면 천사지." 나는 수치심을 감추기 위해 가차 없이 말한다. "너는 네가 알고 있는 것들을 이용해 나를 조종하고 모두 뭔가를 숨기고 있다고 믿게끔 만들었어. 로나 아주머니한테 누구도 믿지 말라고 말하게 시킨 것도 너겠지."

"아니, 바보같이 그건 혼자서 한 짓이야. 하지만 내가 엿듣고 단단히 값을 치르게 했지."

내가 그에게 혐오 가득한 표정을 보낸다. "태생부터 악마인 거야, 아니면 자라면서 악마가 된 거야?"

"어느 쪽일 것 같은데?"

나는 로나 아주머니가 쭈그리고 앉아 있는 쪽으로 눈을 휙 돌린다. 그녀가 겁에 질린 표정을 짓고 있다.

"가정환경은 평범한 것 같으니 여자, 아니 여자들한테 거절을 당한 경험 때문에 그토록 우리를 혐오하게 된 거군." 내가 잠시 뜸을 들인다. "네가 보여준 그 사진 속의 여자, 네가 헬렌이라고 했던 그 여자 맞지? 긴 금발이었던 것 같은데." 내가 입꼬리를 올리며 측은한 미소를 짓는다. "그랬군. 그 여자가 널 거절했고, 넌 견디지 못한 거고? 그 정도로 한심한 인간이었어?"

그가 웃음을 터트린다. 귀에 거슬리는 영혼 없는 웃음이다. 왜 저런 웃음소리를 진작 못 들었던 걸까?

내가 그의 신경을 건드린 모양이다. 그가 가위로 내 머리를 헤집으며 두피 가까이 남아 있는 머리카락을 미친 듯이 잘라댄다. 피부까지 베여 몸이 절로 움찔거린다.

"프렌치도어 열쇠는 어디서 났어?" 내가 묻는다.

"니나와 올리버가 부모님한테 준 열쇠 꾸러미에 있었지. 쓸모 있을 것 같아서 내가 갖고 있었어." 그가 실망하는 척하며 한숨을 쉰다. "그러니까 레오가 열쇠를 전부 바꿨어야지, 현관만 바꾸지 말고." 그런 다음 씩 웃는다. "내가 밤중에 찾아간 걸 네가 니나로 착각한 게 마음에 들었는데 말이야."

내가 그녀에게 말을 거는 걸 그가 들었다는 게, 그가 내 나약한 모습을 전부 봤다는 게 너무 싫다.

"옷장 안에 숨다니 한심하기 짝이 없군." 내가 비웃는다.

"존, 죽은 것 같다." 그때 로나 아주머니의 떨리는 목소리가 토머스의 즐거움을 방해한다. 가위질이 멈춘다. "네 아버지가 돌아가신 것 같아."

나는 거울 속에서 그가 로나 아주머니가 서 있는 곳으로 걸어가는 모습을 지켜본다. 그가 몸을 숙였다가 다시 일으키며 재빨리 혼란스런 표정을 감춘다.

"그런 것 같네요." 그가 태연한 척 말한다.

로나 아주머니가 눈물을 터트린다. "앰뷸런스를 불러야 해." 그녀가 흐느낀다. "제발, 존."

"왜요, 죽었다면서?" 그의 목소리가 까칠하다.

그가 내가 앉아 있는 곳으로 힘없이 돌아온다. 아버지의 죽음에 대한 분노를 억누르는 표정이다. 로나 아주머니를 위로하고 싶다. 토머스에게서 벗어나게 해주고 싶다. 하지만 의자에 묶여 있어서 무슨 일도 할 수 없다. 아무것도 할 수 없다. 처음으로 내가 죽을 거라는 게 실감 난다.

"두 분이 내게서 벗어나기 위해 이곳으로 이사를 왔더군." 그가 다시 내 머리를 자르기 시작하지만 그의 정신은 다른 곳에 팔려 있다. 내 죽음은 준비했지만 아버지의 죽음은 준비하지 못한 모양이다. "본머스를 떠난다고 말도 안 해주고 말이야. 마리온을 죽이고 파리에서 돌아와 부모님을 찾기 위해 사립 탐정을 고용했어. 거기서 너한테 써먹을 아이디어를 얻었지." 그가 또 머리카락을 한 움큼 무릎에 떨어트리며 잠시 말을 멈춘다. "기막힌 타이밍에 네가 나타났어. 원래 다음 먹잇감으로 탐신을 점찍어놓고 준비하던 중이었거든. 탐신이 치료사를 구하는 걸 니나한테 들어서 알고 있었지. 하지만 니나는 그 누구와도 나를 공유하기 싫어했어." 그가 다시 웃음을 터트린다. "나는 니나의 작은 비밀이었어. 바로 너처럼. 니나가 죽고 나서 탐신한테 치료사가 더욱 절실할 거라는 걸 알았으니 완벽했지. 그런데 그녀가 머리카락을 자른 거야."

"마리온을 죽인 뒤에 이곳 서클에 온 거야?" 내가 대화를 이어나 가려고 과거를 되짚는다. 대화를 나누는 한, 내 목숨이 붙어 있을 테 니까.

"그래. 참 아이러니해. 부모님이 런던을 고른 건, 사막 속의 모래 처럼 몸을 숨기기 쉬울 거라 생각해서였거든. 게다가 외부인 출입 이 제한돼 내가 못 들어올 거라 믿은 거야. 하지만 내게 완벽한 아지 트라는 게 판명 났지."

"녀석이 우릴 죄수처럼 가두고 아무데도 못 가게 했어요." 로나 아주머니가 아까보다 힘 있는 목소리로 말한다. 그녀가 자리를 가 까이로 옮겨 시야에 들어온다. "낮에는 이곳에, 밤에는 침실에 가뒀 어요. 우린 손 놓고 바라볼 수밖에 없었지요. 힘으로 당할 재간이 있 어야지. 우리에게 허락된 건 겨우 쓰레기통을 밖에 내놓거나 집 앞 정원을 살짝 손질하는 것뿐이었어요. 그래야 이웃들이 가끔 우리 모 습을 보고 걱정을 안 할 테니까요. 하지만 우리 둘을 절대 함께 두 진 않았어요. 언제나 한 명을 인질로 잡았지요. 바깥양반이 심장마 비로 병원에 실려 갔을 땐 의사한테 입을 잘못 놀렸다간 나를 죽일 거라고 협박했어요. 병문안을 못 가게 해서 나는 하는 수 없이 병원 에 기력이 너무 쇠해 갈 수 없다고 둘러댔지요."

"하지만 기력이 쇠한 게 아니잖아요, 아주머니?" 나는 거울 속에 서 그녀와 눈을 마주치려고 애쓴다. 우리가 이 상황에서 벗어나려 면 그녀가 강해져야 한다는 걸 이해시켜야 한다. 하지만 그녀는 자 신의 이야기에 흠뻑 취해 있다.

"녀석이 경찰에 거짓말하라고 시켰어요. 그래서 올리버와 니나가 다투는 소리를 들은 척, 니나가 나한테 외도 사실을 인정한 척 해야 했어요. 니나가 죽던 날 밤, 올리버가 집으로 곧장 들어가는 걸 봤다고 말한 것도 마찬가지예요." 그녀가 감정의 동요 속에서 버티게 해줄 구명용품처럼 진주 목걸이를 꽉 쥔다. "올리버가 공원으로 가는 걸 보고 녀석이 그 틈에 집으로 들어가 니나를 죽인 게 틀림없어요. 난 몰랐어요, 녀석이 무슨 짓을 했는지 난 몰랐다고. 집에 돌아와서 경찰이 찾아오면 뭐라고 말해야 할지 알려줘서야 알았지요. 녀석이 시키는 대로 하지 않으면 바깥양반을 죽이겠다고 협박했어요. 언제나 우리를 죽이겠다고 협박했어요." 아주머니의 눈에 눈물이 차오른다. "올리버와 니나는 한 번도 다툰 적이 없어요. 둘은 서로 사랑했어요."

토머스가 화를 내며 고개를 젓는다. "아니, 니나는 그를 사랑한 게 아니야, 나를 사랑했어. 그 사실을 몰랐던 것뿐이야. 다른 두 년들처럼 말이야. 하지만 넌 달랐어, 앨리스. 나한테 시간을 좀 더 줬으면 좋을 텐데. 우리 정말 가까웠잖아."

"무슨 소리야?"

그가 몸을 숙여 내게 얼굴을 바짝 갖다 댄다. "인정해, 앨리스." 그가 나지막이 말한다. "나와 사랑에 빠지기 시작했잖아."

내가 화려한 테두리에 갇힌, 거울 속에 비친 우리 모습을 쳐다본다. 한 폭의 사진 같다.

"로나 아주머니." 내가 단호한 목소리로 부른다.

그녀와 눈이 마주치자 나는 그녀가 내 마음을 읽기 바라며 아직 토머스의 손에 들려 있는 가위를 향해 눈짓한다. 하지만 토머스가 보고 깔깔거리며 웃더니 머리 위로 가위를 높이 들어 올린다.

"엄마는 널 도와주지 않아, 앨리스. 난 아들이거든."

그의 말이 맞는다. 알고 있다. 어쨌거나 아주머니는 그에게 힘으로 적수가 되지 않는다. 가위로 놈을 공격하는 것은 고사하고, 몸싸움을 벌여 그의 손에서 가위를 뺏는 것도 불가능할 터다.

"내가 저스틴을 죽이고 나서, 마리온을 죽이고 나서 엄마가 나를 경찰에 넘겼을까?" 토머스가 말을 이어나간다. "아니, 그랬을 리가. 내가 니나를 죽이고 나서 나를 숨겨줬을까? 그럼, 그랬지. 피는 물보다 진한 거야, 앨리스. 저스틴, 마리온, 니나는 그냥 뭐…… 물이었던 거지."

"하지만 에드워드 아저씨는 아니잖아. 아저씨는 혈육이잖아. 그리고 네가 아저씨를 죽였어."

내 말이 아픈 곳을 건드린 모양이다. "내가 죽인 게 아니야!" 그가 소리친다.

"아니, 엄밀히 따지면 네가 죽였어."

그때 로나 아주머니가 비명을 지른다. 공포나 고통이 아닌, 분노의 비명이 길게 이어진다. 그녀의 내면 깊은 곳에서 우러나온 비명이 무슨 짓을 저질러도 자식을 보호하겠다는 생래적 모성애를 소멸시킨다. 토머스가 뭔가 달라졌음을 감지하고 금쪽같은 몇 초 동안 얼어버린 틈을 타, 내가 의자에 묶인 채 벌떡 일어나 뒤쪽으로 그를 향해 몸을 던진다. 그가 바닥에 쿵 하고 쓰러지고 내가 그 위에 세차게 떨어진다. 동시에 가위가 그의 손에서 날아간다.

"로나 아주머니!" 내가 외친다. 그녀가 비명을 지르다 멈추고선, 바닥에 쓰러진 토머스와 나를 사지가 굳은 사람처럼 빤히 쳐다본다. 그가 의자를 몸 아래로 떨쳐내려고 버둥거린다. 하지만 내가 아래로 힘을 주면서 그를 내 밑에 붙들어놓는다.

"아주머니!" 내가 다시 부른다. "도움을 요청해요!"

토머스가 분노의 괴성을 지르면서 의자를 양팔로 잡고 자기 몸에서 떨쳐내 바닥으로 내동댕이친다. 숨이 헉하니 멎는다. 그가 무력하게 누워 있는 내 가슴 위로 몸을 던지고 힘껏 누른다. 그리고 분노로 일그러진 얼굴로 내 목에 손을 갖다 댄다. 목에 가해지는 압박이 점점 심해지자 로나 아주머니가 도움을 요청해도 너무 늦을 거라는 깨달음이 든다.

그가 끙 하며 앓는 소리를 내더니 내 가슴을 더 강하게 짓누른다. 하지만 순간 목을 조르던 손힘이 슬쩍 풀리고 그 틈에 나는 고개를 돌려 미친 듯 공기를 들이마신다. 그의 손이 점점 느슨해지더니 내 목에서 떨어지고, 동시에 그의 머리가 내 머리 위로 고꾸라진다. 퍽 하는 소리가 리드미컬하게 반복되고 있는 걸 그제야 알아차린다.

6개월 후

문을 두드리는 소리가 너무 조심스러워 알아듣기가 힘들다.

나는 매끈한 소나무 탁자에 책을 내려놓고 느닷없이 축축해진 손을 청바지에 문지른다. 이브와 만나기로 해놓고도 아직 그녀를 보는 게 너무 긴장된다. 그녀가 알면 어떻게 하지?

'괜찮아.' 문으로 걸어가며 스스로에게 상기시킨다. '이브는 몰라. 로나 아주머니 덕분에 누구도 절대 모를 거야.'

그날 나는 가슴을 압박하는 토머스의 무게에 짓눌려 죽을 거라 생각했다. 고개를 겨우 옆으로 돌리긴 했지만 폐까지 공기를 들이마실 수 없었다. 로나 아주머니는 자신이 저지른 일 때문에 충격을 받고 넋이 나가 있었다. 질식할 것 같은 내 헐떡임이 그녀의 정신을 다시 붙든 모양이었다. 그녀가 내 몸에서 토머스를 들어 올리려 했지만 그녀에겐 너무 무거웠다.

"저를 빼내주세요!"

그녀가 내 말을 알아듣고 내 양팔 아래에 손을 넣은 뒤 가슴에 가해지던 압박이 사라질 만큼 나를 빼냈다. 이후 기억은 희미하다. 경찰이 도착했고, 상냥하게 건네는 질문들이 이어졌고, 앰뷸런스로 걸어갔고, 앰뷸런스와 경찰차가 서클로 들어와 급정거하는 광경을 보고 사람들이 충격이 가득한 표정으로 모여들였다. 내가 로나 아주머니를 따라 앰뷸런스로 향하는 모습을 보고, 이브와 탐신이 믿기지 않는다는 듯 얼빠진 표정으로 나를 쳐다보았다. 자신들이 목격한 게 에드워드 아저씨가 숨진 현장만이 아니라는 걸 깨달았다는 듯.

그때 정신이 번쩍 들었다. 경찰뿐 아니라 레오, 지니, 데비 그리고 서클에 사는 사람들 모두가 내가 6주 전에 우리 집을 찾았던 낯선 사람한테 현혹됐다는 사실을 알게 될 터였다.

"다들 알게 될 거예요." 나는 앰뷸런스에 앉아 차가 출발하기를 기다리면서 로나 아주머니에게 말하며 괴롭게 흐느꼈다. "내가 얼마나 바보 같았는지 알게 될 거예요. 그걸 생각하면 못 견디겠어요."

그러자 로나 아주머니가 각자의 몸을 단단히 감싸고 있던 담요 밑으로 내 손을 잡았다. "사람들이 알아야 할 건 앨리스가 우리 집에 작별 인사를 하러 왔고, 웬 남자한테 인질로 붙잡혔고, 그가 집들이에 왔던 그 남자라는 걸 알아봤다는 것뿐이에요." 그녀가 속삭인다. "경찰이 물으면 그렇게 말하면 돼요. 경찰도, 그 누구도 다른 건 알 필요 없어요." 그렇게 간단하다는 게 믿기지 않아 나는 그녀를 빤히 쳐다봤다. "괜찮을 거예요." 그녀가 내 손을 꽉 쥐면서 약속했다.

나는 그녀가 던져준 생명선을 잡고 매달렸다. 나는 내 이야기의 마지막을 시작으로 둔갑시켰고 토머스 그레인저라는 이름은 절대 언급하지 않았다. 그는 오직 내게만 존재하는 사람이었다. 그 누구도 내가 얼마나 바보같이 쉽게 속아 넘어갔는지 알 필요가 없었다. 경찰과 그밖의 모든 사람이 아는 사건은 로나 아주머니가 말한 것과 같았다. 내가 아주머니의 집에 작별 인사를 하러 갔다가 한 남자를 발견했고 그가 집들이에 왔던 불청객임을 알아보았다. 그가 에드워드 아저씨의 멱살을 잡더니 내가 대응하기도 전에 나를 공격했다. 의식을 되찾았을 땐 이미 의자에 묶여 있었고, 그가 내 머리칼을 자르면서 자신이 로나 부부의 아들이라고, 자신이 니나 맥스웰을 죽였고 나도 같은 운명을 맞게 될 거라고 말했다. 나는 로나 아주머니가 구해주기 전까지 내가 죽을 줄로만 알았다.

진실의 이 작은 일부가 모두가 아는 전부다.

이브가 달라 보인다. 머리끝을 물들인 분홍색이 사라졌고 얼굴이 좀 더 둥글어졌다.

"만나줘서 고마워요." 그녀가 어색하게 인사를 건넨다.

우리는 잠시 서로를 쳐다본다. 그러다 감정이 복받쳐 내가 그녀를 끌어안는다.

"다시 봐서 너무 좋네요." 그 말에 그녀가 내게 털썩 안긴다.

"정말요?" 주눅이 든 목소리다.

"네, 보고 싶었어요."

"나도 보고 싶었어요." 그러고는 그녀가 뒤로 물러나 내 얼굴을 살핀다. "잘 지내요?"

"좋아요. 많이 좋아졌어요."

그녀가 고개를 끄덕이다가 내 손을 꽉 잡는다. "꼭 사과하고 싶었어요." 고뇌에 찬 듯한 목소리다.

내가 인상을 찌푸린다. "사과요?"

"네, 전부 다 너무 미안해요. 모두 미안해하고 있어요." 그녀가 어색한 미소를 짓는다. "좀 앉으면 안 되겠죠? 나 임신했거든요. 게다가 장시간 운전했더니."

"오, 이브. 너무 잘됐네요, 축하해요!" 나는 희소식에 고무되어 그녀를 부엌으로 데려가 의자를 내준다. "자, 차를 내올 테니까 좀 쉬어요."

그녀가 넋을 놓고 주위를 둘러본다.

"너무 좋네요, 앨리스. 저 접시 걸이도 예쁘고, 저것도 너무 멋……. 그런데 저거 빵 굽는 오븐이에요?"

그녀의 열성적인 반응에 웃음을 터트리지 않을 수 없다. "네." 내가 몸을 돌려 주전자를 채운다.

"집이 정말 아름다워요. 왜 떠나기 힘들었는지 알겠어요. 언제 돌아왔어요?"

"두 달 전에요. 처음엔 데비 집에 묵었어요."

"돌아와서 좋겠어요."

"네, 여긴 안심이 돼요."

그녀가 고개를 한쪽으로 기울이며 나를 관찰한다. "그 머리요,

잘 어울려요."

"고마워요." 내가 손을 들어 내 머리를 만진다. "머리가 짧으면 어떤 기분이 들지 항상 궁금했는데 이제 알겠어요." 나는 그녀에게 이 머리가 싫다고, 거울을 볼 때마다 토머스 그레인저가 내 뒤에 서서 악의에 찬 표정을 짓고 있는 게 보인다고 말하지 않는다. 그렇지만 그의 모습을 눈가에서 떨쳐내는 데 갈수록 능해지고 있다. 그가 내 삶에 계속 악영향을 끼치도록 내버려둘 수 없다.

나는 그녀의 아담하게 솟은 배를 흘깃 쳐다본다.

"예정일이 언제예요?"

"8월 초요."

"와, 넉 달 남았네요. 정말 잘됐어요, 이브. 윌이 많이 좋아하겠어요."

그녀가 웃는다. "그렇죠. 누가 보면 세계 최초로 아빠가 된 줄 알 거예요."

내가 찬장에서 머그잔을, 냉장고에서 우유를 꺼낸다. "그래서 다들 어떻게 지내요?"

"발버둥 치고 있죠." 그녀의 말에 내가 고개를 끄덕인다. 이미 레오한테 들어서 알고 있다. "마리아와 팀은 벌써 떠났어요. 곧바로 헐값에 집을 내놔서 상대적으로 빨리 팔았어요. 탐신과 코너가 다음 주자예요. 그다음이 나와 윌이고요. 집값이 너무 내려가지 않게 시차를 두려 하고 있어요. 그래도 손해를 보고 팔게 되겠지만요."

"미안해요." 내가 말한다.

그녀가 미소를 살짝 짓는다. "자기 잘못이 아니에요." 하지만 그녀가 틀렸다. 이건 내 잘못이다. 내가 그토록 쉽게 속아 넘어가지 않았으면 이렇게 되지 않았을 것이다. 부끄러움에 두 뺨이 붉어진다. 그 얼굴을 그녀가 보지 못하도록 분주히 움직여 차를 끓인다.

"우리 모두 너무 미안해요, 앨리스. 낯선 남자가 집들이 파티에 나타났다는 말을 안 믿은 것만이 아니에요. 다들 올리버한테 참담한 심정이에요. 그가 범인이라고 너무 순순히 받아들였어요. 평범한 일상을 지속하기 위해 니나의 살인범이 잡혔다고 어떻게든 믿고 싶었어요. 우린 쉬운 길을 택했고, 평생 이 짐을 안고 살겠죠."

나는 식탁으로 머그잔을 가져가 그녀 맞은편에 앉는다. 그녀를 위로하기 위해 무슨 말이라도 하고 싶지만 어떤 말도 할 수 없다.

"레오가 그러던데, 로나 아주머니를 만났다면서요." 이브가 길어지는 침묵을 깨트리며 말한다.

"네, 몇 달 전에요."

"어떻게 지내요?"

내가 옅게 미소를 짓는다. "힘들어해요. 재판을 기다리면서 도싯에 있는 동생 집에서 지내고 있어요."

"너그러운 판결이 나오겠죠?"

"그랬으면 좋겠어요."

이브가 차를 홀짝이는 동안, 나는 로나 아주머니와 함께 앰뷸런스를 탔던 순간을 회상한다. 아주머니는 정말 강인했다. 그녀는 자신뿐 아니라 나까지 살린 것을 두고 어떤 희열 같은 것에 젖어 있었다. 남편이 영원히 세상을 떴다는 사실도, 자신이 아들을 죽였다는 사실도 아직 실감 나지 않은 듯했다. 하나의 악몽이 끝났지만 또 다른 악몽이 시작될 거라는 사실 역시.

그 후 두 달 만에 도싯에서 봤을 때는 매우 달랐다. 아주머니는 의자에 움츠린 채 앉아 있었고, 동생이 그녀 뒤를 서성였다. 몸집이 반으로 쪼그라들어 나이를 한꺼번에 10년은 더 먹은 것 같았다. 아주머니가 그토록 약해진 걸 보기가 힘들었다.

"내가 배신해서 올리버가 목숨을 끊은 거예요." 그녀가 소곤거렸다. 두 눈이 눈물로 흐려졌다. "나보고 한 번도 못 가져본 엄마가 생겼다고 했는데 내가 그런 사람을 배신했어요. 그리고 댁도 배신했어요. 존이 그 편지를 쓰라고 나한테 시켰어요."

시간이 좀 지나서야 헬렌이 보냈다고 짐작했던 그 편지, 그가 사건을 해결하도록 도움을 보태는 데 의심을 품기 시작할 무렵 새로이 의지를 다지게 해줬던 그 편지가 떠올랐다.

나는 그녀의 손을 잡았다. "괜찮아요."

그리고 그녀가 그 모든 일이 어떻게 시작됐는지, 존이 어떻게 심지어 어린 시절에도 순식간에 특정 사람에게 집착하게 됐는지 들려주었다. 처음엔 옆집에 살던 여자아이, 뒤이어 학교의 반 친구들에게 집착하는 바람에 학부모들과 교사들이 로나 아주머니에게 우려를 표하고 그와 다른 아이들을 떨어트려놓는 지경에까지 이르렀다. 십 대 시절에는 열다섯 살에 스토킹 주의받았을 정도로 어느 교사에게 위험할 정도로 집착했는데 경찰과의 면담을 통해 그가 교사의 순수한 행동을 자신의 사랑에 대한 화답으로 해석했다는 게 드러났다. 일례로 그 교사가 이따금 포니테일을 풀고 어깨 근처로 잠시 늘어트렸다가 다시 묶곤 했는데, 이걸 자신에게 보내는 은밀하고 사적인 메시지라고 믿었다. 로나 부부가 의사와 치료사를 찾아다니며 도움을 구한 결과, 존은 '강박적 애정 장애'라는 진단을 받았다. 그는 교묘하게 치료에 협조하는 척했고 모두가 그의 강박적 성격이 제어됐다고 믿게끔 만들었다.

대학에 입학하면서 집에 오는 발걸음이 뜸해지더니 2003년에 졸업하면서 부부의 인생에서 종적을 감췄다. 걸프전이 시작될 무렵이었기에 부부는 아들의 무소식을 참전의 의미라고 확신했다. 그리고 13년이 지난 어느 날 밤, 그가 본머스 집에 나타났다. 그는 몇 주간 집에 머물기 위해 왔다면서, 입대했냐고 묻는 부부의 질문에 그렇다고, 이라크에서 싸웠다고 대답했다. 그는 휴가차 집에 들렀으며, 부모님을 위해 그토록 원하시던 테라스를 만들어드릴 거라고 말하고 다니며 이웃의 호감을 샀다. 그리고 3주 동안 해가 저물 때까지 일하더니 자기 차 대신 부모님의 차를 끌고서는, 왔을 때처럼 홀연히 떠났다.

"토머…… 아니, 존이 왜 테라스를 만들었는지 짐작하셨어요?" 내가 로나 아주머니에게 물었다. 경찰이 그녀를 심문하고 나서 옛 집의 테라스를 파헤쳤기 때문이다. 그곳에서 사람의 유해가 발견됐고, 이후 그 유해가 저스턴 바틀리로 확인되었다.

그녀가 세차게 고개를 저었다. "뭔가 이상한 건 알았지만 그럴 줄은, 절대 그럴 줄은 몰랐어요. 녀석이 곁에 있을 때면 언제나 마음이 조마조마했어요. 공격적이고 위협적이어서 무서웠지요. 우린 이라크에서 겪은 일 때문이라고 납득하려 했지만, 마음속 깊은 곳에선 녀석이 입대한 적이 없다는 걸, 녀석의 악함이 다른 데서 비롯됐다는 걸 알았어요. 녀석이 떠나자 마음이 놓였고 다시 돌아올까 봐 겁이 났어요. 그래서 우리를 못 찾을 곳으로 이사 가기로 결심한 거예요." 그녀가 진주 목걸이를 만졌다. 그녀의 예전 버릇을 보게 돼서, 아직 예전 모습이 조금은 남아 있어서 다행이었다. "이웃들한테는 데본으로 간다고 말하고 런던으로 이사했어요. 그리고 짐을 푼 뒤, 아들이 이라크에서 전사했다고 얘기하고 다녔지요. 그런 식으로 아들과 인연을 끊는 게 얼마나 끔찍한 일인지 알지만……." 그녀의 목소리가 점점 작아진다. "그러다 어느 날, 눈을 떠보니 녀석이 뒷마당에서 우릴 기다리고 있는 거예요."

"그때부터 두 분을 죄인처럼 가두기 시작한 거예요?"

그녀가 고개를 끄덕이고, 내가 의자에 묶여 있을 때 했던 이야기를 반복했다. "녀석은 뒤편 침실에 틀어박혀 지냈어요. 밤중에야 돌아다니는 소리가 들렸지요. 잠을 한숨도 안 자는 것 같았어요. 가끔 새벽 6시에 우리를 깨워서 아래층 방에 가두었다가 점심에만 내보내주기에 그때 자나 보다 했지요." 그녀가 잠시 말을 멈추고 생각을 정리하는 듯했다. "나는 바깥출입을 못 했어요. 바깥양반만 쓰레기통을 집 밖에 내놓고 집 앞 정원을 간간이 손질할 수 있었지요. 그래도 꾸준히 모습은 보여야 했으니까. 녀석이 가끔 내 목을 붙잡고 숨을 못 쉬도록 조르면서 누구한테든 이 상황을 알리려 했다간 다음번엔 숨통을 끊어놓을 거라고 남편을 협박했어요. 초인종 소리에 대답은 할 수 있었지만 녀석이 우리 뒤에 서서 모든 대화를 엿들었지요." 그녀가 이번에는 무릎을 덮은 분홍색 패치워크 담요를 잡아뜯기 시작했다. "댁이 와서 니나에 대해 묻던 날도 녀석이 전부 듣고 있었어요. 댁한테 경고를 하려고, 녀석을 믿지 말라고 말하려 했는데, 존이라는 이름을 쓸 리 없으니 이름을 댈 수가 있어야지요. 녀석이 왓츠앱에서 초대 글을 보고 댁네 집들이 파티에 갔다는 것도 알고 있었던 데다 녀석이 가여운 니나한테 한 짓 때문에 댁이 걱정됐거든요." 아주머니의 얼굴에 눈물이 뺨을 타고 흘러내리자 아주머니가 소매에서 재빨리 휴지를 꺼냈다.

"아무도 믿지 말라고 하신 줄 알았어요."

아주머니가 눈물을 훔쳤다. "아니, '그자를 믿지 말라'고 했어요. 하지만 녀석이 내가 댁한테 뭐라고 속삭인 걸 알고 불같이 화를 냈지요. 그런 적 없다고 맹세했는데, 그걸 또 알아내서 나를 때리더군요."

"제가 말했어요." 그렇게 구타당하게 만든 원인 제공자가 나라는 사실이 끔찍했다. "아주머니가 아무도 믿지 말라고 했다고 제가 그 사람한테 털어놨어요. 그런데 이해가 안 되는 게 있어요." 내가 가까이 다가간다. "제가 두 분께 웬 남자가 집들이에 나타났다고 했을 때 왜 본인이 들여보냈다고 한 거예요? 그의 존재에 대해 아예 모른 척하는 게 더 나았을 텐데요?"

"그러려고 했어요. 그런데 댁의 남편이 경찰에 신고할 거라는 말을 듣고 당황했어요. 존이 거기서 듣고 있었거든요. 녀석이 경찰이 찾아와 질문할 거라 생각하고 우리가 자신을 넘길 경우를 대비해 죽이기라도 할까 봐 겁났어요."

또 궁금한 게 있었지만 아주머니가 답해줄지 반신반의했다. "왜 그가 사립 탐정 행세를 하면서 본인이 저지른 살인 사건을 조사하는 척했는지 이해가 안 돼요. 위험 부담이 크잖아요."

"오심 사건을 조사하고 있으니 도와달라고 부탁하는 게 댁을 낚을 수 있는 유일한 방법이라고 생각한 것 같아요. 댁이 진실을 밝혀낼 줄은 꿈에도 몰랐을 거예요. 그래서 기꺼이 그런 위험을 감수한 거지요."

"하지만 제가 사람들한테 그 사람에 대해 얘기했으면요?"

"댁이 그러지 못하리란 걸 알았던 거죠." 그 소리에 그가 나를 얼마나 잘 파악했는지를 깨닫고 얼굴이 붉어졌다. "설령 얘기한다 해도 상관없었을 거예요. 그 사립 탐정은 어둠 속으로 사라졌을 테니까. 대신에 댁한테 접근할 다른 방법을 알아냈을 거예요." 나는 그가 니나에게 어떻게 접근했을지 궁금했다. 심리 치료사들을 상대하는 심리 치료사라고 적힌 명함을 문틈으로 넣었을까. "존에겐 게임이었어요. 자신의 거짓 신분을 믿게끔 사람들을 조종하는 게 그의 일이었지요. 본머스의 이웃들한테 자신이 완벽한 아들인 척, 몇 년 동안 집에 오지 못한 이유가 휴가 때마다 고아들을 돕기 때문인 척한 것처럼요. 어찌나 호감이었는지 모두가 감쪽같이 믿었어요. 심지어 남편과 나도 처음에는 믿었으니까요." 그녀가 잠시 말을 멈춘다. "어쩌면 우리 아들한테도 선한 면이 있다고 믿고 싶었던 건지도 몰라요. 우릴 그렇게 겁줬는데도 말이에요. 하지만 녀석이 니나를 죽였다고 말하기 전까지는 그런 사악한 짓을 할 줄은 몰랐어요. 녀석을 위해 거짓말한 내가, 경찰한테 니나와 올리버가 다투는 소리를 들었고 니나가 외도 사실을 털어놨다고 말한 나 자신이 얼마나 미운지 몰라요. 하지만 녀석이 그러지 않으면 바깥양반을 죽이겠다고 협박했고, 마음속 깊은 곳 어딘가에서 여전히 그 녀석은 우리 아들이었어요." 그녀의 손이 떨리기 시작했다. "내가 한 짓이 믿기지 않아요. 내가 녀석을 죽였다는 걸 믿을 수 없어요."

나는 아주머니의 손을 꼭 쥐고 떨림을 진정시켰다. "아주머니가 제 목숨을 구했어요. 그게 아주머니가 한 일이에요. 아주머니가 제 목숨을 살렸어요." 그리고 몸을 내밀어 아주머니에게 키스했다. "고마워요."

그것으로 충분하지는 않았으리라. 하지만 자신의 아들을 죽인 엄마에게, 잘 알지도 못하는 남의 목숨을 구하기 위해 모자를 하나로 묶고 있던 탯줄을 다시는 돌이킬 수 없도록 그토록 잔인하게 잘라버린 엄마에게 뭐라고 할 수 있겠는가?

그때 아주머니가 갑자기 기운이 나는 듯 목소리에 힘을 주며 말했다. "내가 댁의 목숨을 구했다면, 날 위해 한 가지만 해줄래요?" 아주머니가 물었다. "그리고 우리 바깥양반을 위해. 바깥양반도 그걸 원할 거예요."

"물론이죠, 뭐든지요."

"살아요." 내가 어리둥절한 표정으로 그녀를 쳐다봤다. "당신 몫의 인생을 살아요. 지난 20년 동안 과거 속에서 살았잖아요. 이제 온전한 삶이 주어졌으니 죄책감 때문에 인생을 낭비하지 마요. 인간은 누구나 실수하는 법이니까."

누군가는 좀 더 많이 한다. 내게도 변명거리는 얼마든지 있다. 심리 치료를 받았음에도 나는 부모님과 언니를 죽였다는 죄책감에서 절대 벗어나지 못했다. 법원이 나의 간청에도 불구하고 무죄를 선고하면서 나는 처벌받을 권리를 빼앗겼고 그때부터 스스로를 벌해왔다. 모두가 내 사연을 알고 내가 좌절의 늪에 빠지지 않도록 애써주던 할스턴을 떠난 것은 지원군 없이 혼자되는 것을 의미했다. 하지만 내겐 레오가 있었다. 우리 사이에 비밀이 있어선 안 될 것 같아 내 속마음을 털어놓은 유일한 사람이. 그는 모든 것을 알았다. 제대로 처벌받지 않은 것에 대한 나의 분노까지. 그래서 그런 거였다. 그가 옥살이를 했다는 걸 알았을 때 용서하지 못한 건 그의 범죄 이력이 아니라 질투 때문이었다. 나는 과거에 발이 묶여 있는데, 그는 자신이 저지른 짓을 속죄하고 새 인생을 살 수 있었다는 사실이 샘났다. 안 그래도 그가 니나에 대해 말해주지 않아서 당황하고 있던 차에 혼란이 더욱 심해졌고, 그래서 신뢰해도 될 것 같은 그 사람에게, 로나 아주머니의 은밀한 경고로 의도치 않게 생긴 불신과 의심이 주변 사람들과의 우정을 물들이기 시작하면서 한결같음을 상징하게 된 그 사람에게 의지하게 된 것이다. 하지만 토머스 그레인저의 탓으로 돌릴 수 있는 건 오직 그가 밤중에 집 안을 어슬렁거리며 내게 두려움을 주입시켰다는 것뿐이다. 나머지는 내가 그의 손에 놀아나서 자초한 일이다.

이브와 나는 한참 더 대화를 나눈다. 옛날로 돌아간 것 같지만 실은 그렇지 않다. 그래도 괜찮다. 그녀에게 모든 진실을 털어놓지 않는 이상, 전과 같을 수 없다는 걸 알기 때문이다. 레오도 마찬가지다. 나는 그와 아직 친구로 만나고 있으며, 그는 나와 다시 합치길 바란다. 하지만 그에게 비밀을 숨기고 있으면서 어떻게 그런단 말인가?

나도 비밀을 숨겼다고 그를 용서하지 못했으면서.

가끔씩 그가 내가 설명한 것보다 훨씬 많은 일이 있었음을 안다는 생각이 든다. 마지막으로 이곳에 왔을 때, 그가 내 손을 잡아당기고 나를 끌어안았다.

"절대 자기를 비난하지 않을 거야." 그가 나직이 말했다. "내가 무슨 자격으로 그러겠어? 그런 사실들을 자기한테 숨겨놓고."

이브가 아이를 낳으면 알려주겠다고 약속하면서 작별의 포옹을 한다.

"탐신이 보고 싶어 해요." 그 말을 듣자 탐신에게 큰 빚을 졌다고 인사할 수 있으면 좋겠다는 생각이 든다. 올리버한테 누나가 없다고 그녀가 말해주지 않았으면 내가 지금 여기 있을까. 토머스가 그날 내가 서클을 떠나지 못하게 죽일 계획이었다고, 나를 2층으로 유인해 니나, 마리온, 저스틴과 같은 운명을 맞게 하려 했다고 나는 확신한다.

"저도 그래요." 내가 진심으로 말한다. 실제로 그런 일이 생길지는 모르겠지만. "보고 싶다고 전해주세요."

나는 천천히 부엌으로 돌아간다. 로나 아주머니의 부탁대로 하는 게 쉽진 않지만 이브를 보기로 한 건 잘한 일이다. 나는 식탁에 앉아서 즐거운 마음으로 책을 마저 읽다가 잠시 멈춘다. 이따가 레오가 이브와 잘 만났는지 물으러 전화할 것이다. 오늘 벌써 큰 걸음을 내딛었다. 어쩌면 한 걸음 더 내디딜 때인지도, 집들이 파티에 왔던 그 남자에 대한 진실을 마침내 그에게 털어놓을 때인지도 모르겠다.

진실, 세상에 진실보다 중요한 건 없으니까.

감사의 말

옮긴이의 말

감사의 말

무엇보다 내 훌륭한 에이전트 커밀라 볼튼에게 감사한다. 다섯 권의 책을 함께 만들면서 내게 에이전트 그 이상의 존재가 되어주었다. 당신을 내 친구라 부를 수 있어서 자랑스럽고 영광스럽다.

HQ의 케이트 밀스와 세인트마틴의 캐서린 리처드에게도 값진 조언과 굳건한 지지를 보내준 것에 대해 감사를 전한다. 그리고 이젠 40명이 넘는 해외의 모든 편집자들에게도! 내 책에 보내준 끊임없는 믿음에 몸 둘 바를 모르겠다.

다음 사람들에게도 커다란 감사의 마음을 보낸다.

편집자들과 팀을 이뤄서 책을 교정하고, 디자인하고, 홍보하고, 판매해준 분들. 이름을 하나하나 언급하지 못해 아쉽지만 본인이 누군지 알 것이다. 여러분의 노고와 열정에 얼마나 감사해하는지 알아줬으면 좋겠다.

바쁜 와중에 짬을 내 친절하게도 책을 읽어준 동료 작가들, 특히 루이스 캔들리시, 제인 코리, 팀 로건, «테라피스트»에 너그럽게 추천의 말을 달아줘서 감사하다.

귀중한 시간을 할애해 내 책을 읽고 리뷰해준 블로거들과 독자들.

프랑스와 영국에 있는 내 친구들. 내가 무슨 글을 쓰는지 항상 관심 가져주고, 서점 매대에 놓였을 때 책을 사줘서 고맙다.

그리고 늘 최고인 쿠란과 맥두걸 가족들에게도 고맙다. 그중에서도 남편 칼럼과 내 딸들 소피, 클로이, 셀린, 엘로이즈, 마고. 그대들이 내 버팀목이다.

옮긴이의 말

기대를 배반당할수록 짜릿해지는 반전

고향 할스턴을 평생 벗어난 적 없는 앨리스는 운명처럼 레오를 만나 런던의 부유한 주택 단지 '서클'로 이사 온다. 그러나 앨리스는 하루빨리 친구를 만들고 싶은 바람과 달리 몇몇 이웃들이 왠지 모르게 자신과 거리를 두려 하는 느낌을 받는다. 그러던 어느 날 새로 이사 온 집이 몇 년 전 영국을 떠들썩하게 만든 살인 사건 현장이라는 사실을 알게 된다. 그녀는 살인 사건의 진범이 단지에 아직 살고 있는 게 아닐까 의심하기 시작하고, 그녀의 의심이 커질수록 주변 사람들과의 갈등 또한 조금씩 증폭된다.

B. A. 패리스의 한국어판 소설을 모두 읽은 독자로서 이번 신작도 전작의 패턴을 그대로 따라가지 않을까 생각하고 책을 읽어나갔다. 일치감치 범인이 드러나고 고통 받는 주인공이 생각지도 못한 방식으로 지옥과 같은 환경을 탈출하지 않을까. 내심 범인이 너무

일찍 눈에 보여서 김이 새지나 않을까 걱정하기도 했다. 하지만 아뿔싸, 기우였다. 이번에도 역시.

심리스릴러물의 묘미는 뭐니 뭐니 해도 범인이 누구인지 추리하는 맛, 그리고 마지막에 독자들의 뒤통수를 때리는 반전이다. 그런 면에서 B. A. 패리스는 단연 독보적이다. 특히 《테라피스트》는 더욱 그렇다. 이 사람이 범인인가 확신하면서 쫓아가다 보면 아니고, 저 사람인가 의심하고 따라가다 보면 또 허탕이다. 읽다가 놓친 게 있나, 두 사람 이상이 공모한 건가 싶은 찜찜함을 떨쳐버리지 못하면서 책장을 넘긴다. 그러다가 전혀 예상치 못했던 인물이 짜잔, 내가 범인이오, 하며 나타난다. 왜 이걸 눈치채지 못했는지 허탈해하는 것은 이미 마지막 장을 넘긴 후다. 그래서 만족스럽다. 추리에 동참하는 우리의 본심은 작가가 종국엔 전혀 생각지 못했던 놀라운 반전으로 우리를 숨 막히게 해줬으면 하는 것이기 때문이다.

행여 그 반전이 미덥지 않은 독자라 하더라도 마지막 장을 덮기까지 시간이 '순삭'되는 경험을 하지 않기란 힘들 것이다. 한번 책을 들면 끝까지 읽지 않고는 못 배기게 만드는 힘, 때론 밤을 꼬박 새게 만드는 힘, 그게 B. A. 패리스 작품만의 매력이다. 그리고 한 번 '완독'을 한 경험은 기어코 그 작가의 책을 또 집어 들게 만든다. 그래서 전 세계 독자들이 그녀의 다음 작품을 기다리는 것이다.

이번 책 역시 서스펜스를 다루는 뛰어난 솜씨, 엄청난 가독성, 반전을 향해 모든 힘을 집중시키는 구조로 전작들과 다름없는 쫄깃한 즐거움을 선사해준다. 게다가 믿고 사랑하는 사람에 의한 '정서적 폭력'을 주로 다루었던 전작들에서 주제의 외연을 살짝 확장까지 하고 있다. 혹시 이 변화가 앞으로 B. A. 패리스의 반전을 추론하기 더욱 어려워질 거라는, 그러니 더욱 기대해도 좋다는 즐거운 신호는 아닐는지 내심 기대해본다.

테라피스트

초판 1쇄 발행	2021년 12월 06일
초판 38쇄 발행	2024년 4월 24일

지은이	B. A. 패리스
옮긴이	박설영

편집인	이기웅
책임편집	주소림
편집	안희주, 김혜영, 양수인, 한의진, 오윤나, 이현지, 이원지
디자인	mykc
책임마케팅	김서연, 김예진, 김지원, 박시온, 류지현, 김찬빈, 김소희, 배성원
마케팅	유인철
경영지원	박혜정, 최성민
제작	제이오

펴낸이	유귀선
펴낸곳	㈜바이포엠 스튜디오
출판등록	제2020-000145호(2020년 6월 10일)
주소	서울시 강남구 테헤란로 332, 에이치제이타워 20층
이메일	odr@studioodr.com